エタンプの預言者

アベル・カンタン
中村佳子＝訳

Le Voyant d’Étampes
Abel Quentin

KADOKAWA

エタンプの預言者

目次

頑固おやじどもに捧ぐ

「私は〈歴史〉の虜《とりこ》ではない。私は〈歴史〉のうちに私の運命の意味を探すべきではない」

フランツ・ファノン

『黒い皮膚・白い仮面』一九五二年

「月影ポトマックに満ち満ち
おれは乞《こ》う、きみの愛を、その熾火《おきび》を」

ロバート・ウィロー

『マサチューセッツ・アヴェニュー』一九五一年

第一章
THE WINNER TAKES IT ALL
（勝者がすべてを分捕る）

「『ぼくらはみんな移民の子』ってスローガンからして、なにそれって思いますよね。自分に移民の痛みの十分の一でも理解できると本気で思ってるんですか？　当時、あなたがたがすべきだったのは、『移民の子』に語ってもらうことだったんじゃないですか？　彼らから声を奪い取るのをやめることだったんじゃないんですか？」

ジャンヌは娘の新しい恋人だ。まなざしは冷たく、唇は真一文字に結ばれている。一八八六年の西部アイオワあたりにいそうな、がちがちのピューリタンを相手にしてるみたいだ。つねからの苦悩で、顎《あご》が引きつっている。

二十時だった。夕食会はスタートから不穏だった。私がスーズを注文すると、給仕は、はてな？という目でこちらを見た。そんな酒の名前を聞いたことがないのは明らかだった。しかたなく擦りゴマの浮くキュウリ味のカクテルを飲んだ。「ネズミの糞みたいだな」私はせせら笑ったが、場を和ませることはできなかった。テーブルはいやな緊張感に包まれていた――たったの数分で、初対面の相手と仲良くなれというのには無理がある。ただひとりレオニーだけがくつろいだ様子で、音を立てて四川胡椒風味の茶を啜《すす》りながら、ふたりのやりとりを聴いている。このおめでたいお人好《ひとよ》しの娘には、たとえ自分が愛する人間同士であっても、かならず馬が合うとは限らないということが想像できないのだった。

私は早口で自分の過ちを認めつつ、なんとか弁明しようと、NGO団体SOS人種差別を率いたアルレム・デジールがアンティル諸島出身者の末裔《まつえい》だったことを例に挙げた。「ジュリアン・ドレはどうだったか、調べてないから確かなことは言えないけど、アルザス系ユダヤ人とかじゃないかな。アルジェリア系だったかもしれない。あとでかならず調べておくよ」

＊

私たちは、私、娘のレオニー、その恋人のジャンヌの三人でテーブルを囲んでいた。それ自体がちょっとした事件だった。五年来、日曜の夕食を娘とふたりで取ることは、私にとって大切な行事だった。誰であろうとふたりのあいだに割り込ませなかった。別れた妻アニエスから受けた「父と娘の時間を死ぬほど大事にしろ」というアドバイスに従ってのことだった。いつも貴重なアドバイスをくれたアニエス。離婚して、ひとりで身の振り方を決めなければならなくなったいま、彼女の良識が恋しくてたまらない。

レオニーはポントワーズ［イル・ド・フランス地域圏北東の街。パリから一時間弱で移動できる］のサン＝マルタン地区に住んでいる。駅を中心にじめじめした通りの広がる地区だ。家に招ばれたことはない。しかたがないことと諦《あきら》めている。娘はたぶん、引っ越す前と同じように、クリスティーヌ&ザ・クイーンズのポスターだとか、パピエ・ダルメニーの香だとかで、レズビアンのブッチらしい部屋をつくっているにちがいなく、私にそれを皮肉られるのが嫌なのだろう。我が子にそんな感情を（心のよりどころになるかわりに、安心できる逃げ場になるかわりに）抱かせているなんて悲しい。実際、私はよく皮肉を洩《も》らしたが、そのほとんどは自分に対してなのだ。レオニーに腹が立つとすれば、それは自分に似すぎているからだった。娘は私から、ある種の失敗癖を受け継いでいた。とはいえ父親のような刺々《とげとげ》しさや、陰険な目敏《めざと》さは持たず、彼女は小鳥のように朗らかだった。

レオニーが勤めるのは、企業相手に適切な職場環境づくりをコーチングする会社、つまり「企業の社会的責任」という偽善的コンセプトの発展に乗じて、製造業だとかサービス業だとかの周辺で、おびただしく増殖しているパイロットフィッシュみたいな（蛭《ひる》みたいな、とマルクなら言いそうな）会社だ。

ＣＳＲ教に改宗した企業というのは、とにかく自分たちが、人の温《ぬく》もりを持った資本主義企業なのだと、世の人々にわかってもらいたいと考える。つまり、自分たちはおのれの貪欲《どんよく》さや、シニシズム、粗暴さの限度をわきまえ、従業員の幸福を（そしてもちろん炭素排出量のことも）気にかけている企業なのだと、どうにかして世の人々にわかってもらいたいと考える。だからそういう企業はそれを目に見える形にするために、外部の業者に金（はした金）を払って、従業員向けにおしゃべりの仕方だとか、オープンスペースでの会話の作法なんかのコーチをさせる。

つまりレオニーが日々、デファンス地区の暖房の効きすぎた会議室でやっているのがそれだ。具体的には、重役たちが驚いたりはしゃいだりしながら参加せざるをえないゲームを企画したり、「聞き手のおずおずとしたまなざしは、ノンバーバル言語による不信のサインだ」などと大真面目に説明するパワーポイント資料を投影したりする。ときにはスカイプで、遠隔からアドバイスを振りまく。はっきりいってクソみたいな仕事だ。私が同僚ならそれをレオニー本人と冗談にして笑うこともできたかもしれない。

レオニーはおのれの失敗を直視できないタイプの人間だった。ヴァル・ドワーズに引っ越した理由も、本人はパリの暮らしに飽きたからだと説明していたが、パリ東部のバカ高い家賃を彼女がこれ以上払えなかったのは誰の目にも明らかだった。前の恋人のメーヴァにどこかの実習生に乗り換えられたときも、あのままつきあっても結局いいことはなかったろうと話していた。別れたおかげで、それまで死ぬほど好きだった相手が違って見えるようになったとか、メーヴァが自分を捨ててクレオールだかサントロペだか出身のバカ女とくっついたことは、結果から見れば、これ以上ない僥倖《ぎょうこう》なんだとか、そんなことを言う。これまでの失恋だって、いつも同じように玉虫色に粉飾されてきた。どんな大失敗もレオニーにかかると「結果オーライ」になってしまう。失敗のひとつひとつが「もっけの幸い」になってしまうのだ。

私はこのおめでたい娘から、理解しがたい好意でもって、ちやほやされるのが好きだった。レオニーは、奇跡や、スペクタクル（たとえば骨形成不全症患者を癒《いや》すとか、聖処女像に血の涙を流させるとか）で注目を集めたりすることのいっさいない、そのへんによくいる聖女だった。したがってポントワーズ教区が、列福のために彼女の善行を調査するなんてこともなかった。

レオニーは五年前、私が離婚するとき、意外な形で私の味方になってくれた。当時、辛《かろ》うじて成人年齢に達していたレオニーは、父親と母親のどちらの家で暮らしてもいいし、なんならどちらの家で暮らさなくてもよかった。当然、ベイン&カンパニー社のコンサルタントである母親のペントハウスで暮らす方が快適だった。しかし公明正大なレオニーは自分を犠牲にすることを選んだ。父親が危うい状況にあるのを知っていたからだ（ふたりであの暗黒時代の話をしたりする。私は薄暗がりでモーターヘッドのアルバムをエンドレスで聴き続け、切断手術から目覚めるみたいにゆっくりと朝を迎えていたものだ）。レオニーは私をひとりにする気になれなかったし、私もこうしたお情けを拒む気になれなかった。私は自分かわいさから、それを受け入れた。共同生活は、レオニーがコペンハーゲンに一年交換留学生として赴くまでの二年間続いた。

まあレオニーの方にも父親と暮らす得があったのかもしれない。彼女の母親には、自身の夢や、仕事の鬼らしい要求の高さで、娘を押し潰《つぶ》す由々しき傾向があった。アニエスは娘にいつも実力以上の力を出せと要求した。彼女は娘に、この世界はジャングルであり、いつもがむしゃらに勝ちにいかなければならない、と教えた。間違いではないが、不安しか引き起こさない教えだ。一方、私はというと、まったくもって一族を守る重苦しい家父長という柄ではなかった。そういう役は自然とアニエスが受け持っていた。レオニーと私の結託に、アニエスは苦しんだが、例によってポーカーフェイスだった。

*

レオニーの新しい恋人のジャンヌは、なんとしても自分がレストランを選ぶといって譲らなかった。たぶんそれが彼女の縄張りの示し方なのだ。少なくとも自分に有利なフィールドで敵と交戦できる(そういえば、なにかこれに似た、いにしえの中国の戦法をマルクから聞いた気がする。「その戦場の自然を知らぬ者は、軍兵を進めるべからず」とか、たしかそんな内容だった)。

私たちはジャンヌの職場のあるラ・アル・フレシネ［スタートアップを支援する大規模インキュベーション施設］近くの、〈ルネッサンス〉という小さな流行《はや》りのレストランで落ち合った。ジャンヌは仲間と共同で出資して、スタートアップを立ち上げているそうだ。彼女が具体的にどんな仕事をしているのか、私には想像がつかない。わかったのは、「インターネット・ソリューション」に携わる仕事だということだけだ。

ジャンヌは、レオニーよりも年上で、どうやら経済的にも彼女を助けているらしかった。娘が確固たる考えと鉄の意志を持つ女性の庇護《ひご》下にある、少なくともしばらくはその状態にあることがわかってよかった。ほっとしたと同時に心配にもなった。レオニーには経済力がない。見るからに猛烈なその恋人の愛に晒《さら》され、百戦錬磨のこの年上女性のなすがままになり、壊れてしまいかねない。この子は自分を守るべきだ。実際、この子はなにかしらの保証を要求すべきじゃないだろうか。私は折りを見てレオニーに通俗的な話をしようと決めた。結婚するつもりなら、共有財産制を選択するよう説得しよう。それは私と別れた妻が採らなかった選択で、私はそれを後悔しない日がない。

レオニーはいい子だから、新しい恋人の前で、父親を持ち上げようとした。私を感じよく見せようと涙ぐましい努力をし、一九八〇年代、私が社会運動に打ち込んでいた頃の話を振ってきた。少しばかり振り方に無理はあったかもしれない。

「ねえ、ジャンヌ、パパはSOS人種差別で、とても熱心に活動したんだよ、八〇年代、運動の黎明《れいめい》期にさ」

レオニーは優しく私を舞台の真ん中に押し出した。さあ、パパ、私たちにパパの十八番を披露してよ。一番輝いてた頃のパパを見せてよ。レオニーにすれば、今ではそらで繰り返せるほど何度も聞かされた長口舌だった。私は八〇年代の伝説を語った。アラブ人のデモ行進、草創期の運動団体、マルテル通り十九番地にごった返す人々、コンコルド広場での大規模コンサート。アフターパンク仕様の私のスタイルについては、たとえば当時は煙草を吸うとき薬指と小指に挟んで吸っていたことなんかを語った。それから化学会館の大集会や、MRAP（人種主義に反対し諸民族の友好を目指す運動）にいるスターリン主義者との小競り合い、コリューシュやシモーヌ・シニョレを「立会人」に迎えての大会議、「当時の並外れた自由」なんかの話をした。

なにを話しても、私の話は紋切型の域を出なかった。あまりに型どおりなので、それについて自分が実のところどう考えていたのか、もうよくわからなかった。そもそも実際どういう出来事だったのかすら、もうよくわからなかった。型に嵌《はま》った物語が、窓に貼る目隠しシートみたいに、記憶と私自身のあいだに割り込んで、記憶を改ざんし、ぐちゃぐちゃに混ぜ合わせてしまっていた。私は自嘲《じちょう》気味に締めくくった。「あの頃がよかったなんて思わない。みんな少しバカだったにちがいないさ。ここで私の話なんかしてもしかたがない。きみたちの世代の方が大人だからね。それにきみたちには、きみたちの闘争があるだろう」ここまで言ってますます自分の見解がわからなくなった。あるいは、いやってくらい、わかりすぎていたのかもしれない。

ジャンヌは納得しなかった。

ジャンヌが本当はなにに怒っているのかを私が知るのは、もっとあと、「事件」が起こったあとになってからだ。この日、おまえたちは庇護者ヅラをして被害者から「声を奪い取る」と私を責めたジャンヌが、本当はなにが言いたかったのか、いまなら、わかる。いま、目が覚めている（彼ら風に言うならwoke）私には理解できる。

ジャンヌは、もううんざりしていたのだ。味方してあげたから誉《ほ》めてくれと言う連中に。ひとりよがりな白人男性らのもったいぶった悔恨に。自分は女たちを手籠《てご》めにしたりしなかった、三十年前黒人の友達といっしょに闘争した、だから賞賛しておくれと訴えてくる男たちに。老いた五月革命世代の有害な男性性に。左派的家父長主義に。そんな父親からたっぷり恩恵を受けている娘たちに。そしてたぶんジャンヌはすでに自分の恋人にもうんざりしていたのだろう。なにしろレオニーがジル・ドゥールーズかロラン・バルトかのように仰ぎみる父親ときたら、絵に描いたような大酒飲みのジジイ、負け犬なのだ。負け犬——されど圧制者でもある、とジャンヌの怒気を孕《はら》む目が私にそう言っている。しかも一番たちの悪い、WhiteSavior、白い救済者というやつだ。つまり白人シスジェンダーの形勢が悪くなってきたのを察して、最後の最後に諸々《もろもろ》の「新しい勢力」に鞍《くら》替えしたタイプである。

ところで「新しい勢力」はもう私なんかの助力を必要としていない。いまさら味方だとアピールしたって手遅れなのだ。あとはもう裁きを下すハサミの刃のあいだで睾丸《こうがん》を縮み上がらせるほかない。文句を言わずに黙って罪を償うほかない。そういうことを私は追々学んでいくことになるが、その夜〈ルネッサンス〉の時点では、薄ぼんやりと予感があっただけだった。

私は最後にもう一度弁明を試みた。

「ＳＯＳは誰の声も奪ったりしていない。あそこには恩着せがましい空気なんてなかったよ。みんな八三年のドルーの市議選で国民戦線が勝利したことに戦慄《せんりつ》していた。アルレム・デジールも、ジュリアン・ドレも先を見る力を備えたカリスマだった。みんな諦めたくなかった。『ぼくらはみんな移民の子』というのは、心からの叫び、団結の叫びだった。五月革命世代が『我々はみなドイツのユダヤ人だ』と叫んだのと同じだ。みんなただの若者だったのさ。そして国民戦線なんてクソ喰らえだと思ってた」

ここまでは完璧《かんぺき》だった。いずれにせよ実際に問題になるような発言はいっさいしていない。私はレオニーに誇らしく思ってほしかった。人前に出して恥ずかしくない自慢の父親でありたかった。ジャンヌはあいかわらずじっと私を見据えていた。私は玉の汗をかいた。「この先の言動に注意なさい」と呼びかけられている気がした。

周囲のテーブルでは、若者たちが剣を交えるかのように視線を絡ませあっていた。笑うとアメリカ人のクォーターバックのようにきれいに並んだ歯が覗《のぞ》く。近所に起業家を支援する巨大機関ができたのだとジャンヌが説明してくれた。どの若者もテクノロジーに沸き立つ業界で働いているそうだ。みんな私の半分にも満たない歳だった。彼らの人生はいま最盛期を迎え、甘い果実をたわわに実らせている。時代の主役は彼らであり、彼らにとって世界はヴァカンス村も同然だ。彼らは上海からロンドンまで、パリからヨハネスブルクまで５Ｇの繋《つな》がるところへならどこへでも軽々と飛んでいく。

将来の計画について訊《たず》ねられれば、夢見る青年という体で、毎平方センチメートルに膨大な数字が循環する世界を語る。デジタルネイティブのひ弱な思想は、そうした数字の潮流に押し流されてしまうが、べつにかまわない。大事なのは、流れが止まらないことであり、つねに緊密なネットワークが保たれていること――インターネットが世界じゅうの人間にとっての息吹であることだ。こうしたプロメテウス的高揚は、おおむねその態度にも一貫して見られる。実のところ、若者たちをそれほどまで高揚させているものは、世界が誕生して以来、人々を駆り立ててきたものと同じ、最小限の時間で最大限の金を集めたいという動機だった。そこにいる若者たち全員が輝いていた。彼らの話す簡潔で単刀直入な言葉には、とてつもないバイタリティがみなぎっていた。

＊

ジャンヌのおでこは丸く大きく張り出していた。反射的にそれがもたらしかねない被害の程を私は推し量った。その気になれば、瞬時に私の鼻なんて打ち砕いてしまえるだろう。私は話題を変え、彼女の仕事について質問した。答えは難解な造語だらけだった。ジャンヌは「アンタゴナイズという行為」、「ディスラプトという行為」、「ウィナーテイクオール神話」について語った。レオニーは恋人の話にうっとり聴き入っていた。その若きピューリタンはやる気に満ち溢《あふ》れ、いっさい迷いがなかった。ジャンヌは私より三十も年下だったが、明らかにこのテーブルでただひとりの大人だった。

私は彼女に質問した。

「なにか秘訣《ひけつ》があるのかな？　つまり、その、絶対に諦めないための？」

「日々、漫然と過ごさない、秘訣はそれですね。一日に仕事は十二時間、スポーツは二時間。スポーツはボクシング、マラソン、エアロビなど。吸収の遅い糖を摂り、そしてミネラルウォーターをたくさん飲む。睡眠を取りすぎない。だいたい四、五時間ですかね」

　こうしたみぞれのごとき発言の数々に、私の精魂は尽き果てた。アニエスは正しい。世界は本当に容赦ないジャングルなのだ。レオニーも、私も、資本主義世界での生き残りをかけたダーウィン的レースで先頭を走るジャンヌのスピードについていけるわけがない。私たちはふたりとも、レースに復帰できない最下層の人間だ。どうしてそんなふたりがジャンヌのようなすごい連中と戦えるだろう？

　今朝、私は金融市場が開く時間、コーヒーフィルターがきれていることに気がついて、インスタントコーヒーで我慢した。ロシア系の女が、学校の教師（おそらくは中学校の教師）、数学か地理かはっきりとは分からないが、なにかの教師らしき男とヤっているビデオを見ながら、淡々とマスをかいた。黒板には方程式が、教卓の上には世界地図が広げてあり、その上で役者ふたりが絡み合っている。つまり教卓の上では依然として議論が続いているらしい。

　現実を否認する力を持つレオニーが羨《うらや》ましくすら思えてきた。レオニーはその力のおかげで実に多くの失望を免れている。「吸収の遅い糖」とジャンヌは言った。私は歯を食いしばって笑顔を作り「いやあ感心だなあ」みたいなことを言おうとしたが、言葉は口から出る前に砕けた。

　私は六十五歳だ。こちらに対して丁重に無関心を示してくる聴衆を相手に三十五年のあいだ冷戦史をおしえた。すでに初期の教え子たちにすら難解だったトルーマン理論の巧妙さやベルリン封鎖の急展開が、二〇〇〇年代の学生に理解できるはずがなかった。なにしろ彼らのほとんどがベルリンの壁崩壊時におむつをしていたのである。私は腹が出るのも気にせずビールを飲み続けた。腹は太鼓のように膨らみ、だっぽりしたセーターでもごまかせなくなった。服の上からでもわかるくらい張り出したそれは、努力の放棄をこれでもかと物語っていた。

「人生を放棄した太鼓腹ね」とレオニーの母親のアニエスは私に言った。別れる数週間前のことだ。

彼女の言うとおりだった。言葉に棘《とげ》はなかった。彼女はもはや私に腹を立てていなかった。会話から非難の色が消え、夫婦の関係がいよいよ終局を迎えたことがわかった。アニエスは諦めた。彼女はついに、目の前にいるその太鼓腹の男が私で間違いないことを認めた（そのうえで自堕落で、才能に限りのあるひとりの男を理解してやる必要があった）。八〇年代半ばに自分を魅了した男の思い出にすがるのは虚《むな》しい、いや虚しいだけでなく正しくもないと理解した。なぜなら、生身のその男はいままさに六十代のスランプ、つまり人生の最初の総括を迫られる難しい時期に差し掛かっていたからだ。その男のありのままの姿を認めてやるか、いずれにせよ受け入れてやらなければならない。でなければ相手を不必要に苦しめることになる――誰か別の人間であることを強要することになる。

レオニーがあくびをした。レストランの明かりが消え、隣のテーブルで、いきなりハッピーバースデーの歌が沸き起こり、すぐに店全体がその歌に包まれた。私はひたすらに気分が落ち込んでいくのを感じた。私はいかにも屈託なげに一杯目のジンを注文した。

差し込む日差しに容赦なく叩《たた》き起こされた。鎧戸《よろいど》を閉め忘れていた。つくづく思うが、幸せと不幸は紙一重だ。私が二十歳の、オーバーサイズの左右非対称のジャケットを着た、若いやんちゃな活動家、輝くような女たらしだったなら、この夥《おびただ》しい光の氾濫《はんらん》は、得も言われぬ天の恵みだったはずだ。私は真っ赤な太陽を、ひと足早い春の訪れのようにありがたく眺めたかもしれない。燦々《さんさん》と降り注ぐ日差しが、軽やかに鳴るラッパのように、私の歩みについてくる。

そうだ、八〇年代、全盛期の私なら、降り注ぐこの陽光を、自分への当然の賞賛、つまり自然界からえりぬきの人類に送られた親しげな挨拶《あいさつ》、輝く恒星から輝く恒星に送られた敬礼と受け取ったにちがいない。私はきっと出かけていって、都会の円熟した情熱的な空気を全感覚で味わおうとしただろう。ジム運動で磨き上げた、しなやかなおのれの肉体に得々としながら。陽光は私の一番の味方となり、こちらを打ちのめすどころか、女の子の肩をきらきらと輝かせ、私に元気をくれただろう。

ノスタルジーは本当に手に負えない。私は六十五歳だ。ベッドの足元に横たわっている。頭はどろどろに溶け、胆汁が口から溢れだしそうだ。期待外れの男ジャン・ロスコフであること、それが私の定めであり、冴《さ》えない天職だ。私は長所を並べたあとにかならず小声で「ああもったいない」と付け加えられる男なのだ。みんなをがっかりさせる存在であることが私の真骨頂であり、使命である。私は大酒を飲み、その報いとして、ベッドの足元に横たわっている。「飲むなら、罰を受けろ」、アルコール性肝硬変患者にはもう治療費の一部を還付するのを止めようと訴える市民団体が組織した一大予防キャンペーンの脅し文句が去来する。事実、私は重い罰を受けている。天を呪うなんておこがましいし、そもそもなにかを要求できるような立場にない。願わくば、日差しにほんの少しだけ和らいでほしいだけだ。

白い光がまっすぐ網膜の奥に突き刺さる。私は首を起こした。この歳で一晩床で寝れば、ただではすまない。頸椎《けいつい》に激痛が走った。なにより頭痛がひどい。頭蓋骨の内壁をサディストに鉋《かんな》で削られてるみたいだ。通りではハンマードリルが拍子をつけて、その味気ない爆音を鳴り響かせている。私はできるかぎり小さな動作で、なんとか上半身を起こした。足元の黄色いポリスチレン製のゴミ箱の中に、食べさしたケバブが散らばっている。サムライソースの匂いで、舗道をふらつきながら、手をべたべたにしてケバブをかぶりついた記憶が甦《よみがえ》る。

ジャンヌとレオニーとの食事のあと、私はなぜまっすぐ家に帰らなかったのだろう？　レストランを出た時点で、私はすでにかなり酔っぱらっていた。レオニーは悲しそうだった。ジャンヌは厳しい目で私を検分していた。リサイクルできないごみか、寿命を迎えた機械を見るような目だった。ふたりは私をタクシーに押し込みながら運転手に私の住所を伝えたが、私は小舟をそっと切り返す海賊のように、行先を行きつけのバーに変更した。

友人のマルクが会いにきた。私はマルクと、親世代の理解を超えるいまの若者たちの話をした。それから古き良き時代の思い出を呼び覚まし、一九八五年六月十五日のあの忘れがたい夜、ジュリアン・ドレと運動団体が手掛けた、あの世紀の大コンサートの話をまた始めた。コンコルド広場に押し寄せ、シャンゼリゼとリヴォリ通りに溢れた三十万の人の波。マルクは本部メンバーの権限で、私を、主役たちがパドックのサラブレッドみたいに足踏みしているバックステージに通してくれた。私とマルクはコリューシュとアラン・バシャンと落ち合って、いっしょに巻きたばこを吸った。すべてが夢のようだった。さすがのマルクもはめを外した。つかの間、いつもの計算高さを捨て、全国大会でＵＥＪＦ（フランスユダヤ人学生協会）の連中がやけに幅を利かせている問題だとか、このさきの個人的スケジュールだとかを忘れた。彼はその夜のその時間、次の一手を画策するのをやめ、六月の暑さと会場の熱気を存分に味わうことにした。いつも抜け目のないマルクですら、係留ロープを解いたのだ。

私はその夜、インドシナから来た歌手のふりをしながら、視界に入る人間を端からナンパしてまわった。相棒も負けじと、イギリス訛《なま》りを織り交ぜてファイン・ヤング・カニバルズのドラマーのふりをして、まんまと駐車車両の陰で、フェラチオまでしてもらった。あとで本物のドラマーとすれ違ったマルクは、悪びれもせず本人に礼を言った。言われた方は目を丸くした。その夜だけはなんでもあり。最高の時間だった。ギターは午前三時までうなり続け、続けてジャンベが夜明けまで鳴り響いた。

やんちゃな時代が甦った。私はやけにほろりとした。マルクは手放しに幸せそうだった。彼の思い出にはいっさい後悔がなかった。ジュリアン・ドレにとって、その夜が出世の足掛かりとなったように、マルクの現在も、その夜の素晴らしい成功の上に成り立っていたからだ。

午前二時近かった。私たちのテーブルの上は空いたグラスでいっぱいだった——ほとんどが私のグラスだった。夜から貰《もら》えるだけのものを貰いつくしたこの時点で、私はなぜ家に帰れなかったのだろう？　マルクがこう言ったからだ。「潮時だな」。それは自制心、つまり衰弱に抗い、荒ぶる欲求の言いなりにならない自由意志の勝利を示す言葉だった。マルク・Ｗというのは、いつも正論を吐く嫌な友人だった。やつはまるで私がアルコール依存症なのは考え方が間違ってるからみたいな言い方をする。

「あのなあ、おれだって、おまえと同じくらい飲むのが好きなんだぜ、でも酒には、楽しさより害の方が多くなる潮目がある」

もちろんだとも、マルク、おまえは素晴らしいやつさ。おまえは説教してるんじゃないよな。ただトロツキー信奉者のジュリアン・ドレから学んだコストとベネフィットの理論（愉快な逆説）を厳格に実践しているだけだ。それってシカゴ学派の正統な自由主義の理論と大差ないぜ。つまりおまえは、より信頼性の高い羅針盤とよりシンプルな規則で実生活を強化するホモ・エコノミクス、いかなる状況でも、自分の資力を最適に活用して得られる満足を最大にする経済的人間なんだ。

もちろんだとも、マルク、リスボン通りにアパルトマン一軒、オパール海岸とソーヌ＝エ＝ロワールにそれぞれ別荘一軒を所有する恵まれた不動産家であり、ビジネス訴訟に特化した法律事務所の共同設立者であるマルク、シフォネリの服を着、スポーツセダンに乗るマルク、もちろんだとも、自己破壊なんてなんの役にも立たないよな。耳よりな情報をありがとう！　おまえのなにがむかつくって、自己破壊が自覚的プロセスのはずがない、それが見込み違いの結果を生む行動であることを示してやりさえすれば酔っ払いも目が覚めるはず、みたいなお為ごかしを言うところだ。

もちろんだとも、マルク、おまえは正しい！　いまが潮時だ。なぜなら酔いが熱を与えられるのはここまでという潮目に達したからだ。ワインの精に導かれた会話は、ひととき間抜けな空論に跨《また》がって舞い上がった。時間がその手綱を緩め、私たちは再び、光輝くチャーミングなおしゃれな若者になった。テーブルとテーブルの距離が近くなり、マルクは老いたがまだまだ枯れてないというように隣のテーブルの女性相手に十八番を披露した。酔いはその豊かさのすべて、その詩情のすべてをくれた。だからここまでにしておかなければならない。もちろんだとも。

ここを一瞬でも過ぎれば、酔いは、酸っぱいものに変わる。みんなひとりでしゃべりだす。もう隣に連れがいようが関係ない。曖昧な物言い、子音の抜けた不明瞭な言葉、死ぬまで友達だ、とロボットみたいな口調で繰り返される誓い、虚ろなまなざし、強迫に駆られたモノローグ。まさに老人。もちろんだとも、夜から貰えるだけのものは貰ったんだから当然、引き上げるべきなんだ。

そして私は動かなかった。

私はまるでスロットマシーンに見切りのつけられないギャンブラーのように、むきになっていた。マルクを引き留めようと、彼がいつも楽しい空気に水を差すことや、コントロールフリークらしい節制ぶりをからかった。なんだよ、おい！　私は声を荒らげた。マルクも私から身をはがそうとして、私を小突くくらいはしたはずだ。私はほとんど敵意と呼べそうな激しさで、酔っ払いにお決まりの茶番を演じた。なぜなら酔っ払いというのは、沈む船から逃げ出すネズミみたいな卑怯者《ひきょう》がなにより嫌いだからだ。こちらの思惑が見透かされていることもわかっている。その節制屋が行ってしまったら、私はますます自堕落になり、取り憑《つ》かれたように飲み始めるだろう。その怒りには嫉妬《しっと》が、つまり、いつなんどきでも自分の制御を失わない人間に対する狂暴な妬みが混じっているのだ。

退職してきた大学では、教え子たちによく馬鹿にされた。いまどきは「ペイベ」と発音されるP．I．B（国内総生産）を私が「ピベ」と発音し、「ユー・エル・エス・エス」と発音されるURSS（ソヴィエト連邦）を「ユルス」と発音するからだ。

私は横目で窓の外を見た。飛行機が白い雲を伸ばしながら飛んでいく。胸が締めつけられた。飛行機からも見捨てられたような気がした。

六十五歳の私の一日は、今日こそはものを片付けるぞという厳かな誓いで始まる。毎夕、おのれの無能さを嚙みしめ、憂鬱《ゆううつ》の沼に沈む。不整脈の発作で息切れがした。薬箱をひっかきまわし、鎮痛剤と、尿意を妨げない抗痙剤《こうけいざい》を探した。私はそれを丸飲みにし、台所の蛇口に口を当てて、ほんの少し水を飲んだ。どっと疲れが襲ってきた。しかし私はうめきながら、仕事用のテーブルまで這《は》っていった。

数週間前から、大昔の草稿を見直している。四十年以上前に始めたロバート・ウィローというアメリカの詩人の研究に、もう一度、真剣に取り組んでみることにした。別れた妻は応援してくれた。とはいえアニエスは、それで私が立ち直れるならどんなアイデアでも応援してくれたと思う。「素晴らしいアイデアだわ、ジャン」彼女はソーシャルワーカーのような優しいまなざしで言った。

それであなたの自殺を回避できるのなら素晴らしいわ、こちらはいまあなたに構ってあげられないから、放っておけば彼女はそこまで言いそうだった。でも本当にそれは「素晴らしいアイデア」だろうか？　そこにはきっと耄碌《もうろく》して糞尿を垂れ流すのに近いものがある。象は自分の死期を悟ると、太古からの本能に突き動かされ墓場へと向かう。私の年頃の人間は、若い頃に取り組んでいた仕事にふたたび取り組んだり、突如、家系図づくりに情熱を燃やしたりするのである。まるで四十年前に頓挫《とんざ》した仕事の完成が、欠けていた歯車となり、ささいな出来事に翻弄《ほんろう》され、優柔不断と怠惰で翳《かげ》っていた生活に覇気を取り戻してくれるかのようだった。

「少なくとも、なにかの形にはできるだろう」かつて、おんぼろタイプライターで作成した黄ばんだ原稿をふたたび手に取りながら、私はぼんやりそう思った。

勢いで決めてしまったものの、当初は全然ぱっとしないアイデアだと思っていた。しかし熱はすぐに戻ってきた。ロバート・ウィローという、いかなるジャンルにも分類できず、軽視されてきた詩人の、知られざる作品にのめりこんでいた、かつての興奮がそっくりそのまま甦ってきた。

ジャズ・ミュージシャンでもあり、共産党員として党とともに波乱の道を歩いたロバート・ウィローは、マッカーシズムの嵐を避け、五〇年代初頭、フランスに亡命した。晩年には、フランス語による見事な詩集を二つ編んだ。ただしそれが出版されるのは彼の死後だ――一九六〇年十月のある夜、彼の運転するプジョー四〇四は、バルビゾンとミイー＝ラ＝フォレを結ぶジグザグにうねる県道で、突如コントロールを失い、道路脇のプラタナスに激突し、ぺしゃんこになった。ノースカロライナ州ダーハム市の、民主党と自由主義的バプティスト教会を苗床に持つ、未来信仰がアメリカ人の心を明るく照らしていたプチブル社会で、産声を上げたひとりの男の生涯は、そんなふうに幕を閉じた。つまり太古の森に覆われ、そこらじゅう聖遺物や古い鐘楼だらけのイル＝ド＝フランス県で、のどかなプラタナスによって粉砕されたのだった。

私は二十歳のとき、ひとりのアメリカ出身の男が理解しがたい方法で生み出した、奇妙で繊細な詩句に衝撃を受けた。いったいなにがあれば、ロサンジェルス・ドジャースの快挙に震えたヤンキー小僧が、こんな時代がかった詩を書くようになるのだろう？　コニー・アイランドの砂利を踏み、とても魅力的なおっぱいをした、金持ちになる夢を見ているカノジョの腰に腕をまわしてアイスクリームを舐め、ハーレムのジャズクラブに入り浸っていたその若造が、晩年には、ヴィヨンやシャルル・ドルレアンを信奉し、読んでいると中世のヴィエルの音が聴こえてきそうな詩を書くのである。いったい彼になにがあったのだろう？

しかし街路樹にあっけなく奪われたその謎めいた人生が、当時の文学界の興味を惹くことはほとんどなかった。

こういってはなんだが、ロバート・ウィローは、わざわざ次の迫害に遭うために、マッカーシズムという迫害を逃れたのである。彼はジャン＝ポール・サルトルから排斥されたが、これは、下院非米活動委員会、上院議員ジョゼフ・マッカーシーの要請で設立された反米活動を取り締まる国会特別委員会から排斥されるのに負けないインパクトがある。

当時、左派のインテリ層は武勲詩をあまり好まなかった。ロマン派的なもので唯一受け入れられていたのが、アンガージュマンのそれ——蔣介石《しょうかいせき》軍の戦車に飛び込んでいくチェンとか、「原爆のジャヴァ」を歌うボリス・ヴィアンとか——だった。社会問題に参加し、討論会だの輪転機だの煮えたぎる熱い鍋《なべ》に身を投じ、「ああ、インターナショナル、我らがもの」なんて歌いながら、みなで団結して行進できるものでなくては認められなかったのだ。

ウィローはパリに到着すると、危険も顧みずサン＝ジェルマンの遠心分離器の中に身を投じた。ウィローは、友人のリチャード・ライトやほかの多くの友人たち同様に、人々から両手を広げて歓迎された。当時のサン＝ジェルマンはアメリカ時間で動いていた。ホテル〈ラ・ルイジアーヌ〉は、ジャズマンだの、ミステリー作家だの、詐欺師だの、名家のボンボンだの、アメリカ人で溢れかえっていた。彼らは、チャーリー・パーカーが元ザズーの心をわしづかみにしていた〈ロリアンテ〉の穴倉で、ろくでもない連中と付き合うために、わざわざ大西洋を渡ってきたのだった。

アパルトマンで繰り返される会合、次々に作成される請願書、反帝国主義を訴えるデモ行進、副次的な恋愛、そして冷徹な教条主義、ウィローは多かれ少なかれ、故郷のハーレムで好んで浸っていた沸き立つような興奮を再び見出《みいだ》した。ジャン＝ポール・サルトルはボナパルト通りの彼の自宅、いわば世界の頂きで、ウィローに母親を紹介している。ウィローのハスキーボイス《ボーイ》は人々の心をとろかした。カーク・ダグラスみたいな割れた顎がその魅力に華を添えた。このアメリカ青年に夢中になる娘はあとを絶たなかった。笑顔の爽やかな長身の青年は、それまでサルトル周辺にいたハンフリー・ボガートに憧《あこが》れて、ぶかぶかのトレンチコートに身を包んでいた落ちこぼれの熱血インテリたちとは毛色が違っていた。ウィローはどちらかといえばジョゼフ・ケッセルの側だった——ある意味で彼にはフランス人的な側面はほとんどなく、どこまでもアメリカ人らしかった。たとえば銃を使う前でも、誘われればテニスをする、気取らないインテリ航空兵といったタイプだった。

そしてある日、彼は突然、姿をくらました。ウィローは借りていたパリの家具付きのアパルトマンを解約した。そしてエタンプで小さな町の庁舎を借りた。それはニンニクの匂いのする市評議会の持ち物で、第二帝政期の家具には白いシートがかぶせてあった。ダーハム出身の青年《ボーイ》は、カフェバーや、地下酒場や、請願書の作成なんかを放棄して、モーリヤックの小説に出てきそうな世界へ嬉々《きき》として引きこもった。派手な宣言はしなかった。彼はなにも言わなかった。彼はエタンプに家を借り、執筆を始めた。そこで過ごした年月についてわかっていることは少ない。理由は単純で、彼が人との交際をやめてしまったからだ。我々に知り得るのは、彼の書いたどこまでも端正な祭壇画のごとき恋愛詩、「麗しのアーチェリーのすべて」「愛の歌」「僕に期待しない人へ」「エタンプとパロール」のみなのだ。

ただひとり、友人のナンシー・ハロウェイだけは、エタンプに移ったのちのウィローからその訪問を許されている。「こんなふうに去らないで」を歌ったあのナンシー・ハロウェイだ。彼女はウィローと同様にアメリカを捨ててきた勇敢な娘で、イエイエで次々にヒット曲を飛ばした。ウィローにとって、ナンシーはサルトルの引力の影響外にある唯一のパリの知り合いだった。ふたりのあいだに恋愛はあったのか？　ウィローが彼女を愛していた可能性は排除できない。

私は四十年前、論文のテーマとしてウィロー研究に取り組んでいた頃、この問題をはっきりさせようと、くだんの歌手に接触を試みた。しかしナンシー・ハロウェイは消極的で、私との面会に応じず、ただ曖昧な返事をよこしてきた。

「ボブはあいかわらずすごくハンサムでした。でも彼は古い書物だとか、中世のなんだかよくわからないがらくたが、ごちゃごちゃと転がっている小屋で暮らしていました。会話なんていってもたいしたことは話してません。あの人は私の手を握って、きみは純粋な心の持ち主だとか、サムシングライクザット、そんなことを言いました。幸せそうでした。でも、これは私の考えですが、頭が完全におかしくなってたんだと思います。ほかのみんなは彼を絶対に許しませんでした」

ほかのみんな、というのが実存主義者たちであるのは間違いない。ボナパルト通りの小さなグループ、マフラーを巻いた高等師範学校出のインテリたちだ。

ウィローは英語で書いた最後の詩 Until Further Notice（「次の通知があるまで」）の中で、共産党とはっきり距離を置いている。ウィローは『リーダーズ・ダイジェスト』［アメリカの保守的反共的ファミリー雑誌］的幻想とそれを掲げるアメリカにも、五カ年計画（five-year plan）とそれを掲げるソ連にも背を向けている。

次の通知があるまで留守にする
さらにその後も留守にする
すべてのうるさがたに告ぐ
僕は歌わないぞ、きみらの土地台帳への愛情も
蓋《ふた》が閉まらないほど中身の詰まった冷蔵庫も
超音速ミサイルも
『リーダーズ・ダイジェスト』的幻想も
みんなうしろに置いてきた
森の鐘楼へいくつもり
星の葉陰で眠るつもり

だから、きみらの五カ年計画は讃《たた》えない

ボナパルト通り、サルトル周辺でのウケはあまりよくなかった。たしかにサルトル自身は共産党員ではなかった。彼はいつだって批判精神を失わない同志だった。彼はためらうことなく、シャトーダン通りの四辻にあった共産党執行部のエリートたちに思っていることを言った。サルトルは彼らについてさまざまな場面で、厳しく評した。スターリン信奉者側も、すかさず反撃に出た。一九四八年、ソヴィエトの代表団は会議の席で、サルトルを「タイプライターを打つハイエナ」扱いした。それでもサルトルはけっして、モスクワとワシントンを同等に扱わなかった。彼はつねにアメリカ式「way of death」と、改善の余地のあるソヴィエト連邦との違いを強調した。

当時フランスではまだ、共産党は高い威信を保っていた。あまり執拗《しつよう》に共産党を非難していると、かならず資本主義の有産階級の回し者の嫌疑をかけられた。マルクス・レーニン主義は十分な形で実践されていないのはどうも間違いなかった。哲学者サルトルにとってそれは依然として「現代思想には乗り越えられない地平」だった。つまりサルトルというのは、あれこれとうるさいことは言うものの、「反共産主義者はみなろくでなしだ」と発言したこともある恋人だった。この点に鑑《かんが》みても、ウィローのような日和見主義は、サルトルには許しがたいものだった。

その後のウィローの作品は、サルトルの嫌悪を確固たるものにした。エソンヌの小さな村に引きこもって中世宮廷風の恋愛の詩を書く、そんなのはプチブルの思いつくことであり、田舎の副知事なんかが抱くような夢だ。それをやってるのがアメリカ人だなんて、グロテスクのきわみだ。隠遁《いんとん》生活を送るウィローなんぞは、リヴィエラの海辺に流れ着き、マティス気取りで海の絵を描く、カリフォルニア出身の老億万長者にも劣る。カトリック的文体は、いかがわしい色あせたものと見做《みな》された。

ウィローは世の中から忘れられた。

ナンシー・ハロウェイはたいしたことは覚えていなかったが、それでもとある冷淡なエピソードを語ってくれた。彼女はそれを人づてに聞いたという。その若者の死を知らされたサルトルのとりまきのひとりの反応だ。「少なくとも、カミュはスポーツカーで死んだぜ。正直、プジョー四〇四っては、どうも冴えない」

私は調査で集めた材料で、いくつかの断片的な出来事を復元した。ロバート・ウィローはエタンプで埋葬された。ナンシー・ハロウェイだけがその小さな墓地まで霊柩車《れいきゅうしゃ》についていった。リチャード・ライトが最後の最後に姿を現し、彼女と行動を共にした。彼は亡命仲間を見捨てた後悔に苛《さいな》まれて、人目を忍んでやってきたのだった。埋葬が終わると、ふたりは故人の家へ行った。ふたりは、膨大な原稿が残されたその家で、ただ黙って時を過ごしたのだろうか？　こんな想像も成り立つだろう。『ブラック・ボーイ』の作者とイエイエの女神は、言葉も見つからず、ひたすら庭でタバコを吸った。

そのうち実務能力のあるナンシー・ハロウェイが沈黙を破り、故人の家族宛てに電報を送り、家主にかけあって、家を片付ける猶予期間を得た。ナンシー・ハロウェイはその箱を近所の雑貨屋で調達した（この話を私にしてくれた雑貨屋の店長は、疾風のごとく通り過ぎていったそのアメリカ人のことをよく憶《おぼ》えていた）。ナンシー・ハロウェイは原稿すべてを乗ってきたトライアンフのトランクに仕舞い、大急ぎでパリに戻った。リチャード・ライトは数週間後、突発性の病いであっけなく死んだ。

四カ月後、ウィローの従妹《いとこ》がシェルシュ・ミディ通りのミス・ハロウェイの家に現れた。それはきれいにマニュキュアを塗り、髪をボリュームたっぷりにセットした正真正銘、アメリカの上流家庭の主婦だった。従妹は挨拶をし、原稿を受け取り、合衆国、ニュージャージーへと帰っていった。持ち帰られた原稿は巡り巡ってニューヨーク、イーストサイドのフランス贔屓《びいき》の小さな版元に行きついた。イーストサイドはニューヨーク時代のウィローには馴染《なじ》み深い界隈《かいわい》だ。元異端児の武勲詩の翻訳を始めた編集者は仰天した。このアメリカ青年が、この頑固そうな顎をした、不良っぽい笑みを浮かべた、お祭り好きのトランペッターが、これを書いただって？　彼の詩は翻訳され、きわめて無造作に三冊の詩集に分けられ、フィラデルフィア・ブッカー・プレスという、ぱっとしない叢書《そうしょ》として出版された。

詩人の死から二十五年後、銃後《アリエール・ギャルド》という含蓄ある名を持つフランスの小さな出版社が、ウィローに目を付けた。アリエール・ギャルドはフランス語版のウィローの詩に小難しい序文をつけて出版することを決めた。果たしてウィローは、単なるほら吹きか？　パロディ作家か？　それとも大真面目に受け取るべき作家か？　とにかく読んでみてほしい。序文を要約するとだいたいこんな感じになる。とにかく読んでみてほしい、そして、きみなりに評価してみてほしい。

私がその玉砂利のようにすべすべで、中身のみっちりつまった、愛すべきロンドーに出会ったのは、この頃だった。まだ誰も知らないなにかの第一発見者になることを夢見ない人間はいない。私は、ひとりの天才を世に知らしめる、その橋渡しをする自分の姿を思い描いた。そして不当に軽んじられたその天才の作品を理解できるのは、自分だけだと思った。

第二章
ひ弱で頼りない僕の魂が反乱の歌をうたった

ウィローの最後の英語詩「スプリット・リップス」（「裂けた唇」）が書かれたのは、おそらくは一九五五年だ。その詩は、ジョエル・サプチャックという無名の仕事熱心な筆耕（「そしてヘロイン常用者でもあった」と、一九九〇年代末サプチャックにこの仕事を依頼したアリエール・ギャルドの編集長は語った）の翻訳によって、いまフランス語で読むことができる。

実際、サプチャックはよい仕事をした。私たちはその風変わりなテキストを、苦労せずに（なにより原文の詩情をそのままに）味わうことができる。「スプリット・リップス」の中で、ロバート・ウィローは二〇世紀初頭、ニューオリンズからシカゴへと移動するルイ・アームストロングの旅路を、幻覚に捕らわれたようなバラードで語る。蒸し暑い夕暮れの河をゆっくりと移動するリヴァーボートの上、アームストロングのトランペットが静寂を切り裂く。いままさにアームストロング音楽に滾《たぎ》る熱と力が、産業化の進んだ北部の人々を圧倒し、凍《い》てつく夜を一変させようとしている。それは征服の物語であると同時に、伝説的な脱出劇でもある。アームストロングは逃げている。ニューオリンズのホンキートンクから、南部ののろのろした耐え難いリズムから、バイユー［南部ミシシッピ川などの支流や三日月湖］のこちらを無力化するような湿気から。そして北部に乗り込み、密造酒酒場にたむろするアリのような群衆の心を摑《つか》もうとしている。彼は七日に亘《わた》る旅のあいだ、昼も夜も、飲まず食わずで、苦痛の中昏が裂けるクライマックスまで演奏し続けた。

三年後、ウィローは「エタンプとパロール」の冒頭を（フランス語で）書き始める。

日向《ひなた》で尻《しり》の汚い物乞いが
牧人の歌をうたう。
商人が通る
司祭さまが通る
羊飼いの少女が通る。
少女は物乞いの声が
天に昇っていくのを聴く。

この変貌ぶりは劇的で不可解だ。写本装飾や宮廷風恋愛がジャズやジャムセッションに取って代わった。ウィローの詩情は、新しいオルレアン《ニューオリンズ》に別れを告げ、いにしえのキリスト教の地オルレアンへと舞台を移した。彼は時を遡る旅の途中で、セーヌ河畔のハーレム、サン＝ジェルマンに立ち寄った。つまり路線の乗り換えはそこで行われたのである。

私はアルシュロー通りの三間のアパルトマンで一心不乱に仕事をした。たまに数時間ぶっ通しで書いて、満足して万年筆を置くこともある。本はだんだん形になってきた。私は自分が老人であることを半分忘れていた。そもそもパパは老人じゃないから、と四月の半ばにレオニーに言われた。二〇二五年の老年の身体のコンディションは、ルイ六世の治世の三十代のそれだという記事をなにかで読んだのだそうだ。私は笑った。電話の用件は、今度ジャンヌの家に引っ越すことになったという報告だった。レオニーはすごく喜んでいて、恋人のことを相変わらず熱っぽく語った。ルイ六世の頃の三十代は一日に十五回も尿意を催しただろうかとか、そんなことを考えながら、電話を切った。

次第にはっきりしてきたが、私の本は、その主題であるウィローがそうであるように、ハイブリッドな、詩と随筆が入り混じった本になりそうだ。私の望みは、読者がその詩人の作品に直接、触れられるようにすることだ。その上で作品に対する私個人の解釈も示せたらいいと思う。章ごとに冒頭でまずウィローの詩をひとつ紹介し、そのあとに解説を続けることになるだろう。

夕刻、元妻のアニエスから電話がかかってきた。声にぬくもりはない。彼女の電話はつねに、無駄話をするためではなく、離婚した夫婦間で親という立場にのみ限定した連絡を取るためにかかってくる。

「レオニーのカノジョに会ったんですって？」アニエスが訊《たず》ねてきた。

「いかにも」

「で、どう？」

「すごかった、ファイターだ。うちのお嬢さんはベタ惚れらしい」

「でもあなたは、あまり嬉《うれ》しくなさそう」

「さあね。ジャンヌが僕からレオニーを遠ざけちゃいそうで不安なんだ。もういっさい妥協がない感じだったから。あの目つきときたら……前にああいう目を見たのは、ＳＯＳにいた頃だ。革命共産主義ラ・リーグの古参会員がああいう目をしてた。堅物ってやつだ。きっとサン＝ジュストやロベスピエールもあんな感じだったと思うよ。迷いのない人間、迷いは弱さの証と考える人間だな。怒ってるから鼻息が荒いんだ。彼女の中ではもう答えは出てるのさ。彼女にすれば、僕はヘテロセクシュアルの男性である時点で圧制者だ。最悪の場合、潜在的レイプ犯さ。僕に挽回《ばんかい》の余地はなかった」

「女どもの怒りの餌食《えじき》になって可哀想ね」アニエスが皮肉った。

この流れでアニエスが私の味方になるわけがない。たぶんジャンヌについては同意見だ。でも彼女が私に味方して同胞を敵に回すとは考えられない。彼女は裏切らない。押し黙って怒っている何百万人の女性の亡霊が彼女を執拗《しつよう》に見つめている。亡霊たちは、純白の丈の長いトーガを着て、古い聖歌を歌うように、ゆっくり声を合わせて文言を唱えている。アニエスは続けて言った。

「悪いけど、あなたに同情できないわ。私の知る限り、あなたは男だからって理由で、足を引っ張られることはなかったでしょ。レオニーが中学でどんな目にあったか思い出してみて」

そうだった。レオニーはガールフレンドと愛撫《あいぶ》しているところを性根の腐った連中に狩られた。罵声《ばせい》を浴びせられて言い返し、殴られて目に青痣《あおあざ》を作った。

「そうさ、アニエス。僕の言い分なんて聞くに堪えない、きみの言うとおりだ。だとしても……あのジャンヌって娘は怖いよ、やっぱり。あの、がっちがちの教条主義が恐ろしいんだ。教条主義ってのはつねに無敵だろう。なにか閉鎖的な思想をひとつ思い浮かべてみてくれ。すべてを解明する学説ってのを。手強《てごわ》いぜ。僕は夕べ、サン＝ジュストの前で、延々と屁理屈《へりくつ》を捏《こ》ねるはめになった。なにを言っても、すべて調子外れになってしまう。微妙な表現をすると、ことごとく妥協と見做《みな》される」

「だって妥協でしょう、正確に言えば」

「そうかなあ。きみも微妙な表現はしないほうだけど。でもあのジャンヌって娘には確信しかないんだ。自分の行く手にあるすべてを踏みつぶしていく思想ってのは怖いよ。潔いけど恐ろしい。なぜなら、自分の声以外に耳を貸さない思想だからね。それは人には制御できないものであり、作動したら最後、すべてを破壊するまで止まらない。ユゴーの『九十三年』で、大砲のストッパーが外れる場面があるだろう？　コルヴェット艦クレイモア号の甲板ですべてを狂ったように破壊する大砲！　僕が出会ったのはまさにあれさ。それから、猜疑心《さいぎしん》に満ちたあの目つきもすごかった。ソ連の人民委員を相手にしてるみたいだった。彼女は僕の話なんて聴いてない。自分の憶測に確証を得るために、僕の発言の粗探しをしている。もう頭からこうだと決めてかかってるのさ、レオニーの父親は同性愛を嫌悪する旧弊なクソオヤジ、抑圧的でだらしのない太った豚だって」

「あなたってほんとに自分のことばっかりね」アニエスがうんざりしたように指摘した。「自分の男性性が危険にさらされた、父性が脅かされたって、そればっかり。レオニーのことはどうでもいいのよね、結局」

アニエスが軽くつっかかってきた。それはたぶん別れた夫婦にありがちな、かつて愛しあったことのある人間といると、ついうっかり出てしまう癖のようなものなのだろう。棘《とげ》のあるセリフですら、翌朝も同じベッドで目を覚ます間柄であるかのような口調になってしまう。私はこういうのが嫌いじゃない。少なくとも、それはなにかしらの感情の表明だし、突き詰めれば「元気でいてね、あなたがあの子の父親であることは変わりないんだから」なんて屈託なく親切にされるよりいいと思う。ちょっとした攻撃や、いらだちの表明もやはり、愛の形には違いない。

「ひどいことを言うね。僕は自分の娘にヒ……（『ヒステリー女』という言葉が頭に浮かんだが、用心してその使用を避けた）……無神経な人間になってほしくない。あの子にはもっと多様なものの見方を学んでほしい。自分を客観的に眺められるようになってほしいんだ」

アニエスは咳払《せきばら》いをした。

「レオニーは自分に自信を持つ必要がある。もしそのジャンヌって娘が、レオニーにその……競争心を吹き込んでくれるなら、結構なことじゃないの。私がその娘に望むことは、レオニーに優しくしてもらうこと。あの子を大切にしてもらいたいだけ」アニエスは、物分かりの悪い相手に話すように、一語一語を区切りながら言った。

アニエスが私たちの結婚生活の晩年をほのめかしていることには気づかぬふりをすることにした。「あれはそんな生ぬるいタイプじゃないな、たぶん。なにしろインターネット・ソリューション経営者だからね」私は思案顔で結論づけた。

＊

離婚してしばらくは、アニエスはもう私に、ほとんど娘の話しかしなかった。彼女はあらゆる手段を講じて、ふたりの会話を、親としての役割の方へ、波風の立たない堅固な連帯の方へ向けようとした。私は、彼女のそうした努力に気づき、傷つき、自分の愛がむくわれることはもうないと一気に悟った。

「がんばるねえ、離婚をよいものにするために」と、ある日、私は彼女に指摘した。私はそれを、まるでそれが彼女から出た表現であるかのように、彼女が雑誌の自己啓発記事なんかを真に受けるマテリアルで俗っぽい輩《やから》であるかのように、嫌味たらしい、少し尊大ですらある口調で言った。頭の中で悪意に満ちた結びの言葉も準備していた。「同じだけのがんばりを、離婚しないために発揮してくれればよかったのに」しかし私はその言葉を飲み込んだ。明らかに不当な目に遭っているのは彼女の方だった。アニエスはまっすぐに私の目を見た。反撃してくる様子はなかった。いずれにせよ、もうそんな空気にはならなかった。彼女はもう私から解放されていた。私のつまらないスノビズム、女房に食わせてもらっていることに罪の意識を感じる大学教授のそれ、人の稼ぎで何不自由なく暮らしながら、優雅な裁定者を気取って、金銭社会を見下すチンケな総督のクソみたいなそれから解放されていたのだった。

アニエスは、こんなふうに会話が嫌な感じになるのは、愛が壊れてしまっているからだと考えた。彼女はじっと私の目を見据えて、それから言った。「そうよ、ジャン、私はこの離婚をよいものにしたいの」彼女は泣くまいと、その愛くるしい顎《あご》をぐっと引いた。私は彼女の両の目尻に寄った小皺《こじわ》（アニエス言うところのカラスの足跡）一本一本に、キスしたくなった。彼女はあのとき五十五歳だった。

したがってアニエスはそのがんばりを継続した。

離婚初期、アニエスはなにかというと分別臭い（「大人らしく振る舞う」とか「平静」「責任感」「相互の思いやり」といった）語彙《ごい》を使いたがった。それは民主主義とキリスト教を重んじる、ドイツのワイマール憲法下の、少しばかり退屈な指導者だとか、プロジェクトの中心に人間らしさとか協力援助とかを据えたがる人間が使いそうな語彙だった。

アニエスは自分と同じ決意を私にもさせようと、何度も何度もそうした言葉を繰り返した。私はこれが嫌でしかたなかった。アニエスに穏やかな気持ちになってほしくなかった。彼女と穏やかな関係になんてなりたくなかった。事態が耐えられないので、そうした言葉はほかの人間からの受け売りだと考えようとした。これはきっと分析医のサポートで組み立てられ、親友との電話で微調整が加えられたマニュアルだ。アニエスはこんなに簡単に新しいページが繰れるタイプじゃない、と私は思った。専門家の受け売りだろう。たぶん別離について書かれた本を参考にしたのだ。いかにもガリ勉の彼女らしい。彼女にとっては、すべてが習得すべきことなのだ。彼女はまさにこの点において、驚くべき実際家だった。歳の取り方、人との別れ方、果ては死に方さえ、チェスやスペイン語と同様に、つまり、なにかしらの方式を適用し、参考文献をいくつも読み、とりわけ優秀な専門家から情報を得ることで習得できると信じていた。彼女のそういうところには、ぎょっとさせられるし、すごいと思う。私はアニエスのそんなところが好きだった。

私は彼女に私たち夫婦のことを話そうとした。何度も繰り返しその話をしようとし、思い出をかき回して、たがいの過ちを整理しようとした。しかしアニエスはさわやかにそれを拒んだ――私が愛の言葉をささやいても、いっさい取り合わず、どうしたらいい親になれるかという話に必ず戻した。私のケータイにはときどき、レオニーとアニエスと私の三人が写っている画像だけが送られてきた。コメントはいっさい添えられていなかった。はらわたが煮えくり返った。アニエスが頭の禿《は》げた有能な分析医と話しているところを想像した。患者のとりとめないおしゃべりを延々と聴いていられるミシェル・フーコーそっくりの医者だ。ふたりは私のことをキレやすい、取り扱い要注意の未成熟な変質者のように話している。きっとそのミシェル・フーコーもどきの勧めで、アニエスは私に「責任という想像の産物」を喚起する画像を送ってくるのだ。ああ胸糞《むなくそ》が悪い。

その後、アニエスの固い決心はひび割れた。ある晩、私たちはペルー料理店で、鱈《たら》のセビーチェを前にしていた。私はアニエスを相手に、十五年も昔の思い出話を始めた。モルビアン湾、キブロン島の自然のままの海岸をカヤックで廻《まわ》ったときの話だ。濃い霧の中で完全に方向を失い、そのうちに嵐になって、しかたなく断崖《だんがい》の隙間に開いた洞窟《どうくつ》に避難した。満ち潮だったが、海面がこれ以上高くならない保証はなかった。本当に恐ろしかった。二十年経ったいまでも、そのときの恐怖は完璧《かんぺき》に思い出せる。先の見えない、とてつもない不安と、この世の終わりのような状況下、白い砂利の上で当然のようにセックスに至った。性器はしょっぱく、私はそれを無我夢中で穿《うが》った。

あんな観光用のちっさなカヤックで、いつ断崖にぶつかって粉々になるかしれなかったのに、生還できたのは奇跡だったと私は言った。アニエスは私の話を遮らなかった。にっこり微笑んで、態度を少し和らげた。私たちは冗談を言い合った。セックスの話はしなかったが、あの激しい愛撫の思い出が、ふたりのあいだ、テーブルの上空に、ふわふわ漂っていた。アニエスは笑っていた。自然と笑いが溢《あふ》れてくるのをとめなかった。彼女はもはや、この離婚をよいものにしようと建設的に努める元伴《はん》侶《りょ》ではなかった。彼女はミシェル・フーコーの言葉を繰り返さなかった。親友といっしょに電話で取り決めた筋書きどおりに行動しなかった。私は連中からアニエスを取り戻した。そして私たちはひとき、あの洞窟に帰った。そこで私は喘《あえ》ぎながら彼女に挿入した。ぜいぜい喘ぎながらライフジャケットの中で絡み合った。

きらきらした思い出話のあとには当然、非難が待っていた。あんなに眩《まぶ》しかった過去が、もう元通りには輝かないのは、あなたがひたすら悲嘆に明け暮れて、その輝きを踏みにじり、冒瀆《ぼうとく》したからだ、と咎《とが》められた。

ペルー料理店での夜からこっち、アニエスは優しさと苛立《いらだ》ちのあいだを行ったり来たりしている(そのふたつの感情は、ときとして真逆に作用する原子のように、ひとつの声の中に収まっている)。アニエスは私に対してしかるべき距離を取らなくなった。彼女はもう禿げのずる賢い分析医に指導された適当な距離を保たない。だから私は、彼女のその美しい顔が感情に波立ったりするのを見るたび、希望を抱くのだった。

ウルク運河を行く小型電動ボートがカナダ人観光グループを運んでいる。気持ちのよい五月だ。私は目を見開き、仕事用の椅子に釘付けになって、ウィローという謎に没入している。ただ書けばいいというものではなかった。調査も続けなくてはならなかった。苦労はあるが一番つらい仕事というわけでもない。私は調べものをしたり、あちこちに電話をかけたりするのが嫌いではなかった。推理小説に出てくる、どこかいかがわしいが有能な「私立探偵」になった気がする。

もちろん書き始めるにも、なにかとっかかりが必要だった。そこで私は、ウィローがフランスに旅立つ場面から書き始めた。ウィローがアメリカを発《た》ったのは一九五三年。当然六月十八日よりも前でなくてはならない。なぜなら、その日、ウィローはフランス、ヴェル・ディヴ競技場［パリ15区にあった冬季自転車競技場。自転車、およびウインタースポーツ競技が行われた。通称ヴェル・ディヴ。一九四二年七月にナチスドイツによって行われたユダヤ人大量検挙の際、中間収容施設として利用されたことで有名］でサルトルと並んで写真に撮られている。ソヴィエト連邦のスパイ容疑で告発されていたローゼンバーグ夫妻救済運動の一場面だ。では旅の足はなんだったか？　ウィローは大型客船で大西洋を横断したと私は確信している。「大西洋スウィング笑劇」という詩があるからだ。

ピアノバーのそば、のっぽの船長が不細工な娼婦《しょうふ》に斜めから接岸した
自由《ル・リベルテ》（それが彼の名だった！）は
真東に突き進む。

リベルテ号は第二次世界大戦後、たっぷり十年のあいだ、ル・アーヴル－ニューヨーク間の連絡を請け負っていた超大型客船だ。

私はル・アーヴルに赴いた。高速道路の上で、私のトヨタ・プリウスは嬉しげにうなり声をあげた。遠出は久しぶりだった。市街に着くと、速度を落とし、港のそばの貨物倉庫の並ぶ界隈《かいわい》を走り、フレンチラインズ＆カンパニー文書センターを見つけた。ＣＧＭ海洋汽船会社（かつての大西洋汽船会社）の歴史的遺産を管理する会社だ。「当社は並べれば全長五キロメートルに及ぶ文書を保管しております」と副センター長は誇らしげに言った。大体の事情は前もって電話で伝えてあった。年齢は四十代ぐらい、フレームが錆色《さびいろ》あるいは褐色の、いかにもな感じの眼鏡をかけていた。そしてたったいま、おいしい取引がまとまったというように、細長い指を擦り合わせた。細面で表情が豊かだ。

「一九三二年以降の乗客名簿は、ボランティアさんや、引退された歴史学者さんの手でデジタル化されています。根気のいる仕事です」

「そいつはすごい！　素晴らしい！」私は嚙《か》みしめるように言った。

素晴らしい、でもちょっとぞっとする。副センター長は、あなたなんてこの任務にまさにうってつけです、と言いたげにこちらに目配せしてきた。私に暇な老人の匂いを嗅《か》ぎつけ、なんなら大事業に参加したがるかもしれないと考えているようだ……「灰色熊に見つめられるほうがましだ」と思いつつ私は苦笑いを浮かべた。ここまでの道中、用を足すためにサービスエリアに四度も寄らなければならなかった。

副センター長は、コンピュータのある小さな部屋に私を案内した。データベース〈フレンチライン〉は、前デジタル時代の化石にすら使い勝手がよかった。私は苦も無くその詩人を見つけた。一九五三年三月四日から十二日の航海の乗客名簿に「ボブ・ウィロー」の名で記載があった。一方、写真の捜索は厄介だった。老ボランティアの献身にも限界があった。彼らは写真をデジタル化しなかった。捜索の対象となる写真は一回の航海につき百枚近くあった。何十冊とあるファイルを仔細《しさい》に調べるには、何時間もかかるだろう。

「でもセカンドクラスの旅客であれば、写真はさほど多くないですよ」副センター長は、いかにも目端が利く人間らしく付け加えた。

私は航海の日程がわかっただけでよしとした。同志スターリンが死んだのが、ウィローの航海二日目だったことがわかった。ニュースは電信で船長に伝わったにちがいない。もしかしたら乗客のあいだで歓喜の声が上がったかもしれない。ウィローはおとなしくなりを潜めていたのだろうか？

私は来た道を引き返した。片手をハンドルにかけ、ドリンクホルダーにハイネケンの小瓶を差し込み、思いを馳《は》せる。一九五三年、三月四日午前、リベルテ号の甲板の上、皺くちゃのスーツを着たロバート・ウィローになってみる。私は群がる人々の肩越しに首を伸ばし、遠ざかる街のスカイラインを見つめた。それはやがて海面に伸びる一筋の帯になった。同じ船には、金持ちのドラ息子だの、ベルリンのアメリカが占領していた地帯の部隊に帰る休暇明けの軍人だのが乗っていた。彼らはパリに立ち寄って自分が耳にした噂が本当かどうか確かめようと思っていた。四四年にパリを解放した連中の話では、かの地では野外で乱痴気騒ぎが行われているという。船にはほかに、毛皮で裏打ちされた立派なコートを着た裕福な観光客だとか、ビジネスマンだとか、カシミアのケープをぐるぐる巻いた良家のお嬢様だとかが乗っていた。

ロバート・ウィローはそこにいる同胞たちを眺める。みんな石鹸《せっけん》のいい匂いがする。これぞアメリカ人だ、と思う。自分はその数に入れてない。それにはちょっと努力がいるのだ。それから彼は、自分もアメリカ人だったと驚く。目の前にいる人々を眺める。奇妙で幼すぎる国民に見える。タルカムパウダーとバスオイルの匂いがする図体のでかい、下膨れの赤ん坊の集団だ。連中にはなにかが欠けている。たぶん集団的な内省を育むのに必要な、建国時の挫折《ざせつ》だろう。悲劇に対する感性というやつだ。彼らは口の中に残る灰の味を知らずに来た。その味をウィローはいやというほど知っている。生まれたときから知っている気がする。彼はふたたび甲板から身を乗り出す。いまやニューヨークのスカイラインはほとんど見分けられない。一分後、それは水平線と溶け合ってしまう。胸が締めつけられる。彼は身を起こし、思いきり息を吸い込む。泣くまい。ヨーロッパへは行ったことはない。それなのに家に帰るような気がしている。

父は気胸を患っている。生きてまた会えるかどうかはわからない。母は、自分が出航の数時間前に一三九番ストリートで投函《とうかん》した手紙を読んで、ものすごく心を痛めるだろう。おれはフランスに向かって旅立つ。歴史に逆行する旅だ。世界じゅうのエネルギーが新たな中心にむかって収斂《しゅうれん》していくなか、自分はその逆を行く。可能性に満ち満ちた大陸を離れ、二度も自殺行為に及んだ旧世界に赴く。これから自分の赴くいにしえの地は、もはや世界の中心などではなく、人類の狂気を物語る以外に存在意義を持たない、アテナイのごとき遺跡、標石だ。

母は苦しむだろう。ひどく臆病《おくびょう》で、波乱を好まない人だから。洗礼派の教会のベンチで「あの子に神のご加護を」と何度も何度もつぶやくだろう。

父も苦しむだろうが、もっと目立たぬ形でだろう。ある意味、父にとって息子はもうとうの昔に死んでいたのだ。父の中で息子ロバートが最初に死んだのは、ハワード大学にはもう戻らないと宣告されたときだ。二度目は、共産党員になり、アマチュア楽団で第二トランペットを吹いていると電話で聞かされたとき。息子は帝国主義に反対し、W・E・B・デュボイスと並んで世界平和を訴えるデモ行進をし、アメリカの安寧を売り渡した例のアカども、ローゼンバーグ夫婦の命を救うためにデモ行進をしたという。

息子の話を聞き、父親は電話の向こうで黙り込んだ。以来、父と息子のあいだには、朝鮮戦争で死んだアメリカ人三万六千人が横たわっている。アメリカという国、勉学、努力、品位という強靭《きょうじん》な価値観、目玉が飛び出るような学費を払うためにチェビー・チェイス銀行と結んだローンが横たわっている。それは父親の苦労の結晶のような投資であり、子供たちの世代がきっと学問の世界での栄誉なり、自家用車なり、Uストリートに面した家なりを得るだろうという見込みを担保にした負債だった。父と息子のあいだにあるのは、父親がこつこつ積み上げてきたささやかな世間体であり、それは息子に踏みつけられただけで壊れてしまうほど脆《もろ》いものだった。

我々のそれはとりわけ脆いんだ、なにしろ我々は普通でないからな、と父親は話した。我々が世間体を得るのはとりわけ大変なことだし、その大変さはこのさきもずっと変わらないぞ。父ジョージ・ウィローはその話題が出ると、かならずそう言った。口の軽い連中に聞かれるのを警戒しているようだった。ジョージはその話をめったにしないがするときはかならず、一オクターブ低い声で話した。いいか、彼らが自分に許していることを、我々は自分に許してはいけない。一貫性のない行動をとるとか、軽率であるとかは、我々には許されていない贅沢《ぜいたく》な行為なのだ。目立ってはいけない。彼らはなにひとつ我々の自由にはさせてはくれないんだから。

そして、父が大切にしてきたものはすべて、息子によって静かに踏みにじられた。

私はパリに帰るなり、原稿に没入した。ロバート・ウィローの旅立ちを一章かけ、ウィローになったつもりで、生き生きと、小説のように語ろうとした。伝記的な側面は次第に減っていったが、それでもかまわないと思った。語りたいことがたくさんあった。六十五歳にして、自分に新しい力が湧いてくるのを感じた。これまで学術的な研究態度や、歴史的正確さにこだわってきた私は、そんな力を一度も行使してみようとしなかった。私は自分を解放し、どんどん自由になっていき、新しい次元の、豊かで、長持ちする快楽の源泉を見つけた。

仕事に没頭しているあいだに、いつのまにか夏が来ていた。ただじっと身を屈めていれば過ぎてしまう三月の誕生日は、さほど怖くなかった。私にとって歯を食いしばって乗り越えないといけない厄日は、六月十五日だった。その日が来ると、私は嫌でも、一九八五年六月十五日のあの音楽フェスから遠ざかる歳月を数えてしまう。私の全感覚が栄光に輝いた日、永遠に朽ちることのない夢が遠ざかっていく。音楽フェスを思い出すからつらいというより、六月の暑さが通りのカフェを満たし、若者たちのあいだでは恋愛感情が絡まりあい、未成熟なセクシュアリティがたがいの匂いを奔放に嗅ぎあっている横で、自分が歳を取っていくのがつらかった。なんとかしてその耐え難い一日をやり過ごさなくてはならない。私は聖地エタンプに赴き、詩人の家を訪ねてみようと思いたった。

縦横に運河が走る、五百年まどろみの中にあるその小さな町へは、RER首都圏高速交通網のC線で乗り換えなしにたどり着けた。その町は十六世紀末の歴史の教科書にほんの少し顔を出したきり、表舞台から姿を消す。最後の大きな事件は、コンデ公の軍勢による町の攻囲だ。公は町に残り、有力なカトリック勢を虐殺した。それを最後に、エソンヌの郡庁所在地になったこの豪奢《ごうしゃ》な古都は、ずっと平和を維持している。つまりいかなる歴史的大事件の舞台にも、疫病の震源地にも、美的革命の発祥地にもなっていない。概《おおむ》ね（二十世紀初頭ルイ・ブレリオが飛行学校を創設した際に打った誇大広告を除けば）、静かな年月を送ってきたといえる。

ここ数十年、その傾向は覆されていない。少し賑《にぎ》やかになった界隈もあるにはあるが、たいしたことはない。町にはひとつ精神科の病棟があり、毎朝、そこから解放された人々が中心街にやってくる。彼らはタバコをたかったり、大酒を飲んだり、かと思うと、まるで誰かの痕跡《こんせき》を探しているかのように、チューインガムや吸い殻が難解な秘密の地図であるかのように、地面の上に落ちているものを必死で探したりしている。こうした事象は、ある程度の観察眼を持ち、きまじめに町を訪問している人間なら感知できるだろう。同じ要領で、もう少し探索を続ければ、この町に十二世紀の教会が四つと、体を動かしたい子供たちが存分に遊べるアスレチックパークがひとつあることに気づくだろう。

私は八〇年代の最初の調査で探し当てた住所を思い出した。ナンシー・ハロウェイからは通りの名前までは出なかった。彼女はウィローの家がダウンタウンにあったことしか憶《おぼ》えていなかった。当時、私はエソンヌ県の文書センターで数時間かけて、ク・デュ・ルー通り四番地の追記の欄にロバート・ウィローの名前を見つけだしたのだった。私はRERの駅を出て、その小さな家への道を辿《たど》った。それは二階建ての石組みの家だった。切り石で組まれた壁には薄ピンク色の醜いセメントが吹き付けられていた。二階の窓の手すりに「ステファン・プラザ不動産」の看板が掛けてあることから、家が売りに出されていることがわかった。看板には電話番号が書かれている。心臓がとくんと鳴った。ついにロバート・ウィローの住処《すみか》に入るチャンスが巡ってきたようだ。私は番号を押した。電話に出た社員の声に圧倒された。相手の声は若く元気いっぱいだった。ク・デュ・ルー通り四番地はまだ売りに出されているのか訊ねると、相手はますます元気になった。買い手殺到なんてことになっていないのは明らかだ。

「もちろんですとも。一七七平米、二階建て、間仕切りなしのファミリールームがひとつ、さまざまな用途に使えますよ。昔ながらの風情もあって最新設備も整っています。十四時からならご案内できます。まさしくお値打ち物件ですよ。お客さまはエタンプに土地勘がおありで？」

「手が入ってますか？」かまわずこちらから質問した。

　私はひそかに、かつての家主の使っていた内装がそのまま残っていることを期待した。

「まったく手つかずのままですね」不動産屋は言った。

　私はひどく興奮した状態で、昼食のピッツア・マルゲリータを食べた。屋根裏部屋に未発表原稿がごっそり残っていたりするのではないか？　子供かトレジャーハンターのように興奮した。住んでいるパリのアパルトマンを売ればいい。たぶん金も借りられるだろう。残りの人生は「エタンプとパロール」で描写される落日を眺めて過ごそう。あるいはフランスとアメリカの友好のためにロバート・ウィロー財団を設立してもいい。観光客はあの家でどっぷりとウィローの世界に浸り、頷《うなず》きながら生原稿を眺めるだろう。

　指定された時間になり、私はその家の正面玄関に赴いた。不動産屋は、スポーツマンタイプの若者だった。三十手前だろう。光沢のあるスーツ、先の角ばった靴、ブルーグレーのシャツ。その男には不動産業界に飛び込む人間に共通する宿命的なダサさがあった。つくり笑いを浮かべているが、諦《あきら》めが透けて見える。明らかに、この物件を何カ月ものあいだ、もしかしたら丸一年、抱えているのだ。

「さて行きますか？」彼は目配せして言った。

　彼は鍵《かぎ》穴に鍵を差し、そこで静止して、半分振り返り、私に秘密を打ち明けるような調子で言った。

「まさに掘り出し物です。まずはどっぷり浸っていただかなくては」

　わくわくした。細かいことを言えば、「どっぷり浸る」より、その時代にワープしたかった。一九五九年から年を跨《また》ぐ冬の数カ月に飛んでいきたかった。恐ろしく寒かったその冬こそは、ロバート・ウィロー最後の冬だった。年季の入ったギャバジン地のコートに身を包み、肌を刺す寒さを忘れ、ストーブに薪をくべる時間すら惜しんで、書くことに没頭するウィローの姿が目に浮かぶ。読まれることはもはや期待していない。ほとんど自分のためだけに、何世紀も変わらず、犂《すき》を押して脱穀するガティーヌ［アンドル＝エ＝ロワール県北地方］の小作人を称《たた》える詩を書く。ロバート・ウィローが素朴なバラードを淡々と紡ぎ出していく。

私はいよいよウィローの住処に、創作の場に、足を踏み入れる。きっと四方の壁には、音感を確かめるために、ウィローが大声で読み上げた詩句がこだましたはずだ。私の期待は、家屋に一歩踏み込んだ途端に萎《しぼ》んだ。菱形《ひしがた》模様の毛の縮れた厚手のカーペット、キース・ヘリング風の小男がうじゃうじゃ描かれた壁紙、仮天井、家は一九八〇年代末にフランス全土で大流行したインテリアによって体系的に打撃を受けていた。窓枠はすべてポリ塩化ビニール製だった。

「まったく手つかずのまま、お話しした通りです。もちろん全体をそっくり変える必要があります。いくつか見積りはありますが」不動産屋は私に訴えるようなまなざしを送ってきた。「掛かっても二万から三万ユーロというところでしょう」

「まあ、そんなところでしょうね」私はもぐもぐ言った。

「当時は、せっかくのくり型装飾を、仮天井で隠すのが流行ってたんですね」不動産屋が嘆いた。

「ひとまわりしてみますか？」

「しばらくサロンで過ごしてはいけませんか？」

「もちろん、どうぞ、お邪魔はしません。存分に物件に浸っちゃってください」

私は部屋を眺めた。醜悪な異物のうしろに、いまだにウィローの家はあった。ガラス窓にすっぽりはまり込むように、修道院の中庭が見える。芝生は剝《は》がれ、庭を取り囲む三方の塀は湿気を含み硝酸カルシウムが粉を噴いている。東に目をやると歳月がゆっくりと染みをつけたノートルダム＝デュ＝フォール教会の尖塔《せんとう》がそそり立っている。うしろで不動産屋が話し始めた。

「鐘楼を眺めながらいただく朝のコーヒーを想像してみてください。めちゃくちゃ贅沢ですよ。あの教会はきっと中世のものでしょう、たぶんおそらく。ウィキペディアで調べればわかります。なんでも載ってますから。そろそろファミリールームを見にいきますか。でかいですよ。あのボリュームは、エソンヌでもレアです。フリスケ社のボイラーがついてます。フリスケはボイラー界のロールスロイスですからね。まだ保証期間内ですよ。いにしえの風情がありますよねえ。ボクはよく大家さんに言うんですよ、この家は作家向きだって」

「実際、ここには詩人がいました。詩人が住んでたんです、この家には」

たとえその男にとってまったくどうでもいいことだとしても、私はそれを伝えるべきだと感じた。ここにロバート・ウィローが住んでいたこと、いろいろ苦労の多かったウィローがこの家にひとつの安らぎを見出《みいだ》したことは、広く知られるべきだ。その人生が人々の記憶から消えていくなんて、あってはならない。「汝、どこへ行こうと、そこで証言せよ」私は救世主ウィローの使徒なのだ。私には同時代に生きる人々の目を開かせる、彼の言葉を広める使命がある。

「え、ほんとに?」

不動産屋は興味を惹《ひ》かれたようだった。イカレた投資家の匂い、机の上に四十万ユーロをぽんと出しかねない天使の匂いを嗅ぎつけている。

「ええ、ロバート・ウィロー、一九二七年、アメリカ、ダーハム生まれ、一九六〇年、エタンプ－バルビゾン間を車で走行中、事故で死亡しました」

「そいつは驚いた、すごい話だ」

「彼の書いたものでは、『エタンプとパロール』『愛の歌』『僕に期待しない人へ』あたりが有名です」

「大家さんに伝えなくっちゃですよ。知ってたら話してくれないわけがないですからね。いやあ面白いなあ、だって、ボク、大家さんに言ったことがあるんですよ、『この家は、いかにも詩人の家だ。いにしえの風情がある、独特の味のある家ですよ』ってまさに一言一句このとおりに言ったんです。そしたらどうです。あなたがいま、詩人の家だっておっしゃるんだもの。まじめな話。虫の知らせみたいなものがあるんですよね、ボクは、そういうの信じるんです」

「ええ、大家さんにその話をしてあげてください。周りの人にも。というか、みんなにその話をしてあげてください。ロバート・ウィロー。彼はアメリカ人でした。ノースキャロライナ州ダーハムの出身です。『不安にかられ／深い森に分け入ったあの日／ひ弱で頼りない僕の魂が／反乱の歌をうたった』」

「すごい話だ。でもどこかで腑にも落ちる。いかにもこの家らしい。あなたには正直に打ち明けますね。ほんとはいけないんですけどね。うちの社にこの物件が回ってきたとき、ボクは妻に言ったんです。真剣に検討してみようってね。もうふたり大マジのマジです。夫婦の財産契約で動産化してもいいなって。買う手もあるなって。ここだけの話ですよ。理由は、ほんと、それですよ。独特の味があるんです。いにしえの風情っていう」

なにかというと「いにしえの風情」を繰り返す。まるで魔法の呪文だ。困ったらそうしろと教え込まれている。だから目に涙を浮かべ、バカの一つ覚えのように念を込め、彼は呪文を唱える。どうか魔法が利いて、この客が売りものにならないボロ家を引き取ってくれますように。減価償却に鑑《かんが》みて、この家は絶対に売れない。骨組みはシロアリに食われてぼろぼろなうえに、大家は値下げを拒否している。お手上げだ。ほとほとうんざりだった。もう絶対売れないと思っていた。そもそも内見希望者もほとんど現れなかった。

自分が嫌なやつだと感じた。私は自分にはなんの関わりもないこの男の気分をもてあそんでいる。

私がいま身を委《ゆだ》ねているのはミーハーな喜び、フェティシズムだ。いってみれば、作家の家崇拝だ。知性に対するなんという侮辱だろうか。そんなものはジャーナリストやらゴーストハンター、あるいは鉛筆の削りかすなんかを崇めたてまつるミーハーなファンがつくりあげる嘘だ。文学の間違った愛し方だ。はなから遠巻きでよしとするヒッチコック的金髪美女崇拝と同じだ。六十五歳にもなって、私のふるまいはまるで文学部一年生のそれだ。世に知られていない詩人を見つけて、賢者の石を発見したように思いこんでいる。ところが、賢者の石なんて存在しない。そんなものはいまだかつて存在したためしがないのだ。

この世界には、人生を賭《と》しておのれの道を切り開いて進むことを強いられている七十億の人間がいる。そしてときには他の人間よりそれを堂々とやってのける人間もいる。普通、私ぐらいの年齢の人間は、多少の懐古主義傾向はあれども、落ち着いているものだと考えられている――感傷的な気分に溺《おぼ》れたり、常識を見失ったりしないものだと考えられている。私は娘から信頼されている。元妻からも、友人のマルクからも信頼されている。たぶん、そろそろ大人らしく行動しなくてはいけないのだ。

私は早口で言った。

「すみません。どうも気分がすぐれなくて。パリ行きの急行に乗り遅れそうです。もろもろよく検討してみます。即決するようなことではありませんからね」

不動産屋は蒼《あお》くなった。私は二階すら見ていない。背中越しに彼の息が荒くなるのを感じた。

「もちろん、ゆっくりご検討ください。またお話しできるでしょう。中をご覧になりたいときは連絡ください、都合はつけますので。不動産税は二千八百ユーロです。どうぞご検討ください」

＊

私は再び仕事に取り掛かった。興奮は冷め、健全な喜びに置き換わった。その詩人のことを、同時代に生きる数人にでも知ってもらうために、誠実で堅実な本を書こう。私は書斎のコンピュータの前に腰を据え、少し落ち着きを取り戻した。私はようやく自分の研究対象との正しい距離を見つけた。ロバート・ウィローは私の血を分けた兄弟ではなく、素晴らしい詩を書いているのに、世間からは不当に忘れられている作家だ。聖人伝を書くつもりはない。曇りのない、公正な目で見よう。賞賛はほどほどに抑えよう。たしかに、ウィローの散文に欠点がないわけではない。初期、つまりサン＝ジェルマン時代の作品には、ごちゃごちゃしたホームパーティーを彷彿《ほうふつ》とさせるものもある。まだ言葉の端々にザズー的な幼稚さや、感傷的なジャズや、ダジャレが多分に混じっている。

憔悴《しょうすい》しきったおれの心がおまえを呼ぶ
おまえの心はホットクラブ・ド・フランス［一九三四年にフランスでギタリストのラインハルトとヴァイオリニストのグラッペリによって結成されたコンチネンタルジャズの楽団で一九四八年まで活動］にときめく
移り気なローラ《ビバップ・ア・ローラ》、もう十分だろう
機械仕掛けのおまえの心はクランクひとつで作動する

彼にはまだ苦悩が足りない。そしてそれが作品に現れている。一九五三年から五七年までの、彼の投げやりな態度や、ならず者のような傍若無人さを、非難する向きもあるだろう。ただそれはそれとして、ネイティブスピーカーではないウィローが、こうまでフランス語を巧みに操れる点は、驚愕《きょうがく》に値する。だからこそ彼はフランス語で詩を書き始めたわけだが。フランス語は学生時代に習得したのだろうか？　とりあえずロバート・ウィローの母親は、その旧姓（その名字はフィラデルフィア・ブッカー・プレス刊の著者略歴に出てくる）からハイチ出身者だとわかる。

ウィローの相続財産を管理する公証人を質問攻めにしていたとき、公証人の口からたまたま姪《めい》の名前が出てきた。ロバート・ウィローには妹がひとりいたが、二〇〇〇年代初めに亡くなっている。ドリーはその娘である。インターネットで調べたところ、彼女がボルチモアの自動車ローンの仲介会社に勤めていることがわかった。同サイトにeメールのアドレスも掲載されていた。私は嬉々《きき》として、彼女の伯父にあたる人物の本を書きたいと思っている旨のメールを送った。私は少し内容を盛り、ウィローのことを「感興をそそる人物」だと書いた。親族の虚栄心をくすぐろうとしたのだ。

数日後、先方から戻ってきたメールには、しかたなくという感じで電話番号が添えられていた。電話に出たドリー・マカナン（旧姓ウィロー）は、自分の伯父がフランスの大学の研究者の興味の対象となっていることに大喜びという様子ではなかった。ドリーは、あとで銀行口座の照会でもするつもりかのように、私に名前の綴《つづ》りを言わせた。私は彼女にロバートの母語について質問した。彼女は記憶をまさぐった。「母はボブ伯父さんとは年子で、ほとんどいっしょに育っています。母は一語たりともフランス語を話しませんでしたね。典型的なワシントンDCっ子、ショー地区の、きちんとした人でしたよ」まるでフランス語が使えることが堕落でもあるかのように、ドリーは、きちんとした人《ディーセント・ピープル》という表現を使った。

このときの会話からは、ロバート・ウィローのフランス行きが、いまだにウィローの一族に傷跡を残していること以外、大した情報は得られなかった。一族のあいだでロバート・ウィローは、いまだに「アカ」、危険な共産主義者、祖国に、アメリカの確かな価値に背いた裏切者なのだ。それどころか晩年には、フランスの共産主義者の仲間、必ずやセックスやドラッグに溺れ、デモ活動や論争に不毛な喜びを覚える最低の堕落者になりさがったと語られているのである。一族から公然と排斥され、黒いダイヤモンドとして陰でひっそり自慢されたりすることもない、悪魔のように弁の立つ伯父。それが会ったこともない伯父ロバート・ウィローに対する姪のイメージだった。

私はあと少し情報を得ようと、家にその「アカの伯父さん」の写真や手紙が残っていないか訊ねた。ドリーには、ワシントンDCの文部省に勤めるウォーレンという弟がいるという。ある程度の高い地位にもあるらしい。その弟さんに連絡は取れませんか？　あなたがた姉弟は、お祖父さんのジョージ、つまりロバートの父親に会ったことはありますか？　ドリーの返答はつれなかった。「ウォーレンに聞いてもこれ以上の話は出ないでしょう。多忙な人です。責任のあるポストにいますから。祖父のジョージは、息子がフランスに発って程なくして亡くなりました。心痛からだと思います。手紙もなにもありません。私たちは善良なアメリカの一家族なんです。ミスター・ロスコフ。これ以上あなたにお話しすることはないと思います」彼女は電話を切った。

大した収穫はなかった。ただ彼女の苛立ちからは、ウィローの家庭が垣間《かいま》見えた。世間体を重んじ、大真面目に体制に順応しようとする一家。ディーセント・ピープル、とドリーは言った。その言葉にはアメリカならではの心の病、つまり脈々と流れるピューリタン魂、狭量な物質主義、安っぽい感傷主義なんかが、そっくり含まれていた。この環境にウィローの芸術家らしい気質が馴染《なじ》める土壌はなかったと考えてもよさそうだった。

私は一日六時間、机に齧《かじ》りついて仕事をした。邪魔はいっさい、というかほとんど入らなかった。住居の真下のアルシュロー通りの工事は続いていた。男たちが配管につなげるために溝を掘っていた。ピックハンマーが爆音を鳴り響かせているあいだは、もうなにをしても無駄だ。我が家の普通の窓ガラスはまったく役に立たない。ヘッドフォンでモーターヘッドを聴いて、工事の騒音をかき消す手もあるが、レミー・キルミスターのやかましいダミ声も工事に負けず劣らず精神集中向きではないうえに、思い出の淵に溺れる危険があった（高等師範学校受験に向け最後の追い込みをかけていた二十歳の年、ムフタール通りのレコード屋でアナログ盤の「スペードのエース」を買い、勉強の合間にそれを聴きながら気が触れたようにジャンプしてストレス解消したものだ）。

それで工事が始まると、私は上着を羽織り、市街へ長いウォーキングに出かけた（一度、脚がだるいと相談して以来、主治医からはなるべく歩くように言われている）。パリ市庁舎まで歩き、ストリートダンサーを眺める。大きな風船を膨らませている男を不自然なくらい凝視してしまう。男はどこかバツが悪そうに店じまいをする。

夏が始まろうとしていた。パリは悪臭を放つ竈《かまど》だ。私はもの欲しげに若い娘たちを眺める。ピックハンマーの連打のせいで少し頭が変になっていた。半世紀も前に完全に死んだと思われた、淫《みだ》らな妄想で股間《こかん》を膨らませていた中学坊主の私が、息を吹き返した。ナイロン地のミニスカート、編み上げブーツ、緑色の髪というサイバーパンクなファッションを纏《まと》った日本から来た観光グループに目をつけている。創刊時の『メタル・ユルラン』誌の中で思春期の私を勃起《ぼっき》させた宇宙人の娘たちを彷彿とさせる。そうした火星娘たちとセックスするところを想像してみる。きっと独特な体験にちがいないぞ。どうやって話しかけたものだろう？　なるほど私は独身だし、完全にフリーだ。結婚していた頃は、もし独身に戻れたら、好きなだけ遊んでやろう！　と何度考えたかしれない。

目下、私は何人パートナーを持とうが自由の身だが、魅力の減少という現実に向き合わざるをえない。ふさふさのたてがみをなびかせていた若きダンディはもういない。肉厚の唇や太い眉、ホライゾンブルーの瞳《ひとみ》など、往年の名残りもところどころにあるが、あとはどんな幻想も抱けない。私は太鼓腹にひょろ長い脚のついた六十の爺《じい》さんだ。形態としては田舎鶏に似ている。こんな私が狙える的はかなり狭い。たとえば爺さんと同棲生活を始めたくてうずうずしている、もっといえば神経衰弱のドルーピーみたいな前科者の洗練された魅力に溺れたくてうずうずしている（ウッディ・アレンにぞっこんになってしまうタイプの）現代文学専攻の女子大生ぐらいだ。パリ第八大学では、こういう娘たちとときどき廊下ですれ違った。彼女らは躁鬱《そううつ》が激しく、情熱的で、ギャスパー・ノエの映画だとかベアトリス・ダルの出る映画をこよなく愛している。冷蔵庫の上にカルジャが撮影したランボーの肖像を貼り、話を聴いてくれる相手に自分は二十七歳で死ぬのだと話す。セックス中にこちらにぐっさり短刀を立ててから、涙にくれ、救急隊を呼びかねない。そんな女はうんざりだと言う者もいるが、いや、申し分ないと言う者もいる。

いまの私にはもう利用できる立場がない。いまの私の条件だと、シェンゲン圏内の人間になることを夢見ているヨーロッパ以外の出身女性と金銭で話をつけられれば万々歳というところだ。そのくらいなら我慢したほうがいい。私のプライドはすでにズタボロで、自分が愛されるのはフランス人パスポート保持者だからという現実を、ダメージなしに受け入れることができない。もうこれ以上自分を貶《おとし》めるな、ロスコフ！　毅然《きぜん》としろ！　帰宅し、洗面台を前に、歯を食いしばり、自力で排泄《はいせつ》した。アニエスのことを思う。

＊

私は酒量をかなり減らした。飲まない日はなかったが、日が落ちるまでは一本も開けなかった。それまでの時間はトマトジュースを燃料にした。大量のタバスコと、セロリソルト、ウスターソースで味付けしたこのドリンクを飲むと、少しだけ気が紛れた。私はこの快挙が誇らしく、アニエスに新生活の話がしたくてうずうずした。「このごろ飲み過ぎなくなったよ」と、いかにもどうでもいい、ついでのことみたいに言ってみよう。それから勤勉な生活を送っている話をする。きっとアニエスは私の見方を変えるだろう。今度はいつもとは違った展開になる気がした。

アニエスが十年、いや十五年前から私に愛想を尽かしているのは明白な事実だ。彼女は私に長所があることも認めているが、私からいい意味で驚かされることは絶対にないと諦めている。ジャン・ロスコフはジャン・ロスコフ。才覚がありながら出世につまずいた大学教師、都合のいいときだけ父親面をする父親、自分勝手でアルコール依存症の惨めな恋人なのだ。

私はこれからだ。いつもの私からは想像もつかないような側面をアニエスに見せてやるんだ。私は変わるぞ。確固たる力を持った大人の男に、現実感覚を持った安定感のある男になるんだ。数カ月かけてひとつのプロジェクトを遂行できるような人間になるんだ。私は、ペール・ラシェーズ地区のスポーツジム〈キープクール〉に登録した。週に数時間、クインテット・ホット・クラブ・ド・フランスの楽曲を聴いて戦後の穴倉ジャズのムードに浸りながら、エアロバイクで汗をかく。人生がほんの少し私に微笑んでいる。なにはともあれ、晩年の十年が人生で最高の時期になることだってあるかもしれない。

　私は書く喜びを知った。自分には、文芸の世界に飛び込んでのびのび作品を書いていけるだけの才能がある気がした。この本を書き終えたら、妄想癖のある瘦《や》せぎすの探偵が登場するミステリーを書こう。探偵のモデルはル・アーヴルの文書センターの例の副センター長だ。作中には暑い暑いとしょっちゅう文句を言っている娘たちも登場する。排気量のどでかい車によるカーチェイスもある。

　性の悩みにも早々に片がつくだろう（先ほども言ったが、私はこの方面で、ゆるやかだが、あと戻りできない下り坂にある）。私は時間をうまく配分して、文学と手仕事への情熱、たとえば料理なんかに勤《いそ》しむ。私の体と心は、ようやく折り合いを見つける。私はスタンドカラーの綿シャツに麻のパンツを穿《は》いた、センスのいい老人になる。皺がいい感じに老海賊の趣きを醸す絶対自由主義者、人生の新しい局面を常に明るく笑って受け入れる高齢の無頼漢になる。性の悩みを完全に追い払えなくても、ときどき行きずりのセックスくらいはできるかもしれない。執筆に掛かりきりだったこの数週間、私は、幸せだったと言えなくもない。

失敗の正確な年月日を特定するのは難しい。私もそうだが、歴史家は年月日にあまりこだわらない。歴史という学問が年月日信仰から距離を取るようになって、つまり、長いスパンだとか、ひそかに進行する傾向（マルク・ブロックやアナール学派はそこを経由している）の方をより重視するようになって、ずいぶん経つ。とはいえ一九九五年は、私の失敗にとって、きわめて重要な指標と言える。もしどこかの学生が、ジャン・ロスコフはなぜ落ちこぼれ教師になったのか、酔っ払いになったのかという発表をするはめになったら、どうしたって一九九五年に大幅な時間を割くことになるだろう。

その年、私はローゼンバーグ事件についての書籍を出版した。五年間打ち込んだ研究の成果だった。その有名なスパイ事件は、マッカーシズムが一番権勢を極めるなかで発覚した。ニューヨーク在住のローゼンバーグ夫妻エテルとジュリアスは、ソヴィエト連邦のスパイとして、原子爆弾についての機密をモスクワに漏らし、冷戦を決定的に激化させた容疑で告訴された。夫妻はアメリカの法廷で有罪を宣告され、一九五三年六月十九日、電気椅子で処刑されたが、あとに遺児ふたりと、一国家が反共産主義に熱狂し儀礼的殺人を犯したという、ぬぐいきれない不正義の印象を残した。夫妻の命を救おうと大規模なデモ運動が、数カ月に亘って合衆国、ヨーロッパ各地で催された。パリではヴェル・ディヴ競技場に、フランス国内の知識人が結集し、集まった群衆に向かって、ローゼンバーグ夫妻は無実であり、政治的裁判で証拠もなく有罪にされた「英雄かつ殉教者」だと叫んだ。サルトルは「人身《ひとみ》御供《ごくう》」という言葉を使っている。

私はアニエスに尻を叩《たた》かれ、がむしゃらに仕事に打ち込んだ。ローゼンバーグ問題に決着をつける集大成のようなもの、裁判記録の原本の系統的分析も盛り込んだ、隙のない本をつくりたかった。火のないところに煙は立たないといまだに思っている連中の鼻を明かしてやりたかった。

拙著『ローゼンバーグ事件——アメリカン・スキャンダル』は、新聞や雑誌を使って広く出版告知を行った。骨太で、それでいて多くの人が手に取りやすい本にしようと決めていた。歴史部の主任教授のアドバイスには従わなかった。顔にチックのある、十五世紀イタリア文芸復興を専門とするその教授からは、八百ページの重たくて退屈な博士論文にするよう勧められた。うまくいけば正教授の地位が手に入るだろうと言われた。抜け目のないマルクもそうしろと私に勧めた。マルクには私がその研究を出世の足掛かりに利用しようとしないのが理解できなかった。しかし私は大学教授になりたいわけではなかった。私は億万長者になりたかった。シアトルの出版社が興味を示した。ドキュメンタリー番組をつくりたいとドイツのテレビ局からも接触があった。私もいよいよ世界に飛《よ》び立つのだ。アニエスと私は小躍りしながらその時を待った。テレビの有名なインタビュー番組に招ばれたらどうしよう、などと話していたくらいだ。

その後、ド派手にクラッシュした。出版直後、CIAがソ連課報部《ちょうほうぶ》発の暗号メッセージの解読を目的とした一大国家事業関連の文書の機密を解除し、それらを一挙に公開した。ヴェノナ計画と名づけられたその事業は、一九四〇年から一九八〇年のあいだのアメリカ防諜によって、辛抱強く推進された。白黒ははっきりした。ローゼンバーグ夫妻は本当にソヴィエト社会主義共和国連邦のための課報活動を行っていた。私の本は生まれる前から死んでいたのだ。五年間の緻密《ちみつ》な仕事は、CIAの短い記者会見ひとつで吹き飛んだ。そして学術界に爆笑が響き渡った。

右翼系の新聞は大喜びだった。彼らは恰好のカモを捕まえた。あちこちの新聞が、事実を否定していたのは左派の側だったと書きたてた——その際、ＣＩＡの機密開示があるまでは、ローゼンバーグ夫妻は無実だったというのが世間のおおかたの認識だったことや、事件当時モーリヤックのような、保守派の人間たちさえ夫妻の助命に尽力したことは棚上げにされた。

なにより私の本が、不公平な裁判によって夫妻が証拠もなしに有罪判決を受けたという事実の立証に多くのページを割いている点は、ほとんど取り上げられなかった。そこのところはＣＩＡの情報開示によっても翻らないにもかかわらずだ。ローゼンバーグ夫妻を電気椅子に送る根拠となった情報は、国防上の理由で国家機密に指定されていたため、夫妻の弁護士はそれにアクセスできなかったし、ましてや一般大衆に触れられるはずもなかった。しかし、そんな話はまったく注目されなかった。とにかく私は鼻つまみ者、グロテスクな歴史家、ピエロ、フランスの大学の笑い者、ようするにローゼンバーグ本野郎だった。出版二日後、本は売り場から引き揚げられた。

とはいえ前に言ったとおり、私は年月日というものにあまり重きを置かない。物事の流れを変える特異な事件というものを信じない。ある意味、一九九五年の私の失敗はあらかじめ決まったことだったとも言える。その原因はさらにその十年前に見出せる。マルクが機動隊のバリケードの陰で、マルクのことをイギリスのインディーズバンドのメンバーと勘違いした活動家の娘に、フェラチオをしてもらったあの年だ。一九八五年というのは、すべてが可能になる年だった。

ふわふわと空を飛んでいるみたいだった。自分に陶酔し、ほとんどまともな決定を行えなかった。目の前の地平には雲一つなかった。自分にはなんだろうがたいていのことは解明できると驕《おご》っていた。私は自分の考えを自由に難なく理論として展開することができた。私はずる賢く行こうと決めた。現代史を専攻する仲間たちのように、ありきたりな研究テーマを選ぶのではなく、ほかの連中が顧みないような隙間を狙う、つまり誰もやりたがらないテーマ、アメリカの共産党の歴史を研究対象に選ぶことにした。アメリカよりもフランスやイタリア、つまり書記職が天下を獲《と》った国、党員が百万単位でいる国の共産主義を研究するほうが、もっと戦略的になるのにとアドバイスをくれた教授もいた。しかし私は絶頂期にも六万人を超えることのなかった弱小アメリカ共産党を研究することにした。私はかなり正確に英語が話せた。十五歳から十八歳までスコットランドのホストファミリーの下で過ごした経験のおかげだ。私は自分にはほかの人間が考えもつかないようなことを思いつくことができる、と思い込んでいた。こうした研究のさなか、私は初めてロバート・ウィローに出会ったのだが、この話はあとにしよう。

やはりここだ。私の原罪はここにある。たしかにその頃を境に、共産主義について、かなり自由なことが書ける時代になった。もうブレーキに手をかけて研究しなくてもよくなった。最も信頼できる学者たちのあいだで、一九七〇年代以降、共産主義が再び検討の対象にされることが増えていた（新哲学派と呼ばれた若きホープ、ベルナール＝アンリ・レヴィとグリュックスマンのおかげで、ソヴィエト連邦を気楽に研究することができるようになったのだった）。ただしアメリカの共産主義は別だった！　よほどの愚か者か、変わり者でなければそれをテーマには選ばない。北米には歴史学者を刺激するものがほとんどなかった。六〇年代以降、革命のロマンティシズムとキューバ葉巻のくらくらするような香りに釣られて、ラテンアメリカを研究する機関が、キノコみたいに急増した。誰もが南米の農地改革だのボリバルの思想だのを研究したがった。北米はあまり流行ってなかった。反米主義の空気もあったし、アメリカ東海岸の大学人のシマを荒らす恐れもあったし、そもそも研究者兼教員のポスト数に限りもあったことから、この研究を断念する者もけっこういた。当時フランスには、アメリカ合衆国史を専門に扱う研究室は一握りしかなかった。合衆国というのは対象として遠すぎるか、ともすれば卑近すぎた。それを研究対象に選ぶのは、どこかしらリスキーだった。

私は全然気にしなかった。そもそも教授資格試験からしてどうでもよかった。足のきれいな女の子たちがたくさんいて、デモ行進の興奮があって、SOSの活動やらつきあいやらがあって、そんなときに修行僧よろしくがむしゃらに勉学に勤しむなんて、まっぴらだった。どこかにスノビズムもあった。高等師範学校まで出て教授資格を取らないなんて、私の所属する小さな世界では、変わり者であることを意味した。私は自分を、壁の外に出た、自由でしがらみのないインテリ、たとえば六八年の学生運動ののち、工場勤めに身をやつしたあの理工科学校出のインテリたちのようにイメージしていた。踏み固められた道から飛び出して、自分の歩む道は自分で準備するんだ、と思っていた。

私はサン＝ドゥニにあるパリ第八大学で論文を書こうと決めた。その大学にはまだたっぷりとかつてのきな臭い雰囲気が残っていた。なにしろ一九七〇年代、文科系左翼闘争の栄光の象徴であった、かのヴァンセンヌ実験大学センターの流れをくむ大学だ。

私の論文担当教授はアレッサンドロ・バザロヴという身なりのひどくだらしない饒舌《じょうぜつ》な人物で、北米文明研究室の主任教授だった。彼はよく懐かしくてたまらないというように昔話を聞かせてくれた。十年に亘ってフーコー、ドゥルーズおよびその仲間たちが、オーケストラの指揮者のように見事な騒乱を指揮し、その指揮のもとで、みんなが六八年の炎を絶やさぬよう努めた、なんて話だ。学生たちはみな廊下のクリーム色のカーペットの上にごろ寝して、精神分析の講義に参加し、芝生の上では抑圧から解放された原初の叫びをあげたりしていたという。通常の講義は休講となり、フランスインテリ界の花形であるその型破りな教授たちが仕切る討論の場となった。ある日、ひとりの学生がラカンの講演に素っ裸で現れたが、ラカンはなにひとつ文句をつけなかった。すぐにヴァンセンヌはコントロール不能になった。学生たちは庭園でセックスを始めた。一九八〇年、キャンパス内にドラッグが蔓延《はびこ》り、品位が下がったため、当時パリ市長だったジャック・シラクによってヴァンセンヌの校舎はサン＝ドゥニに移された。移転は夏休みのあいだに、機動隊の護衛の下で行われた。

　私がパリ第八大学に入った頃はまだ、ヴァンセンヌのスターはサン＝ドゥニでも輝きを失っていなかった。キャンパスには前衛的なスピリットが溢れていた。アレッサンドロ・バザロヴは私に好きなように研究させてくれ、進捗《しんちょく》状況にも無頓着《むとんちゃく》だった。論文の個別指導の時間は毎回すぐに彼の敬愛するサッカー選手ミシェル・プラティニとアラン・ジレスの長所を比較する議論になった。バザロヴの唯一の懸念は、私に右翼的な論文を書かせないということだけだった。その点で私は彼を安心させた、私に言わせれば、アメリカ共産党というのは、社会から疎外されていたという点ですでに――公民権運動で明白な役割を演じていた点からも――ある種の純粋さを体現していた。

　私は誘われるままだらだらと学生運動にかまけ、時間を浪費していった。教授との面会は危険なくらいまばらになっていた。それでも私はさほど心配してなかった。バザロヴは私の博士論文の口頭試問が終わったとき、助教授のポストを確保すると約束してくれた。それどころか自分が退官するときには教授の椅子を譲るようなことまで言った。ところがその後、バザロヴ自身の教授生命が怪しくなった。リヨン第三大学のインド・ヨーロッパ研究センターの歴史修正主義者たちとの付き合いが明るみにでて以降、アレッサンドロ・バザロヴの学界での評判は地に落ちた。彼はその反シオニズムに導かれ、自身が昔から取ってきた政治的立場とは本来かけ離れた岸辺へ至った。敵の敵は味方、というつまらない理に従って、身を持ち崩した。

　私はこれを知って愕然とし、彼との関係をきっぱりと絶った。巻き添えを食らいたくなかった。手遅れだった。私は博士論文の指導教官を失ったうえに、みんながあまりお近づきになりたくないバザロヴの秘蔵っこというレッテルも貼られてしまった。その日、初めて私は、失敗に対する耐性が自分にないことを知った。時間はどんどん過ぎていく。選択を誤れば、身を滅ぼしかねない。ほかの指導教官を見つける必要がある。そのとき私は自分にやる気がないことに気がついた。論文のテーマに耐えられなかった。アメリカの共産主義！　くそったれアメリカ合衆国共産党である。なんとまあ地上で最も些末《さまつ》なテーマのひとつじゃないか。フリードリヒ二世のロシア仏教についての論文といい勝負だ。突飛な見掛け倒し、悪い冗談そのものだ。

私は研究の方向を見直し、共産主義を夢想しているだけの人間を排斥しようとするマッカーシズム（こちらもまた正真正銘の妄想）の方へテーマを移した。これまで走ってきた路線から、冷戦という引き込み線に入った。こちらでは、毎年何百冊と本が出版され、何百とシンポジウムが開催され、研究センターも多く、講義も学生で溢れていた。私はローゼンバーグ夫妻について五百ページの本をひねり出し、出版の二日後に、今度こそ完全に失敗した。ローゼンバーグ夫妻は、黒足イタチやスマトラ犀なんかと同じ、いわゆる希少種に属していた。彼らは、ただアメリカ人共産主義者というだけではなく、アメリカ人ソ連スパイだったのだ。

二十五年経ったいま、この挫折は完全に過去のものとなっている。私はあのとき、特権的知識人、つまり、国営ラジオ局フランス・キュルチュールでレギュラー番組を持つタレント教授になり、その知名度を利用して、ボストンの大学に特別研究員として滞在したりする最後の野望を捨てた。私は一九九〇年代のあいだ、どん底から抜けられなかった。ローゼンバーグ本は最終的に廃棄処分となった。年に一、二度、ローゼンバーグの遺児ふたりが公けに顔を出したりすると、夫妻の濡《ぬ》れ衣を晴らす活動をいまだに続けている半分頭のおかしい人々から、連絡が来た。それはニール・アームストロング船長は本当は月面を歩いていないなんて考える連中と同種の、体臭のきつい、クリスマス柄のセーターだとかを着て、別世界に生きているような人々だった。ときどき電話もかかってくる。彼らの要求をやんわりと断りながら、私は自分と彼らが紙一重で、その境界がいかに儚《はかな》いかを考えた。

万事快調！　本のタイトルはもう決めてある。『エタンプの預言者』。漠然とではあるがウィローの「愛の歌」に出てくる詩片をイメージしている。（「そのひとつしかない目が僕の捧げた供物を判定するのを見た」）。毎週、私は自分の原稿をプリントアウトするために大学に通った。十九区でほかにプリントアウトできる店がないのをいいことに、うちの近所のスリランカ人の経営する貸し電話屋は一枚四十サンチームという法外な代金を要求してくるのである。連中に破産させられてはたまらない。

パリ第八大学はサン＝ドゥニの北に位置する。私は前学期の終わりで退官したが、いまでも週に一度のペースで大学に来ていた。私はトヨタ・プリウスをスターリングラード通りに駐車し、古巣まで歩いた。およそ四十年、週に二度三度と通った道だった。壁面が赤い砂岩づくりのメイン校舎は、そこまで古びていない。いくつか新しい建物も増築されている。なかでもメタリックな骨組みで覆われている円形の建物は学生センターで、一番最近に建った。二カ月前から、この建物は移民のための宿泊施設に変えられ、主にスーダンやエリトリアからきた家族づれを三十人ほど収容している。キャンパス内の空気はよくない。大学職員のあいだに疥癬《かいせん》の感染が見つかって以来、彼らに退去を迫る空気が高まっている。建物の前ではふたりの青年が、プラスチック製の椅子に腰かけ、無言で巻きタバコを吸っている。おそらくはスーダン人だろう。まだ十代だろうが、早くから死と隣り合わせで生きてきたせいで、まなざしにすでに翳《かげ》りがある。そうした不幸なスーダン人たちを、浮かない顔をした三人の学生が用心深く見守っている。見覚えのある顔がひとつまじっている。学生組合連合のメンバーで、大教室での私の講義に出ていたニキビ面の坊やだ——レンヌのフェスティバル参加者よろしく、ハマスにもブルターニュ独立運動にも忠誠を示す風体（パレスチナのクーフィーヤを巻き、船乗りの帽子を被っている）をしている。

「こんにちは、ロスコフ先生！」

彼は私をフィニステール県人だと思い込んでいて、同郷のよしみでいつも挨拶《あいさつ》をしてくれる。私は彼に小さく手で応えた。先週、資料センターの隣に「くたばれ白人」という横断幕が張られたことは、かつての同僚から聞いて知っていた。同様に「自主管理カリフ。国際イスラム状況主義者」なるかなりクリエイティブな横断幕も張られている。スーダン人の仕業とは考えにくい。それにしたって彼らはその横断幕が自分たちの名前で書かれたことを知っているのだろうか？　ニキビ面の坊やとその仲間たちが、なにも持たないスーダンの若者たちを物理的にバックアップしているのはたしかだ。その一方で彼らは自分たちの行動を正当化するのに、スーダン人たちを利用しているのだ。それは弱さの悪用だ。

私は何人かの知った顔に挨拶をして、まっすぐ歴史研究室が入っているB棟に向かった。現代史部門助手のニコルが、コーヒーマシーンでコーヒーを淹《い》れながら、私を歓迎してくれた。顔つきは精悍《せいかん》で、髪は赤く、厚化粧で、めかしこんでいる。そこがパリ第八大学である以上、彼女の小洒落《こじゃれ》たファッションは、レジスタンス的行為になる。デザイナーもののジャケットにやけに大きな奇抜なブローチを刺したニコルは、人文科学部門をおおむね正常に機能させるため、日々奮闘している——毎朝、フランスの大学の浮浪者化問題だとか、運営予算削減だとか、研究部門全体に広がる怠惰だとかに真っ向から立ち向かっている。私とは十五年来のつきあいだ。

「元気そうじゃないの」ニコルが言った。私が意外と元気なので嬉しそうだ。

ニコルは、離婚したとき私が荒れたのを近くで見ていた。大学を辞めたら私は完全にダメになると、彼女は確信していた。「ここでの授業が、ジャンのすべてなんだから」彼女がそう話しているのを、ある日、彼女のオフィスの近くを通りかかったときに耳にした。正しくもあり、間違いでもあった。おそらく、身動きとれぬ聴衆にむかってマーシャルプランについて講釈する機会があることは、私の人間性の崩壊を辛《かろ》うじて防いでいた。私は社会の中にささやかではあるが、たしかに現実のポストを持っていた。専門技術を保持していた。

大学というのは、そこにいると気も滅入《めい》るが安心もできる慣れ親しんだ場所だった。それはインテリの死体安置所や、形ばかりのわずかな給与、タートルネック族、最先端の出版物、専門用語が飛び交うシンポジウム、故障したコピー機、目に見えないパワーゲーム、老朽化したアスベスト製のエレベーター、派閥、肩書信仰、学位、萎縮した中国人学生、謎めいた略語、汚れた窓ガラス、気難しい組合の数々、ぼろぼろになったチラシの箱、便所の落書きなどから成るコンクリートの集合体だ。それが大学という、昔からいっさい変わらない魅力溢れる遺跡なのだ。私はここで四十年近くを過ごした。あてにしたほど立派な扉は開いてもらえず失望したが、だとしても結局のところそれが私の世界、私の生態環境だった。

その点で、退職は私にある種の虚脱感をもたらした。しかし燃料まで奪われたわけではない。私は根っからの教師ではない。たまにエネルギーのあり余った若い同僚とすれ違う。彼らは口笛を吹きながら階段を駆け上り、教え子たちとメールを交換したり、参照マニュアルの出版に協力したりしつつも、自分の研究を疎《おろそ》かにしない。私はというと、随分前から、情熱を失っていた。仮にこうしたやる気の減退が段階的に進んだものだとすれば、最初にそれを自覚したのがいつだったか特定することもできなくはない。それはだいたい二〇〇三年の初めだった。昼休み前で、スターリングラード通りから車の騒音が聞こえていた。私はトルーマン・ドクトリンを説明している途中で小休止を置き、そしてふと思った。たぶんこのまま説明を終わらせなくても、生徒たちは気づかないだろう。それは、ベルナノスの小説でキリスト教徒たちを震撼《しんかん》させた信仰の危機ほど、劇的なものではなく、かなりありふれた動揺で、その時点ではいかなる具体的な影響ももたらさなかった。その日特別なことがあったとすれば、予定の十五分前に、学生を解放しようと決めたことだ。車の騒音がそうした出来事を引き起こす要因——永遠に寄せては返す波、永劫《えいごう》回帰、盛者必衰、自然の残酷なまでの無関心（県道の上でうなりを上げるエンジンの合唱とは、どこまでも相反するものに思えるが）を想起させるもの——となった。

その日の帰り道、繰り返し陰鬱な考えに捕らわれた。実際、トルーマン・ドクトリンを知ることに、なんの益があるだろう？　ベルリンの壁崩壊から三十年も経った今、それを知ったからといって、本当に現在の世界をつまびらかにできるだろうか？　そのドクトリンを教える次の教師をつくる以外の目的があるのだろうか？　壊れたメリーゴーラウンドじゃないか！　閉じられた世界で知識が不毛に回覧される。大学は教師兼研究者を育成する。育成された者たちが、また教師兼研究者を育成する。

当時、私には学生たちがどんどんバカになっているように思えた。もちろんそれは錯覚だった。それは私の忍耐と献身が思いのほか早く限界を迎える予兆だったのだ。

＊

ニコルは、大学という社会への私の執着を大げさに考えすぎている。ただしニコルに対する私の愛情は本物だ。彼女はつねに私の貴重な味方だった。ニコルは、大学が、ローゼンバーグ本でこけた私をのけ者にしようと、ふたつしかない講義を両方とも、夜七時という不毛な時間帯、つまり大講義室が四分の一しか埋まらない時間帯にずらそうとしたときも、私の味方になってくれた。私が頻繁に遅刻すると生徒から苦情が出たときも、かばってくれた。その後、私は定年を迎えた。一年前、私は四十年来、大講義室での講義を始める際に儀礼的に繰り返した言葉を、これを最後に口にした。「歴史をつかさどるクレイオーを信奉し、知を渇望するみなさん、こんにちは」私は引退した。

ニコルと、同じ部門の職員ふたりと四人で、プラスチックのカップをぶつけ、教授室でシャンパンを飲んだ。市販のパテ入りのパイやらモンスターマンチもあった。ニコルは声をあげて泣いた。一番仲のよかった教員が去ることに感極まったのだろう。時間の経過に慄《おのの》いたのかもしれない。私はよくある挨拶をした。似たような場面で何度も耳にしたジュール・フェリーの言葉を引用して挨拶の言葉に代えた。それで終わりだった。正教授であれば退官後も「名誉教授」となって論文を指導することもできるが、ひらの教員だった私にはその肩書を要求する権利がない。結局のところ、私もそこまでそれに固執しなかった。とにもかくにもニコルの助力があって、肝心なものはもぎ取ることができた。定年の五カ月前に超級助教授に昇進した。それは私の退職年金に月々三百ユーロが上乗せされることを意味する。「パリ第八大学はいつでもきみを歓迎するよ」私を玄関まで送ってくれた教授は最後にそう言った。私は彼の言葉を額面どおりに受け取った。私は定期的にサン＝ドゥニに通い、救世主のような助手を訪ね、数人の生徒とおしゃべりをし、国の税金で購入されたプリント用紙を利用している。「見なかったことにする」ニコルが笑いながらため息をついている横で、私はＨＰレーザージェット六九五〇をぶんぶんうならせる。

八月が終わろうとしていた。空一面がミルクのような灰色で、いかにもなにか起こりそうな雲行きだった。存在しているものすべてが密かなコミュニケーションで繋《つな》がっているような奇妙な感覚を覚えた。通りにいる誰もがあらかじめ振付師によって決められたとおりに動いているような、少なくともみんな同じ心配を抱えているような感じがした――そしてこの感じは、悪いものではなかった。外出するだけで、自分はひとりではないという気分になれるからだ。ゴールはもうすぐだ。その夏はほとんどパリで過ごした。二、三度エソンヌに逃げ出しただけだ（私はドゥルダンの町の小さな石畳の通りを数時間彷徨《さまよ》った。バルビゾン説もあり、断言はできないが、ウィローの「麗しのアーチェリーのすべて」に読まれるいくつかの詩句は、その通りから着想を得ているように私には思える）。

アニエスから電話がかかってきた。進捗を知りたいらしい。私は平和的共存ののちの緊張緩和を見た気がした。まるで一九七二年モスクワサミットにおいてウォッカで乾杯するニクソンとブレジネフだ。もしかしたらまだ望みは残っているのだろうか？　私はアニエスに仕事について話した。すると彼女は幾分興味を示した。私は恰好をつけて、答えをはぐらかした。なら体の方はどうかと訊《き》かれ、こちらにも答えなかった。尿関係の問題は話さないでおこうと決めた。その件を持ち出すのは、元妻の心を取り戻すのに、不利に働くように思えたからだ。電話を切ったあとで、私は彼女にメールを送った。コメントはつけずにミシェル・デルペッシュの「離婚」という歌のリンクだけを貼りつけた（かつて二年間、この曲を聴くと子牛みたいにおいおい泣かずにはいられなかった）。

日課の散歩は、執筆のあいまを縫って続けた。その際、状況主義者が重んじる「都会的漂流」の原則に従って、「その土地からの誘いや、それに応じて生じた出会いに身をまかせる」ことにこだわった。きれいな日本人女性に無意識に付いていくケースが一番多かった。その女性が美術館やメトロ口に入っていくまで、あるいは、たまたまそこにあったひと気の少ない教会へ入っていくまで付いていく。「土地からの誘い」が私を再びウィローのもとに案内することもあった。ある日、ポルト・ディタリーまでメトロに乗り、ジャンヌとそのお仲間が未来の社会を準備している界隈を散歩した。なんてことない小さな通りで、標示プレートの掛かった家を見つけた。プレートには、一九四五年から一九九三年まで詩人のエメ・セゼールが住んでいたと書かれていた。セゼールはウィローとすれ違ったりしたろうか？　ウィローはサルトルに感心したが、そのサルトルが感心したのがセゼールだ。

エメ・セゼールはウィローと同じく一九五六年に共産党との関係を解消している。その年、フルシチョフの報告書によって、大規模な強制収容所送りや不法逮捕、個人崇拝といったスターリンの罪が暴露された。エメ・セゼールはフランス共産党、書記長モーリス・トレーズに宛てた絶縁状の中で、面目を失わないことばかりに腐心して、スターリンのやり方が間違っているとはっきり糾弾しようとしない党の頑《かたく》なな態度、その「不変の自己満足」を告発した。翌五七年、人間を尊重する社会主義の実現を信じていた人々の最後の希望は踏みにじられた。モスクワはブダペストに戦車を送り込み、平和的人民の蜂起《ほうき》を粉砕した。セゼールは共産主義と決別した。とはいえエメ・セゼールのそれは、植民地で立ち上がる人々を支援するという、より強力でもっとましな活動に身を投じるための決別だった。ウィローが共産主義と決別したのは、自分の詩や庭を耕すためだった。

私は大学まで来たついでに、現代文学部門の教師で、アラゴンの専門家であり——アラゴン経由でついでにフランス共産党にも詳しいロジェ・ダビウーにそのあたりの話をした。ほどほどに愛想のあるこの五十男と私は、良好な関係にある。ワインの染みのような星形のあざを持つ彼は、ソ連共産党の中央委員会の最後の書記長にあやかって「ゴルバ」なんて呼ばれている。ダビウーは愛想よく私に言った。

「きみの言うとおり五六年は、フランス共産党からの離脱者が多かった。でも、兆候はすでにその十年前からあったんだ。四七年、ソ連からの亡命者が強制収容所についての本を出版し、五十万部売り上げた。問題は、その話題が長らく左派のあいだでタブーだったってことさ。みんな『反共産主義者の思うツボにはまる』心配をするんだ。ジレンマに苦しむ人間が出てくる。まごうことなき現実否認に陥る人間まで出てくる。収容所を話題にするのは、ブルジョワ連中やアメリカ人の思うツボだってね。ほかにも口先でうまいことを言いながら、この矛盾を解消しようとした連中もいた。収容所は一時の必要悪なんだ、とかね」

ウィローは、このレトリックに説得されたのだろうか？　「敵の思うツボにはまらない」よく耳にする言葉だ。そして胡散《うさん》臭い。私が所属したSOS人種差別界隈でもそのレトリックは効果を発揮した。男も女も、だいたいこの言葉で妥協してしまう。怠惰や恐怖、シニシズムのせいだ。

八九年にクレイユで起こったスカーフ事件を例に挙げよう。中学校で、ムスリムの女子生徒三人がヴェールを取ることを拒絶した。これが国じゅうを騒がせる大事件となった。マルテル通りのSOS執行部の意見は割れた。その女子生徒たちが、ひどく抑圧されているのは明らかだった。彼女たちは操られている。うしろにいるイスラム原理主義者に都合よく使われている。SOSの役割は復古的な髭《ひげ》男たちとグルになることか？　我々は本来、フェミニストや、女性解放闘争の味方ではなかったか？　結局SOS執行部は、クレイユの女子中学生を支持することを決めた。「国民戦線の思うツボにはまってはいけないから」だ。私は敢《あ》えて声は上げなかった。まだローゼンバーグ本で失敗する前で、大学人として野心があった。あまり調子の外れた大声を上げるのは、地雷を踏むことになりかねなかった。勇気のある人々もいた。ジゼル・アリミ弁護士などは、アイデンティティのために女性の権利を犠牲にするのかと連合と大喧嘩《げんか》をして辞めた。私はアリミにささやかな応援の言葉を送った。マルクは、消極的な態度に終始した。

ときどきミイーとバルビゾンを結ぶ細い国道を走る夢を見る。信号と信号の途中にそのプラタナスが現れる。ウィローは顔の前に両手をかざす。あるいは恍惚《こうこつ》とした笑みを浮かべて死を迎える。こうした夢を見るとき、私はロバート・ウィローになっている。衝突の寸前に、目が覚める。

第三章
ルーさん風に言うならば

「一年で四百万ユーロ稼いだ」とマルクは言った。

私たちはヴィッサンの浜辺をオパール岬のほうへ向かって歩いていた。マルクに招かれて、九月の第一週を、海沿いの一等地に建つ別荘で過ごしていた。私をあまりよく思っていないマルクの女房は、パリで留守番をすることにした。私たちは向かい風を受けながらゆっくり歩を進めていた。話をするには、ほとんど叫ばなくてはならなかった。
四、
百万、
ユーロ。
私はまさに今、この言葉をまともに食らった。最悪なのは、私に打撃を食らわせた当人（私の友人で、W&W法律事務所の共同設立者のマルク）がそれを言ったとき、全然嬉《うれ》しそうでなく、なんなら申し訳なさそうですらあったことだ。マルクがその話をしたのは、話題の展開上（自分の法律事務所をいかに発展させていくかの戦略）、そのデータを抜きにしては、ほかのどんなことも詳《つまび》らかにできないからだ。マルクは虚勢を張らない。なんならしかめ面すら作って、私の質問（いい一年だったかいマルク？）に答える。数字で返す下品さも厭《いと》わない。たしかに、それに曖昧《あいまい》に答えて（それで文句を言う人間はいないが）、真実を慎みのヴェールで隠していたのでは、自分のことはわかってもらえない。自分の成功のスケールを理解してもらえない。目的は人に感心してもらうことではない。そんなことより市場経済の長所を具体的かつ雄弁に紹介することのほうが大事だ。ライバルを増やしたいのかもしれない。なぜなら欠点はいろいろあれども、マルクはどちらかといえばいいやつ、気前のいいやつであり、友人みんなに自分と同じように金持ちになってほしいと考えるような男だからだ。

私はマルクの成功談を聴きながら、アニエスは結婚相手を間違えたと思った。マルクと一緒になるのが正解だったのだ。きっとふたりは素晴らしいパートナーになっただろう。アニエスはリーダー向きの人間だ。トカゲのように冷静で、逆上して我を忘れるようなことはほとんどなく、堅実で、気分にムラがなく、いっさい夢見がちなところがない。マルクが将来、田舎の別荘だの、立派な車だの、なんならイギリス風メイドみたいなものを持つ人間になろうことは、若い活動家だった私にすら想像できたくらいだから、アニエスにできなかったわけがない。なぜ彼女は私を選んだのだろう？　頭脳面で私に将来性を見たのかもしれない。しかし私には、慢性的に情緒不安定であるとか、（すでに）酒癖が相当悪いという定評もあった。なにより私は傲慢《ごうまん》で口数の多いチビだった。マルクはといえば百九十センチの高みからみんなを見下ろす有望株だった。

やつは、私がアニエスと初めて会ったあの晩、私がアニエスの灰色がかった緑の目と、火山みたいなおっぱいでアッパーカットを二連発で食らったあの現場にいた。マルクはアニエスを口説いたか？私の記憶はぼんやりしている。ただ結婚生活の末期、そうにちがいないと思うようになった。そしてそれはしまいには強迫観念になった。私は夫婦喧嘩《げんか》のたびに、破壊的執拗《しつよう》さでもって、その話を持ち出した。不実をほのめかす言葉をアニエスに投げつけた。アニエスに非難されるたび、私は身を守るために彼女をののしった。マルクを選べばよかったな、ああ、反論しなくて結構、きみが密かに後悔してるのは知ってるから。それから馬鹿みたいに興奮して責め立てる。マルクと寝ているんだろう、いずれにせよ、きみたちは似た者どうしだから云々《うんぬん》。ようするに、そうしたすべては都合のよい方便だった。そうしているあいだは、アニエスからの「どうして講義がないと午後一時まで寝床でごろごろしてるのか」「どうしてアパルトマンがタバコ臭くなるのか」「どうして英語風の言い回しをよく使うからといって、ペイン＆カンパニーの友人たちを悪く言うのか」「どうして生徒の提出したレポートをスキー用具の棚に仕舞うのか」「どうして直そうと努力しないのか」といった真っ当な問いかけに釈明したり、答えたりしないでよかった。

＊

マルクが生きているのは、だだっ広い大通りのような世界だ。そこにはレッドカーペットの上の騎馬隊、三輪スクーター、優雅なレターヘッド付き郵便物、化粧漆喰《しっくい》、デザイン家具、ホテルのメッセンジャーボーイ、薄紫色の靴下、バックル付きの靴、シャルヴェのシャツに刺繍《ししゅう》されたイニシャル、経費明細表、パリの一桁《ひとけた》台の区、暴君のごとき顧客、ハイヒール、金といった退屈がこびりついている。マルクがそこを離れるのは、仕事でお役所（安物のソファー、国旗、クリスタリーヌのミネラルウォーターのボトル、間に合わせのスーツ、ルノー・ヴェル・サティス、ビックのボールペン）か、裁判所（気難しい判事たち、カーペット、仮天井、イヤフォンをつけた憲兵、窓口、バッジ、ナンバーの入った執務室、せせこましい秘密の話）に赴く時だけだ。

マルクとは、兵役で送られたモンテリマールの通信隊で親しくなった。マルクは痰《たん》飛ばし大会で他を圧倒した。私は危うく自分のライフルで怪我をしそうになった。

思わず大声が出た。

「四百万って、もの凄《すご》い額だぞ。だいたいパリ第八大学歴史部門の活動予算十年分だ」

だいぶ霧が晴れた。ドゥーヴルの断崖《だんがい》が見える。沖にはフェリーが一艘《そう》、イギリスの海岸に向かって進んでいる。

私は最初の百ページを書き終えた。人前に出せるもの、日の目に晒《さら》す価値のあるものになっていると思う。私は先に鍵《かぎ》を預かって、マルクより数日早くこちらに来ていた。たぶん私に少しばかり外の空気を吸わせたい、もしかしたら行きつけの酒場から、その誘惑から遠ざけたいという配慮があったのだろう。マルクは土曜の正午ごろ、超上機嫌で、生きたオマール海老《えび》がいっぱいに入ったバケツを持って、私のもとに現れた。破産のかどで訴追されたとあるフランス企業を無罪放免に持ち込み、「天文学的な額の」報酬付きの栄誉を勝ち取ったところらしい。私はまたしても最低な態度を取った。彼にお祝いを言う代わりに、「破産」というのは信じがたいほど古めかしい言葉だと指摘した――その言葉からイメージされるものは、タイツやら半ズボンやらひだ襟やらを纏《まと》ったジャック・クールのようなお代官さまだとか、第二帝政期風シルクハットをかぶった銀行家であって、間違ってもラ・デファンスの高層に本社をかまえるようなどこぞの会社じゃないよ、すごく違和感がある、と私は馬鹿みたいに言った。

マルクは腹を立てたりしなかった。彼はきわめて上機嫌だった。そしてその幸運のおかげで、周囲の者がみな立派に見えていた。「よかったよ、おまえの本」マルクは私に言った。「おまえは凄いやつだ。ためらわずにガンガン行けばいい、着想が素晴らしいと思うぜ、おれは」マルクは私の背中をバンバン叩《たた》いて活を入れてくれた。裁判所を出たところで、ちょっといいなと思っている女性ジャーナリストを前に、勝訴についてコメントしたので、テンションが上がっているのだ。私はよくわかっていた。マルクにはロバート・ウィローもその詩もどうでもいい。彼は私に幸せでいてほしい。ただそれだけなのだ。

マルクには人に発破をかけようとするところがあった。本物の将軍肌というか、すばらしい活力の持ち主だった。きっとそうだ、マルクは自分の友人にはみんな、自分と同じくらい金持ちになってほしいと願っているのだろう。でも彼の願いが実現する可能性は少ない。彼も心の底ではそれを理解しているし、諦《あきら》めている。私は学問の世界で生きる道を選んだ。その道で私個人が金持ちになることは絶対にない。すでに問題の核心はそこではなくなっている。問題は金の話ではなく、満足いく結果が得られるかどうか、再び元気を取り戻せるかどうかだ。

「The sky is the limit（可能性は無限大）ジャン、この本はいける。おれは本気だよ」

私は彼の助言に従おうと決めた。どうせなら、高みを、かなりの高みを目指そうじゃないか。そしてパリで高みを目指すとは、すなわちルー・バセ＝デュトネールの門を叩くことだった。

その女編集者は、人に会うときはかならず一流ホテルのバーを指定した。おそらくは彼女の頭の中にはイギリスやアメリカの作家たちがそうしていた記憶があるのだろう。彼女はそれを至極かっこいいことだと思っている。おかげで彼女は地元にいながらそこから浮いている、いつも時差に苦しんでいる国際人に見えた。あるいはミステリアスなニンフォマニアだとか、ようするにそういう人種に見えた。どの業界にも（出版の世界も例外ではなく）いる、戯画的あるいは偏執的なくらいひたすらひとつの習慣や、トレードマークにこだわって、ようやく独創的でなににも依存しない精神の証しを得るタイプだ。だから、この女はホテルのバーで、ハーブティーしか飲まない。真面目な話、それこそ彼女が三十年間続けてきたことなのだ。

見上げたバカ女もいたものだ、私はホテル〈ラファエル〉の回転扉を押しながら思った。ひとりで勝手に熱くなっていた。窓のそば、赤いビロード張りのソファーの隅に坐《すわ》っている彼女を見つけた。電話中だった。私は正面に腰を下ろしたが彼女はこちらに目もくれない。私は平静を装うためにしげしげとメニューを見始めた。彼女は電話の相手（どこぞのマルコ）に、お抱え作家——なんとなく名前に聞き覚えのある、彼女に言わせれば「小難しく」て「おセンチ」で「持ち手のないスーツケースみたいに役に立たない」作家——のご機嫌を取るために、奮発して中堅レストランのランチをご馳走《ちそう》した話をしている。

疲れた顔だった。自動操縦中のパイロットのように、ちょっとぼんやりしている。彼女は電話を切り、なおも数秒間ケータイをいじり、それから私に目をあげた。あたかもたったいま、私に気づいたかのように。彼女はテーブル越しに私にゆっくり手を伸ばした。パステルグリーンのセーターに、シルクのプリント柄のスカーフを巻いている。私は熱くなっていた。

「十分遅刻です」ＬＢＤ出版の社長は言った。

私は沿線で不審な手荷物が発見されたため二番線の運行に遅延が出たのだと言い訳した。どうでもいいことで収拾のつかない嘘をついて、ますます不審がられた。彼女はなにかの犠牲になることも自分の尊い仕事の一部なのだと自覚する殉教者のように、つかの間目を閉じた。自分はどの時世にも認められそうにない作家を受け入れざるをえないのだと言わんばかりだ。幸先《さいさき》の悪いスタートだ。双方、話し合いなんて望んでいないのに、これから話し合いが行われるのだなあと私は思った。

＊

ルー・バセ＝デュトネールは超一流のマルチタレントだ。編集者として活躍しながら、ラジオで解説員を務め、一ダースの文芸誌で評論を発表する。彼女は特に悪びれもせず、そうした複数の立場を利用して、自らが経営するＬＢＤ出版の作家たちを宣伝する。彼女は毎週土曜、自らパーソナリティを務める国営ラジオ局の番組〈ルーさん風に言うならば〉で文学を語る。選び抜いた言葉で売り込みを行う。たとえば「現代的で都会的で電撃的な妥協のない主題」「筆に力がある」「資質の調和」「多声の語り」「人生の賛歌」「羞恥心《しゅうち》」「自らの痛みを飼いならす」「名状しがたいものを言葉にする」なんて表現が定期的に繰り返される。

私はマルクの助言に従って、彼女との顔合わせに備えて、彼女の番組をポッドキャストで聴いた。彼女はトラウマ（近親相姦《そうかん》や、交通事故による）を扱う話だとか、看護職に就く人間が登場する話だとかにあからさまに甘い点を付ける。なかなか抜け目のない行為だ。というのも、片腕を失った人物の物語を形式の点から批判する、こう言ってよければ文学的観点から批判することを不適切と考える向きもいるからだ。そしてラジオの外の彼女はもっと抜け目がなかった。彼女はとても疲れて見えた。

長い沈黙があった。それで私は咳払《せきばら》いをした。彼女は毒のある目で見た。

＊

「あなたの原稿、読みました」

不機嫌な顔をしている。彼女は気難しく、この上なく短気だが、残酷ではなかった。殺しは本当に必要なときにしかやらない。四十年この業界で生きてきたが、他者に共感したり同情したりする心までは失っていない。それにこの面会のお膳立《ぜんだ》てしたのはマルクだ。マルクは彼女の会社の顧問弁護士であり、その紹介を足蹴《あしげ》にはできない。

「無理ですね。うちの出版社では、これは絶対に出せません。そもそも、なぜこれをうちに送ろうと思われたのか、理解できません」

「テンポが悪い。それはわかっています」

「それ以前の問題なんです、ジャンさん」

彼女は突然、悲しげになった。なにか言おうとして口を開き、そして諦めた。出かかった言葉は溜《た》め息《いき》の中でこと切れた。現実と、ジャン・ロスコフが現実だと思い込んでいるもののあいだには巨大な隔たりがある。この男に世界の仕組みを説明するのは自分の役目ではない、と思う。自分は五十人からなるチームを抱えているのだから。

「とりたてて斬新《ざんしん》なところがない。そこが理解に苦しむところなんです。冷戦、武勲詩、時代遅れの詩情、そういうものに、いまの人はまったく興味を持っていません。思うにあなたは、この世界にパラダイムシフトが起こったことを理解していないんじゃないでしょうか」

彼女は文学を語るときは「現代の寓話《ぐうわ》」とか「喜びの讃歌」なんて表現をやたらに使いたがるのに、編集者としての戦略の話をするときは「パラダイム」だとか、「破壊的な」「インパクトを与える」「対抗《アンタゴナイズ》する」といった、レオニーの恋人ジャンヌが使いそうな表現を好む。

どっと疲れを覚えた。世界には理解できない記号が錯綜《さくそう》している。私は不適合者だ。ルー・バセ＝デュトネールの語るパラダイムが、厳正さを欠く、ナルシシズムであることはわかっている。ロベルト・ムージルが書いているとおり、「真実はいつもハンディを背負っている」のだ。世界は嘘つきと、ずる賢いやつのものだ。じっくりと時間をかけて努力する、考えを巡らせる、正確さを求める、そういうことは、過ぎ去った過去の美徳、田舎僧のそれになったのだ。

どうせなら、鉄工所の親方に踏み潰《つぶ》されるゴキブリみたいに、厳しい掟《おきて》（強者の掟）でわかりやすく粉砕されたかった。こんなインチキ女に踵《かかと》で踏み潰されるなんて、耐えられない。私は席を立ち、コーヒー代として五ユーロ札を置いた。そして早口で暇《いとま》を告げ、出ていこうとした。彼女は私の肩に手をかけた。急に情の籠《こ》もった感じになり変だった。

「待ってください。マルクから聞いています。退職されたばかりとか。難しい時期かと思います。あくまでも想像にすぎませんが。だって私にはないことでしょうから。私は舞台上で死ぬんです、ダリダみたいに。とはいえ、心情はお察しします。これは私の意見ですが、あなたに必要なことは、立ち返ることだと思いますよ」

「どこに帰るですって？」

「だから自分にです！　自分自身に帰るんです。シンプルなエネルギーを取り戻すんです。たとえば、素材を磨くんです。世に言う自分探しという、あれです。一年たっぷり休暇を取って、家具をつくったり、心の新たな側面に興味を向けるんです」

翌々日、日曜のお勤めとして、ヴェトナム料理店で娘に会った。レオニーはびっくりするほど大きな音をたててフォーをすすっていたが、私はなにも言わなかった。たぶんジャンヌがいたらやらない。父親の前だと気が緩むのだろう。くつろいでいる証拠だ。あるいは心のどこかで父親を馬鹿にしているのかもしれない。だとしても、どうしてレオニーを責められようか？　私はこの子から恨みごとひとつ言われたためしがない。レオニーは〈ルネッサンス〉での初顔合わせで、恋人の前でだらしなく酩酊《めいてい》し、最低の父親を演じた私のことを怒らなかった。本当に慈悲深い娘だ。リジウーの聖テレーズやシスター・エマニュエルも、きっとこういう人々なのだろう。いつもさりげなくこちらを思いやってくれ、けっして恩を着せようとはしない。私はジャンヌとの口論を蒸し返した。

「友だちはなかなか大したやつだが、ちょっと不寛容なとこがあるな」

「ジャンヌは目覚めた人だよ、パパ」

「なに？」

「目覚めてる、覚醒してるんだよ」

その名を口にするだけで、ジャンヌが厳かに姿を現すかのように、レオニーは声を潜めた。レオニーはいかにもありがたいという感じで「目覚めてる」「覚醒してる」という表現を使った。当然それらの表現から想起されるのは、再洗礼派系セクトへの回心だ。しかしそういう神の啓示を示す語彙《ごい》に対する先入観を捨て、言葉の向こうにあるものを見るべきだ。私は娘を追い払いたくない。かつて父が私にしたようなことはしたくないのだ。

一九七四年、十四歳の高みに立った私は、父親に向かって横柄な口調で、自分はシチュアシオニスト（指導者［五月革命の勃興に影響を与えたアンテルナシオナル・シチュアシオニストを率いたギー・ドゥボールのこと］が深刻なアルコール依存症だったことを除いても、ツッコミどころ満載の思想ではある）になったと宣言した。父は大笑いして、おまえというやつは救いようのないバカだ、と言った。八年後、私がミッテランのポスターを貼り始めると（とにかくドゥボールよりは持ち物との相性がよかった）、父はもう面白がらず、こちらの話に耳を貸そうともしなかった。「連帯」「生き方を変える」「ミッテラン」というワードを耳にするだけで、父の態度は硬化し、唇は嫌悪にゆがんだ。食卓でそんな議論をしようものなら、行きたくもない怪しげな場所に連れていかれると思っていた。

とにかく父は保守的な人間だった。伝統を重んじる人間らしく、用心深く杖《つえ》で足元を確かめながら人生を歩く。知っている道を好み、見たことのあるものをそれと認めたり、長く変わらずそこに在るものを実感するのが、なにより好きだった。「ごらん、このコナラは、父さんがおまえの歳にはもうここに立っていた」散歩の帰り、一本の樹を示しながら、父は嬉しげに言ったものだ。

父と同じにはなりたくない。私は体制的な人間ではないのだから。私は左派的な、つねに風通しのいい人間なのだから。私は冷たい調子にならないよう注意しながらレオニーに質問した。

「それはどういう意味かな？　パパのことは大昔の恐竜だと思って、おしえておくれ」

「ジャンヌは目が覚めてる。woke なんだ。彼女には人種差別を受けていない女性としての自覚がある。つまり目には見えないけど、私やジャンヌは、差別されている人々に対して、目に見えない特権によって得をしてるんだよ。ジャンヌのアプローチは、インターセクショナルで、より複雑なんだよね。つまり考え方を言葉にするとこうなる。人種差別を受けていない女性でありレズビアンでもある私は、抑圧を強いる加害者である（なぜなら白人だから）と同時に、抑圧を強いられる被害者でもある（なぜなら女性であり同性愛者だから）」

レオニーの教養は付け焼刃だった。そしてそれは誰の目にも明らかだった。レオニーは賢いサルのように、教科書に書いてあることを繰り返している。さも習熟しているように話してはいるが、場慣れしていない。発言に説得力を持たせるには経験が要る。それには実際にどんどん口に出していく必要がある。あたかも新しい靴を履きならすように、新しい考えも履きならす必要があるのだ。私は居心地の悪さを感じた。ＳＯＳの合言葉はもっとシンプルだった。「みんなで人種差別に反対しよう」といったふうに。

アメリカで生まれたその新しい学派の噂は聞いている。あの元気な研究助手ニコルのオフィス近くの掲示板にも、同じ意味合いのチラシが貼られていた。チラシの文句は、暗記している。「公共の場では差別されている人の姿は見えなくなる」。パリ第八大学はこの分野で最先端に立っている。数年前から、ブラックスタディーズやジェンダースタディーズといった、人種や性別のステレオタイプをなんとかして解体しようとする、学科の壁を超えた授業を設けていた。こうした取り組みに関わっていたのは、同僚の中でもどちらかといえば、社会学だとか哲学の教師だったが、もしかすると脱植民地化の歴史を専門とする教師にも協力要請の声がかかっていたかもしれない。しかし私はそういう動きからだいぶ遠いところに放置されていた。慣れ親しんだ冷戦の中で、大陸間ミサイルや、ソ連の赤軍合唱団、彼らの執行する暗殺事件なんかとともに、氷漬けになっていた。

インターセクショナリティは私があまり深く掘り下げたことがないテーマだ。レオニーの説明によれば、社会は、いくつもの目に見えない抑圧と被抑圧の関係で構築されているが、その複雑な錯綜は、ときに一個人の内にすら同時に存在しているのだという。それはおそらく本当だ。しかし、そうしたアイデンティティに関わる要素を、体系的にひとつひとつを細かく分析する必要があるのだろうか？それは少し自慰行為に似てやしないか。それから「目覚め」という語彙についてだが、私がその語からイメージするのは毛沢東《もうたくとう》時代の中国だ。

なんにせよ、レオニーを傷つけたくはなかった。餃子《ギョーザ》の入った蒸籠《せいろ》が運ばれてきたのを機に、私は自分の本に話題を移した。私はレオニーに執筆の進捗《しんちょく》状況を説明し、ルー・バセ＝デュトネールとの交渉がうまくいかなかった話をした。

「縁がなかった、それだけだよ、パパ。全然悔しがることないって。私にも当てがあるから」

そんなこんなで救済はレオニーからもたらされた。レオニーは中学のときの友人の伯父を私に引き合わせた。ポラン・ミシェル、出版会社ディアログの社長だ。私はすぐにその小太りの男を気に入った。彼はパリ郊外ブール・ラ・レーヌにある石造りの家の一階の小さな事務所で私を迎えてくれた。

ポラン・ミシェルのルックスはかなり独特だった。要素ひとつひとつがよく吟味されているのは明白だった。全体として、一度友になれば、きっと一生友でいてくれると容易に識別できる人物像をつくろうとしている。構成要素はつねに同じ。スミレ色のフェルト帽、上下不揃いのけばけばしい色合い（フクシアとプラム色）のジャケットとズボン、それにローマ・カトリック司祭のストラみたいな長い長いマフラーを垂らしている。狙いどおり、この装備一式は、そのすさまじく醜い容貌《ようぼう》を忘れさせるに十分の効果がある――明敏さを秘めた鋭いまなざしも、それに一役買っている。

彼がどういう人物であるかは、レオニーがざっと説明してくれた。ポラン・ミシェルはすでにたっぷり稼いでいる（具体的な額は知りようがない。「たっぷり」なんて著しく主観的な概念なので、レオニーのような若い娘の口から出たそれが、時間外取引市場のトレーダーならはした金と見做《みな》す額を示している可能性はある）。いずれにせよ、彼の主たる財産は、不動産業者相手に広告用電光パネルを売ってつくられた。ポラン・ミシェルはそうやって自分が築いたひと財産を、採算を取るという考え方とは真逆の活動に、つまり詩論を扱う独立系の出版社に注ぎ込んだ。彼は商事裁判所を通して出版会社ディアログを買った。それから七年経つが、まだ伸るか反るかの大勝負はしたことがない。ただひとりの相棒である妻のオルガは、インターネット上で見るかぎり、グラマーなルーマニア人で、経営アシスタント、秘書、広報責任者、編集アドバイザーを兼任している。

ホームページに掲げられたディアログ出版のモットーは、「本に会話してもらう、想像の世界に橋を架ける、障壁を取り壊す」という、かなりざっくりしたものだった。普通、こういうわけのわからないモットーを掲げる会社はあまり期待できない。しかしポラン・ミシェルと十分ほど話をして、この男が自分の役割をよくわかっていることは十分理解できた。「この会社はただの道楽じゃありません」彼は私の懸念を先回りして言った。「人生を賭《か》けた道楽です」。彼が金を注ぎ込んだ本はみな、丹念につくられた豪奢《ごうしゃ》な正真正銘のアクセサリーだ。つまり偏執的倒錯者、ビブリオマニアのための正真正銘のジュエリーなのだ。「問題は、私がコストを際限なく使ってしまう点なんです。私はいつも一番値の張る紙を選んでしまう。一番きれいな写真を使いたくて、使用権で大金を使ってしまう。そして経費を価格に反映できない。誰にでも買える値段にしたくて。問題の核心はそこなんです。耽美《たんび》主義者でもあり、民主主義者でもあろうとするのは解決不可能なジレンマです。私は解決しないことを選びました。つまり金がかかる、ものすごく金がかかることになります」

私はポランにウィローについて語った。サルトルとの仲違《なかたが》いはさらりと流すだけにした。せっかく前向きな考えを持っている人間に水を差すようなことを言うのは馬鹿げている。ポラン・ミシェルには、唐突に終わることになるウィローの生涯や、そのジャジーな詩情が、晩年、まるでステンドグラスや紋章のように、永遠の荘厳さの中で静止したことを語った。彼の目がきらきら輝いた。うまくいった。釣り針にかかった。

「あなたの本が出せたらいいけどなあ。これから、ちょっとだけ楽しくない話をさせてください。我が社は小さな出版社です。工房に毛が生えたようなものです。というか、家族でようやく回している小さな工場のようなものです。内金をお払いするというのが、なかなか難儀なのです。我が社には金がない。小銭一枚ない。まったくの素寒貧でして。とはいえ察するに、あなたは金のためにこれを書かれたのではないですよね」

ポラン・ミシェルは私に三百五十ユーロの小切手をつくった。それから玄関まで送ってくれ、帽子を軽く持ち上げて挨拶《あいさつ》までしてくれたので私は満足した。

*

ポラン・ミシェルが遠隔から送ってくる指示に従って、私はそれから数週間で原稿を書き上げた。彼はそんなふうに作家を放し飼いにするたぐいの編集者だった。かつてのバザロヴがそうであったように、できるかぎり出しゃばらない。とはいえ、このたび私には締め切りが設けられた。テキストの最後の行を打ち終えたとき、私は自分への褒美《ほうび》として酒に手を出すことを許した。いけないことはしてないぞ、と思う。マルクに電話をかけようかとも思ったが、そうすると友を監視人扱いすることになる。四杯目を飲む私を見て、顔をしかめるマルクがすでに目に浮かんだ。マルクは五杯目まではなにも言わずに見ているかもしれない。そしてすぐに議論なんてしても無駄な空気になる。マルクはなにも言わず、これみよがしにピエタのような痛ましい顔をする。黙って苦しむ。私が酒を飲んだという事実にのみこだわり、もうどんな言い訳も聞いてくれないだろう。

想像しただけで腹が立つ。体を壊すようなことをするなと子供たちに邪魔されて憤慨する老人の気持ちが、嫌というほどわかった。そういうたぐいの干渉は、幼稚で偽善的で、最も度の外れたエゴイズムの表れだ。我が身を守り、耳を塞《ふさ》いで眠ろうとする子供のそれだ。彼らは老人特有の訴え、ほんの数時間でも自分の体から抜け出してトリップしたいという心の底からの叫びに耳を傾けない。

そもそも、ほんのたまに、たとえば日常的なアルコール依存との闘いに勝ったときなんかに、ちょっと一杯やるのは悪いことではない。健やかですらある。マルクは自分にブレーキを緩める能力がないことを自覚するべきだ。電話は掛けなかったのに、口論したのと同じくらいむかっ腹が立った。ひとりでふた役を演じ、勝手に憤慨した。たぶんマルクは正しいのだろう。だとしても、個々人がなにがなんでも肉体的に健康でなくてはいけない社会とは、なんなのかと考えてしまう。こうした衛生学的な強迫観念、なんのプロジェクトの一環でもないこのクソみたいな衛生学の専制、これはいったいなんなのだ？

一九八六年の夏にバザロヴが言っていたことを思い出す（私たちはカフェのテラスでワールドカップの試合を見ていた）。彼は六杯目のピコンビールを飲もうとしていた。「少なくとも、第一次大戦から第二次大戦までのファシストのプロパガンダにおいては、肉体的な健康は、プロジェクトの一環だった。健康ってのは、集団への奉仕に必要なものであって、個々人がおのれのために求めるものではなかった」当時の私は大笑いした。バザロヴのそうした発言にのちの知的脱線の予兆を見たりはしなかった。私はただ、バザロヴをノリがよくて、ものすごく楽しい人だと思っただけだった。

最近の社会の変化を見る限り、彼の主張が正しかったと言わざるを得ない。なんのプロジェクトの一環でもないのに、なぜこんなふうに個人が健康を要求されなければならないのか。同じ社会が助成金を出して、学んだことを端から忘れさせるタブレット端末を学校に配布したり、瞑想《めいそう》だの、テキスト絶ちだのを推進して、知性をたるませ、それで頭が身軽になるんだなどと耳触りのいい文句で、個々人が大挙して馬鹿になるよう助長しているのと同様に、理解に苦しむ。まったくもって腹立たしい。自分のために自分の健康を維持することは、非常に重大なことになった。アルコール依存は面白い話題ではないし、話してもなんの得もない。それなのに酒に酔うということを知らない人間は、気がふれた人間の話をするみたいに声を潜めて、酒さえやめれば、あいつの問題はすべて解決するなどと自信たっぷりに話すのだ。

私は家を出て、ひとりで〈バルト〉に行き、トラピストビールを大ジョッキで注文した。フランドル大通りの並木は色づいていた。おれは本を書き上げた、やりとげたぞ。裏切者のロバート・ウィローと祝杯を挙げたい気分だった。「陰気な男／独り身の男／悲しい男」ウィロー。彼は自分の同族を裏切った――主日に、髪をきれいにセットしてローヒールを履いて洗礼派教会に詰めかける、ショー地区の上流社会の人々を裏切った。彼はボナパルト通りのサルトルという王の足元に貢物を捧げたがる（そこそこに信仰心のある）人々を裏切った。そして自分の母語を裏切って、晩年は、フランス語でロンドーを書いた。古色蒼然《そうぜん》としたヨーロッパのホームパーティーでも、頭でっかちの愚か者がふんぞり返っている潤いのないシンポジウムでも、彼はいつもひとりぼっちだった。

実存主義者の言葉は、一度もウィローの心に響かなかったのだろうと、私はいまや確信に近いものを持っている。ウィローは、サルトルが示したヒューマニズムより、カミュの言う友愛――より具体的にいうなら、信頼できる友愛――を好んだ。なぜならカミュにおいては「正義は想念であると同時に魂の熱だ」ったが、ボナパルト通りのインテリ連中には熱がなかったからだ。ひとりぼっちのカウボーイ、ウィロー。彼が知性を警戒する姿が思い浮かぶ。彼はサルトルよりもカミュ、そしてセロニアス・モンクよりもルイ・アームストロングを好んだ。彼は初期の詩の中で、ビバップを酷評している。テクニックを駆使する名手たちのジャズはその夢想的な詩人をいらつかせた。

ディジー・ガレスピーが奇抜な技でソロを台無しにする

そして僕の目はきみの姿を追って
マサチューセッツ・アヴェニューを彷徨《さまよ》う

ウィローは、心をぼろカーテンみたいに引き裂くニューオリンズジャズを好んだ。頭より心を重視する。それが私のウィローだ。どこにいてもくつろげず、満足できず、孤独な道を行くために日の当たる居場所を捨てた永遠の脱走兵。ウィローの動画は存在しない。活字のインタビューすら残っていない。残っているのは写真が数枚と、彼がちらりと登場する新聞記事がひとつ。それはニューヨークのジャズ批評家が書いた記事で、ビバップの殿堂ミントンズ・プレイハウスでのコンサート中「おれらはダンスしたいんだ」とヤジを飛ばしたそそっかしい連中のひとりとしてウィローの名が出てくる。

もちろんその作品は残っている。そこで私は写真と突き合わせるようにしながら、彼の詩をひとつひとつ読んでいった。すると次第に、その背の高い、しなやかな、貴族風の輪郭が浮かび上がってきた。普段からシニカルな態度を取っている――といっても、高貴な心の静かな嘆きが絶えず表に現れてしまうようなシニカルさだ。ナンシー・ハロウェイが彼の狂気と呼んでいたもの。彼の冷笑は、なによりまず自分自身を打ちつける鞭《むち》、広すぎる心を痛烈に打ちつける鞭だった。そう、ウィローの心は広大で、日々、冷笑に晒されながらも、ついぞ壊死《えし》することはなかった。きっと、その堤防が決壊するときが、命尽きる瞬間だったのだろう。彼は全身全霊を捧げたのだ――でもなにに？

「エタンプとパロール」に登場する「ガティネの荒れ野にその群れを連れていく、まあるいおでこの使者」とは、なに者だろう？　それは本当にキリストだろうか？　もしかしたらそれはウィローが創り出した、彼しか知らない神、彼ひとりにしか見えない光かもしれない。信者たちが自分たちの都合に合わせて神をこしらえるのと同じように、ウィローも自分の好みに合うようにそれをつくりあげたのだ。だからウィローの神は、きっとユリの紋章のついた召し物を纏う黒人ジャズマンの姿をしているにちがいない。

私は本の中に写真アルバムのようなページを設け、そこでウィローの写真を紹介することにこだわった。ポラン・ミシェルと話し合い、載せるのは三枚だけになった。三枚ともフィラデルフィア・ブッカー・プレス刊の二冊の詩集に掲載された写真だった。私はその三枚の写真を本の中で描写した。というか、自分なりに注釈をつけた（いまにして思えば、そもそもこれが私の転落の始まりだった）。

「一枚目の写真はH…で撮られたものだ。ウィローはセント・ヘンリー・コミュニティ・カレッジの制服姿でポーズを取っている。十八歳になったばかりだ。縁に白の二重線の入ったVネックのセーター、明るい色のズボン、エンブレムの入ったジャケットに身を包み、満面に笑みを浮かべ、まっすぐに背筋を伸ばして立っている。カメラに向かっていかにも子供らしい、嬉しくてしかたがないという顔を見せながら、ネオゴシック様式の古い建物の玄関先でポーズを取っている。彼は列に並んで写真を撮ってもらった。彼のうしろに立つ父母は誇らしさのあまり息もできない。母親はこぼれだしたら止まらなくなりそうな涙をこらえ、てきぱきと彼の首元を直してやった。ウィロー本人はセレモニーと夏の日差しに、いささか陶然としている（「卒業」のシーズンといえば、夏だからしかたがない）。本当は真面目な顔をしたいのだが、フレームの外から同級生が冷やかしてくるのでつい笑ってしまう。顔の素地はもうできあがっている。額は広く、唇は厚い。割れた顎《あご》は、いまはまだ異性を惹《ひ》きつけるより、からかいの対象になりそうだが、それを帳消しにするくらい朗らかでかわいらしい。

きわめて平凡なものしか写っていない写真だ。それが物語るのは、何千というアメリカの若者たちの見る哀れな夢だ。彼らの夢はすぐに現実という掟によって、失望の日々の中にかき消され、そこにあった笑顔は、職場の青白い照明の下で、急ぎ過ぎた結婚生活の中で消えていく。

この種の写真は、珍しくない。

それはロバート・ウィローをというより、アメリカという国を物語る写真だ。

逆に二枚目の写真は、ひとりの人間をよく物語っている。

フィラデルフィア・ブッカー・プレス版のキャプションによれば、二枚目のそれは一九五〇年代半ばパリのジャズクラブ〈ロリアンテ〉で撮影された。ウィローは横顔だ。椅子にもたれかかる金髪の若い女性の前に跪《ひざまず》いている。娘は美人で、目を伏せている。酩酊しているらしい。それを流麗なジャケットにハイウエストのタック入りのズボンを穿《は》いた四人のバンドマンが取り囲んでいる。お祭り騒ぎの好きな学生のような顔つきで、マリアッチを気取っている。もしかするとその娘は、自分を取り囲むサン＝ジェルマンの花形たち、きらめく男たちが、本気で自分の美しさに敬意を払っているのか、からかっているのか真意が摑《つか》めず、居心地の悪い思いをしているのかもしれない。男たちは茶番めいた滑稽《こっけい》なポーズを取ってご満悦だ。おそらくこの写真の一瞬後には解散し、娘のことなど忘れてテーブルに戻り、ネルー首相の農地政策や朝鮮戦争を論じる学者の話に耳を傾けるのだろう。娘を取り囲んだのは、おそらくは軽いノリだ。しかしはしゃいだ男たちの中にひとり、獲物を狙う鷹《たか》のような目をした男がいる。それがロバート・ウィローだ。大柄で肩幅が広く、ぴんと立てた項《うなじ》に汗が光っている。彼は真剣にその娘を求めている。そこにいる人間の中で彼だけが内に想いを秘めている。だから彼は明らかにほかのやかましい男たちとは違う。ばさばさ音を立てて飛んでいく移り気な夜の鳥たちのあいだで、彼ひとりが異彩を放っている。

三枚目の写真はボナパルト通りのかの有名なアパルトマンで撮られたものだ。よくあそこでトマトソースのスパゲッティをつくって食べていた、とサルトルの元秘書ジャン・コが振り返って語ったりするサルトルの住居だ。写真には、まさにそのスパゲッティが写っている。ひどく狭いアパルトマンの中、蠟引《ろうび》きのテーブルクロスの上に、てんこ盛りにされている。ここに見られる雑居風景は、ほとんどサン＝ジェルマン型ボヘミアンの典型のような、一種、お決まりの風景だ。低いアーチ天井の地下酒場でのお祭り騒ぎだの、せせこましいアパルトマンでのパーティーだの、そういったものはサン＝ジェルマンのインテリたちの黄金伝説の一部だ。蠟引きのクロスのかかったテーブルの隅っこで、彼らはスケールの大きい概念を検討し、人類全体を見渡し、激烈な内容の嘆願書に署名する。部屋は薄暗く、じめじめと湿り、料理と煙草の臭いが染みついている。とりわけ紫煙はそこらじゅうに立ち込め、壁紙を黄ばませる。その伝説のアパルトマンで、結束の固い陽気な一団が、鍋《なべ》からはみだすほどの大量のスパゲッティを囲んでいる。

テーブルのまわりには、カストル［ボーヴォワールのあだ名、ビーバーのこと］やボリス・ヴィアン、多少知名度の落ちるジャン・コやロバート・ウィローの顔もある。サルトルはフレームの外でパイプに葉でも詰めていたのだろうか？　彼が仲間外れにされるなんてありえない。カストルは演説の真っ最中だ。そしてボリス・ヴィアンやジャン・コやほかの人間はテーブルに肘《ひじ》を突き、彼女の演説を酒のように味わっている。みなボーヴォワールの大理石のように白い顔に魅入られている。張り出した頰と、切れ長の目は、何事にも動じることのないモンゴルの仮面のようだ。みんなじっと仮面の演説に耳を傾けている。すっかり心奪われているらしく、もはや世間を騒がせている異端児の面影はない。そこにいるのは良心に目覚めた者でも、炯眼《けいがん》の持ち主でもなく、ただおとぎ話を聴く子供たちだ。

そして、この写真に写るウィローのまなざしが、彼の特別な運命をよく示している。たとえば最後の晩餐《ばんさん》が描かれたどんな絵画を見ても、心ここにあらずというような、少し醒《さ》めたまなざしから、どの人物が裏切り者のユダか特定できるように、この写真のウィローのまなざしを見れば、誰にだって彼がすでに裏切り者であることがわかるだろう。みながうっとりと放心している中、彼ひとりがしらふで対象を見つめている。彼ひとりがしらふで、おとぎ話を無視しているのである。気持ちはすでに隠遁《いんとん》し、ガティネの深い森を眺めている。目の前にいる頭の良すぎる若者たちの革新的な論説はもう彼の心には響かない。どんな論説も、少年時代にポトマック川の川船を眺めながら何時間も噛《か》み続けたチューインガムくらい、味がなかった。

おそらくこのテーブルには、裏切りを温めている者がもうひとりいる。目下、ジャン・コはボーヴォワールの話を聴いている。しかし数年後には裏切り者となる。彼はもうひとりのユダだ。もしかしたら、このときすでに思うところはあったかもしれない。しかしふたりの男がその話をすることはなかった。彼らはけっして互いの秘密に気がつかなかった。しかしふたりは頻繁に顔を合わせている。当然だった。ジャン・コはボナパルト通りの巨人の私設秘書だったし、ウィローはそこに自由に出入りしていたからだ。ふたりはゴロワーズの煙が渦巻く中でよく隣り合わせたが、どちらも隣人の顔に浮かぶ呪われし者のしるしを見ず、その背信を見抜けなかった」

私はここで中断した。この手の省察は突き詰めれば、それなりの意見にはなるだろうが、ポラン・ミシェルはきっとついてこない。そもそもジャン・コは本当に背信者だろうか？　たしかに彼は、インテリ左派の縄張り根性、すなわち「害虫ども」の、従者どもの、「か細い指をした宣言文署名者ども」の虚栄を告発することで、ど派手に仲間を裏切った（とはいえ彼は最後まで、サルトルという、そのまばゆい光を放つ思想家への賞賛を失うことがなかった）。

ジャン・コが書いた告発文は有名だ。彼は変節したが、政治的な人間であり続け、抗議することだけを目的にしているような連中に対し、つねに厳しい風刺文を書いた。彼は右派の論客になった。ある意味で彼はたいして変わらなかったのだ。本人の意志とは裏腹に、彼はサン＝ジェルマン＝デ＝プレの虜《とりこ》だった。延々とその壁の中に捕らわれていた。彼は勇気を出して叫んだ。「私は穴倉に隠れるかわりに、アスファルトを踏んだ。（中略）罪を犯したその現場で、泥にまみれるかわりに、芝生の上で、サチュロスのように踊ったのだった」しかし、おそらく彼は骨の髄まで毒が回っていた。うなりを上げる輪転機や、タバコに燻《いぶ》される小さなアパルトマンの世界深くにはまりすぎて、抜けられなくなっていた。

ウィローは違う。彼は本当に係留ロープを解いた。彼が白熱する論壇を放棄したのは、敵陣営に寝返るためではなかった。彼はもうどこの集団にも入らなかった。なるほど、熱気溢《あふ》れた時代だったから、巷《ちまた》にはいろんな集団があった。人々はほとんど集団でしか狩りをしなかった。その気になればウィローだって、また別の狭いアパルトマンを見つけて、そこに集まった人々とゴロワーズを燻らせ、別の信仰に身を捧げることだってできたかもしれない。彼は別のなにがしかの騎士像、たとえば激昂《げっこう》するベルナノス像を囲むロジェ・ニミエやミシェル・デオンの仲間に、なることもできたかもしれない。でも彼はそうしないで、ただ単に姿を消した。彼は放浪する裏切り者、すこぶる自由な裏切り者になった。

二百ページほど書いたところで、突然、自分はウィロー像をゆがめていないかと不安になった。疑念を呼び起こしたのは、アニエスだった。

「つまりあなたは、ナンシー・ハロウェイ以外に、生前ウィローとつきあいのあった人間に会っていないってこと？」

「そうだ」

「そしてナンシー・ハロウェイはもういない」

「そうだ」

私は四十年前、ナンシー・ハロウェイが話してくれたことをきちんと理解しただろうか？　彼女の証言を、同時代を生きた別の人間の証言で補完すべきだったのではないだろうか？

〈ロリアンテ〉で撮られた写真にうつるマリアッチのひとりは名前がわかっている。アントワーヌ・シーメンスという名の男だ。旧版のキャプションではウィローの隣に名前があった。私はレオニーの助けで、その男の消息を見つけることができた。レオニーはオンライン電話帳で、彼の固定電話の番号とラ・ガレンヌ＝コロンブの住所を見つけだした。私はその番号に電話をかけたが、もう彼は住んでいなかった。私は実際その住所に赴き、あたりの家々を訪ねてまわり、そのうちの一軒にようやく扉を開けてもらった。小柄な女性だった。「ええ、たしかにシーメンスさんは知り合いでしたけど、いまはホスピスに入ってますよ」。特に驚きはなかった。シーメンスは私の父親くらいの歳のはずだ。

ウィローも生きていればそのくらいの歳になっている。結局そのホスピスは、元の住所から三百メートルほどのところにあった。

シーメンス氏は、医療用車椅子に掛けたままだった。天使の笑みを浮かべている。私は彼に優しく話しかけ、彼の前に写真を差し出したが、反応はなかった。五分が経過した。突然、彼の見えている方の目が、宙をさまようのをやめ、写真の上に停まった。彼は言った。「ああ、そうか、ええっと」たった今、正気に返ったのに、私の存在に驚いたふうはなかった。言われたことを繰り返すみたいに、そこに写っている男たちの名前を挙げていく。「このかわい子ちゃんの名前は思い出せないなあ。まあ、イカシてたな。ほかの連中は、ジョゼフ、ラ・ミッシュ、サン＝ディエ、それからアメ公」

「アメ……なんです？」

「だからアメ公なのさ、アメリカ人だからさ」

「彼のことを憶《おぼ》えてますか？　彼と親しかったですか？」

「いいや、たいして。うちのバンドの第二トランペットが病気になった夜、一回助《すけ》っ人《と》で入ったが、レギュラーじゃなかった。当時は仲間がわんさかいたから、たまに飲むだけのやつもいたりしてね。やつは助っ人専門だな。だからアメ公って呼んでた。まあ変わったやつだったから、どこにいても目立った」

私は黙っていた。流れが中断されるのが怖かった。ウィローを知る人間がひとり現れた。ついている。記憶も鮮明だ。私はその男が謎の一切合切をいっぺんに解決してしまうのではないかと逆に心配になった。シーメンスの話し方にはどこか、なんだかんだいっても所詮《しょせん》はロバート・ウィローさ、と言いたげな不遜《ふそん》なところがあった。私はこの本にあまりにも多くのものを賭けてきた。そしてずいぶん勝手な想像をしてきた。私は彼の話に熱心に耳を傾けた。

「まあ、ああいう変わりもんは、当時、そう多くなかった。そのうち、やつは半分雲隠れしちまった。アカのお仲間からボロクソに言われてたからな。おれは政治なんて、どうでもよかった。おれはジャズが好きで、それだけだった。やつはダチから、反共産主義に味方してるとか言われて締め上げられてた。よくあったんだ、当時はね。まあ連中は内輪で、暇さえあれば罵《ののし》りあってたよ。まあ、おれたちも、ディジー・ガレスピーのドラマーが天才か詐欺師かで揉《も》めたがね。この話になると、あんたのお友達は、どっちかというとオールドスクールだったがね」

「そのへんをもっと詳しくお聞かせください」

「ああ、つまり、ビバップの話さ。あれは万人受けするもんじゃなかったから」

「いえ、そっちじゃなくて、ウィローのことをもっと詳しく聞かせてほしいんです。さっきおっしゃったでしょう、彼がほかの連中と違ってたって」

答えは返ってこなかった。シーメンスはふたたび天使の表情に戻っていた。

*

私はホスピスをあとにした。ドリー・マカナンとの電話のあとくらい落胆していた。同時にほっとするところもあった。私の見立ては正しかった。五六年の共産党の激震、大量の脱党者。一週間後、私はホスピスにもう一度電話をかけた。シーメンスは集中治療室に入ったと聞かされた。私は電話の相手に彼に会いにきた訪問者のリストを見せてもらえないかと訊《たず》ねた。もしかしたら彼の古い友人の中に、ウィローを知っている人間を見つけられるかもしれない。ホスピスからはその手の情報は提示できないと断られた。「あなたが警察関係の方なら別ですが」と先方は言った。

夕方、ビルの管理人とすれ違った。彼女は〈カルフールマーケット〉に行く途中だった。声をかけたが、返事はなかった。ひどくゆっくりと歩いていた。自分にしかわからない体の内部の動きを窺《うかが》っている。そういえば前の週、迷走神経の具合が悪いのだと話していた。私は彼女を追い抜いたが、向こうは私に気がつかなかった。誰のことも目に入ってなかった。衰えた体が上げるきしみ声に耳を傾け、その初期症状を窺っていた。彼女は私の三つか四つ年上なだけだ。シーメンスのことを考えた。彼はアンモニアの臭いの中で、人生の終わりを告げる合図が鳴るのを待っている。彼は寿命をすべて使い果たした。自分にはなにが残っているのだろう？　自分にはまだ父親がいるという考えにしがみついた。まるで父の存在が自分の盾になるかのように。父親が生きているあいだは、まだ関係ないさ、と私は自分に言い聞かせた。それでも、その日は一日、ほとんどそのことばかり考えていた。

『ロバート・ウィロー、エタンプの預言者』（一九・九〇ユーロ、ディアログ出版）は、一月に出版と告知が出された。編集者は私に、文学界で出版ラッシュが始まるシーズン初めを避け、年度の半ばに出版することで、露出の機会は増えるはずだと請け負った――ただし彼はこうも強調した。露出といってもメディアの徹底取材みたいなものをイメージしてはいけない。当然ながら、まったく無名の詩人を扱った随筆を紹介するといったって、誰が本気で聞いてくれるだろう、そこはもうそういうものだと諦めるしかない。ただここで大事なことは、『文学評論』誌とか『アルバトロス』誌、『カタストロフ』誌、その他の文学誌に、記事にしてもらえるかもしれないってことだ。うまく条件がそろえば（批評欄にネタがないタイミングで、貸しのある人物に、泣き落としが使えれば）、『ル・モンド』書評版に、すでに没した作家を再評価するという形でウィローのことを書いてもらえるかもしれない。

つまりシラク元大統領がヴィシー体制時のフランス国家の責任を認めたのと同じように、文壇がロバート・ウィローに、軽視した過去を謝罪するのである。そうなれば、私は現実社会でふたたび意味のある人間に戻れるかもしれない。私はロバート・ウィローの名誉を回復した、文学界のピカール大佐［一八九四年、フランス陸軍で起こったドイツへの情報漏洩騒動、いわゆるドレフュス事件で、スパイとして断罪されたドレフュス大尉の冤罪を晴らすことに一役買った人物］になるのだ。この譬《たと》えがきわめて悪趣味であることは、もちろん、よくわかっている。わかっていながら一瞬嬉しくなり、すぐに苦々しい気分になった。馬鹿げているにも程がある。世間がロバート・ウィローを見直したとしても、それはロバート・ウィローの話であって、私のことではない。そして私は気がついた。私は、自分自身の名誉回復をしたくて、自分が褒められたくて、ロバート・ウィローを足掛かりに利用しているのだ。

十二月、パリ第八大学で、スーダン人が夢を見るように、資料センターの窓越しに綿雪の降るのを眺めている。私はダビウーがシトロエン・ピカソから降りてくるところに通りかかった。スキージャケットを着込み、耳当てのついた毛皮の帽子、そして毛皮の帽子を被っている。雪、スターリングラード大通り、コンクリート、ダビウー、そして毛皮の帽子、「東ドイツの日常風景」とでも題したい大判の絵画が思い浮かんだ。私は彼に遠くから挨拶をし、考え事をしながらニコルのオフィスに向かった。

ポラン・ミシェルから、あまり大きな期待を抱かないようにと受けた忠告を反芻《はんすう》していた。なるほど、メディアが怒濤《どとう》のように押し寄せるのを期待してはいけないのはわかった。当てにするなら、もっとささやかなイベントだ。そしてもし、ささやかなイベントにも招《よ》ばれることがないなら、自分で企画すればいい。ただしポランの妻のオルガはすでに山ほど仕事を抱えている。帳簿を管理し、販売業者を辛抱強く説得し、寄贈本の配布を行い、サイトも運営している。このうえトークショーを企画してくれとは頼めない。要するにポラン・ミシェルが言いたいのは、彼の妻にこれ以上甘えてはいけないということだ。編集者の洗練された表現を翻訳すると「さあ坊や、もじもじするのは終わりにしようぜ。ここからが独立系出版社の正念場だ」となるだろう。

私はレストラン棟の前にいるニコルを発見した。それがないと死ぬというようにダンヒルのコートにしがみついている。いい機会だから、大学でのシンポジウムについて話をしてみた。腐っても私は高等師範学校出だ。そしてここの古顔でもある。二分も話せば、人を集める魅力的なテーマを見つけられるだろう。「エソンヌのアルレム・デジール」なんて、どうだろう？　もっとベタに「ジャズ、共産主義、そして文学」とか？　もう少し範囲を広げて、哲学教授をゲストに招んで、実存主義について語ってもらうのもいいかもしれない。シンポジウムといっても、大がかりでなく、ひとりで準備できるようなものにする。一から自分で準備するなら、ポラン・ミシェルだって、チケットをばらまくのに多少は金を出してくれるだろう。

「もちろん、みんな協力するよ、がんばろ」

二日後、レオニーと、「エンパナーダ新解釈」なんて名前の料理を法外な値段で出す気取ったレストランで夕食を取った。私はめかしこんで行った。肘宛てのついたクルミ染のタートルネックのセーターを着て、鳥の巣みたいな白髪をハンチング帽で押さえた——パパは元気で、おしゃれにしていたと、娘に繰り返され、元妻が私の身辺になにかしらの変化を、たとえばボリショイのバレリーナとの恋愛なんかを疑えばいいな。アニエスが嫉妬《しっと》で我を忘れて、私の腕の中に飛び込んでくるとか、熱い唇を押し付けてくるとかそういうことが起こればいいなと、子供じみたこと（いまから思えば）を期待した。ハンチングは余計だったかも、私はトイレの鏡に映った自分を見て思った。

レオニーは上機嫌だった。修羅場を脱したからね、と私に言った。もうちょっとで「ジャンヌを失う」ところだったらしい。ジャンヌが運営するラディカルフェミニストのオンラインフォーラムにトランスセクシュアルを迎え入れるべきかどうか？　教義の根幹をめぐって、大喧嘩になったらしい。レオニーは当然、受け入れる側を支持した。ジャンヌは深刻な顔になり反論した。トランスは、フィルターをかいくぐろうとする家父長制主義者の体のよいトロイの木馬になりかねない。ジャンヌはトランス嫌悪者が使う常套句《じょうとうく》を吐いた。ふたりは一週間口を利かなかった。最後はジャンヌが謝った。とっさに頭の悪い態度を取り、もはや存在意義のないフェミニズム本質主義みたいなことを言ってしまったと認めた。レオニーは別れを回避できたのが嬉しくて、ジャンヌの謝罪を受け入れた。

「彼女がＴＥＲＦのロジックの中で、身動きとれなくなっちゃってたってことをわかってあげないとね」

私は困惑して目を丸くした。レオニーは続けた。

「トランス排除的ラディカルフェミニスト。ＴＥＲＦの考え方からすると、女性器を持って生まれた人ら、それは女性なんだ。性自認は重要じゃない」

レオニーは私が情報を消化するのを数秒待ち、それから物思いにふけるように続けた。

「ねえパパ、私はときどき、自分が彼女より目覚めてるって思うんだ。より排他的でないなって。でさ、なるほどなって感心するわけ。つまり、カップルって、お互いを豊かにするんだなってさ」

私は話を聴きながら、怒るとなったら、とことん怒る彼女たちの世代に恐怖と感嘆を覚えていた。

それと娘がジャンヌに牙《きば》をむいたと知り、まんざらでもない気分だった。いつも恋するグルーピー役ばかり演じているわけでもないらしい。

私たちはクリスマスの家族会の話を少しした。ジャンヌも招べば楽しくなるのに、とレオニーが言った。お爺《じい》ちゃんとジャンヌは合わないんじゃないか、と私は返した。お爺ちゃんはいつ爆弾を落とすかわからないぞ。あの人はＬＧＢＴＱＩＡ＋とかソロリティのムーブメントの闘争がわかるほど進歩的じゃないからね。がっちがちの異性愛者だし、すでに息子であるパパですら、ボス猿然としたあの性格にうんざりしているくらいだもの。修羅場になりかねない。

父はとにかくセート水上槍《やり》試合の話をするのが大好きだった。運河の上で体重百三十キロの巨漢たちが鉄の槍でぶつかりあうその競技は、十二世紀から変わらぬ祭式で行われている。父は、セート組と「青腹」と呼ばれるフロンティニャン組のあいだのライバル意識をことこまかに説明し、競技者たちが晩には酒場で何百リットル単位でワインを飲んで取っ組み合う話までするだろう。ジャンヌがおとなしく聞いているとはとても思えない。

おまえだってお爺ちゃんがどういう人かよくわかってるだろうに、と私は言った。しかしレオニーはそのへんは心配いらないのだと主張した。「あれはまた別の世代だからさ」彼女は無罪を言い渡すみたいに囁《ささや》いた。

*

二日後、私はポラン・ミシェルに呼ばれてブール・ラ・レーヌの編集室に顔を出した。本ができていた。感無量で、ザクロ色の縁取りの入ったクリーム色のカバーを撫《な》でた。こいつは誰にも奪わせないぞ、とつぶやいた。ポラン・ミシェルは遠慮がちに目を逸《そ》らした。まるで出産を終えたばかりの若い母親と赤ん坊の初対面を邪魔しないでおこうというふうだった。

表紙には結局、ボリス・ヴィアンとボーヴォワールの写真を使ったが、もっと現代的なデザイン案もあって迷った。オスカー・ルテルというルクセンブルクのデザインシーンで評価が急上昇している若手造形芸術家の作品を提案したのは、ポランの妻オルガだった。「青緑色に塗られたアクリル板」の私の第一印象は、厳格な形式主義だった。オルガは違った意見で、「目で見えるもののうしろにあるもの」を見るよう誘われている気分になる作品であり、詩という芸術が伝統的に請け負わされている使命と、とても相性がいいと主張した。ポラン・ミシェルは妻の話を聞くだけ聞いて、それから決断を下した。「なにかわかりやすい餌が要るんだ。酢じゃハエは寄ってこない」私は彼の、その蘊蓄《うんちく》を披露するような口調を聴いて、逆にほっとした。とにもかくにも、彼だって売りたいのだ。

クリスマス家族会。

じっくり溜め込まれた二十年物、三十年物、四十年物の不満がひとつのテーブルを囲む。みなで乾杯する。爺さんは新しい仕事はどうだとレオニーに訊ねる。三年前から同じ仕事だよとレオニーは答える。私はアニエスと目が合った。同じことを考えている。少なくとも爺さんは爺さんなりに努力をしている。三年前はレオニーに話しかけもしなかった。孫娘が女の子と恋愛する。社会がそんなふうに変化するとは、彼がタック入りのズボンを穿いてダンスホールではじけていた時代、ギー・モレ政権がアルジェリアに召集兵を派遣した一九五〇年代には、想像もできなかった。大げさな言い方にはなるが、彼はもう仕方がないものと諦めた、というか、もうこの世界は自分の手には負えないのだと理解した。自分が偉そうになにを言おうと、もはやなんの影響力もない。この世で自分を知っている人間はもう、ほとんどこいつらだけなのだ。どれだけわめきちらしたところで、どうせなにも変えられない。

レオニーは祖父相手に根気強く、自分が講師として外の企業に赴いてどういう仕事をしているか説明をしている。九十三歳の祖父に孫娘の話がちんぷんかんぷんなのは明らかだ。職場での会話スキルを上げるためにセミナーを受けるという発想からして彼には縁がない。レオニーは諦めず、社会心理的要因から生じるリスクとはどんなものかを説明をする。爺さんは偉そうに頷《うなず》き、沈黙を守っている。仕まあなにかしら理解できているとして、いかなる感想を抱いているかを想像するのは難しくない。仕事における満足感なんてものは、公共事業を請け負う会社、いわんや四十年間彼が経営した会社には、絶対に存在しなかった腑《ふぬ》抜けの言い草だ。それでも爺さんは依然として努力を続けていた。用語の説明に対して、「システミックハラスメント」とはどういう意味かと質問までし、辛抱強くその答えも聴いた。息子を相手にするときは、努力なんていっさいしないのに。

会にはジャンヌも招かれていた。以前、レオニーとの日曜の食事を邪魔されたときは腹が立ったが、クリスマスの今日ここにいてくれるのは有難かった。彼女の存在が、このマンネリ行事に新鮮な風を運んできた。いつだって「新たなピース」が家族を救うのだ。アニエスは心配そうにジャンヌを眺めている。楽しんでもらえているだろうか？　怖がらせないようにしよう。これ以上、お互い知らんぷりはできない。レオニーとの関係が長続きすれば、彼女だっていずれは慣れないといけないのだから。アニエスはジャンヌにブリニのお代わりを取ってやったり、あれこれ気を配っている。考えてみれば、私と父がいまだにこうして顔を合わせたりしているのも、ひとえに元妻のおかげだ。アニエスがいなければ、私は羽を切られた鳥も同じで、どこへも飛んでいけない。

テーブルに海の幸の盛り合わせが運ばれてくる。父はひどく汚らしいシャンパーニュのボトルを持ち込んでいた。

「さあさあ、どうだね。実にこの場にふさわしいシャンパーニュだろう。どこでこいつを見つけたかは秘密だ。言えばぎゃあぎゃあ言われるに決まっている。私はもうこれしか買わない。こいつはおまえたちが有難がるルイナールに全然負けてないぞ」

私はうんざりして天を仰いだが、アニエスは失礼にならぬよう舅《しゅうと》に微笑んだ。どうしてもそいつを開けなくてはいけないらしい。これは父のいつもの茶番だった。父は馬鹿に値の張る高級品があると、たいていその優れた点を認めるかわりに、中身の伴わないバッタものとけなす立場を取った。たとえば大量生産のハムだって、世の人々が有難がるベジョータやパタネグラに引けを取らない、などと言うことで、しみったれた行為を、東洋の悟りに変貌させるのである。彼にかかると耽美主義者はみな、だまされやすいカモ、あるいはスノッブにされてしまう。

父はジャンヌと話を始める。彼はいつだって新しい話し相手が大好きなのだ。まだセートの槍試合の話を聞いてない人間がいるなんて最高だ。私たちはその若い女性が罠《わな》にはまっていくのを、なすべなく眺めていた。父はチャンスを窺い、そのときと見るや、すかさず槍試合の話を始める。大きなジェスチャーで、広い運河の上で巨漢がぶつかりあう光景を描写する。アマチュアの試合なのに、目を潰されることもあるんだ、と彼は瞳《ひとみ》をきらきらさせる。「ぜひ、あんたの言うそのインターネットとやらで、紹介するといいさ」ジャンヌは無表情で話を聴いている。アニエスはバイ貝の身をほじくりだそうと格闘しているふりをしている。

恒例のプレゼント交換の時間が来る。くじ引きの段取りはアニエスがした。レオニーが祖父にクラブストライプのネクタイを贈る。祖父はぶつぶつと、プレゼントなんてしてもらわなくていいのに、と文句を言う。彼は去年も文句を言った。それでも孫娘は彼に小さな箱を差し出す。彼はもぐもぐ礼を言い、ネクタイを皿の横に置く。わざと忘れていくつもりだろう。去年もそうだった。アニエスは包みからシルクのスカーフを取り出す。誰からかなと周囲に目で問う。僕からだと、私が言う。彼女は少し赤くなり、細い指でキスを投げてくる。明らかに、少し場違いなプレゼントだが、贈るならやっぱり彼女の日常の一部になるような、身に着けるものがいいと思った。写真集なんかでは特徴に欠けるし、心に響かない。アニエスがそのスカーフを首に巻く。彼女はセンスのよいスリムなビロード地のワンピースを着ていた。少し太ったが、それはそれで彼女の新しい魅力になっていた。彼女は人生の変転を冒険として楽しむ覚悟をして、贅肉《ぜいにく》すら優雅に纏って、五十代という年齢とうまくつきあっている。結婚生活の終わりの二年、私たちにはもう肉体関係はなかった。彼女は姿を消すだけで、ふたたび欲望の対象になった。ああ、くそったれ、私がすべてをダメにした。そしてもう手遅れだ。

「次はパパだよ」

私の番が来た。私は皿の上に置かれた黒っぽい包みを破った。アミナタ・ディヤオ著『人種差別反対を訴える善き理解者のことを知ろう／アフリカ系黒人女性による白人男性活用プチマニュアル』が出てきた。誰からかは聞くまでもない。テーブルの反対側で、ジャンヌがほくそ笑んだ。こちらも負けじと笑顔全開で、感謝のしるしに頭を傾げて、日本語で「アリガトー」と言った。レオニーは横目で私を見て、ぷっと吹き出した。プレゼントに込められたメッセージは明白だ。つまり「時代遅れのお爺ちゃん、私が教育してあげます」という意味だ。

「いつぞやのレストランでの討論の幕引きとして」ジャンヌは穏やかに言った。

焼けぼっくいに火をつける、なんと奇妙な幕引きだろうか。なんにせよ討論に勝ったのは彼女だ。ちょっと攻撃的ではあるが、それは確かだ。彼女は根っからのけんか好きなのだ。そしてそれはもう誰の目にも明らかだった。どうやら私とジャンヌは、意地悪の応酬と政治的激論が、ふたりにとっての普通のやりとりというような刺激的な間柄になっていくらしい。それならそれでよし。来年のクリスマス、彼女がまだこの風景にいるなら、意趣返しとして『デジタル馬鹿』［脳神経科医であり国立衛生医学研究所の主任研究員であるミシェル・デミュルジェ著。スマートフォン、タブレットなどの電子機器の長時間使用が子供たちの健康、精神面ほかに与える悪影響を紹介する科学エッセー］か、ジョン・ウェインの伝記をプレゼントしてやろう。ジャンヌといると退屈しないぞ。前の彼女のメーヴァはここまで獰猛《どうもう》じゃなかった。

「バイ貝を追加でお願いします」アニエスが厨房《ちゅうぼう》に注文した。

三十年近く自分に付きまとった呪いを払い除けよう。『エタンプの預言者』で私は生まれ直す、新しい人生を始めるんだ。これが最後の勝負、派手さはないが、その分手堅い領域での再スタートだ。書店での発売日、できることはやりたかった。私は家を念入りに掃除したあとで、最寄りの商店街を歩いてまわった。

離婚を機に、私はモントルグイユという非常にシックな界隈《かいわい》から、十九区のウルク運河に平行する小さな通りに引っ越した。私は単身者向けの小ぶりのアパルトマンを購入した。新しく始める独身生活には三間あれば十分だった。地価は当時まだそこまで高くはなかった。しかし私が越した地区は確実に高級住宅化の途上にあった。

アトリエ一〇四の建設を皮切りに、長らく阻まれていたこの地区のブルジョワ化が一気に進んだ。ブルジョワたちが長らくこの地区に住もうとしなかった背景には、リケ地区とカンブレ地区の暗黒街抗争がある。ここいらは一九九〇年代初め頃から年に一、二件は必ず殺人事件が起こるような場所だった。しかし不動産業界からの強力な後押しがあり、開発業者はついに長年の悲願を達成した。アルシュロー通りの醜悪な高層住宅群の破壊である。それが建っていた場所が、広大な更地となった。首都圏でこれほどの規模の一大工事が行われたのは、バティニョール周縁のマーティン・ルーサー・キング公園跡地の住宅建設以来だった。リケ地区とカンブレ地区で殺し合いをしていた麻薬の売人は余《よ》所《そ》でやれと追い出された。

高層住宅に代わり、目に快い緑の多い建物がキノコみたいに増殖し、そこに、これまで住んでいたパリのひと桁区に住み続けるのが難しくなった公務員やら退職者やらが殺到した――実際、いまだにパリのひと桁区に住めるのは、ひと握りのフランス人だけだ。私は当時、建築中だった最も斬新なデザインのブロックに住居を購入した。私の住居の入っている建物は、崩れかけた蟻塚のような形態で、中国人建築家ユンユンの名を世に知らしめた「トータル・バイオミメティック」様式を完全に実現している。

私は精肉店の前で立ち止まった。ショーウィンドーに、様々な肉の塊が並べてあるのは圧巻だった。なによりそれぞれの部位から、二、三通りの料理をイメージできる人間なら、ますます愉《たの》しい光景だ。精肉店のスタッフは、肉の鮮度に恐ろしいほどこだわる仕事熱心な連中だった。それでますますこちらの気分も晴れやかになる。毎朝なんとか床から起き上がれるのはこれのおかげというと大げさすぎるが、多少の張り合いにはなっている。

私は子羊の骨付き背肉を買い、店員に賞味期限を訊《き》いた。私は友好のしるしに、レオニーとジャンヌを我が家の夕食に招待するつもりでいた。なにを作ったらいいと思う？　ただし、まだオーブンが設置できてないんだけど。彼は二、三秒考えて、輪切りにした仔牛《こうし》のもも肉を指さした。争いを終結させるならオッソブッコに勝るものはないのでは？　私は、いいかもね、と頷きながら、店をあとにした。恋人に食べてはいけないものがないかレオニーに訊いてみよう。ヴィーガンでないとも限らないし、むしろそっちのほうがしっくりくる。レオニーは彼女に心底惚《ほ》れているらしい。ジャンヌが私からあの子を遠ざけていきそうで少し怖い。

一瞬、アニエスを招待することも考えたが、キッチンの壁に湿気でブラジルの地図のような大きな染みができているのを思い出して断念した。その染みを凝視するアニエスを想像し、プライドが凍りつく。ここがアニエスの家なら、壁の染みをこんなふうに放置しておけるはずがない（少なくとも、絶対喧嘩になるだろう）。そもそも、三カ月も前からボッシュのオーブンが届いているのに、いまだに電子レンジとホットプレートで生活していることからして許してもらえないだろう。オーブンはいまだプチプチに包まれたままなのだ。こうしたありさまを見て、アニエスは、やっぱり離婚は正解だったと即座に思うだろう（せっかく彼女の心がほだされているらしき時期なのに）。

浮かんでくる暗い考えを、カラスの群れを散弾銃で散らすみたいに追い払った。がんばろう！　店頭発売、夕食会、シンポジウム。とにかく一月はイベント目白押しだ。

数日前、ボンベイ・サファイアと、ベッシー・スミスのベスト音源の詰まったＣＤのおかげで、さほど落ち込まずに大晦日を過ごした。来る年は最高の年にしようと決めた。でも幸せになろうなんて自分で決められることだろうか？　私は興奮して携帯電話を見つめた。友から、というかマルクから新年の挨拶が来てるかもしれない。メールボックスは空だった。ポラン・ミシェルに電話をしてみようか？　どう考えても、彼のほうから電話をかけてくるのが本当だろう。でなくてもメールのひとつ、たとえば励ましのひとこと、編集戦略についての説明なんかを送ってくるべきじゃないか。『ル・モンド』書評版には働きかけているのだろうか？　ジャーナリストは編集部に送られてきた本を読んだだろうか？　いずれにせよロバート・ウィローは、再発見されるべき人物だ。サン＝ジェルマン街が彼を忘れたのなら、サン＝ジェルマン街がウィローを甦《よみがえ》らせるべきだ。私はかつてウィローがぶらついた街を少し歩いてみようと思った。

メトロに乗り、マビヨン駅で降りた。現在、左岸には〈ユシェットの地下酒場〉を除いて、まともにジャズの聴ける場所はほとんど残っていない。もしいまウィローがパリに上陸したなら、まともなアンサンブルの音を求めて、もっと北か東に（パンタンかモンルイユかそのあたりに）移動するはずだ。サン＝タンドレ＝デ＝ザール通りに来た。アメリカ人観光客が、でかいふくらはぎにテニス用靴下をぴたぴたに張り付け、石畳をどしどしと歩いている。昔の私なら、連中を不満げに眺めただろうが、今日の私は上機嫌で寛大だ。単に私は誰かと喜びを分かちあいたかったのかもしれない。私はひとり霧に包まれた通りの奥へと進んでいく。

〈フロール〉の前で足を止めた。給仕が指さす店の奥、大きな鏡の下の空きテーブルに着いた。隣のテーブルには、若いカップルがいて、ケータイをのぞき込んでくすくす笑っている。男のほうは髪を立てたいまどきの青年で、メニューのうしろの歴史記事を読んでいる。青年が言った。「よっしゃ、写真撮ろうぜ。おまえはシモーヌ・ド・ボーヴォワールをやれ。ストーリーにすっからよ」少女は「まじかよ」とため息をつき、それから数秒考えて、文句を言った。「やだね、シモーヌ・ド・ボーヴォワールが誰かすらわかんないし。シモーヌ・ド・ボーヴォワールやれって、なにすりゃいいわけ」

私は身を乗り出し、努めて気さくな講師のムードを醸《かも》しつつ茶目っ気たっぷりに、ふたりに笑いかけた。「いやあ面白いなあ、シモーヌ・ド・ボーヴォワールの話でしょう。偶然ですけど私、彼女のことをよく知っていた男の本を書いたんですよ。有名ではなかったけど。ロバート・ウィローっていう詩人でね、元ジャズマンで……」

「なんか用スか?」

少年は私をじろじろ見た。半ば攻撃的で、あざ笑うようでもあった。私はシートの上で縮こまった。孤独に酒を飲み、ふいに他人の会話に割り込むあの年金暮らしの老人たちを思い出し、いよいよ自分もそのひとりになったのだと思い知った。私はがっくり肩を落とした。ボブ・ウィローが、中立的なポーズに終始し、闘わなかったことが、恨めしくさえ思えてきた。彼は私に謎の多い数冊の詩集だけしか残していかなかった。レオニーの言葉を借りるなら、サルトルはウィローを「ゴースティング」

［交際していた人間に対して予告なしに関係を断つ行為を指す現代語］した。リチャード・ライトも友人であるウィローを「ゴースティング」した。そしてサルトルとボーヴォワールの亡霊は今日も大鏡の下のあのいつものテーブルで、徒党を組んで訪ねてくる信奉者たちを迎えている。彼らは私に皮肉なまなざしを投げつける。バーのスツールに腰かけたリチャード・ライトはひどくきまり悪そうに目を伏せる。

＊

続く数日、反応なし。

タブロイド紙はおろか、インターネット上の最もマイナーなサイトにも囲み記事ひとつ出なかった。その新しいコミュニケーションツールの世界と私の接点は、レオニーだけだった。ウィロー本を「ブックスタグラムしといたよ」とレオニーが律儀に連絡をくれた。つまり、ちょっとした演出を加えて、インターネットで紹介してくれたらしい。本はタイル柄の床の上に置かれ、キャンドルとバラの花びらで取り囲まれていた。本の横で、彼女の飼い猫のジェリーが体を丸めて眠っていた。「いいねを七つ獲得したよ」レオニーは明るく言った。私は落ち込まないよう努め、推理小説の執筆に向けて気づきをメモする。ジャンヌとレオニーとの夕食会のことも気にはなるが、それに向けての具体的な準備はまだなにもしてなかった。ポラン・ミシェルに書店から返品があるか訊ねると、いかにも悔やまれるという顔をする。「詩だからしかたないんだ、詩だからさ」

自虐的な気分から、私は大型書店に赴いた。店員に『エタンプの預言者』があるか問い合わせた。わざと綴りに自信がないふりをしながら作家名を告げた。若い女性店員は目を細め、とてつもない努力をして、めったに開かない記憶の引き出しの底をまさぐったのち、ダメもとという感じで私に訊ねた。「ロスコフ……ですよね？　その作家は釣りの本なんか書いてませんか？」

私は敗残兵のように店を出た。もう『エタンプの預言者』が話題になるならなんでもいい、現代人の移り気と衝動的な性格がやたら引き起こす例の炎上の餌食《えじき》になるのでもかまわないと思った。とにかくバズってほしかった。炎上したところで、彼の出自や、主義の転向（そこに理由が必要なら、反動的な性格を紹介することもできそうだ）、早逝が、きっとその潔白を証明してくれる。程よくシニシズムを盛り込めば、ジェームス・ディーンのような人物像をつくりだせるかもしれない。なにがなんでも客を釣ろうとする下劣な表紙、いわゆるスキャンダルを想像する。それから私は考えを改める。どうせなにも起こらない。どこまでいっても無関心しかありはしない——意図的な沈黙や、締め出しすら起こらないだろう。なにしろ、その本が話題にするのは詩だ。漠然としたことしか言わず、いかなる特徴的な怒りも吐露せず、いかなる幼少期の傷も見せびらかさないひとりの男、メランコリックな言葉をまき散らした男の話だ。「ロバート・ウィローはトランペットを吹くときと同じように、執筆にもミュートをかけた」本編五十二ページに私はそう書いた。ジャン＝マルク・モランディーニとかレア・サラメを興奮させる材料がない。だめだ。なにも起こりようがない。ロバート・ウィローは「ゴースティング」されるだろう。それが彼の悲しい運命だ——そして私の運命も、その運命に引きずられていくのである。

「ああ、ちくしょう！」私は溜息をつく。

パリ第八大学のシンポジウムで巻き返せるかもしれないが、開催まで何週間かかるかわからない。私を元気づけようと、ポラン・ミシェルが〈熱血トカゲ〉というバーで「出版記念トークショー」なるものを企画してくれた。独立系出版社の聖地として紹介されることもある行動派のバーだ。我が家の目と鼻の先にあり、ウルク運河からも遠くない。窓ガラスに小さなフライヤーが貼ってある。ロスコフの綴りの「f」がひとつになっている。

私は入り口の鈴のついた簾《すだれ》をかき分けた。私が通ったあとも、鈴の音はしばらく鳴り続けた。きっかり音が鳴りやむまでの時間で、敵の軍事力を大急ぎでチェックする。フロアには不揃いのテーブルが三つ、座面が凹《へこ》んだ劇場椅子が二脚、それからフィラメント電球で照らされたカウンターがある。そこに異様ななりの人々が集まるともなく集まっている。

ポラン・ミシェルが人々の紹介を始めた。ひとり目のトマが私に握手を求めてくる。長身の痩せこけた中年男だ。瞳は琥珀《こはく》色で全体に充血している。笑うとぼろぼろになった上の歯がむき出しになり、一種の手の施しようのない、無知蒙昧《もうまい》の闇が露《あら》わになる。愚かさのせいでどこか浮世離れしており、一種の崇高さすら湛《たた》えている。ふたり目は、エロディというえらく小柄な女性だ。危険を冒してバーのスツールによじ登り、そこにちょこんと腰をかけ、両手でビール瓶を抱えている——平均的な背丈の男性がのこぎりを握ってるぐらいのバランス比だ。顔はドライフルーツみたいに皺々《しわしわ》だ。ムニールはひどく肩幅の広い大男で、汚らしい台拭《ふ》きをいじっている。その巨大な手があれば、先ほどの小柄な女の頭なんか、クルミを砕くみたいに簡単に砕けそうだ。しかし彼は、恭《うやうや》しく、マスチフ犬のような無気力なまなざしでその女性を見守っている。店にひとつだけある窓のそばには、年配の女性がいて、年季の入ったファイルを山のように載せたカートを押している。衣類を四、五枚重ね着し、まるで映画「おかしなおかしな訪問者」に出てくるジネットおばさんみたいだった。自分のことは詩人と紹介し、T・S・エリオットのことなら聖書なみに知っていると威勢のいいことを言った。これが私の聴衆なんだ、と思った。少し感動し、少し緊張した。この人たちを愛せるようになろう。みんな自分の失敗を時代のせいにして、呪詛《じゅそ》を垂れている。この底辺の世界でなら、私にも小さな居場所がつくれそうだ。私の緊張は意外と早くほぐれそうだった。

『エタンプの預言者』が数冊、クリスタリーヌのボトルといっしょにローテーブルの上に置いてあった。ポラン・ミシェルが舞台に私を呼び込み、短くてわかりにくいスピーチで私の紹介をした。好意的な言葉で本の紹介をさっさと片付け、彼にとってなにより大事な独立系出版の挑戦の話を始めた。彼は「闘争としての出版」という言葉を何度も繰り返した。小柄な女が力強く頷いている。彼のスピーチはまもなくパーコレーターの騒音にかき消された。ポラン・ミシェルが頭を振って、さあきみの番だ、と合図してきた。私は咳払いをして、それからロバート・ウィローのいまだ謎に包まれたその生涯や、一貫性のないその作品群について短く語った。客席はすぐさま、けだるさに沈んでいった。私が五番目の人物に気がついたのはこのときだ。角ばった顔の長い男だ。この男は最初からそこにいただろうか？ 入り口の扉の前に立ったままでいる。ただひとり彼だけが本当に私の話を聴いていた。小さなスパイラルノートにメモを取っている。話を聴くというより、私の声の抑揚に注目し、そこに隠された意味を解読しようとしているみたいだった。

ジャンヌと同じ警戒と懐疑に満ちた目つきだった。

ではウィローの詩をいくつか朗読してみましょうと私は言った。するとやおらジネットおばさんが立ち上がり、自分はその時代に詳しいし、さきほども言ったとおりT・S・エリオットのファンなのだ、と、自作の詩について語り始めた（どうやら、カートにいっぱいに詰め込んだファイルの中身はそれらしい）。彼女はその中からいくつかの断片を読んで聞かせたいと言う。彼女がここで行われるトークショーで毎回、これを繰り返しているのは明らかだった。ポラン・ミシェルが彼女を制止しかけたが、私は止めなくていいと合図した。私は、自らの思いつきに正直に従うその年配女性に、心から愛情を覚えた。彼女はカートに自らの苦しみをすべて載せ、どこへでも持ち歩き、心から聞きたがっている人間にはそれを聞かせてやる。きっとウィローだってこの女性を気に入るだろうと私は思った。彼女は、いかにも老人らしい、胸を引き裂くような詩を数編読んだ。私は説明を再開し、「愛の歌」から数節読んだ。私は最後に、どんな質問にでもお答えするつもりです、と締めくくった。

気まずい沈黙が場を包んだ。それから例の〈顔長〉が、いかにも横柄に指を挙げた。

「あなたは私たちに、ロバート・ウィローが共産主義者であったことを語られました。ウィローがのちに共産党と距離を置き、裏切り者になったことを語られました。でも、彼が黒人であった話はされませんでしたね。あなたにとってそれは重要なことではない、ということでしょうか？　私からすると、それはきわめて重要なことだと思うのですが。まさか、あなたは、ひとりの黒人アメリカ人が、一九五〇年代に書いた作品を、その彼が黒人であったことに触れることなく、語れるとでも思っていらっしゃるのでしょうか？」

第四章
ついでに黒人でもある

「偉大なる黒人作家リチャード・ライトの例を見てみよう。ライトという作家を社会階層の側面からのみ、つまり合衆国南部から北部に移った『ニグロ』という身分のみで考察した場合、ライトには黒人か、黒人の目から見た白人しか書くことしかできないとすぐさま理解できるだろう……つまり合衆国の黒人が自分の天職は作家だと自覚するとは、すなわち同時に自分の書くべきテーマを見つけるということだ。彼は白人を外から眺める人間、外から白人文化に同化する人間であり、彼の書くものはつねに、アメリカ社会の真ん中で疎外される黒色人種を描くものになるだろう」

ジャン＝ポール・サルトル
「文学とはなにか？」一九四八年

「ロスコフ事件は私たちにひとつの確信を与えてくれる。多様性の作家を語る本は、当事者によって書かれなければならないということだ」

アミナタ・ディヤオのブログより　二〇二×年二月七日

「黒人。

ロバート・ウィローは黒人でした
もちろん、そのとおりです。

フランスには『混血《メティス》』という特有の表現もありますが、細かいことはいったんおいて、そう、彼は黒人です。アメリカ人がそう聞いて理解する意味において、バラク・オバマを黒人だというのと同じ意味において、それは否定しようがありません。それは事実だし、そもそも、この本の中にも書かれています――その言葉は何度も、少なくとも四回は登場します。それは彼という人間の際立った特徴のひとつです。いいや、それだと私の言いたいこととずれてしまう。つまり、それは彼の持つ特徴、彼のアイデンティティを示す特徴のひとつ。そう、これだ、私の探していた言葉は。『アイデンティティを示す特徴のひとつ』ってことなんです。なるほど、それを否定するなんて間違いなく愚かなことです。一種の（どう言えばいいだろう？）歴史否定主義になるかもしれない。

ここは腹を割って話しましょう。私の居心地が悪そうですって？ まさか、全然そんなことはありません。少し驚いた、それだけです。そんなことを質問されるとは思っていませんでした。えっ、『そんなこと』ってのが傲慢《ごうまん》ですって。では取り下げます。暑さのせいだと思ってください。このバーの暖房が効きすぎているせいです。それから言わせてもらえば、あなたは少しばかり喧嘩《けんか》腰ですよね、いいえ、そうなんです。宗教裁判官みたいな口調です。いいですか、私には自分を弁護できるだけの経歴があります。私はアラブ人の人権運動のためにデモ行進をしました。私はその現場にいました。八五年のコンコルド広場にいたんです。私は十年間、人権活動もしていました。したがって、私はそうした事情にそこそこ通じています。

　しかし私たちが今日ここに集ったのは、ひとりの人間について話すためです。ロバート・ウィローの話をするためです。ですからここは勇気をふりしぼって、思っていることを包み隠さずお話しするつもりです。正直に言いますが、私にはそもそも確信がないのです。まったく嘘偽りなく（もちろん知的に）あろうとするなら、黒人であることが、ロバート・ウィローのアイデンティティの際立った特徴のひとつである、という事実すら、私には確信が持てないのです。ええまったくもって、そうなのです。そんな目で見ないでください。嘘じゃありません。言ったとおり、言葉通りの意味です。私には確信が持てないのです。

　客観的にみれば、それは当然、彼のアイデンティティの際立った特徴です。否定しようがない。その通りです。誰にそれが否定できるでしょう？　彼はハワード大学で学びました。ハワード大学はアメリカで一番大きな、最高峰の黒人大学です。その前は、セント・ヘンリー・コミュニティ・カレッジという黒人高校で学びました。この本には写真も数枚収められていますが、中に卒業式の日に学友といっしょに写った一枚があります。全員が黒人です。彼らが同じ学問の場に集まるのは、ほかの学校に入れないからです。アメリカ南部では法の下で人種隔離政策が行われていました。そして北部でも実質はまだ多くの場所でそれが行使されていました。私はかの国の歴史に通じています。こんな言い方もおこがましいですが、まあ、けっこう詳しいです。知ってのとおり、私は歴史学者ですから。ウィローはワシントンDCの黒人街で育ちました。これについても、こう言ってよければ、白地に黒で書かれたくらい確固たる事実です。

ただ、それでも私は、それが彼の主観的アイデンティティの際立った特徴であったかどうか、確信が持てないのです。主観的アイデンティティというのは、彼自身が強く感じていたアイデンティティという意味です。こう言ってよければ体感できる空気のようなものです。つまり私には、ロバート・ウィロー自身が（もし彼が存命で、誰かからそれを問われたとき）自分のことをまっさきに黒人として定義すると確信が持てないのです。ふざけるのも大概にしろ？　腹を立てていらっしゃるようですね。それでも、野暮な話をさせてもらいますよ。

ロバート・ウィローは共産主義者である。ロバート・ウィローはトランペット奏者である。ロバート・ウィローは詩人である。ロバート・ウィローはサルトル信奉者になるが、その後変節する。ロバート・ウィローはアメリカ人である。こうした要素がすべて彼の詩作品の血肉となるのだというご意見。それはそのとおりだと思いますよ。サルトル信奉者の要素を除けばですがね。それから共産主義者だったことも、作品の栄養にはさほどなっていません。ただそのせいで彼は一九五〇年にアメリカを離れざるをえなくなりました。というのも下院非米活動委員会のリストに彼の名前が載っていたからです。

ならば黒人であったという要素は、どうでしょう。実際、彼の詩を色眼鏡を外して眺めてみてほしいのですが、一行一行を丁寧にたどったところで、そうしたテーマはどこにも浮かび上がってきません。それは意外？　なるほどそうですよね。でも一見、意外なようで、実はそうでもないのです。ウィローは、ショー地区という、黒人のブロードウェイとも呼ばれる、比較的ブルジョワの多い街区で育ちました。黒人たちがむしゃらに、強迫的なくらいに、自分たちが黒人であることを世間に忘れさせようと努力している街で、育ったのです。

きっとあなたは、いいやウィローは人生のあらゆる瞬間に、自分が黒人であることを意識し続けたはずだ、とおっしゃるでしょう。そして、あなたのおっしゃっていることは正しい。でも私は思うのですが（なにしろ、あまりに材料がなさすぎて仮定でしか語ることのできない人間についての話ですからね）、それを意識することは、ウィローにとって、自分にそぐわない要素を意識することだったのではないでしょうか。つまりウィローはそれを自分には関わりのないことだと思っていた。話し相手に偏見を抱かせるという点でしか自分に関わりがないことだと思っていたのではないでしょうか。

実際、それがウィローの話し相手に、相当な偏見をもたらした可能性はあります。ご存じの通り、彼は一時期、実存主義者たちと親しく付き合いました。サルトルや彼の弟子は、黒人アーティストであるウィローに、反逆者の肖像を見ていました。言外にではあるが彼らはウィローに、そのように振る舞うことを求めました。ウィローは拡声器でなくてはならなかった。ライトのような反逆を象徴する人物でなくてはならなかったのです。でもウィローはライトではなかった。激昂《げっこう》する良心なんかではなかった、と私は思います。

そもそも私は本にそう書いていますよ。まさに白地に黒で明記しています。それはページで言うと、ええと……ページは……ちょっと待ってください、探しますから、二分ください」

*

「あったあった、ここです。六十三ページ、本を買われた方は開いてみてください」

誰も動かなかった。巨漢のムニールが首をぽきぽきっと鳴らした。

「大きな声で読みますね。ありもしないことでいちゃもんをつけられては、たまりませんからね。ではいきます。

サルトルは、黒人詩人は黒人の魂を歌うべきであり、それは普遍に向かう必要な過程だと考えていた。その著書『ユダヤ人問題の考察』においてユダヤ人に本物であることを求めたように、彼は黒人にもそれを求める。（この『本物であること』という言葉を憶《おぼ》えておいてください）つまり自分の立ち位置と闘争を明確に受け入れろ。すなわち黒人は自分が黒人であることを自覚し、ユダヤ人は自分がユダヤ人であると自覚しろ、というのである。一九四八年、レオポール・セダール・サンゴール編の詩集『ニグロ・マダガスカル新詩歌アンソロジー』の序文として書かれたかの有名な「黒いオルフェ」において、サルトルはこんなことを書いている。その黒人詩人は『もう本物でしかいられない状況に追い込まれている。辱かしめられ、抑えつけられていた彼は、身を起こし、自分に石つぶてのように投げつけられたニグロという言葉を拾い集め、白人に向かって、誇りをもって自分は黒人であると主張するのだ』。

サルトルに言わせれば、黒人の魂を歌うことは黒人詩人に課せられた義務なのだ。その詩人の望みが普遍に到達することであるかぎり、黒人性《ネグリチユード》は、避けて通れない過程であり、『否定性の契機』なのである。人類全体の魂を歌える日が来るまで、黒人詩人は黒人の魂を歌うべし。これがサルトルの思想の命ずるところだ。この命令はサルトルの周辺にいたウィローの肩に重く圧しかかったにちがいない。ショー地区という狭い社会から逃れるためにアメリカ共産党に入り、人類の一員になるためにプロレタリアートという名誉ある階級に溶け込もうとしたウィローが、サルトルの思想の命ずるところを好まなかった可能性は高い。ユダヤ人にどうユダヤ人たるべきかを説明し、黒人にどう黒人たるべきかを説明するサルトルの尊大さ（本人にその気はなくとも現実には尊大だ）も好まなかったにちがいない。

『黒いオルフェ』の中で、白人たちに語りかける体裁をとりながら、黒人たちにむかって彼ら自身がつくりあげた概念を、父親のような優しさでもって解説してやるサルトル。『これこそ、まさにセゼールたちが言わんとしたことだ』と、要点をかいつまんで説明するサルトル。その目が覚めるような論証は、ほかでもないこの俺様が黒人性という問題に関心を持ち、それをわかりやすいものにしようと、それに重要性を与えようと尽力しているんだぞという、いやらしい感じを隠さない。物事に意味を与えることができるサルトル。黒人詩人が『自らの中に眠る太古からの本能に目覚める』ことを期待するサルトル。詩人が『ブードゥーの叫び』と再び関係を結び、『太古の律動に魅せられるままになる』ことを期待するサルトル。

そうした命令をウィローが好まなかった可能性は高い。そう、彼はこんな言い回しは大嫌いだったと私は思う。

以上が私の本の六十三ページからの引用です。もしかしてこうおっしゃいますか？　おまえは、おまえが批判したサルトルと同じことをしているじゃないか！　黒人になりかわり、黒人の問題に、自分の心の問題を託して話しているじゃないか！　ウィローは他者の視線を通して人種差別《ラシゼ》を受けていた。それが彼の根本を作り上げたのではないのか？　すみません、私は人種差別《ラシゼ》を受けるという表現に、馴染《なじ》みがないんです。ご存じのとおり、私は一九六〇年生まれですからね。たぶん、あなたは、そのあたり（私は躊躇《ためら》いながら言う）、をよりどころに、ウィローが他者に見られることによって黒人になったと主張されているのではないですか？　きっとそうにちがいありません。

彼の幼少期についてはわかっていないことの方が多い。彼はワシントンＤＣの黒人街で生まれ育ちました。必然的に白人の視線に身を晒すこととなりました。パリ、サン＝ジェルマンのジャズ酒場では、黒人アメリカ人は黒人として、敢《あ》えて言えば、黒人という職務によって、熱烈にもてはやされました。なぜなら黒人こそがジャズであり、人々はエキゾティズムに酔っていたからです。人々は彼らを執拗《しつよう》に見つめました。そしておそらくウィローは他者の視線の中に、その執拗さを見たでしょう。どうしたって見ないわけにはいかない。当然です。しかし、それが彼の根本をつくったというあなたの見解には、あなたの確信には、残念ながら賛成できません。いずれにせよ興味深い討論でした」

翌朝、ポラン・ミシェルから電話がかかってきた。

「夕べはまずまずだった」どっちつかずという調子で私は訊《き》いた。「だろ？　でもない？」

自分が安心したいというより、その愛すべき面倒くさい男を励ましたい気分だった。

「まあ、そうだな」

どうも心配事があるらしい。彼は咳払《せきばら》いをした。

「ひとつ記事が出た」

「素晴らしい」私は言った。「記事って、僕の本についての？」

「ブログ記事だ。転送するよ。歓迎すべきかどうかは悩むね」

＊

とあるブログに掲載されたその記事には「『エタンプの預言者』～ジャン・ロスコフは漂白する」という控えめなタイトルがつけられていた。書影がその下に貼り付けてある。そして記事が続く。

「はじめに断っておくが、我々はけっしてジャン・ロスコフの賞賛すべき意図をけなしたいわけではない。たしかに、知られざる天才詩人ロバート・ウィローは一冊の本が書かれるにふさわしい人物だ。一九二八年、ノースキャロライナ生まれのこのアフリカ系アメリカ人の詩人は、人種差別を受けた多くの同胞たちがそうであったように、現代という時代の性質によって、意図的に隠蔽《いんぺい》された。ウィローは、一九五〇年代初頭、人種隔離政策を実施していたアメリカを逃れ、ボリス・ヴィアンやジュリエット・グレコのいるサン＝ジェルマン・デ・プレに居場所を見出《みいだ》した。その後彼はエソンヌに居を構え、詩作に没頭した。作品の大半はフランス語で書かれた。

意外に思うむきもあろうが、フランスは一九五〇年代、幾人ものアフリカ系アメリカ人アーティストにとっての第二の祖国になっていた。当時、合衆国がどんな国であったかを思い出してほしい。差別の国だ。黒人はバスの中では白人に席を譲らなければならず、公共の場のいくつかへの立ち入りが禁止されていた。そこは、いまだに黒人がリンチにかけられ、生きたまま燃やされる国だった。もはや生き地獄でしかないアメリカより、ルネ・コティ（彼自身、フランス植民地で国家的人種差別に加担していた）政権下のフランスの方がまだしも落ち着いて働けそうだと考える人が出てくるのは当然だった。ジェームズ・ボールドウィン、リチャード・ライト、ロバート・ウィローはそうした人々である。彼らはサン＝ジェルマンに落ち着き先を見出した。

なるほど、たしかにジャン・ロスコフはその著書の中でロバート・ウィローの肌の色を隠してはいない。私たちは彼の本を通して、くだんの詩人が、ハイチ系アメリカ人を母親に、アフリカ系アメリカ人企業家を父親に持つことを知る。彼が、人種差別を受け、フランスの首都へ亡命したほかの名高い同胞たち――『ブラック・ボーイ』の著者リチャード・ライトや、歌手のナンシー・ハロウェイといった――の良き仲間であったことを知る。ロスコフの本にこうした情報が含まれていることは否定できない。

しかしながら『エタンプの預言者』を読んでいると、ある種の居心地の悪さを覚える。それは著者が人種差別にかかわる事柄を、面白みのない偶発事のように、取るに足らない単なる伝記的事項のように、さっさと片付けてしまうからだ。著者にとって、話の筋道はすでに決まっている。つまりウィローは共産主義者であり、ウィローが五〇年代初頭の、マッカーシー政策と魔女狩りが吹き荒れたアメリカで生きられなくなるのは、その思想のせいなのだ。ウィローがマージナルの自覚、のけ者の自覚を得るのは、その共産主義思想ゆえなのだ。ロスコフのウィローはまず共産主義者であり、ついでに黒人なのである。

こうしてロスコフは魔女狩りをひとつスルーする。下院非米活動委員会の力を貸りずとも、何百万という愚直なアメリカ市民が獲物を狩り出す役を担ってくれる、もっと残酷な魔女狩りを無視するのである。「人種隔離政策」、それは恒常的で体系的な、国のシステムにまで格上げされたレイシズム、白いアメリカの完全無欠なレイシズム、リチャード・ライトが『ブラック・ボーイ』において胸を突くような描写で語った日常的レイシズムだ。白いアメリカのレイシズムは、ウィローの同胞と大麻の仲を取り持った。彼らは気晴らしに、憂さ晴らしに、奴隷制度の廃止が社会にまるで浸透しないことへの腹いせに、大麻を使用した。しかしそれはジャン・ロスコフにとってあまり重要なテーマではなかった。

もっぱら政治的活動や音楽活動に焦点をあてて語っているようでいて、その実、ジャン・ロスコフが必死にやっているのは奇妙な否認にほかならない。彼にとって詩人の肌の色は、卑俗で副次的な事柄、あってもなくてもいい些末《さまつ》な説明であるらしい。ロスコフに言わせれば、その詩人は時代の上をふわふわと舞う天使のような存在なのだ。

しかし作品とそれが生まれた時世を切り離すことは可能だろうか？　往々にして、否認と虚偽は恐ろしいほど似通ったものになる。ジャン・ロスコフは巧みにフランス語を使いこなすアメリカ人を見て驚嘆する。なのに、その言語がハイチ出身の母親からロバート・ウィローへと受け継がれたものだ、とは考えない。ウィローがフランス語で書いたのは、それが世界言語だったからでなく、奴隷制度の残した遺産だったから、とも考えない。さらにその言語が黒人の一家族の歴史において権利の剝奪《はくだつ》を意味したという発想も抱かない。

とはいえ否認とまで言えるのか？　そこを検証してみる余地はある。ジャン・ロスコフは大学の教員、しかもアメリカ史の専門家だ。疑わしきは罰せずという原則に沿えば、本を読んだ段階で決めつけるのはよくない。そこで〈熱血トカゲ〉に彼のトークを聴きにいった。その甲斐《かい》はあった。ジャン・ロスコフは三十分もその作家の話をしながら、ごまかしを駆使して、その黒人アメリカ人（アフリカ系アメリカ人と言うべきか）というアイデンティティに触れなかった。小生から詰問されたロスコフは、『サン＝ジェルマンでは、人々は黒人を黒人という職務によって熱烈にもてはやしていました（本人の発言ママ）』という説明とともに〝エキゾティズム〟を持ち出し、疑問の余地を広げ続けた。要するに、ウィローのようなタイプの詩人は、本物の黒人ではいられない、ウィローは完璧《かんぺき》に達するために、黒人としてのおのれのアイデンティティを否定しなくてはならなかった、というようなことが言いたいのだろう。『ウィローは自らの〝ブードゥーの叫び〟や〝太古の律動〟を封印した』などと実に悠々と言ったかと思うと、しまいには『はっきり白地に黒で（本人の発言ママ）』明記してあるとまでのたまった。ロスコフはセゼールのネグリチュードや、『否定性の契機』（本人の発言ママ）についても語り、最後に『いずれにせよ興味深い討論でした』と呆《あき》れたひと言でその与太話を締めた。そこにすべてが集約されている。興味深いフォルクロール、おそらくそれが平等を求める闘争に対する彼の見解なのだ」

脱力し、画面を消した。途方に暮れていた――その記事に、なにひとつ思い当たるところがないことに慄《おのの》いていた。ロバート・ウィローも、ロバート・ウィローの作品も、私の本も、トークショーも、小さな論争も、私自身も、すべてが私の認識とは異なっていた。ひどく出来の悪い再現フィルムのようだった。最初はショックが大きすぎて、記事全体を眺めることができなかった。だから細かい点に目を向けた。私は思った。ウィローは一九二八年生まれではなく、一九二七年生まれだ。手帳を引っ摑《つか》み、殴り書きした。「これは不正確だ。申し訳ないが、まるっきり間違っている」私は熟考し、怒りに駆られて書き足した。「たしかに、ロバートの母親はハイチ出身だ。しかしボブとその妹は家でフランス語は使わなかった。姪《めい》がそう言った。たしかにインタビューでそう聞いた」私は「言った」と「インタビュー」に三本下線を引いた。私はメモをくしゃくしゃに丸め、ゴミ箱に捨てた。ほかにチェックした言葉がだんだんと連なっていく。「興味深いフォルクロール」。奴隷制度の遺産。このブロガーはあたかも私が発言したかのようにサルトルの言葉を紹介する。

黒人。

黒人。

黒人。

ファッショ。

ファッショ。

歴史否定論者。

白人至上主義者。

次第に記事全体が見えてきた。本当のことしか書かれてないのに、嘘だった。これはゆがめられた口述調書だ。明確な意図をもって、一部が削除されている。不誠実、とにかく不誠実だった。これは私じゃない。私の仕事じゃない。なによりも奇妙な感じがするのは、そこだった。とても自分のことと思えない。私と同姓同名の私ではない誰かの話を読まされている感じがする。私はこの記事が話題にしている作家を思い浮かべてみる。浮かんでくるのは、映画に登場する悪党だ。猫背で、腹黒い笑みを浮かべ、ごまかしの術に長け、良心も、知的誠実さも、欠片も持ち合わせない人物。その私は禿げ頭の、マオカラーの上着を羽織った、ジェームズ・ボンドの敵スペクターの首領ブロフェルドみたいな人物だ。ウィローの墓の前に立ち、彼の名声をゆがめ、悪魔のように高笑いをする。両手両足を鎖に繋《つな》がれた黒人奴隷の集団が私に立ち向かう。私は勝ち誇り、彼らを嘲《あざけ》る。「ロバート・ウィローの人生を消し去ってやったぞ。こうなっては、おまえたちにはなにもできない！　なにも！　なにもな！」

私はレオニーがうっかりこのブログを読んでしまうところを想像した。アニエスだって、この記事に出会うかもしれない。

ブロガーの口調は真剣だ。精神を病んでいる人間の口調ではない。また、いやなやつではあるが、ある意味、彼が取っているのは本当に気分を害した人間の行動でもある。可能性としてあるのは、それも非常に高い可能性としてあるのは、この男が本当に傷ついている場合だ。私は途方に暮れた。自分がどんな過ちを犯したのか知りたい。私はそれほど自分の欠点に無自覚なのだろうか？　狡猾《こうかつ》で横柄なファッショになりはてた自分の姿を直視しないよう、うまく自分をごまかしているのだろうか？

次々に放棄することで、必死に笑うことで、冷たい皮肉を繰り返すことで？　私はあまりにも酒を飲みすぎるし、ひどく孤独ではある。でもやっぱり、ちがう、そうじゃないと私は思う。

戸外のハンマードリルの音で、はっと我に返った。寝室に逃げ込んだ。そして受話器を持ち上げた。味方が必要だ。誰か〈熱血トカゲ〉に、あの場面にいた人間の声を聴く必要がある。ポラン・ミシェルが電話に出た。私はすかさず畳みかけた。

「ロバート・ウィローの両親はフランス語スピーカーじゃない。僕はそれを知ってる。それにウィローは一九二七年生まれであって、一九二八年生まれじゃない。こういうことは放置すべきじゃない」

「あの記事で真っ先に挙げる間違いがウィローの生年月日ってのは、どうだろうね、ジャン。真面目な話」

「いいや、大事なことだ。ほかのことはまだいい。でも生年月日を間違うってのは、やつが不真面目で、いいかげんなやつだという証拠だ」

「なにをおいても問題はあれだろ、つまり……ウィローの出自絡み、それがほのめかすことだろ。それから昨日の論争にしてもそうだけど、連中が引き合いに出してくる言葉は、不正確だ」

「記者会見を開こう。フランス通信社に速報を出させる。反論掲載権ってやつさ。くそ。こいつ話の流れを完全に無視してるんだ。サルトルの引用を、僕の言葉にしてしまうんだからな。『太古の律動』『ブードゥーの叫び』ってのは、本の中で引用したサルトルの言葉だぞ！　自分の仕事に泥を塗られて、放ってはおけない」

「ジャン、落ち着こう。このブログは超内輪的なものだ。それに、きみは公けの人間じゃない。そんなもん開いても、虚空に石を投げるようなもんだ」

「じゃあ、なにもしないって言うのか？　こんなふうに侮辱されて黙ってろってか？　それじゃあウィローの名誉はどうなる？　こんなふうに彼の仕事の意味が歪められていいものだろうか？」

「彼が黒人であることを蒸し返すと、ロバート・ウィローの名誉が穢《けが》されることになると主張するのは、いかがなものだろうね。それを言ったらいよいよレイシストだぞ」

「な……？　なに？　なんて？　きみまでそれを言うか？」

私は受話器を叩《たた》きつけた。深く傷ついていた。私はマルクに記事を転送した。ポラン・ミシェルはまともなやつだし、プロ意識の高い編集者だが、闘士じゃない。彼は流血を好まない。私はマルクの断固とした意見を聞きたかった。鋭い現実感覚のある彼に事情を知ってもらいたかった。それと、一番長い友人（というか唯一の友人）に私のアイデンティティを保証してもらいたかったのもあるだろう。私は足場を固める必要があった。ということは迷っているのだろうか？　それにマルクは、同じ「ファミリー」に属していた。私をSOS人種差別に誘ったのはマルクだし、私と並んでアラブ人の人権のためにデモ行進も行った仲だ。マルクからは一時間後に電話がかかってきた。

「おまえの編集者の言うことが正しい。なにもするべきじゃない。さもないと、〝バーブラ・ストライサンド効果〟を食らいかねないぜ」

「なにを食らうって？」

この危機的状況にどうして「追憶」の主演女優が出てくるのか話が見えなかった。マルクが説明した。

「二〇〇三年、バーブラ・ストライサンドは、自分のカリフォルニアの別荘を航空写真に撮ったカメラマンを裁判所に訴えたんだ。ストライサンドの望みは、当該写真のこれ以上の拡散を食い止めることだった。ところが彼女のやったことは逆効果だった。裁判所への訴えは、その写真にとって、信じられないほどの宣伝になった。写真はウェブ上で何十万、何百万回と閲覧された。これがバーブラ・

ストライサンド効果ってやつだ。訴訟に熱くなると、バックドラフトを食らうんだ」

　私は少しほっとした。すでにマルクは友人ではなく、守りの固い敏腕弁護士になっていた。彼は近視眼的な技術屋ではなく、実際的な戦略家、屈託なく孫子《そんし》の「兵法」を引用してくる弁護士のたぐいだ。そういえば彼の事務所には、古代の戦闘、カンネーの闘いかなんかのジオラマがガラスケースに飾られていた気がする。クライアントが六桁《けた》の謝礼金を払うことを嫌がるとき、あれで一発かまして、譲歩を引き出すのだろう。それから彼は社会党の古株でもある。かつてはジュリアン・ドレとともに会議をリードした。彼には生来、そういう素養がある。エリート社会主義者の中でも、駆け引きが巧みなタイプ、柔道家タイプだ。マルクは抜け目がない。彼の言うとおりだ。くだんのブロガーはあちこちの公開討論会に足繁く通ってきた哀れなタイプであり、名を売りたくてうずうずしている策謀家なのだ。先方は間違いなく私が罠《わな》にかかるのを待っている。

「なるほど。わかった。動いてはいけない」

　私は黙って時間を置いて、それから訊いた。

「マルク、おまえは三十年来の友達だ。そのおまえにひとつ質問していいか?」

「もちろんだとも」

「おれはレイシストかな、どう思う?　おまえの目から見て」

「もちろん、ちがうさ。そんなわけあるか。おれたちは八三年にアラブ人の行進に参加したんだぜ。SOSで、マルテル通りの本部じゃ、郵便物の仕分けまでしてたんだぜ。そんなわけあるかよ」

溜飲《りゅういん》が下がり、電話を切った。まさに聞きたかった答えだった。ただ、少しばかり軽すぎる。アラブ人の行進、ＳＯＳ人種差別は、私たちのジョーカー札だ。もしジャンヌがここにいたら、私が社会運動に参加した本当の動機を問い直すようなことを言ったにちがいない。実のところ、私はどうしてＳＯＳ人種差別に参加しようと思ったのか？　髪を伸ばし、ぴたぴたのライダーズジャケットを羽織り、人生という闘いに颯爽《さっそう》とデビューした当時の私が、そのデモに参加した動機はなんだったのか？　自分を甘やかさず、いつもレオニーに命じるように（その命じ方は少しばかり尊大だったといま気づく）、きちんと自分と向き合って思慮を巡らせなければならないとしたら、自分が一九八四年から九〇年までＳＯＳ人種差別という集団に参加した動機には、さまざまな要素が絡み合っていたことを認めざるをえない。

動機のひとつは、人類は大きなひとつの種族であるという不変の信条だ。私はそれを強く信じていた。そうだ、私は、男女の平等を信じていたし、今も強く信じている。それは私にとって最終目的というより、幸福な社会の必須条件、当然必要だが、それだけあっても不十分な条件だった。私のようなマルクス主義に近い学生は、形式的に権利があるだけでは、人民のあいだに実質的な平等を保証できないとわかっていた。そしてこの地上で善意の人々が幸福になるには、社会主義（フランソワ・ミッテランという怪しげなグルメの老人によって不可解な形で具体化された）の治世を実現するほかないと考えていた。

こうした崇高な動機が、私にだってあるにはあった。こうした動機の源は、幼い頃、父が〝アラブ人〟や〝黒人〟について話すのを聞いたときに覚えた、脊髄《せきずい》が凍り付くような感覚に遡《さかのぼ》る。父の話は特に憎悪に満ちていたわけでもなく、むしろ同情的ですらあったが、彼らと運命共同体になることはまったく考えていない口ぶりだった。むこうはアラブ人であり、黒人であり、父にすれば、彼らの喜びや痛みをわかろうとするなんて非常識で馬鹿げたことだった。同様に、きわめて限定的な、範囲の限られた環境（定期的に若い移民を採用していた自分の経営するリノベーション建築会社もそれに含まれる）を除けば、むこうにこちらの喜びや痛みをわかってもらおうと考えるのは一瞬だって無駄なことだった。このとき覚えた自分という全存在が硬化するような感覚、父の考え方は間違っているという直感が、私の政治意識をつくりあげた。

「むこう」や「こちら」という考え方に逆らおうとする私の反抗心は、現実の試練、つまりレヴィナス言うところの「他者の顔と対面すること」によって、日々、強くなっていった。私は、いつもレヴィナスに特別な愛着を覚えた。彼は輝くような笑みを浮かべた、善良な学者の化身だった。訪ねてきた弟子のためなら山ほど溜まっている仕事も喜んで中断し、西日がさんさんと降り注ぐ書斎に温かく迎え入れ、惜しみなく助言を振る舞うような人物にちがいない。こういうタイプの人々は、たいていロシアのどう発音するかわからない名を持つ小さな村の出身だ。彼らは八つの言語を話し、その作品は信じられないほど退屈だ。聖人なのだ。そして彼らはその人生を神をめぐる問題に費やす。しまった、結局本題からそれてしまう。つまり、私が言いたいのは、それはけっして知的マスターベーションではなかったということだ。

私が対面した他者にはちゃんと顔があった。そしてその顔は、アフロヘアーで、穏やかなまなざしをした、トゥーミ・ジャイーダという若者の顔だった。警官によって病院送りにされたあの若者だ。

事件は、リヨン郊外のレ・マンゲット住宅地、「アラブ人の行進」の震源で起こった。そこはパリに越してくる前に私が住んでいた富裕地区から数キロほどしか離れていない場所だった。私はテレビでその光景を見ながら、自分が日の当たる側 On the sunny side of the street に生まれた完全な偶然について考えた。

つまり、こうした気高い動機が存在したこともあったのだ。そうした動機に急き立てられ、私は東駅地区マルテル通りの小さな扉を押す決断をした。くだんの行進から一年後のことだ。しかし、もし質問に正直に、誠実に答えようとするなら、そうした崇高な動機とともに、なにかしらの「ファミリー」の一員になりたい、そして、ある種の知的安逸をむさぼりたい、というあまり自慢できない動機も存在していたことは認めざるを得ない。

「ファミリー」の一員になれば、清廉潔白に生きられるようになる。道徳的に非の打ちどころのない権威を笠《かさ》に着て、道徳的な権益を享受できれば、チタン製の甲冑《かっちゅう》を身にまとったように、キャンパス内をうろつけるようになる。私はその「ファミリー」の中で、なにがなんでも出世したいわけではなかった。そういうのは、どちらかといえばマルクの専門だった。国立行政学院卒という印籠《いんろう》を持たず、学生組合界のリーダー的存在でもなかったマルクは、アラブ人の行進以降、持ち前の戦略の才によって、ミッテラン政権の周辺人脈とお近づきになるという望外のチャンスをものにした。マルクは、SOS人種差別という学生運動を足掛かりにして、うまく大統領官邸の扉をこじ開けようとするジュリアン・ドレの大博打《ばくち》を見抜いていた。ドレはなんとしても政権の座に就かなければならないという考えに取り憑《つ》かれていた。ドレは、八三年に左派司祭とトゥーミ・ジャイーダに率いられたデモ行進が始まった時点で、反人種差別運動のポテンシャルを嗅《か》ぎ分けた。そしてドレは、平和的行進を行う生きのいいそのふたりの夢想家を、がつがつ食らい、ふたりから滴る汗を一滴残さず吸い尽くした。

マルクは勢力関係を把握し、その複雑さを私に説明してくれた。マルクはドレ先生の才能に魅了され、メディア、測量能力、アジプロに通じるその手腕――ドレはLCR革命共産主義ラ・リーグにいた頃、アラン・クリヴィヌのそばで賢くそれを学んだ――にすっかり感服していた。マルクは私には見えないことを説明してくれた。アルレム・デジールは客寄せの看板としてドレに利用されている。ドレは独裁者然としてSOSをひとりで統治している。地方の委員会から定期的に金銭を搾《しぼ》り上げ、中間選挙をカスタマイズし、スポット広告を打ちまくる。

そういうことは、私には、まあ、どうでもよかった。私はただ、この先、自分の清廉潔白さを攻撃されたときに、自分を守ってくれる「ファミリー」に入りたかっただけだった。もしかしたら私は、支配的階層に属する自分、つまり白人であり、おまけにブルジョワでもある自分を恥じていたのかもしれない。もしかしたら私は、自分が恥ずべき過去、典型的な、〝かび臭いフランス〟の末裔《まつえい》になってしまったので、未来を体現するような人々と絆《きずな》を結びたかったのかもしれない。彼らの突き上げた拳《こぶし》の威光で私の青白い顔が少しばかり照らされることを望んでいたのかもしれない。確信をもってそうだったと言うことはできそうにない。なにしろ三十年も前の話なのだ。そもそもこうしたことはぼんやりと意識していたにすぎない。ただ、当時のマルクの声に含まれる抑揚だとか、私からデモ行進があると聞かされて彼が浮かべる微笑みらしきもの、仲間の尊厳のために闘うアンジェラ・デイヴィスやマーティン・ルーサー・キングのそれとは違うその貧相な微笑みだとか、大げさな口ぶりを思い出してみると、私たちには自覚があったのだと思う。

当時、若い私たちの顔に浮かんでいたのはミッテランと同じ微笑みだった。つまりお偉いさんが浮かべる生気のない、曖昧《あいまい》な作り笑いだった。ジャン・コは社会党党首ミッテランを「バンコでカードをかき集める人間の仮面のようなポーカーフェイス」なんて描写していたものだ。そしてその微笑みの言わんとすることはこんなところだろう。「もちろん、デモには参加する、当然さ、それはプランの一部、こうなろうと決めた人物になるために必要なことだからね。さあ自分自身を見つけにいこうじゃないか。聖なる河で身を清め、人権運動を守護する壮麗な顔ぶれに混じる自分にうっとりし（そもそもアンジェラ・デイヴィスや、マルコムX、マーティン・ルーサー・キングのような光輝くカリスマに憧《あこが》れない人間がいるだろうか？）、思い描いていたかっこいい自分になって、恍惚《こうこつ》としながら河から上がろうじゃないか」

私たちは絶対にそういう話をしなかったが、自分の利益を嗅ぎ分ける鋭い嗅覚《きゅうかく》を通じて暗黙の協定を結んでいた。それは秘密の同盟だった。私たちは心の底ではわかっていた。しかし口に出すのは憚《はばか》られ、考えることすら忌避された。それに、この秘密はとりあえず正義への渇望や、友愛までは腐敗させなかった。

こうなったら徹底的に正直になろう。物事をむき出しの光に晒《さら》してみようじゃないか。私ジャン・ロスコフを突き動かしていた動機、なんとしても「ファミリー」の一員になりたかった動機の底には、言うを憚るような恥ずべき欲求も大きく関わっていた。とりわけ無視できないのは以下である。

私はできるだけセックスがしたかった。できるだけたくさんの娘たちと、できるだけ美しい娘たちと、進歩的な勢力に忠誠を誓う見返りに、セックスがしたかった。とにかくそういう望みが私の歩みの中にあった。これは言っておくべきだ。まあ、わざわざ言うことでもないのかもしれないが、言わないでいるのもどこか卑屈だ。ただなぜだか当時の私はさほど屈託を抱えてなかった。

しかしこの説明では、依然として物事が図式化されすぎている。現実はもっと複雑で、もっと単純だった。つまり混沌《こんとん》、単に混沌としていた。現実というのは混沌そのものであり、一九八四年のある夜に、アラブ人の行進から数カ月後に、あるいは国民戦線の得票が十五パーセントを突破したドルーの地方選挙から数週間後に、むしゃくしゃして無性にセックスがしたくなり貪《むさぼ》りあうように抱きあったある日の昼下がりに、味わった感覚の連なりなのだ。パリの夏の暑さの中で硬くなった私のペニスが、「カビ臭いフランス」の思想に対抗して立ち上がる。若い私は、国民戦線の台頭とセックスの禁止は無関係ではなく、ジャン＝マリー・ル・ペンは、みんなが仲良くセックスするのを邪魔する人物、全国フリーセックス大会の敵だと考えていた。大会には、若いアラブ娘（そう、一九八〇年代には、「アラブ娘」という表現が使われていた。もし、その当時のことを忠実に再現しようとすれば、当時の言葉を使わざるをえない）にもきちんと居場所があった。私にとってジャン＝マリー・ル・ペンは干からびて固くなったフランスであり、禁欲を強制しようとするものの代表格だった。

たしかにこの側面の動機はあったと思う。もちろん当時の私にも、自分がなんのために社会運動をやるのか、その理由をもっとしっかりと言語化する能力はあった。しかし一方でこの種の動機もあるにはあったのだ。正体のはっきりしない障害に対する反抗、肉体を重ねたいという支離滅裂な衝動。ある意味で私は、その闘争の形態に、その中身と同じくらい魅了されていた。私はレイシストに対する闘争の中に、性生活を充実させる機会を見出した。したがって国民戦線との闘いにどんな決着がつこうと、極右の反動勢力とミッテランの正義の勢力の激突がどんな結果を生もうと、私は結局、闘争の合間にセックスしただろう。これはひどい告白だという自覚が私にはある。私のこんな告白をレオニーは絶対に許せないだろうこともわかっている。

いや、もしかしたら私は理詰めになりすぎているのかもしれない。もっと違ったふうに整理してみよう。いまのやり方では、実際の体験を説明することにならない。パリに一気に襲いかかる暑気、パリ東駅界隈《かいわい》の屋根という屋根に照りつける陽光、そしてどこまでも自由な気分。その日、マルテル通りの詰め所の入り口の扉を押したとき、マルクも、私も、世の中で起こっている事件に対して、社会闘争に対して、社会的騒乱に対して、どんな態度でも取れる状態だった。どんな形であれ騒乱は私たちのたけり狂う性欲の気晴らしになりそう——あるいは、それを満たすチャンスをくれそうだった。

当時のSOS人種差別がどんなふうだったか思い出してみる必要がある。あの頃はみんなひどく奇抜ななりをしていた。アルレム・デジールが際立っていた。彼はカメラのレンズを見下ろす技を体得しており、キリストやマンデラを彷彿《ほうふつ》とさせた。政治家らしい偽善的な仮面はまだつけていなかった。ジュリアン・ドレは自分のことで手一杯の、とにかく愉快なボクサーであり、まだ一介の毛むくじゃらの学生にすぎず、「黒い男爵」の異名を持つ政党のエリートの片りんもなかった（と思う）。そうした二十代の若造たちが、大統領官邸への出入りを許された、というか、許されつつあった。彼らには、ごろつきの魅力と、悪魔の使者的な威厳があった。見回せばダニエル・サアダがいて、コリューシュがいて、シモーヌ・シニョレがいて、ギー・ブドがいた。そこらじゅうに、ぼさぼさ髪の、ざっくりセーターを着た連中がいた。

マルクは古着のムラ染めの革ジャンを着ていた。私はアディダスアメリカーナを履いていた。私たちは心のどこかで誰かと殴り合ったりしたいと思っていた。抗議活動は活気に満ちた人混みであり、おのれの若さを誇る、得意満面の若者たちは、難しく考えることなくそこで輝いた。文系、理系の学生たちが次々に押し寄せ、大きな波をつくった。押し戻すことのできない波だった。もう一度あれと同じ波を起こすことは誰にもできないだろう。私たちは衝突というゲームをしていた。そしてみんなが同じように立派なスローガンを叫んでいた。「ぼくらはみんな移民の子だ」そもそも、それはスローガンではなかった。それはシンプルで美しい思いつきだった。みんな徒党を組んで歩きながら大笑いしていた。とにかくSOS人種差別の発想では、深刻ぶるのも、偉そうぶるのもお断りだった。社会党のお偉方や黒っぽい背広を着たエコノミストが私たちを支持したが、そのせいでかえって彼らが少し時代遅れになっていくのは面白かった。

私たちは野外で胸元をだらしなく開けた左派、陽を燦々《さんさん》と浴びる左派だった。当時の示威行動は、本当に陽気だった。エイズはまだそこまで話題になっていなかった。その観点では一九八四年のその時期は、ぎりぎり呑気《のんき》に過ごせた最後の数カ月だった。私たちは自分に恋をしている若者だったのだ、と改めて思う。そうだ。ナルシシズムや自惚《うぬぼ》れが、この陽気な集団のそこらじゅうに見えない毒のように行き渡っていた。ときどき若い娘が、手のひらの形をしたSOSのエンブレムを掲げて、歌い出すこともあった。「第一世代、第二世代、第三世代……」そうした声は澄みきっており、集団全体に潜む悪意や、知的な安逸の罪をすっかり贖《あがな》った。

どうだろう、こんな調子でどこかしらクリアでない部分も残ってしまう。

*

こんな告白をいったい誰が聴きたがるだろう？　マルクはこんなふうに人の内奥に踏み込んで、「つまらない秘密」を詮索《せんさく》することを好まない。彼はそういうタイプじゃない。レオニーには、父親からアンガージュマンをめぐってこんな話を聴かされる心の準備ができていない。彼女はまだ幼く、この世に純粋な意志など存在しない、したとしても極めて稀《まれ》だ、ということを人生から学んでいない。ジャンヌにならば理解できるかもしれない。彼女になら、私の告白を引き出すことも可能だろう。しかし同時に私が自分を卑下するのを見て大喜びするだろう。私はこの内省を、誰かもっと話の分かる人間が現れるまで、つまり人の話がきちんと聞け、しかもある程度の（たとえば幼児性愛嗜好《しこう》を持つ年老いた司祭が喜ぶくらいの）堕落を甘受できる人間が現れるまでは、秘密にしようと心に決めた。

私はマルクのバーブラ・ストライサンド効果の話で納得してしまった。私はなにもしなかった。そして午前中はなにも起こらなかった。私は大学でのシンポジウムの企画を詰めるためにニコルに電話をかけた。準備はさくさく進んでいる。ニコルは私のために一月の終わりに小さな階段教室を押さえてくれていた。会の始まりに学部長からもひと言貰《もら》えるらしい。見栄えのいいスタートになる。送っておいたワードで作成したチラシ案については、レオニーの力を借りて、もう少し惹きを強くしたほうがいいとアドバイスされた。基本はアカデミックな討論をすることを選択した。詩とフランス共産党の関係に言及するいい機会になるだろう。私はロジェ・ダビウーの名前を挙げた。理想的な対談相手じゃないか？　ダビウーはアラゴンのスペシャリスト。アラゴンといえば、まさに純粋培養の共産党詩人だしね！　なにしろシンポジウムだからね、意図的な対立構造をつくらなければならない。客寄せに、アンチ・アラゴンとしてのウィローを描写しておいてもいいかもしれない。とにかく、こんなアイデアが出た。私はワンドリンク用にアルザスの発泡性ワインをひと箱買おうと提案したが、ニコルからまずは私の編集者に会ってからだと釘《くぎ》を刺された。学部ではすでに来年度の予算ががっちり組まれているのだ。「石橋は叩いて渡らないとね」ニコルは悪態をついた。

＊

ようやくハンマードリルの音がやんだ。私は何度となくコンピュータの前に坐り、例のブログ記事のコメント欄をチェックした。動きが現れたのは午後になってからだった。

十三時〇七分、「サントロペのギャルが好き」というアカウント名の書き込みが上がった。記事の内容には直接関係のないコメントだった。漠然とした表現でくだんのブログを褒めながら、巧みに閲覧者を、犬だの子馬だのの写真がアップされた自身のサイトへと誘導していた。

十六時三十一分、二つ目の書き込みが上がった。アカウント名は「七四年のブラックパワー」。人目を惹《ひ》く書体で「フランスという国によって虐殺されてきたすべての兄弟の名において告ぐ。彼らはその罰を受けていない。そして銀行や国際的教育機関も共犯だ」と世界中の黒人に、フランス共和国の教育機関に火を点けろと冗長に訴える。

二十三時十七分、「ペルシュ地方のラプトルVSクズ野郎ども」というアカウント名で、最後の書き込みが上がった。先の「七四年のブラックパワー」のコメントに対し、自分の国に帰れと斬って捨てる。「このマザーファッカー、発展途上のクソみたいな国に帰れ」と述べ、「呪われた人種め、すぐに火と炎を思いしらせてやる」と締める。そして、それで終わりだった。私の心はひと晩じゅう落ち着かなかった。何度も寝返りをうち、苦悶《くもん》した。インターネットがすっかり怖くなった。それはあまりに広大で、あまりに制御不能だ。とはいえ心配するほどのことでもない。それが集団的憤怒を引き起こしかねないメディアだとしても、あくまでも詩に関するブログにすぎないのだから。

時計が午前三時を打つのを聴いて、私は起き上がり、冷蔵庫に1664の瓶を取りにいった。それから　急いでくだんのブログ主のほかの記事に目を通した。どれも見事に、「差別を受け、社会運動に携わるインターセクショナルな闘争に身を置くアーティスト」に強く惹かれ共感する内容だった。ヴェトナム料理店でレオニーがインターセクショナルについて話していたことを思い出そうとしたが、よく思い出せなかった。私だって完全に老いぼれたわけではない。その言葉が人種差別に対する新しい闘争の用語であることぐらいはわかっている。しかし新しい闘争の中には私にはよくわからないコンセプトがいくつかある。私にとって馴染み深いのは、なによりSOSのスローガンだとか、「構造」「上部構造」「疎外からの解放」「剰余価値」といったマルクス主義が扱う言葉だ。

私は〈顔長〉に対して複雑な感情を抱いている。ある意味で、彼は私の初めての本物の読者だった。私は彼に自分の本を読んでもらって、作家としての面目が立ったともいえる。マルクがそれを本当に読んだか、娘が本当に読んだか、怪しいものだと思う。彼らが私にくれた祝辞はなんにでも通用するものだった。たとえば、スクラブル大会で優勝しても、スキューバダイビング三級に合格しても、彼らは同じような言葉をかけてきたはずだ。レオニーは「すっごくパパが誇らしいよ」のあとに顔文字をいっぱい並べて満足していた。〈顔長〉はというと、私の本を読んでくれていた。すべてを考え合わせると彼は、編集社に送られてきた私の本をドアのストッパーにしたり、eBayに売った（私はネット上で数件の新品を発見した）ジャーナリストたちより、余程まともに私を扱ってくれたのだ。

そもそもブログで詩を取り上げるような人間を嫌いになれるわけがない。そんなのは完全な社会不適応者にしかできない所業だ。だからこそ彼は尊敬に値するのだ。同様に、あの自分用のカートを押していた路上生活者の女性も尊敬に値する。なぜなら〈顔長〉もあの女性も、死んだ星をいまだ空で輝き続けているかのごとくに仰ぎ続けられる、根性のある誠実な人々だからだ。修行僧として、サーカスの団員として、非生産的な金にならない仕事に没頭している人々と同じように、彼らもまた尊敬に値する人々だ。だから感動している自分もいるのだが、ブログを読み返すと、最初の怒りがふつふつ甦《よみがえ》ってくる。どうしたら、これほどまで陰険に人の本を細切れにして紹介できるのだろう？

結局、うつらうつら眠りに落ちていった。すごく嫌な夢の途中で目が覚めた。ヴァンセンヌの大学を思わせる灰色のカーペット敷きの廊下で、電動研磨機で武装した、粗暴な顔つきの男に追いかけられる夢だった。男はコピー機のそばに私を追い詰め、その研磨機で皮を剝いでやると脅してくる。どうか見逃してくれと訴えようとするが、舌が腫《は》れて、うまく回らない。いかなる声も出てこない。私は口に手を当て、それが牛の巨大な口になっていることに気がつく。

九時頃、私は電話を引っ摑み、マルクにかけた。マルクは法廷に入っていた。彼は面倒くさそうに仕事の現場だぞ、と言いたげに、溜息《ためいき》をついた。

「聴いてくれ、マルク。ひと晩寝て、いい考えが浮かんだ」

私は彼に説明した。

「昨日、言われたことはもっともだし、慎重になれという忠告には本当に感謝している。成り行きにまかせるしかない、というのも十分理解している。でも、準備しておきたいんだ。必要なこととして。もし事態が届けを出すまで悪化した場合に備えて。その場合なにかしらやれるんだろう？　法的にって意味だけど」

「どちらとも言えない」

「なんだよ、どちらとも言えないって？　どういう意味だ？」

私はかっとなった。どちらとも言えないって、それじゃなんのために、その御大層な弁護士の免許と、コロンビア・ロー・スクールの修士号を取ったんだ？　それが弁護士にとってどれだけすごいことかしらないが、なんの役にも立ってない！　おれの知っているおまえはそんなケチなやつじゃなかったはずだ。

「いらだっているな。今おまえにどれだけ微細な話をしても理解できるとは思えない」

「すまんな、血の巡りが悪くて。おまけに奴隷制度擁護者で、リー将軍の弟子で、分離主義擁護者でさ」

「切るよ」

「待った、悪かった。どういうことかおしえてくれ。おれの友達はおまえだけ。味方はおまえだけだ。すごく頼りにしてるんだ。おしえてくれ」

「被害届けを出すとなると、法的根拠が必要になる」

「なんの問題もない。名誉棄損。それで届ける」

「名誉棄損、というのは、嘘、偽りによって、つまりその人間の名誉、評価を傷つけかねない明確な行為によって、不当に糾弾されることをいう」

「だから問題ないだろ。例の記事は、おれをレイシストだと告発している。おれはレイシストじゃない」

「誰々はレイシストだ、ってのは明確な糾弾に当たらない。それは明確な行為ではない」

「なんだって？」

「レイシストは総称語だ。単なる価値判断だ。もしおれが路上で誰かを呼び止めて、その人間をレイシスト呼ばわりしても、それは名誉棄損に当たらない。まあ、せいぜいが侮辱どまりだ」

「他人を侮辱する権利があるっていうのか？　それじゃあなにか？　フランスでは人が人を侮辱してもいいってことになるぜ？　つまりだ、いまからおれが下に降りていって、道で最初に出くわす人間を捕まえて、クソ野郎呼ばわりしても問題ないってことか？　これから拡声器片手に編集者の事務所の前で、やつを一級詩人の本を売ることもできない無能だと罵倒《ばとう》してもいいってことか？」

「事実上、それはだめだ。侮辱は、一八八一年七月二十九日発布の表現の自由についての法によって罰せられる。ただし、おまえのケースには、別の問題がある」

頭に来た。私がうろたえているのに、親友はきわめて落ち着いた態度で、重箱の隅をつついてくる。愉《たの》しくてたまらないというように、いかにちまちましたことに気づけるかという大会に参加しているみたいに、嬉々《きき》として細かいことをつっこんでくる。そのうち私の存在なんてどこかに飛んでいき、自分の刑法典の上でマスでもかきそうだ。私は、弁が立ってずる賢い弁護士という人種が大嫌いだったことを思い出した。キレそうになるのをぐっとこらえた。

「それで別の問題ってのは？　どこにあるんだ？　おしえてもらえるかな」

「問題というのは、この記事がおまえをレイシストだと、はっきり言ってないことだ。ほのめかしてはいるかもしれない。でも侮辱というのは、はっきりそれとわかる形で行われないかぎり、罰せられないんだ。刑事裁判所はこの点で非常にはっきりとした態度を取る。そもそも実のところ例の記事は、おまえをレイシストだと糾弾しているんじゃない。おまえが文化の盗用を犯していると糾弾しているんだ」

文化の盗用。

この言葉は初耳だった。自分は六十五歳であり、もう現役ではないのだと気がつく。私はたまたま個人的に残念な事情から、自国および世界におけるレイシズムの現状理解に必要な根本的概念らしきものを発見した。

自分がもう世の中の動きについていけてないと気づいて愕然《がくぜん》とする人間のめまいが、十分に語られることはない。私と同世代の人間でも、責任ある地位にいるという事実で、そうしためまいをなかったことにする者もいる。そうした人々はまだなにかしらの仕事や、討論会や、社会に結びついた団体に参加している。経済、権力、働きという点から見て、彼らはまだ現役なのだ。「ピッチの上でプレイ中」とレオニーならそう表現するだろう。マルクはビジネス訴訟に強い法律事務所に勤め、とある政党の本部のメンバーであり（たしかに、落ち目ではあるが、それでもそれはなにかしらの影響力を持つ）、ピッチの上でプレイしている。ジャンヌもピッチの上でプレイ中、アニエスもそうだ。私はというと、補欠として長らくベンチを温めている。徐々に戦力外になりつつある。それでも私は、少なくともまだ世界で起こっている問題の明晰《めいせき》な観察者でいる自分を誇りに思っていた。あの二〇〇六年ワールドカップで、ただの一秒もピッチに立つことなく、トーナメントのあいだじゅうベンチの風景を撮影していたヴィカッシュ・ドラゾ選手に、喜んで自分を重ねていた。

私はいま、自分がなにもわかってないことを自覚している。私はもう、八〇年代アルレム・デジールやジュリアン・ドレのそばで、それなりに正当性があったフィールドから、はみ出してしまっている。これは私のミス、傲慢や知的怠惰から犯した過ちだった。というのも反人種差別主義は、柔軟さと先を見通す力を必要とする闘いだからだ。自分の偏見を大っぴらに表明することが許されなくなった社会で、おのずとずる賢くなっていくレイシストの新たな方便を暴露するには、つねに鋭敏であり続けなければならなかった。

サッカー解説員がよく言うみたいに、私は過信からミスを犯した。過信からミスを犯し、罰せられた。このところの私の研究活動は助けにならなかった。私はここ数カ月、ずっと戦後のパリにいた。詩に注釈をつけたりする仕事に没頭していた。そこに逃避していた。そしていま〈タブー〉や〈ロリアンテ〉の暗い地下蔵から顔を出し、面食らっている。目の前に世界がある。私はボッティチェリのヴィーナスのように丸裸で（全然見目は麗しくないがしかたない）、最も基本的な用語の知識すら持たずにいる。自分の生きている時代の言葉が使えない。どれがそれだか見分けすらつかない。

私は心を入れ替えようと、そのテーマについての記事や動画をがつがつ貪った。文化の盗用を告発している人間は全員、合衆国由来のとある反人種主義運動のメンバーだった。その混沌としたムーブメントは、誹謗《ひぼう》者たちからは「インディヘニスモもどき」と揶揄《やゆ》されている――擁護者たちは、むしろ脱植民地思想の話題を好む。ムーブメントを支える発想の大本にあるのは、鷹揚《おうよう》な、万人救済主義的な反人種差別主義者に対する批判である。つまり私やマルクや友人たちが信じて闘ったものに対する批判ということになる。こうした批判はもともとアメリカの大学、より正確に言えばペギー・マッキントッシュに代表される社会科学分野の学者の頭の中で生まれた。

ペギー・マッキントッシュはニューヨークのインテリで、一九八〇年代に白人の特権というコンセプトを一般に広めた。インターネットに出てくる写真の印象は、にこにこしたお婆《ばあ》ちゃん――マグカップ片手に、大きなお屋敷でたくさんの猫に囲まれて暮らし、みんなから尊敬されている、典型的、白人アングロサクソン系プロテスタントの年配女性だ。でもこのお婆ちゃんは、ジャムやチョコレートマフィンづくりに勤しむ人生に甘んじず、三年から四年ごとに、「White」とか「Fight」、「Races」といったそのものズバリのタイトルを持つ八百五十ページ相当の敷石みたいな分厚い本を生み出す。

マッキントッシュは一九八九年刊の『ピース・アンド・フリーダム・マガジン』誌上で、意識の目覚めについて丁寧に語っている。「私は白人として気がついたのです。私は人種差別は他者を不当に扱う悪いことだという教育を受けたけれど、同時に、自分が白人の特権で得をしていると気づけないよう教育されてもいたのです。白人はきわめて注意深く、自分の特権に気づかないよう教育をされていると思います。男性が自分の特権に気づかないよう教育されるのと、そっくり同じです」

私は頭を掻《か》いた。そしてビールを取りにいった。混乱していた。

一般の民衆に意識の目覚めが訪れるのには、もう少し時間がかかった。「白人の特権」の概念が、ソーシャルネットワークと政治的動員――ブラック・ライヴズ・マターは決定的な役割を果たした――の後押しによって、アメリカの公けの場に確立するのは、ようやく二〇〇〇年代になってからだ。この概念はフランスにおいては二〇二〇年まで、活動家のサークルからサークルへと引き継がれるかなり内輪なものだった。その年、作家ヴィルジニー・デパントが有名な討論番組を通じてそれを一般に広めた。その後、エリック・ファッサンのような社会学者や、アミナタ・ディヤオのような活動家が、テレビ番組でデパントに倣って、社会体系に溶け込んでいるレイシズムを厳しく批判した。

アミナタ・ディヤオだって？　彼女の本なら、私のベッドサイドのテーブルの上に載ってるぞ。一度も触っていないが。おれはなんと傲慢なアホなんだ！　解毒剤は二週間前から、ずっと手の届くところにあったのだ。ジャンヌから支給されて。そして私はそれを一行も読んでいなかった。私はベッドに寝転んで『人種差別反対を訴える善き理解者のことを知ろう／アフリカ系黒人女性による白人男性活用プチマニュアル』を開いた。ディヤオは本の中で社会に遍く行き渡ったレイシズム、システミック・レイシズムを定義している。白人市民が無自覚に引き継いでいる狡猾なレイシズムだ。

「人種の話をしよう」とディヤオは書く。「回りくどい言い方はやめて、正直に話そう。生物学的人種という概念は愚かな考え方だが、社会科学の分野においては、正当性を持つ」。つまりディヤオが（真面目臭い、思慮深い、いかにも学者的な）眼鏡を拭きながら、言わんとすることをまとめると、だいたいこんなふうになる。黒人、アラブ人、アジア人、ロマは、差別されている。つまり彼らは「人種を基準に、社会的および精神的に異物として排除されるプロセスを経て、それぞれが（実際に、あるいは仮定として）帰属するグループに送り戻され」るのである。

フランスの普遍主義が、偽善として、恥辱の極みとして告発される。それは白人しか得しない白人の発明だ。自分を白人だと自覚しない贅沢《ぜいたく》を持っているのは白人だけ。ディヤオやファッサンたちは、世界中の無自覚なレイシストを狩り出す。白人は自分たちの特権がどれほどのものか——そしてそれが限度を超えていることを自覚するべきだ。白人の集団表象は修正されなければならない。必要であれば、無理やりにでも。二〇一九年、とあるアイスキュロスの舞台公演が、「植民地的プロパガンダ」であると、舞台監督がフランス黒人教会の代表者会議から糾弾され、中止に追い込まれた。その監督は黒人役を演じる役者にメイクで顔を黒く塗らせたことで非難された。

とりわけ重視されるのは言葉遣い、発言だ。その表現はどこから来ているのか？　アメリカ、コネチカットの優しいお婆ちゃん学者たちが熱々のマグカップを握りしめながら問う。そうした人種的立場が出来上がるいきさつは？　アミナタ・ディヤオは問う。言葉はすべてシニフィアンであり、そこにはさまざまな意味がある。それらは丹念にチェックされる。アフロ・アメリカンと言うべきか、それともアフリカン・アメリカンと言うべきか？「アフロ・アメリカンという言葉は、アフリカ系アイデンティティに対する軽蔑的な見方を永続させる」とお婆ちゃんのひとりが猫を撫《な》でながらおだやかに囁《ささや》く。ハドソン湾を見つめている。「アフリカがアフロと短縮されたのは偶然ではないのだ」とアミナタ・ディヤオが補足する。物事はたいてい「偶然なわけがない」とお婆ちゃんたちも笑顔で付け加えそうだ。偶然なんてない。そこらじゅうで人種差別化現象が進行しているのだ。そしてアイビーリーグの名門大学のエンブレム入りマグカップを握る目敏《めざと》いお婆ちゃん学者たちが持論を展開できるだけの根拠がアメリカにはある。アメリカが貧民街化の恐ろしく進んだ、差別の偏在する国であるのは否定しがたい現実だ。

奴隷制度は一八六三年に廃止されたが、代わりに分離政策が始まった。同様に、一九六四年の分離政策廃止も、問題の根本からの解決にはならなかった。アメリカ合衆国は、その基盤からして、白人プロテスタントによって、白人プロテスタントのために、意図され、つくられた国なのだ。そしてフランスでは、とアミナタ・ディヤオはデリケートな論証をまとめる。社会システムはカトリック文化を持つ白人男性——そしてシスジェンダーによって、彼らのために意図されている。

いつぞや〈ルネッサンス〉でジャンヌが私に言おうとしていたことが、わかってきた。インターセクショナリティについてのレオニーの解説を思い出した。つまり、人種差別を受けていない同性愛者の女性とは、（白人としては）差別を行う者であり、同時に（女性としては）差別を被る者なのだ。相当、最先端の話だったのだ。これでは脱植民地を訴える若き活動家も、条件次第で、そもそも自分に文句を言う権利があるのかがわからなくなってしまう。虐げられたアイデンティティのあいだで、自分以外の虐げられたアイデンティティとの闘争が始まっている。たとえば人種差別を受けている男性に乱暴された女性は、自分を被害者の立場であると主張し続けることができるか？ というような。当然、優先順位をつける必要が出てきた。ざっくり言えば、苦しみ界のトップスター（ストレートフラッシュ、万人にぐうの音も出させない一手）は、人種差別を受けた個人のそれだ。人種差別を受けたシスジェンダーを前にすると、白人のトランスジェンダーですらひれ伏す。自分のトランスジェンダーとしての苦しみが、途端に取るに足らないものに思えてくるからだ。

私はムーブメントについての批判的分析にまで検索の幅を広げてみた。そのムーブメントがいくつかの矛盾をいまだ解決できずにいることを指摘する人々もいた。インターセクショナリティの考えを突き詰めていくと、どうしても相反する結論に達してしまうのだ。

たとえば同性愛者を擁護したいのはやまやまだが、そのためには、その迫害者として近年目立ってきた人種差別を受けている若者たちに言及せざるをえない。彼らは、物心つく前からハードコアラップのような超男性主義文化にどっぷりと染まり、往々にして同性愛者を痛めつけることを厭わない。ムスリムの宗教指導者たちにしても、性的アイデンティティの承認には、かなり消極的だ。だから、もし性的マイノリティの権利を守ろうとすれば、ただでさえフランス国内のイスラム嫌いから冷遇されている宗教団体に、より高いハードルのクリアを求めることになってしまう。

だから女性解放運動ですらインターセクショナリティを重視すると（あくまでも臨時のことだとスポークスマンは釘を刺すが）、これ以上不幸な人々を追い詰めないために、女性と同性愛者を見捨てる選択をしてしまう。

雨は上がっていた。私は階下の〈バルト〉に赴き、目玉焼きの載ったハンバーグを食べた。店はがらがらで、女の客がひとり、ぶつぶつ政治に悪態をついていた。店長のRはプレミアリーグの試合を見ていた。私は残ったフライドポテトを咀嚼《そしやく》しながら、考えを巡らせた。さっき読んだもののせいで、次々と昔のことが甦ってくる。クレイユのスカーフ事件、髭面《ひげづら》のイスラム原理主義者たちと肩を並べるSOS運動団体の友人たち。アミナタ・ディヤオも、ジャンヌも、私たちの妥協から生まれた子供たちだ。

大昔から使い古され、いまやほとんど意味がない、それでもとにかく「悪党」の思うツボにはまるよりはマシ、という決まり文句が浮かぶ。前にも言ったが、これはきわめて大雑把な指針だ。「敵の敵は味方」この誤った発想にはバザロヴも陥った。これに従うと、人は必ず自説を曲げることになる。アミナタ・ディヤオは、フェミニストの代表でありながら、このような対策が、「苦労の多い集団、しばしば貧困に追いやられ人種差別を受けた側に属する集団」に傷跡を残すのを恐れて、ついには路上での性的いやがらせの罰則に反対する署名記事まで書く。いくらなんでもそれは無理筋だと、ジャーナリストのひとりはディヤオを激しく非難している。

ただ、ニューエイジの反レイシズムの三段論法の方は冷徹で、死ぬほど矛盾がなかった。それは世界を、マルクス・レーニン主義にも匹敵するくらい効率的に説明するシステムだった。ある面ではそれ以上に効率的だった。というのも、生きた経験と、なるべく疑義の少ない物事を糧にしているからだ。そこではサルトルが『ユダヤ人問題の考察』の中で展開したアイデアが、ふたたび利用される。ユダヤ人は他者の目を通して自分がユダヤ人であることを発見する、というあれだ。マルクス主義者が、参政権に効力がないことをあざ笑ったように、アミナタ・ディヤオと賢い研究者たちは、法律が変われば権利の平等に近づくという考えに懐疑的だ。なぜなら平等を宣言したからといって、旧弊な支配が止むことはないからだ。言い間違いだの、不用意な行動だのを狩り出さなくてはならない。精神分析を応用して、まなざしを検討する必要がある。そのまなざしが、差別的なものでないかどうか？　この新しい闘争の物差しを使えば、どんな社会的事象だろうが読み解けないものはなかった。その物差しが、ブルジョワジーとプロレタリアの闘争を時代遅れにした。時代遅れにするどころか粉砕した。ラングドック地方の農業従事者はもはや地上で最も呪われた者ではなくなった。彼らはもはや、自分はなにも持っていないと主張できなくなった。なにしろ彼らは白人の特権に恵まれているのだから。

*

考えごとをしながら、勘定を払った。R店長が釣銭を寄越しながらなにか言ったが理解できなかった（「予想」「賭けの仕組み」「バイエルンミュンヘン」「完敗」という単語は聞き取れたが、すごく遠くから届くこだまみたいに弱々しかった）。私は部屋に戻り、充血した目でコンピュータの画面を読むのを再開した。夢中になっていた。問題は非常に複雑になっている。我々の仲間内で、これほど激しい論争が起こった記憶はない。論争というのは、ほかの陣営（怒りに震えながら、我々が右翼と呼ぶ陣営）とのあいだに起こるものだった。なるほど、ちょっとした仲違《なかたが》いや、粗暴なつばぜり合いはあった。ドレがMRAPの連中を「スターリンかぶれ」と呼び、その時代めいたトロツキー主義者たちを口汚く罵《ののし》っていたのを思い出す。SOSはほかを押しのけて反レイシストを代表する立場を確立したため、先行する運動団体からは妬みを買った。イスラエル・パレスチナ紛争をめぐってSOS内部で罵りあいもあった。UEJF（フランスユダヤ人学生協会）が本部の会議室を独占していると、アラブ系学生が糾弾し、総会に緊張が走ったこともある。しかしいまネットで見ているほどの深い分

て見なかった。でもそれこそ、このムーブメントが求める最終ゴールじゃないのか？　なぜ文化の盗相通じるところのある詩人、メランコリックな同胞としか見なかったし、見たくなかった。黒人としートト・ウィローに、非人種差別的まなざしを向けた。私は彼を人種から切り離した。私は彼を自分にしたのだろう？　むしろ私は犠牲者なんじゃないか？　正確にいえば、私は自分のテーマであるロバムを理解するに必要な知識をまとめて学習してもわからない。私はいったいどんなつまらない罪を犯ただ、それでもわからないことがある。私が犯した罪とはなんなのか、である。現代の反レイシズ人々のまなざしの中にあったのに。そして我々の中にも、おそらくはあったのに。
雇用差別）に対して抗議をしたが、それを隔離して遠ざけることはしなかった。それは明らかに、を相手に、過ちを認める準備はできている。我々は悪の根本を叩かなかった。目に見える悪（迫害、
　私は間違っていた。〈顔長〉とアミナタ・ディヤオたちや、ざっくりセーターを着た大学教員たち
いなんてない。
おれたちはムーブメントを発動させたのだ。そしておれには距離を取る権利があり、非難される筋合だ、と当時、私は思った。いまに歴史が追いつき、より若い者たちが、ふたたび松明《たいまつ》を握るだろう。証を返却したとき、義務は果たしたという感覚があった。おれたちは最も困難なことをやり遂げたんていたからであり、八〇年代の自分の闘争を誇りに思っていたからこそだ。一九九〇年代初頭、会員かれた人間であり、進歩的な人間だった。私がＳＯＳと距離を取ったのは、彼らが活動を政治利用しの習性で、社会科学の改革に対して、とにかく否定的態度を取るまいとするところがあった。私は開能的な不信感を抱いている。でもそれはもしかしたら偽善的な羞恥心《しゅうち》なのかもしれない。私は昔から
　私はこうした新時代の運動家たちの新しい要求に少し恐れをなしていた。私は人種という概念に本
裂は皆無だった。

用なんて言葉が、私に関係してくるのか？　私は日よけ帽を被った入植者よろしく他者の文化を盗用するような真似はしていない。

文化の盗用について書かれた記事のひとつに、キム・カーダシアンが雑誌のグラビアでアフロティストの服を身に着け、黒人の共有財産を盗んだと非難されたというものがあった。彼女の妹のクロエも、歌謡音楽祭で、アメリカインディアンの髪飾りを被るというヘマをやった。私はこんな連中と同一視されているのだろうか？　ロバート・ウィローは詩人だ。彼は誰のものでもない。というか、むしろみんなのもの——彼の作品をじっくり読みたい熱意のあるすべての男女のものである。私は目を擦った。疲れがどっと襲ってきた。だめだ、やはり自分に悪いところがあると思えない（ただし、こうした新しい戒律が過去に遡っても適用され得るものとすれば、四十年ほど前、一九八三年の十月、パンクな批評家アラン・パカディスが〈パラス〉で催したパーティーに、チェロキー族の首長の扮装《ふんそう》をして参加したのはアウトだったと認める）。

二十二時だった。ノート型パソコンで丸一日ネットサーフィンをしていた。内省は体力を消耗する。今日はもう十分がんばった。私には詫《わ》びるところはないと思う。私は正しくない悪意ある陰謀の犠牲者だ。私はまもなく眠りに落ちた。ほっとしていた。私に罪はない。

＊

朝、バターを塗ったパンをがつがつ食べた。〈警官ハ皆クソ〉の書きこみを見つけた。「震えて待て。腐った反動分子め」これを除けば、ウェブ上は静かだった。ポラン・ミシェルは正しかった。あの記事は湿った爆竹だったのだ。電話の向こうのアニエスの声は、少し息切れしていた。午前九時だった。彼女はタイ式ボクシング教室を出たところだった。私はアニエスに〈熱血トカゲ〉のトークショーのこと、例の記事のことを話した。

「あなたはなにもわかってない」彼女は溜息をついた。

「ならおしえてくれよ、悟りを開いた大先生」

「問題は、あなたがなにを書いたか、そして、あなたがどういう人間か、その合わせ技なのよ」

「僕がどういう人間かって？　僕はバツイチで、癒《いや》されぬ男……」

「いいえ、ジャン。あなたは白人なの」

彼女はきっぱりとそう言った。彼女はいつもの炯眼《けいがん》で、真の問題を指し示した。雲がいっぺんに晴れた。ようやく〈顔長〉の記事の真意がわかった。隠れた主題が見えた。わかってみると、あらゆる攻撃にその匂いがした。本の内容はそこまで問題ではないのだ。問題は、作者のアイデンティティなのだ。つまり私の肌の色だ。

白色。

白色人種。

私は白人なのだ。

私は反論した。

「それが文学となんの関係がある？」

「あなたは文学だけの話はしていない。ひとりの人間の人生を語っている」

「より正確にいえば、ひとりの人間を語っている」

「ひとりの黒人をね」

「だから？」

「ジャン、世界は変化しているの。あなたがそのことに気づいてくれたらいいんだけど。去年の夏、アメリカで、とある女性作家がラテン系住民のコミュニティに謝罪を表明することになった。ラテン系住民には我慢ならなかったの。その作家が、カレン・グラッスル演じる『大草原の小さな家』の母さんみたいなしたり顔で、メキシコの麻薬戦争の被害者の人生を語るのが」

「べつにアメリカ人と同じくらい馬鹿にならなくたっていいだろう」

「あなたにはうんざりよ、ジャン。あなたは、本当は怒ってるのよね」

「そうだ、僕は怒っている！　とにかく、白人扱いされることにね。この国では、レイシズムの問題をそんなふうに解決するつもりなのか？　わざわざ他人と喧嘩するようにけしかけて？　人種の話をして？　いまだに、そんなことしてんのかってね！　たしかにSOSでは、みんなかなり羽目を外した、それは認める。だとしてもレイシズムと闘ってたことに変わりはない」

「あなたの怒りには名前がある」

「へえ、そうかい。で、なんて名前さ、僕の怒りは？」

私はアニエスもまた何時間もかけて勉強したのだと気がついた。数年来、彼女は私に嘘をつき続けている。でも傲慢から、私は彼女にそれを言わないでいる。

「その名は〝ホワイト・フラジリティ〟（白人の心の弱さ）」

「なんだい、その笑える名前は？」

「古典的な現象なの。人があなたのことを白人だというのは、それが客観的事実だから。ただ、あなたは、自分には肌の色なんて関係ないと考えながら育った」

「より正確にいうなら、誰もが悪意のない無垢《むく》の状態で生きられるはずだと思っている」

「そうね、でも、事実はそうじゃない。黒人も、アラブ人もそれをわかってる。彼らは無垢に生きることを許されていない。そりゃあ、あなたは無垢な状態で生きられるでしょう。罰を受けない状態で、ぬくぬくとね。加えて、あなたは社会運動に参加していた。つまり、あなたは自分では、あまり白人らしくないと考えている。というか、自分はほかの白人とは違うと考えている。だから人から事実を突きつけられると、苛立《いらだ》ちを覚え、パニックになり、怒りはじめるというわけ」

むかむかしていた。「新しい勢力」はどんなものにも反応できる。柔道家みたいに相手からの批判をそっくり裏返して、相手の攻撃を無力化する。異論をいったん自らの内に取り込んで、新たな方便として、論拠としてリサイクルするのである。「ほうら怒った！」もし、私が腹を立てたら、本当にそこに問題があったということになってしまう。それでも私は負けなかった。

「そちらの言い分を聞いてると、どこにも救いがない。白人の歴史を語る白人と、黒人の歴史を語る黒人がいるだけだ」

私は記憶を総動員して、絶対にかわせない例を探した。ジャンヌならアリバイづくりとでも言いそうだ。

「じゃあ、これはどうなる。ジェームズ・ボールドウィンが書いた短編小説だ（たぶん彼の最高傑作だ）。そこでボールドウィンは一人称で、レイシストの白人警官の不眠を語っている。警官が眠れないのは、自分も加害に関わったリンチの場面に付きまとわれているからだ。ボールドウィンは黒人だ。そして彼はこの短編を書いた。その小説は現在、誰からも、まさに絶賛されてる、と思うけどな」

「ボールドウィンは他者の苦しみを横領したわけじゃない。彼は他者の恥ずべき行いを研究しているのよ」

「苦しみは普遍的なものだ」

「いいえ違うわ。苦しみを理解することと、憎しみが生まれる過程を理解することは別のこと――憎しみというのは、私たちのひとりひとりの中に潜んでいるから。でも苦しみというのは感情じゃない。

それは経験なの。そして苦しみのひとつひとつは、悲痛なくらい個人的なものなの。その証拠に……」

彼女はうっかり口が滑ったというように、黙り込んだ。私はなんとしても答えが聴きたくなった。

「その証拠に、なんだい？」

「その証拠に、あなたは主題を捉《とら》えそこなった。こんなこと言いたくはないけど。あなたはしくじった。でもあなたのせいじゃない。白人に、肌の色で差別されている黒人の気持ちがわかるはずがないのよ」

沈黙が流れた。彼女はうんざりしたように続けた。

「あなたを説得するつもりはないの、ジャン。私はもう何年も前から、あなたを説得するのを諦《あきら》めてる。それがどんな問題であれ」

アニエスは私が彼女を言い負かしてやりたいと考えていると思っている。アニエスを相手に腹を立てるのは楽じゃない。何年間か、言い争いの中で彼女を憎んだ時期もあった。当時はなんとしても勝たなければならなかったからだ。しかしこのたびは、違う。私が彼女に反論するのは、プライドを傷つけられたからではない。恐怖か、怒りか、その種のなにかからだった。

もし〈警官ハ皆クソ〉の言っていることが正しいとしたら？　もし私が人知れず反動主義者への坂を滑り落ちていたとしたら？　たしかに私は派手に意見を変えなかった。私は実存主義者たちに腕を立てて見せたジャン・コみたいに、「ファミリー」に向かって反旗は翻さなかった。扉をぶち破って出ていったりしなかった。私はゆっくり、だんだんと陣営を離れた。多くの人間が、自分はこの瞬間に規範を外れたという自覚なしに、「ファミリー」を離れていった。彼らはいつしか武器商人になり、コスト削減のプロになり、脱税の鬼になっているのに、まだ「ファミリー」の一員なのかと問われれば憤慨する。もちろんだとも！　おれたちは九五年にもデモ行進を行ったじゃないか、陳情書に署名もしたじゃないか！　彼らは「さくらんぼの実る頃」に代表されるような33回転レコードの昔懐かしいのどかなテンポで十八番を披露する。そしてなにより、投票してるじゃないか！

「ファミリー」はこういう連中に寛容だ。「ファミリー」のリーダーたちだって正直、大粛清なんて行いたくない。各人が個人的事情で、ブランやジョレスの考えに反する不正行為を犯してしまったのだ。誰だって集団幻想を維持するほうがいいと思っている。父祖たちの思い出を守る、結束の固い「ファミリー」であるという幻想を維持したいと思っている。個人の裁量にまかせておけばいい。各人、赤裸々な現実に真正面からぶつかるのを避けられるだろう。面倒な事態を避け、個人的な矛盾を解決することができるだろう。

私の世代の、レピュブリック広場からナシオンまでデモ行進した、ミッテラン・チルドレンの多くは、主に経済的理由から、保守化した。彼らは丸々と太り、アパルトマンを一軒、二軒と買った。その価値は不動産ブームで五倍になった。彼らは田舎に複数の別荘を買った。労働者階級出身のピエール・ベレゴヴォワという厳格で実直な社会主義者が、投資マーケットの規制を緩和してくれた際には、大喜びした。みんな株を買い、投資信託会社のクッション付きドアを何度となく押した。彼らはだんだん金持ちになった。そして会話の中に微妙なニュアンスが混じり、「現実には現実の原則がある」とか「人々をこれ以上がっかりさせてはいけない」「もちろん私は税金の価値を信じている。社会主義者だからね。でも、処罰のような税金はだめだ」とか言うようになった。そのうちに「民衆に夢約束をするのをやめるべきだ」とか「他者がやっていることを注視するのは当然の義務だ」とか「グローバルな競争が現実にある」とか言いだすようになった。

こうして彼らは男も女も五十を過ぎ、遊び過ぎた肌はぼろぼろになり、やつれて皺《しわ》だらけになった。みんなが「公共支出なんてのは不健康な信仰」みたいな発言をする。男たちはスカイブルーのYシャツの上に軽いジャケットを羽織り、帽子を被り、チノパンを穿《は》いている。彼らは顧客の所有するローランギャロスのVIP席に招かれて旨《うま》い肉をがつがつ食べて、にこやかに荒廃を育む。かつての姿は見る影もなく、全体の物腰の印象は、みな少なからずドミニク・ストロス＝カーンに似てしまっている。女たちは相変わらず美人だが、まぶたは厚ぼったく、睫毛はカンヌの古いホテルのひさしみたいだ。声はしわがれ、文字通り煙草で焼けている。かつてはレピュブリック広場とナシオンのあいだをデモ行進し、その後もつねに自分の善行に満足しながら生きている、そんな人々なのだ。彼らはただの一度だって、これまでの人生を清算したことがない。自分が若き日に署名入りで参加した革命的討論を紹介されるような場面でも、「私は間違っていました」とは言わず、色あせてしまった若き日の写真をうっとりと眺めながら、「若かったなあ。妥協がなかったなあ」と言う。鏡を突きつけてやっても、「自分は裏切り者だ」とは言わず、「いろいろ学んだんだ。仕事を通して、現実の感覚を身に着けたんだ」などと言いながら、いまや自分もその一員となった腹の出た大人たちを甘やかす。マルクは友人だが、友人の私の目から見ても、やはりそういう人種のひとりだと言わざるをえない。

おまえも同じじゃないかって？ 私は脱税の鬼になんかなっていない。私は能天気に日焼けなんかしていない。たしかに離婚するまでは、アニエスのおかげで、金銭面では苦労のない生活が送れた。それでも私は連中と同じじゃない。絶対に。違うと思う。

だって私は違うのだ。

私が「ファミリー」と手を切ったのは、彼らが約束を守らなかったからだ。私は情熱を捧《ささ》げたのに「ファミリー」はそれに報いてくれなかった。私は闘争に参加し、一九八六年の国会議員選挙の際、「助けて！ 人権を返して！」というポスターを貼った。いつだって私は真剣な場面で真剣な話をされれば、それに見合った態度で聴いたし、適当な場面で適当に皮肉の利いた冗談を言われれば、それに見合った態度で笑った。それなのに私は人生をしくじった。

「ファミリー」はマルクには報いてやった。彼には成功の扉を開いてやった。私にはなにもくれなかった。おそらく私は不器用で、要求の仕方が悪かった。マルクはまさに要求の名人だった。どんな場面にでも直感が働いた。はっきりこうしてくれとは頼まずして頼み、絶対に呼び鈴を押すことなく玄関の扉を開けさせる——かくして扉は必ず開き、彼は驚いて、そこを通ればよかった。入りたいなんて思ってなかったのに、結局は入れてしまう……まさに素晴らしい天賦の才能だった。天才助産師のごとく、他者に働きかけて、自分に都合よく動かすのだ。マルクは下品にもならず、媚《こ》びへつらったりもせずに、うまく他人を誘導して自分に有利な提案をさせた。そしてそれを人から指摘されることがあっても、下心を否定した。彼は自分の幸運に自分で驚いている――そして周りもそれを信じたがった。私にはできない芸当だ。私はなにも要求せず、ぎりぎりまで我慢して、しまいに爆発し、自分の報酬を寄越せと下品に求めるタイプだった。私は誰からも足を引っ張られたりしてないのだ。

教授資格試験を拒否したのも、バザロヴの件も、アルコール依存もある意味で全部自分のせいだった。しかし私は心のどこかで「ファミリー」のことを恨んでいる。連中は私を思ったほど遠くへ連れていってくれなかった。ローゼンバーグ本で大失敗したときだって守ってくれなかった。あのとき、SOSでいっしょに闘った友人たちは私のためにいっさい結束しなかった。実際、一斉に散り散りになって逃げだした。味方になってくれたのはマルクだけだった（かなりおずおずと、できるかぎり目立たぬようにではあったが）。私が「ファミリー」を恨めしく思うのは、彼らこそがローゼンバーグ事件を「儀礼的殺人」だの、現代のドレフュス事件だのと告発し、嘆願書やスローガンや権威ある言葉によって、私を間違った方へ誘導したからだ。もとをただせば私が道路脇に突っ込むことになったのは、「ファミリー」が原因なのに、連中はもはや私とともに賠償を払う立場にいなかった。謝罪する立場にいなかった。そして私は連中の代わりに、連中の立場に立って、連中の名前で、弁解をするはめになった。あいつらは絶対に謝らない。これが私が長い時間をかけて理解したことだった。「ファミリー」は絶対に謝らない。間違っているときですら、彼らはやっぱり正しいのだ。「アロンとともに正しくあるより、サルトルといっしょに間違えるほうがいい」超人たちがしのぎを削った時代、彼らはこう言った。「ファミリー」は五六年、ハンガリー動乱でソ連がブダペストを制圧したことを詫びなかった。自分たちのその継続的な頑迷さを詫びなかった。そしてこの先も絶対に謝らない。そしてそうしたすべてのせいで、私は醜く膨らんでいった。連中のお祭り騒ぎも、狂信も、尊大さも、宿命も、残酷劇も、幻影も、胸糞《むなくそ》が悪くなるようなサーカスも、冷酷さも、柔軟性も、もう、うんざりだった。私はますます歳を取り、疑り深くなった。次第に素朴だったり、明敏だったりする思考を好むようになった。私はローマ・カトリックへと改宗しながら社会主義を貫いたシャルル・ペギーを好きになった。そして熱狂的でごまかしのないその同胞愛や、船長みたいな顔に似合う人類愛、頑固で英雄的なこだわりを愛するようになった。そして私は敵を屈服させることを拒んだジェームズ・ボールドウィンと、その悲痛なリアリズムを好きになり、カミュと、敵対者の言い分に耳を傾けるその騎士精神を好きになった。気配りに溢《あふ》れるいにしえのアシュケナージの思想家たち、絶えず自らの欠点を改めるいにしえの思想家たち、臆病《おくびょう》で明晰な賢人、饒舌でない賢人、手探りで進む賢人たちを好きになった。裁きを行う賢人よりも、正確さを渇望する賢人に憧れた。そして、当然ロバート・ウィローに惹かれるようになった。

ジャンヌとレオニーとの夕食会の日取りが決まり、私はどんな犠牲を払ってもその会を実現させようと思った。キャンセルしたら、社会性喪失への引き返すことのできないプロセスに踏み出してしまう気がした。自分に冬眠傾向があるのはわかっている。憂鬱《ゆううつ》が溜まってくると、私はやたらとごろごろするようになる。九五年にローゼンバーグ本でこけたときは、二日間、ころがったまま、ものを言わず、食事もしなかった。ひとりでいたいからというより、強力な負の力の影響だった。それは心地よいもの――文学作品を読み漁《あさ》るといった――のふりをして、私に働きかけてきた。いずれにせよ私を転覆させようとする、破壊しようとする力にちがいなかった。

電話に出なくなるのが、引き籠《こ》もりの第二のステップだろう。これは自堕落で心地よいステップだ。いやなことを拒否しているうちに、好んで引き籠もるようになり、キャンセルは長引き、寡黙がひどくなる。こうなると、もうだめな人間になっていくのを止められない。その先にはだめな結末しか待っていない。私は抗不安薬を摑んでがぶ飲みし、ゴミ捨て場と化したアパルトマンに閉じ籠もり、前日と同じ食器で飲み食いし、バケツで用を足すようになる。ウィローのようにどこかに逃げ出すことができない私は、パリのアパルトマンの中で腐っていくだろう。ときおり流れてくる悪臭に耐えられなくなった隣人がパリの都市衛生局の職員を呼ぶ。ドアを叩かれても、私は返事をしない。そのあとはどうなる？　私を保護観察に置くべきだという判断がレオニーあるいはアニエスによって下される。委託を受けた専門医が私に「ディオゲネス症候群」と診断を下す。これは認知症で身なりにかまわなくなった老人を示す耳触りのよい慎《つつ》ましい病名である。私は特別な施設に強制収容され、アパルトマンの売却は信託会社にゆだねられ、銀行カード類は没収される。私は見てもいないテレビの前で誰ともしゃべらぬ日々を送る。ときどきレオニーがひとりで、孤独な老人を訪ねてくる――失禁したり、うつろなまなざしを浮かべる父親を見るのはつらく、彼女の訪問もしだいにまばらになっていく。

こうした負の連鎖は避けられない。まあ細部にはバリエーションがあるかもしれないが（私が夜中にパンツ一丁で高速道路を歩く可能性は排除できない。これだと施設に行かずに済むかもしれない）、大筋は似たり寄ったりだろう。こんな結末は、みんなを傷つける。私を、精神治療や強制措置の費用を助成せざるをえない役所を、兄弟姉妹で分け合うことができない。とりわけレオニーを傷つけるだろう。レオニーはときおりふいに罪悪感に襲われるだろう。あの子はとてもいい子だから、とても優しいから。こうした諸々の理由から、この夕食会の実施は重要だった。

＊

ゴミ屋敷に住むロスコフ爺さんというヴィジョンに、恐怖で打ちのめされた。私は一日、熱に浮かされたように家の中を片付けた。世界的に有名な日本人女性マリエ・コンドーの番組を見て、そのウィルスに感染してしまった。一九八四年東京生まれのマリエ・コンドーが片付けのコンサルタントになったのは弱冠十九歳のときだ。当時彼女はまだ学生だった。マリエ・コンドーはその電光石火のキャリアを通して、反直観的な、ずばり革命的とでも呼ぶべき整頓《せいとん》法を発展させた。

それは実にシンプルな確認から始まる。部屋ごとに、あるいは少しずつ片付けていく古典的整頓法では、どうしても各部屋に、くだらないもの（傷がついた額とか、穴の開いたパンツのような）が溜まってしまう。逆にコンマリ・メソッドは、カテゴリーごとにものを整理することを推奨する。その若い娘はとにかく段階にそって実践していくことを勧めてくる。まずは衣類から、三本柱（寄付する、売る、取っておく）を頼りに分別する。次に本、書類、雑多なもの（コモノ）、そして最後に感情的に価値のあるものを分別する。マリエ・コンドーは心に語りかけてくるものだけを残すように、もういう楽しい気持ちが湧いてこないものは捨てるようにと指導する。これが「スパークリング・ジョイ」というコンセプトだ。しかし、それらのものとお別れする前には、ひとつひとつの事物に感謝を込めてさよならをするステップがある。彼女はまるでご先祖様とか神様とかに敬意を払うように、きわめて日本的な儀式を通してそれをやる。

マリエ・コンドーは私が人生で出会ったもっとも輝かしい人物のひとりだ。彼女は、娘のレオニーや、たまたま私の気分にぴったりあっている人物、たとえばシスター・エマニュエルやアンジェラ・デイヴィスのような――つねにそれは女性たちだけど――と同じ表彰台の上にいる。

私はレオニーの登録コードで、ネットフリックスの「片付け術」を毎シーズン、拝むようにして観ている。片付けの女神は、次々とアメリカの家庭を訪問し、各家庭で彼女の有名なメソッドを実践する。まん丸な顔、幸せそうに笑う切れ長の目が、訪問した家々に幸せを振りまく。マリエ・コンドーは空から降ってくるメリー・ポピンズみたいに優雅に登場する。気品溢れるマリエ・コンドー。彼女は本当に優しくて、目の前の人間を裁いたりしない。しかしながら訪問先に反動的なオスがいて、キレられないとはかぎらない。やってきたコンマリに、連中がはしたなくブーイングをしたり、反射的フレーズ（まじか、くそっ、などなど）を漏らしたりすることだってあるかもしれない。連中はそろって物質主義的で、やたらものを溜め込む、ノイローゼ気味の、手の施しようのないアメリカ人なのだ。穢れのない、穏やかなマリエ・コンドーは、モノクロームのオリンポスから降臨する。彼女は睫《まつ》毛《げ》一本動かすことなく、カオスを整頓していく。コンマリは細やかな心遣いを発揮し、ついにはそのアメリカ人たちに、この変革の主役は自分自身なのだという意義を実感させる。

「マリエ・コンドーへのあなたの執着は、よくあるクソジジイの幻想よ」アニエスに言われた。

彼女はいつもの炯眼でこうした執着がどちらかといえば不健康であることを指摘した。

「不変の笑みを浮かべた日本女性の顔、がらんとした部屋、染みひとつない壁への執着、そういうものはすべて、全体主義的な想像の世界から湧いてくる。その後ろにあるのは、処女性や純粋さへの幻想、本当に不健康ななにかだわ。ついでに言うと、女性の値打ちを下げる妄想でもある。あなたがマリエ・コンドーを好きなのは、彼女が究極の主婦だからよ」

当然ながら、アニエスは間違っていない。私が検索エンジンに「マリエ・コンドー」と「裸の」というキーワードを打ち込んだのは事実だ。しかし、そこには同時にもっと根深いなにかがあった。六十を過ぎた私の同類の多くが、優しい笑顔を浮かべたアジア系の従順な女性を渇望している。彼らにとっては、そうした女性たちからの憐憫《れんびん》が、愛よりもっと堅実で、枯渇しないものに思えるのだ。マリエ・コンドーはまさしく世話を焼いてくれる女性、誰もが最後はこんな人に面倒を見てもらいたいと夢見る女性の姿をしている。私はコンマリが私を着替えさせたり、私が汚してしまった下着を洗うところを想像する。彼女は生来の優しさでもって、「あらまあ、お爺ちゃん、いい夢でも見たのかな?」なんて言いながら、事態から深刻な側面を取り除く。慈悲深い女性マリエ・コンドー。魂を看護するマリエ・コンドー。扉越しに彼女のたおやかで決然とした声が聴けるなら、どんな犠牲だって払える気がする。

「ここを開けて、ジャン」彼女は落ち着いた声で語りかけてくるだろう。「開けて、あなたの人生のお片付けを手伝いにきたわ」

代わりに、レオニーの声がした。「開けてよ、パパ、この呼び鈴、壊れてるよ」私は掛け金を外し、扉を開けた。レオニーの横にジャンヌが堅苦しく突っ立っている。その顔には後悔の笑みが張り付いている。この気の重い夕食会を避けられないか、少なくとも時間を短縮できないかと、彼女がレオニーに懇願している光景が浮かんだ。ジャンヌは無言でコート・デュ・ローヌのボトルを私に差し出した。

「ようこそ、我が隠遁《いんとん》の地へ！」私は熱を込めて声をかけた。

オッソブッコはまずまずの出来だった。仔牛《こうし》のすね肉の輪切りが文字通り口の中でとろける。会話は青息吐息というほどでもなかった――ときどき楽しい笑いが起こることすらあった。レオニーはきらきらしていた。ベイビーシャンブルズのTシャツに、スリムジーンズ、レペットの靴を合わせ、意外なくらいフェミニンな恰好をしている。たぶんジャンヌから、ブッチといえばこう、というような約束事から自由になるよう促されたのだろう。それはそれで悪くないと感じた。私はかねて娘が心から望んでトラックの運転手みたいな恰好をしているわけではなく、自分の性的アイデンティティを目に見える形で確立する手段として、目下しかたなくそういう恰好をしているのだろうと感じていた。あれはサルトル言うところの否定性の契機だったのだ。いまのレオニーはこのテーマのおだやかな表現方法を見つけたようだ。おそらくはもうカナディアンチェックのシャツにティンバーランドのトレッキングシューズを履く必要がなくなったのだろう。

私たちはファッツ・ウォーラーのアルバムをBGMにおしゃべりをした。レオニーが大型量販店企業の依頼で立ち上げたボディランゲージ研究チームの話が、なかなか味わい深かった。「あの企業はモロッコで数百万ユーロの契約を失ったんだよ。というのも、彼らの雇った仲介人が、交渉相手に靴底を見せるようにして足を組んだのが原因。マグレブには、このジェスチャーを侮辱的なしぐさと見《み》做《な》す国がいくつかあるんだよ」私はレオニーにいくつか質問をし、彼女の仕事を称《たた》えた。結局のところ、その仕事は思ったよりも中身のある面白い仕事なのかもしれない。ノンバーバル言語の解読は、戦略的ですらあるし、レオニーの習得した仕事には、人間を重視する企業の流れを変える可能性がある。

私は自分の本について書かれた記事のことを忘れた。今ならどんな人間も赦《ゆる》せそうだし、理解できそうだった。コート・デュ・ローヌの効果で、ジャンヌのガードも少し下がっていた。客観的に見て、私が支配的なオスならではのいかなるサインも出していないことは明らかだ。私はスティーヴン・セガールでも、リノ・ヴァンチュラでもない。娘から往年のイカレた女友達のように扱われ、私は喜んで割り振られた役に徹した。私はジャンヌという融通の利かない娘を好きになってきた。彼女はきっとものすごく苦労してきたにちがいない。彼女は無秩序の真ん中で、ラディカルなフェミニズムのスローガンにしがみついているのだ。誰がそんな彼女を責められるだろう？

デザートまで会話はこんなふうに軽快に転がっていった。私が鍋《なべ》敷きの上に、クレームブリュレの耐熱容器を三つ置いた時、ジャンヌが質問してきた。

「ところで、記事が出ましたよね？」

曖昧で、なにを考えているのかわからないまなざしだった。こいつは知っているんだ、と私は察した。取り繕っても無駄だな、と思った。場を真っ二つに割る深刻な話をするために、声をオクターブ下げなければならないことが悲しかった。まったく予想外に楽しい食事会だったのに。私はテーブルの上に鍋摑みを置いた。いいだろう、例のブログの記事の話を始めようじゃないか、文化の盗用の話をね。私はこのテーマについて、ひと晩かけていろんなものを読んだ。自分は武装できていると感じていた。いずれにせよ、十カ月前、〈ルネッサンス〉での私とはもうわけがちがうぞ、と思っていた。

「読んだんだね？　つまり、あのブログの記事をってことだけど」

「ええ、読みましたよ。たしかにね」

ジャンヌはふたたび融通の利かない、煩わしいアイオワのピューリタンになった。私の睾丸《こうがん》に剪定《せんてい》ばさみを当て、悦《よろこ》びに悶《もだ》えている。じっくり時間をかけて私をいたぶって喜んでいる。どうして、すぐさま裁きを下さないのだろう？　たぶんジャンヌは、その裁きを私自身に下させたいのだ。彼女は私にいま一度チャンスを与え、私が自分で自分の有罪判決を下すのを待っている。なぜなら、ただ罪を償うだけでは不十分であり、私自身がおのれに罰を与える執行者になる必要があるからだ。私は少し腹が立った。

「それなら、意見を聞かせてほしいな。きっと言いたいことがあるはずだよね？」

「聞かれたから、正直に言いますが、あなたは一から勉強する必要があると思います」

「一からって……？　でも、僕の本を読んだ？　少なくとも一回は読んだ？」

「あれは丁寧に書かれた記事でした。誰が読んでも、かなり的確なイメージが持てるように書かれていたと思います。よく聴いてくださいね。私はあなたが悪意を持ってあの本を書いたと言っているわけではありません。私はただ、あなたが、ひとりのアメリカ黒人を、不当に自分のものにしている、と言っているのです。これはわかりやすすぎるくらい顕著なケースです。あなたは、その人物を、彼がもともと所属するコミュニティから引き離している。何世紀にも亘《わた》って、あらゆる所有物を取り上げられてきたコミュニティからです。しかもこれはもっと深刻なケースですよ。あの書き方ではウィローはフランス人でなくてはならないし、なにより、黒人でありすぎてはいけないことになってしまう」

「待ってよ」レオニーが懇願した。「その話はもうしたよね。世代が違うんだって」

レオニーは顔を引きつらせていた。楽しみにしていた晩餐《ばんさん》が台無しになるのはこれで二度目だった。

「世代の違いではごまかせないの。それって、かつてポランスキーの擁護者が繰りかえしたセリフと同じだよね。一九七〇年代のことだから、いまの物差しでは語れないってあれ。よくあるごまかしの手口。でも私は、世代のせいにすることはできないと思う。犯しちゃいけない倫理規定というのがあると思う」

「それで、その規定はなにを命じるのかな?」私は口ごもった。すでにかなり酔っていた。それはどう見ても明らかだった。

「白人は黒人の人生を語ってはいけない。事実を捻《ね》じ曲げてしまうから」

ジャンヌは私の心の内を探っている。自分が丸腰で、いまにも傷つけられそうなのを感じた。彼女は私の瞳の奥をのぞき込み、とある世代が隠している恥部を追及している。何世紀にも亘る白人の家父長制度への報復として、私を血祭りに上げようとしている。実際ジャンヌの目に映る私は、しっかりその系譜に組み込まれているのだ。私は口を開こうとしたが、彼女に遮られた。

「自分が黒人恐怖症であるはずがないとか、言わないでください。私はあなたがたの世代をよく知っています。似たような左派の人たちが自分の正当性を振り回そうとしないでください。私はあなたがたの世代をよく知っています。人種差別を受けている同胞のために演説しようとマイクの前で押し合い圧《へ》し合いしながら、その同胞がみずから話したがっていることに思い至らないそういう白人をね。あなたがたは彼らが自身の言葉で自身のために話したがっているなんて、なんなら彼らがあなたがたの悪口を言うこともあるかもしれないなんて考えもしないんです。ええ、そうですよ。彼らは恩知らずです。彼らは自分で話したいし、おまけに恩を仇《あだ》で返すんです」

「それはきみが言っていることだろう。きみが言ったことを、さも私が言ったように言うのはやめてくれ」

「いいですか。かつて彼らは土地を奪われました。子供たちを奪われました。そしていま、あなたに、言葉を、アーティストを盗まれるんです。ああ、うっかりしていました。あなたは大学の先生でしたよね。これは切り札ですよ。大学のセンセイというのは。なにしろ、あなたから見れば、この世界には自由な男女しか存在しませんからね。わかってますよ、あのおためごかしを唱えるんでしょう。人類の福音、『人権』って言葉をね。ようするに、自分は白人の支配を別の方法で続けてるんです。なんというエネルギーでしょうね！　世界に向かって、自分は現実否定主義者なのだとアピールするため使うあなたがたのエネルギーときたら（膨大なエネルギーですよ、何百万の汗だくのシャツですから）！　それでいてあなたがたは一瞬だって自分の利益をあとまわしにできないんです。黒人も、アラブ人も、自分たちは黒人扱い、アラブ人扱いされていると、あなたがたに訴えているのに。彼らの言葉に耳を傾けることができないのですか？　どうして一瞬でもその口を閉じることができないのですか？　あなたですよ、あなたに言ってるんです。あなたとそのお仲間にね。それから、あなたがたの、そのしたり顔ですけど。いい気なものですよね。いまや闘争はあなたがた抜きで行われているというのに、あなたがたは勝手に自分たちの人種にがっかりし、やきもきし、泣き言を並べているんですからね」

私は唸《うな》るように言った。

「きみの話が正しければ、闘争は我々抜きで行われているのではなくて、我々に対して行われている、ということになる」

「もちろんです。それはあなたがたに対して行われています。なぜなら、あなたがたは日常的な圧制者だからです。レイシストではない、かもしれない。でもレイシズムを乗せて走る車なんです。レイシズムはあなたがたのおおげさな言葉、共和国、なんでも利用します。レイシズムはあなたがたの言葉に跨《また》って、移動し、伝播《でんぱ》していくのです。レイシズムはあなたがた共和主義者の原則にだって、軽々と跨ります！　そしてあなたにもね。意地悪で言ってるんじゃありません！　虐《いじ》めたいわけじゃないんです！

あなたがたは自分の行っている悪事には無頓着ですが、一方で、自分がそれをわざとやったのではないと証明することにはこだわります。つまり自分は罪悪感を感じる筋合いにないってことがひどく重要なことなんです。それが、あなたがたの最大の関心事というわけです。それって、人種差別に苦しんでいる人間になんの関係がありますか？　まあ、だから、あなたはやっぱりレイシストなんです。差別されている人々の苦しみ、普通の市民になることを夢見ても絶対にそれが叶《かな》わぬ人々の苦しみ、そういうものをあなたは無視している。それを吐きだす痰壺《たんつぼ》を握っているとき以外、そういう苦しみには利用価値がないんです」

「でも、共闘はできるんじゃない？」レオニーが思いきって言った。

目に涙を溜めている。

「共闘っていうのは、持ちつ持たれつってことであって、それ以上のものではない。私たちはマイノリティの側に立って闘う。でも、その人たちに成り代わって発言したりはしない。黒人嫌悪について語っていいのは、黒人だけなの」

「でも、細かいことを言うなら、あの記事がパパを非難してるのは、パパがそれを話さなかったからだよ」

「そう、それはもっと罪深いことになる。アイデンティティを強奪したことになるから」

性悪女は言葉の使いかたをよく心得ていた。場慣れしていた。手持ちの拷問具を使いこなし、器用に操作する。ひとつを使い終えると、また別の拷問具を手に取り、それぞれの特性を生かして獲物に的確に傷を与える。私はコーナーに追い詰められ、猟犬に詰め寄られた小鹿のように息も絶え絶えになっていた。反撃に出なければ。すっかり魅了されたクライアントの前で、台に載った鉛の兵隊を覆うガラスケースをなでながら、孫子を引用するマルクの声が聞こえてくる。「防御する者は、自分の力が十分でないことを示し、攻撃する者は自分の力が豊富であることを示す」反撃しかない。いちいち正当化していては埒《らち》があかない。この勝負、このままでは、スタミナ切れで私の負けだ。差別者に自覚されることのないシステミックなレイシズムという非難が、とりわけ胸に突き刺さる。このナイフは、いかなる場面でも切れ味鋭い。私は一気に勝負をひっくり返す必殺技を探したが、なにも浮かばなかった。私の脳はいかなるうまい展開も生み出せなかった。あるのは不当な目に遭っているという本能的な感覚だけだった。私は吐き捨てるように言った。

「きみらはファシストだ」

ジャンヌは真っ赤になって立ち上がった。彼女はレオニーの目を食い入るように見つめた。レオニーは黙って泣いていた。どちらが正しいかをめぐる悍《おぞ》ましい争いに心を引き裂かれていた。愛するふたりの人間がいがみあい、おまえはどちらにつくのだと迫ってくるのは、人生で二度目だった。ジャンヌはレオニーがなにか言うのを待っていた。恋人が自分の側（一族を向こうに回し、父親に対抗する女の同盟）につくのを待っていた。しかしレオニーの唇からはいかなる言葉も出てこなかった。ジャンヌは大急ぎで荷物をまとめ、玄関の扉を開けた。

「外で待ってる。五分だよ」彼女は一言ひとことをぶつけるように言った。

ドアが音を立てて閉まった。レオニーは取り乱していた。彼女の胸が不規則に上下する。私は両手で顔を挟んだ。へとへとだった。完全にしくじった。レオニーは、こんなひどい目に遭っていい子じやない。

「悪かった、レオニー。本当にすまない」

私は数秒待った。

「行きなさい。彼女と行くほうがいいと思う」

私は感情を抑えて、これだけ言った。数年前なら、いかにも哀れっぽく「可哀想なパパを置いていくといい。気にするな、ちょっと苦しむだけだから」などと余計なことを言ったかもしれない。これを機に、レオニーを苦しめるのをやめにしよう。もうこの子に究極の選択を迫ったり、この子にもよくわからない世界の出来事で振り回したりしてはいけない。

私はレオニーを玄関まで送り、すばやく頰にキスをした。レオニーは言われるまま帰っていった。呆然《ぼうぜん》とし、目が真っ赤だった。ジャンヌをファシスト呼ばわりするなんて、くだらないことをしたものだ！　あの攻撃性や過剰さのうしろに隠れている苦しみが見えないなんてどうかしている。三十も年上なのだから、私のほうが泰然と構えていなければならなかったのに。私はただ真実だけを話せばよかったのだ。しかし真実を語ろうとすれば、説明は手探りになり、長くなるに決まっている。それを黙って聴く忍耐力がジャンヌにあるとは思えない。そもそも彼女になにを話すのだ？　ウィローが私の心を奇妙な形で特別に揺さぶったことだろうか。なかでも「長い反乱の歌」がとりわけ私の心に響いたことだろうか。ウィローの取る離脱という行動が、彼の穏やかな決断力をよく示していることだろうか。そしてそれが私にはつねに欠けているものだということだろうか。ウィローは穏やかに隠遁した。癇癪《かんしゃく》を起こして飛びだしたのでも、逃げたのでもなく、ただシンプルに旅立った。その行動は、聖人とか、傑出した人物像を示すものではないが、おそらくなんらかの手本にはなるだろう。いずれにせよ最晩年のウィローのありようが、私の手本になっているのはたしかだ。そうだ。こんなふうに話してもいいかもしれない。不敬を承知で敢えて言わせてもらうがね、ジャンヌ、悪いが私はきみよりもウィローを理解していると思うよ。偉そうに言うつもりはないが、恥じらうつもりもない。だってウィローはきみのものじゃないんだから。

安全ピンの外れた手榴弾《しゅりゅうだん》が、草むらで冷えていく。鳥たちがさえずり、太陽が輝いている。みんな日陰で休んでいる。人生は美しい。一瞬のち、すべてが吹き飛ぶ。私は、自分の比較的のどかな暮らしがまもなく終わることをまだ知らなかった。通りにいる人々は誰も私のことなど知らず、私は毎日、住居と〈バルト〉を隔てる数メートルの距離を、不快になることなく行き来できていた。

私はレーダーに捕捉《ほそく》されることなく、無名の人として平和に暮らしていた。マルクの親友ヅラに少しうんざりしていた。アニエスの皮肉に傷つけられていた。レオニーの見返りを求めぬ優しさが少しばかり重かった。ジャンヌの敵意がこたえた。スポーツクラブの壊れた自動販売機に小銭をかすめ取られた。乗るたびウーバータクシーにカモにされ、非常識なくらい遠回りをされてチャージポイントをむしり取られていた。電車の中では、ほかの客の迷惑も顧みず、むっとする匂いをまき散らしながら茹で卵の皮を剝《む》くアホが許せなかった。たしかに日々にはちまちまとした侵害もあった。でもそれは人々のあいだで生きていく当たり前の代金のようなものだった。つまりそのくらいは、数えきれないほどの恩恵——近所のカフェやバー、最低限の社会、劇場や映画館、友好的な関係という慰め、意見交換、セックス——を受ける代わりに払って当然の代価だった。

私はなに不自由なく暮らす一個人だった。ときどき失望にも見舞われたが、乗り越えられないものではなかった。私はこの段階まで、のほほんと暮らしていた。おそらくは、それこそが、白人の特権だったのだ。

ジャンヌともめたあくる日、私はほとんど半日、ぬるま湯に浸かりながら、口数は少ないが行動力はある人々が登場するジャン＝パトリック・マンシェットの推理小説を読んで過ごした。アナーキストが人質を取ったり、治安部隊が農場に突入したり、ひそかに恋愛が展開したりする小説だった。この間（私はあとでそれを知った）、インターネット上では目に見えない力がフル稼働した。声の大きい匿名の発言者たちが、わらわらと〈顔長〉の記事の周りに集まってきた。暗闇に灯《とも》るキャンドルのように、無数の小さな良心がぽつりぽつり姿を現した。各人が感想を述べ、意見を言い、ほかの人間より目立とうと大声になる。さも教養があるみたいに、したり顔でにやにやしている連中がいるかと思えば、かんかんになって、満月みたいに目をひん剝き、息を詰まらせる連中もいる。また、恐ろしい神託を振りかざしたきり、二度と口を開かない者もいる。一件一件はたわいないが、最新のものほど、討論の終わりを予感させるような（より滑稽《こっけい》で、より狡猾で、より恐ろしい）ツイートが百件ばかり続いた。

戦闘を開始したのは、ウェブ上のルンペンたちだった。それは匿名で、自己満足な意見を垂れ流す、せっかちで怒りん坊の運動家だとか正義の裁き手たちだった。「このおっさんは都合のいいときだけ黒が見えなくなる」〈お馬さんパカパカ〉がせせら笑う。「いやいやいや相当深刻だよ。作家が黒人だってちゃんと言わないとか。おれらの一番の黒歴史の再来だよ」〈さあ痛くしてよジョニー〉が皮肉る。それを受けて〈デヴィル33〉が、子供が目を覆うＧＩＦ画像とともにこんなコメントをつける。

「合衆国でひとりの黒人が生きていく上で、人種隔離政策なんてたいしたエピソードではないと、おまえが切り捨てた瞬間の画像」。「ロスコフってまさに人間漂白剤ぢゃん草」と〈ハイレセラシエ皇帝〉が茶化す。喧嘩っ早い〈ストリートオブパナム〉が、ニューヨークの浮かれたヒッピーの写真を貼り、それに向かって侮辱的な文句を吐く。「先祖はブレストとマルチニックのあいだで三角貿易をやってたくせに、おまえは奴隷制度の歴史をシカトしやがる」。「三角貿易はナントとロシェルだよ、ブレスト巻き込むなバーカ」と〈ベイビーフェイス1944〉が間違いを指摘する。「人に説教する前にナントの綴《つづ》り間違えんなバーカ」そう言い返した〈ストリートオブパナム〉のコメントは、その後、管理人によって削除された。「パリっ子気取っちゃって、セーヌ、サン＝ドゥニのクソF2団地に住んでるの忘れたかったのかな~草」〈ベイビーフェイス1944〉が暴言を吐く。

ウェブ上のごろつきどもは、インターネットの薄暗い通りでつばぜり合いを繰り返す。侮辱的な言葉が飛び交う。偽名のうしろに隠れているから、抑制を緩めることに躊躇《ちゆうちよ》がない。連中は心ゆくまでそれに身を投じる。そこまで大胆になれぬ者は、サムズアップで我慢する——無知蒙昧《もうまい》の闇の中で旗のごとく「いいね」を振りかざす。つまりメッセージの向こう、「いいね」の向こうには、寡黙なインターネット民の集団、野次馬の集団がいるのである。それはリンチの現場写真に嬉《うれ》しげに写り込む破廉恥で愚かな群衆、処刑が公開されていた時代ならかならず見物に押し掛けたであろう群衆だ。彼らは読む以上のことはしないが、頭の中ではしっかり暴言を吐いているのである。

インターネットの力が動き出していた。つまりその記事をめぐって恨み、皮肉、嘲り、中傷、ヒステリー、意趣返しが、小さな建造物をつくりあげつつあった。少なからず集団で作品をつくっている自覚のある者たちは、バズの条件を整える努力をしていた。バーブラ・ストライサンド効果なんて関係なかった。反撃はするなというマルクの助言に文字どおり従って、私は沈黙していたのに、それは勝手に動き出した。火薬は十分に装填《そうてん》されており、着火装置もあった。あとはマッチが擦られるだけだった。つまり、なにかしらの事件、というか討論の局面を変えるようなきっかけがあればよかった。

*

私はニコルに献辞を添えた本を直接渡しにいく約束をしていた。そのついでにシンポジウムの詳細を詰められたらいいなと考えていた。スターリングラード通りに車が停められなかったので、教員用の駐車スペースを使わせてもらった。

B棟のエントランスに、後期の授業登録の手続きを行うテーブルがあり、その前に小さな行列ができていた。かわいらしい女子学生がひとりで、イスラエル排斥を呼びかけるチラシを配っている。「バザロヴに子孫がいやがる」と私は思った。歴史部へ向かう途中、階段で、いつも私に挨拶《あいさつ》してくれる例のニキビ面の学生運動家と会った。ぞんざいにぶつかってくるので、危うくこけそうになった。私は壁に張りつき、そのまま彼をやり過ごした。彼、どうかしたのかな？　廊下でロジェ・ダビウーに会った。大きなクラフト紙の包みを小脇に抱え、講義室の扉を閉めているところだった。彼は鼈甲《べっこう》フレームの眼鏡越しに私を一瞥《いちべつ》した。私はなるべく彼の痣《あざ》に目を留めないようにした。ダビウーの様子も少し変だった。私はニコルがどこにいるかを尋ねた。

「ニコルは会議中だよ。授業登録の」

「じゃあ、彼女に僕の本を渡してもらえる？　献辞入りの本を渡すって約束してたんだ。研究室に置いてってもいいんだけど」

ダビウーはコカインのパイプを差し出されたみたいに、じいっと本を見つめた。こういうこともあるだろうと思った。文学部の教授というのは、歴史部の人間に自分の縄張りを歩かれるのを死ぬほど嫌うものなのだ。ムラ社会の掟《おきて》、スノビズム、嫉妬《しっと》。フランスのお家芸だ。ダビウーは、そんなものを超越し、アラゴンの詩というスターリン主義的シュールレアリスムの世界に漂っているものだと思っていた。私は少しがっかりした。しかし、こんな無理解は簡単に一掃できる。というか私は本の売り込みイベントに彼が参加してくれるのを当てにしていた。

「ところで、ニコルからシンポジウムの話を聞いてないか？　きみにうってつけの役だと思うけど、どうかな？　きみにも本を一冊送るよ」

「ああ、聞いてる」ダビウーは嫌そうに認めた。「あまりパリ第八大学向きのテーマじゃないと思うけど、きみのあれはさ。ニコルとよく相談することだ」

ダビウーは階段に消えていった。なにがあったんだろう？　なぜパリ第八大学にふさわしくないんだろう？　なにより全方位に門戸を開こうとするのが、この大学の精神じゃないか。当然、ロバート・ウィローにだって軒を貸せるはずだ。少し風変わりな随筆、ジャンル分けしにくいアーティスト、一貫性のない作品群、どの要素からみても、因習打破主義者だった創立者たちの魂が息づくこの学舎以上に、彼にぴったりな居場所はないと思える。私は来た道を帰りながらニコルに電話をかけた。

「きみ宛てに献辞入りの本を置いてきたよ」

彼女はもぐもぐ礼を言った。どうやら困っているみたいだった。いったいどうしたっていうんだ、みんなして？　あれこれ事情を聞く。ニコルは、コンピュータのサーバーがバグって、授業登録作業がしっちゃかめっちゃかになったのだと文句を言った。私は話のとっかかりを摑んだ。

「それで、くだんのシンポジウムはうまく組み込めた？」

「その話なんだけどね、ジャン。ビラが配られたの。学生組合の坊やがいるでしょ、彼がやけに熱心でね。ネットに上がってるあなたを批判するツイートのことで大騒ぎしてるの。わかるでしょ、この手の話は秒単位で噂になるから。由々しき問題なのよね。移民を追い出したがってる学長、錯綜《さくそう》する授業登録作業、めちゃくちゃ熱くなってる学生組合。もう一触即発。面倒なことになりそうよ、ジャン」

第五章
ありがとう、プゼさん

一九九五年はアルコール依存記念の年だ。テレビでは、かの変人ジャック・シラクが骸骨《がいこつ》みたいなひょろ長い脚で演壇をうろうろしながら、みんな林檎《りんご》を食べようと誘っていた［九五年フランス大統領選をめぐるテレビ出演での発言］。対抗馬のバラデュールはとりまきに囲まれ、お山の大将みたいにむすっとしていた。私は林檎なんて食べなかった。授業が終わるとビールを飲んだ。連れのいるときもあったが、次第にひとりで飲むようになった。この年、ローゼンバーグ本でこけて以降、私は本物の酒飲みになった。もともと酒好きではあった。しかし九五年、アルコールとのつきあいは日常となり、次第に度を越すようになった。

当然ながら、私が今話している飲酒は、ルー・バセ＝デュトネールが出版する本で人々が理解するものとは違う。飲酒を無造作で渋い感じのものと見做《みな》す美の基準を決めたのは、生まれてこのかた一滴の酒も飲んだことがない連中だ。連中は大酒飲みといえばアーネスト・ヘミングウェイのかっこいい姿を思い浮かべる――火薬の匂いがするグラス、豪華なホテルのバーにも負けない品揃えのサイドテーブル、美しい角瓶を愛で、しかつめらしくシルクのガウン姿で散歩をし、とりわけひとつの酒（イギリス人が好きな蒸留酒）にこだわりを持つ大酒飲みである。実際、彼は体面を重んじる。もっと言うなら、酒を飲む自分の姿を気にする大酒飲みだ。正直、私はそういうタイプではない。私は自分の姿を気にしない。台所のスツールの上でぐでんぐでんになるタイプだ。私はすでにボンベイ・サファイア（安くはないがその分旨《うま》いジン）のボトルを家に常備するようになっていた。とはいえ私は酒ならなんでも飲んだ。なかでもビールをよく飲み、とりわけ1664がお気に入りだった。

ビールは好きだ。気軽にはめが外せてよい。誰もがそれを深く考えることなく、タクシーを呼び止めるように注文する。とりあえず、ナマ！　そして会話の続きを始める。たかがビール一杯。のびのびしたムードは保たれる。しかし心の中ではひたすらにビールが運ばれてくるのを待っている。烈しい欠乏感が襲ってくる。洗練された感覚とはちがう。まさに心に深い穴が空いた感じ。一度味をしめた人間はまた飲む。抗しがたい命題だ。ビールが到着する。香りを嗅《か》ぐやつなんていない。難しい顔もしない。味わったりもしない。みんなそれをあっさりと飲み干す。ビールはけっしてこちらをがっかりさせない。ちょうど探していたものを受け取る。爽快《そうかい》感、湿った麦の味、景気づけの酒精。ビールはもったいぶって秘密を抱えたりしていない。ビールは見たままのものをくれる。人間工学的な紡錘形の容器に入った金色の冷たいもの。グラスをくるくるまわすマニアはいない。誰も注釈をつけない。手のひらに冷たい結露を感じたくてグラスを握る。

二杯目を飲む。かすかな弛緩《しかん》がある。緊張がほどける。場を掌握している気分になる。突然、事物がはっきりしてくる。事物と人々の輪郭がくっきり浮き上がってくる。それぞれの色みが暖かくなる。極端にではない。ほんの少しだ。人が恋しくなる。知らない人に話しかける。あるいは心地よいけだるさに包まれてひとりのままでいる。葛藤《かっとう》の時間が来る。たぶん引き揚げるべきだ。力を振り絞ろうとする。周囲を見回し、誰かの視線にすがろうとする。ひとりだ。そしてぞっとするくらい自由だ。せいの、で身を引き剝《は》がし、走り去るべきなのだ。自分の内に逃げ込むほうを選んでしまう。もう一杯注文する。三杯、四杯、五杯、六杯。このあたりから、もうダメダメだ。山ほどの言い訳を探す。

泣きそうになる。七杯、八杯。きわめて穏やかにろくでなしになる。臭い息を吐くずだ袋になる。私が引き揚げるのは店が閉店してからだ。完全にぼろぼろになっている。アニエスは全部お見通しだ。彼女は決して騙《だま》されない。

「ちょっとカフェに寄って原稿を直してたんだ」私はコートを掛けるハンガーを見つめながら、ぶつぶつ言う。

「ビール臭いわよ、ジャン」

ある日を境に、葛藤さえなくなる。なんの躊躇《ちゅうちょ》もなくお代わりをするようになる。帰宅の際に、嘘さえつかなくなる。そしてリビングのソファーに寝るのが日常になる。

*

二十五年後、私はまた同じありさまに落ちている。流れ着いたのは、小さな立ち飲みバー〈ル・リ・バトー〉。ここが新しい舞台だ。とにかく私の心はすっかりバランスを失っており、一刻も早く、このおんぼろ舟を安全に錨《いかり》の下ろせるまともな港に着ける必要があった。〈バルト〉は閉まっていた。シャッターに「行政命令により休店」と張り紙がしてあった。隣のパン屋に事情を訊《き》いた。女将《おかみ》は肩をすくめて「税務署の監査が入ってね……あそこ、給仕の三分の一しか申告してなかったから……」

私は少し驚いた。いつも店主のRは、賃金の支払いや諸経費のために自ら犠牲になって死ぬキリストみたいな顔をしていたからだ。彼はその話になると愚痴が止まらなかった。「十ユーロで人を雇うと、そいつには二十経費が掛かる」とわかりやすい例を挙げながら、いまは迂闊《うかつ》に人が雇えないのだと言っていた。労働法をまじめに守っているせいで、店は潰《つぶ》れかねないという話だったが。パン屋の女将によると、彼はまったく反省していないということだった。

そんなわけで私は〈バルト〉の最寄りのバーに入った。無愛想にビールを出す店だ。私は一杯飲み、三杯飲み、七杯飲んだ。とりあえず私ひとりではなかった。天井のライトが壁にぼんやりとした影を広げている。店の大将（愛想のない無口なアジア系の男）がビールサーバーの後ろでせっせと働いている。若い男がレジ台に立っている。おそらく息子だろう。腐っても高等師範学校出の私は理屈っぽく考える。私は長年の観察から、パリのカフェやビストロ、そこにおけるしきたりが、そこで給仕をする人間の人格をつくりあげるという結論に達している。こうした場所でお目にかかるのは決まって、いかめしく、無愛想な、先祖から猜疑心《さいぎしん》を受け継いだ、いかにもというタイプの人間だ。長らく、こうした気質はオーヴェルニュ人ならではの気質、バーカウンターの向こうをしきっている石炭商人たちの気質だろうと信じられていた。その後、一九五〇年代ごろから、これとまったく同じ気質が、少なくともパリ東部でオーヴェルニュ人と入れ替わりにカフェを経営するようになったカビリー人にも見られるようになった。二〇一〇年代に入り、今度は中国人が、業界の新しい主役として、全力でこの商売の基盤を立て直した。役者は変わったが、不可解なまでに警戒心が強い、という業界ならではの接客姿勢は変わらなかった。ぎりぎり常連になら優しくしてやってもいい。彼らはゆっくり時間をかけて店に馴染《なじ》み、家具の一部になっている。しかし新参者は敵だ。もめごとを起こすかもしれない。クレジットカードが使えるかと聞いてくるかもしれない。あるいはメニューにないものを注文してくるかもしれない。

私は空いたグラスをカウンターに押し出した。店主が先手を取る。

「お代わりですか?」

「ああ頼む。ぎりぎりまで注がないでくれ」

「メイ、注いで差し上げろ」

店を買って、アニエスとレオニーと三人で切り盛りする楽しい人生もあったかもしれないなあと考える。家族で力を合わせて働くなんて、素晴らしいことだ。共同体というのは、非常に壊れやすい構造物だが、唯一、家族という核だけは、固い絆《きずな》で結ばれ得る。きっと日々、家族に叱咤《しった》激励されることで、不可能を可能にする力が湧いてくるのだろう。私は毎朝、夜明け前から起き出して、配達人を迎え、洗剤で床を磨く。私はレオニーに、トラックを車庫に入れたり、手押し車を押したり、リフトを操作したり、私の知っていることをすべておしえる。給仕に行くのにアニエスのうしろを通るときは、首筋にキスをする。陶芸を生業にする道もある。ルー・バセ＝デュトネールが出す本に出てくる人々が、素材へのこだわりが高じて窯を買いたがる気持ちがだんだん私にもわかってきた。人の世を離れ、土と向き合って話がしたいのだろう。

私はニコルとのやりとりで受けたショックを引きずっていた。

「シンポジウムはキャンセルになった、学長命令でね」と彼女は言った。ニコルの話では、学生組合連合の例の若者にはネット上に多くのフォロワーがいるのだという。彼の方もたくさんの人間をフォローしているらしい。彼はたまたま悪口コメントと、〈顔長〉の記事に出くわした。彼はそこで私の名前を見つけた。同じタイミングで、学部のサイトにシンポジウムの告知が出た。ファビアン・ル・グエンという名のその若い活動家は、峻厳《しゅんげん》で熱狂的で、なにごともなあなあにしない青年だった。彼は行動を開始した。ほかの組合員も追随した。おそらく、彼は本を読んでいない。でも「問題はそこじゃないの」とニコルは言った。

「それで、ニコル？　きみの感想は？」

私は彼女の個人的な感想が聴きたかった。それこそ「問題はそこじゃないの」だった。ニコルは当然、インターネット上の人間狩りを、恐ろしいものだと考えていた。ニコルは私と同年代だ。彼女はホイットニー・ヒューストンのスローバラードでダンスをし、チェルノブイリ原発事故をテレビニュースで知った世代だ。彼女は私と同様に、完全に昔の人間だ。しかし新しい現実もきちんと肝に銘じておく必要があるのだ。

「私の感想は決まってる。もちろん、いい本だよ、あなたの本は」

「それならなんで？　きみにも発言権があるじゃないか！　きみにしろ、学部長にしろ。大人なんだから」

「講演を中止しなければ、活動家の連中が講義室を封鎖するでしょうね」

なにからなにまでが嫌な感じだった。用を足そうと立ち上がった時、私の iPhone6 が好戦的なスズメバチみたいにぶうんと唸《うな》った。画面に通知が数件浮かび上がった。

昨日の夕食会用にレオニーがつくったワッツアップのグループからジャンヌが退会したという通知。

「南アフリカの海岸沖でナガスクジラを貪《むさぼ》る白いサメの姿が撮影される」ヤフーニュース。

「『ミート・マイ・ステップマザー』の勝者、元伴侶を許す」バズフィード。

「パリ第八大学で講演会ボイコット。映画プロデューサーのジル・プゼ氏『これは知的テロリズムだ』とコメント」フィガロヴォックス。

ケータイがたけり狂ったように鳴り始めた。知らない番号だった。私はそれを引っ摑《つか》み、やたらめったらに画面を叩いて、オプション機能を半ダースほど起こし、ようやく消音モードを発見した。

プゼという男には十五年ほど前にモンペリエで会ったことがあるが、どういう形であれ私の本『エタンプの預言者』および詩人のロバート・ウィローが、あんな太っちょビジネスマンと結びつくとは、考えにくかった。自然の摂理に背いている。かあっと体温が上がり、気分が悪くなってきた。その男とは、オクシタニー地方とモンペリエのポール・ヴァレリー大学が共同開催した、戦後アメリカ映画における冷戦の所産についてのシンポジウムで会った。地元の年金生活者だとか、すっかり髪の白くなった文書係、窓際で書類を整理しているような役人が集まる、よくあるイベントのたぐいだ。私は、実際シンポジウムのテーマにはほとんど関係ない地元の推理小説家と対談をし、流れで、食事会に出るはめになった。私に用意された席は、モンペリエ町の助役、というより地元の文化的パトロンとしてそこに招待されている、かの大金持ちの隣だった。

ジル・プゼは、超娯楽大作（『トンマな男』シリーズ1、2、3。『万歳奥さん！』『完全に酔っぱらいました』）のプロデュースで知られるフランス映画界のミダス王だ。コメンテーターを担当する人気ラジオ番組『頭でっかち集まれ』［RTL局月曜から金曜までの午後の帯番組］では、「国民をうんざりさせるのをやめる」べきだ、という主旨のプジャード節をきわめて効果的に垂れ流している。彼は、粗野で無邪気だった初代プジャード主義者の次の世代にあたる。おかげで彼は広く人気があった（うちの父などは本物の信者だった)。

そのテーブルで私は一時間半、その太っちょの男が鶏肉とアミカサダケのプーレットソースがけのレシピについて語るのを聴いた。とにかく彼はその日のテーマに興味を示すふりすら見せず、スタンリー・キューブリックとハワード・ホークスを華麗に無視した。こういう席で市議会議員や文化事業のパトロンがしたがる文化予算の話もしなかった。彼はそんな話より、最近自分が買い取ったエキュソン街の一つ星レストランで味わえるプーレットソースの話がしたかった。食通なら、あれを知らないでいてはいけない、と彼は言った。そういう話を、手際よくゴマ入りのパンで、タコ料理の皿に残ったソースをぬぐい取りながら言った。まあ、感じの悪いやつじゃなかった、と思う。あの食事会にはわりと愉快な思い出が残っている。とはいえ、プゼがこちらに助け舟を出そうとしていると知り、のほほんとしてもいられなかった。いったい全体、プーレットソースのプゼがなにしにこの局面にしゃしゃり出てきたんだろう? 私は両手で頭を抱え、目をしばたたいた。考えを巡らせながら、八枚集まったビールのコースターを丹念に破いた。

「ここは裁断工房じゃないっつうの」店主が私に聴こえるように言った。

私は黙っていた。姿見に映る自分を見た。蠟《ろう》みたいな顔色だ。まるで死にかけの人間のそれだった。ゆうに七十越えた爺《じい》さんに見える。しかしいまさら悔いてもしかたがない。私は過去にいくつかの過ちを犯し、罰を受けた。それを不当な運命だと嘆くことはできなかった。それは自分の一貫性のなさ、自己中心主義、怠惰の報いだった。しかし、このたびの試練はそれとは別口だ。この試練は不当だ。他人におもちゃにされたり、無関係なフラストレーションの捌《は》け口にされていいわけがない。私はなにもやってない。

＊

「これは知的テロリズムだ」私は唸った。

大声が出ていた。店主が私を怪訝《けげん》な目で見た。ひとりごとを言う酔っ払いなんて、おれの客じゃない、こんなんじゃなくって、そこそこ購買力があり、そこそこチップをはずんでくれる層を客にしたいのにな、と思っている。私は「これは知的テロリズムだ」と繰り返しながら、この無実の訴えを受けとめてくれる度量のある人間と目が合わないかと周囲を見回す。

「くそったれ知的テロリズム、ほんとそれだ」

それはプゼがツイートで使った言葉だった。私は何度もそれを口に出して言った。耳触りがよかった。それが他人の口から出た言葉であり、自分だけがそう考えているのではないとわかってほっとした。不当な目に遭っているというこの感覚が、すぐに被害者ぶる私の悪い癖からきた錯覚ではないとわかるのもよかった。

私はプゼという人間を再検討した。そのビジネスマン兼コメンテーターが、厄介な支援者であることは確かだ。しかし少なくとも、彼は私を擁護する声明を出した。競技場に降りてきて、私の震える肩にその分厚い手を乗せてくれた。「知的テロリズム」という、残虐なグループを描写するのにぴったりの表現を見つけてくれた。

私はふたたびケータイを開き、ポラン・ミシェルからのＳＭＳのメッセージを読むともなしに読んだ。「警戒しろ」「冷静に行動しろ」という趣旨のことが書いてあった。ようするに、気休めであり「なにもするんじゃないぞ」という新たな勧告だった。私はそれを知らない人間からのメッセージを読むみたいに、ざっと読んだが、べろべろに酔っていたのでふたつの言葉しか頭に残らなかった。ちなみにそのふたつは「ジャーナリスト」と「リアクション」であり、要するに、私のリアクションを取材したがっているジャーナリストがいるらしかった。私は、すぐさまポランに電話をかけたくなる自分を抑え、グリンベルゲンを二リットルも飲んでべろべろになった思考が暴走しないよう、メッセージを削除した。馬鹿なことをしてはいけない。とにかく取り返しのつかないことをしてはいけないのだ。

それから私は恐る恐るプゼのインタビューを開き、それを読んだ。今度はなるべく真面目に読もうと、がんばって読んだ。涙が出るほどありがたい内容だった。ついに私は自分の弁護士を見つけた。自ら盾になって、ひどい悪口から私を守ってくれる人間、燃え盛る炎にも立ち向かっていける男を見つけた。それはマルクでもポラン・ミシェルでもなかった。自分の影にさえ怯《おび》える臆病《おくびょう》者のふたりは、インターネットという巨大な機械の前で固まったまま、私が八つ裂きにされるのを黙って見ている。

プゼは、コンクリートブロックを組んでいくみたいに、大仰な重量のある言葉を置いていく。知的ファシズム、裏工作、モスクワ裁判、表現の自由の話、「私たちはみなジャン・ロスコフだ」と言い、「ジャン・ロスコフは多感な人間であり、慎重な大学教師だ」と言い、「フランスの大学を輝かせるあの才気あふれる人々のひとりだ」と言う。プゼは私と食事を共にした話をし、私が真心のある人物だった（!）と語る。もう何年も、もしかしたら何十年も耳にしていない言葉ばかりだった。

私は九杯目を注文した。すっかり日が落ちていた。店主は椅子の片付けを始めていた。あと十分で閉店ですが、と店主は冷たく言った。それだけあれば飲める、と私は返した。私はビールを一気に飲み干した。プゼに、モンペリエと、その町の助役に乾杯した。プゼは私の味方だ。昼食の心地よい思い出が甦《よみがえ》ってくる。おそらくそれは私が作り出した思い出であって、新たな解釈が入ってしまっているかもしれない。なんにせよ、規格外のいいやつだ。オック地方の皇帝なのだ。そして、そういう人間を、パリの常識に照らし合わせて、厳密に評価しようとするのは間違っている。

私はレオニーが私のためにツイッターのアカウントをつくってくれたことを思い出した。同じときにログイン用コードを書いた小さなメモ用紙も渡され、畳んで財布にしまったんだった。私はそのメモを取り出し、ツイッターのページを開いた。ケータイがひどく奇妙な物体であるかのように、顔の数センチ前に寄せ、指を垂直にして、白内障でよく見えないキーボードを押す。早く手術を受けないといけない。とりあえずレオニーに頼んで、大きな文字で見やすい年寄り向けのキーボードを設定してもらおう。その後私はようやく自分のアカウントJEANROSCOFFにログインした。アイコンに写真は付けていない。娘が書いてくれた手引きを頼りに、プゼのツイートを見つけた。十二万七千五百七回リツイートされている。私もそこに初めてのツイートをする。返信にはシンプルに「ありがとう、プゼさん」と書いた。それにレオニーがよく送ってくる絵文字、にこにこマークを付けたくて探したが、あまりに酔っぱらっていて見つけられなかった。しかたなく三つか四つサムズアップを並べておいた。

翌朝、たけり狂う呼び鈴で目が覚めた。ポラン・ミシェルがアパルトマンに飛び込んできた。手のひらを擦り合わせながら、汚れた食器のあいだに自分のフランネルのジャケットを置く場所を探した。たしかにうちはいつもだらしなく食べかけの皿が放置してあるような家ではある。ポラン・ミシェルは私がなかなか捕まえらないと文句を言った。こういうときに連絡が取れないとかありえないぞ、と彼はぶつぶつ言った。私はこめかみをマッサージした。頭がどろどろに溶解している。息があがる。

ポラン・ミシェルの泣き言は延々と続く。

「プゼは、まずい、まずいんだって。きみに必要な支援者じゃない。ヤバいものになりつつあるぜ、あれは。やつのツイートはウィルスになりつつある」

「大げさだな。あの大酒飲みの下ネタ好きのプロデューサーはさ、色好きのおっさんではあっても、そんな恐ろしいウィルスじゃない」

かっと体が熱くなる。昨日の酒が汗となって、ぽたりぽたり落ちる。ポラン・ミシェルが爆発する。

「どこの世界の話だい？　やつは最近、国民連合［フランスの極右政党。旧党名は国民戦線］に入党したんだぜ」

絶句した。

「そもそも、なんで、やつなんかと知り合いなんだ？」

ポラン・ミシェルがこちらを訝《いぶか》る。彼もまたかつては左翼運動に参加していた口だった。

「しょぼいシンポジウムで一回食事しただけだ。十五年も二十年も前の話だ。当時のやつはシラクの応援団とか、せいぜいが、そんなもんだった」

次第に、抜き差しならない罠《わな》にはまり、都合よく転がされている自分が見えてきた。どうやら恐ろしい勘違いをしていた。すでに自分が収拾のつきそうにない早とちりをしたことはわかった。いま罠の形状がはっきり見えた。緻密《ちみつ》な屁理屈《へりくつ》を正確にこねる連中が偽りの三段論法を振り回す準備は整っている。「すべての猫は死んでいる。ソクラテスは死んでいる。したがってソクラテスは猫だ」なんて三段論法は本来、馬鹿しか使わない。しかしいま、その馬鹿が軍勢をなしている。というか、連中はただの馬鹿ではなく、むやみに人と喧嘩《けんか》したがる馬鹿なのだ。そして喧嘩がしたくてたまらない人間が、推定無罪なんて考慮するわけがない、とマルクなら言うだろう。だからそういう人間の答えは即座に導きだされる。プゼは国民連合に入党した、プゼはジャン・ロスコフを擁護した、したがってジャン・ロスコフは国民連合に近い存在だ、とこんな具合に。

終わったな、と思った。呆然《ぼうぜん》としていた。あの馬鹿、なんでしゃしゃり出てきたんだ？　あんなやつの助けをおれが必要としたか？　おれはアラブ人のために行進したんだぞ、と私は真言を唱えるみたいに繰り返した。一九八三年十二月三日、パリで。そしてそれからコンコルド広場のコンサートにも参加した。コリューシュがいて、シモーヌ・シニョレがいて。

ポラン・ミシェルは持っていたジャケットを、やむを得ず、窓の取っ手に掛けた。

「ポジティブな要素もあるって考えよう。前にプロモーション用にSNSのアカウントをつくれって、きみに言っただろ。幸い、きみは言うことを聞いてくれなかった。ほんとによかったよ。これはほんっとにひどい世界だ。だろ」

「ひとつツイートした。ほんの短いものだけど」

彼は目を閉じ、人差し指と親指で鼻の先をつまんだ。この男が猛烈な虚脱に襲われたのは明らかだった。もし彼が教養のない男だったら、私はぶん殴られていたと思う。

「ああ、まじか」

自分が手のかかる多型倒錯の坊やになったような気がした。アニエスや、ポラン・ミシェル、ミシェル・フーコーそっくりなカウンセラー、みんなから行動が予測できない、なんでもかみ砕いて説明してやらなければならない子供のように扱われている。私は逆ギレした。

「ノータリンを相手にするみたいな口の利き方はやめてくれ。僕を守るのは、きみの役目だろう。きみは僕の編集者なんだから。僕を野戦場に置いてったのは、きみだろ。きみがびびって口を開かないから、僕が開いた。そして、こういう事態になった」

「きみのアカウントのコードをおしえてくれ」

ポラン・ミシェルは機械みたいな声でしゃべった。私は彼にその小さなメモを渡した。彼は自分のケータイをいじって、数秒間探索した。その間、一度、似合わない悪態を吐いた。彼は画面を私に見せた。

「見ろ、きみのツイートだ。千二百三十七回リツイートされている。きみのツイートはアカウントごとすぐに削除する。コーヒーでも飲んで、ひと息入れよう」

後戻りできる段階は過ぎていた。展開があまりにも早かった。状況は私の手からすり抜けていった。完全にコントロール不能となった。もう私にはなにも手出しができなかった。そもそもこの事件の中で、なにかをコントロールできている人間なんていなかった。攻撃を止めさせることは誰にもできなかった。それは無差別な暴力からもたらされたものであり、持ち主が特定できる意図が反映されたものではなかった。ふたたびクレイモア号でストッパーが外れて暴れまわる大砲が思い浮かんだ。冷酷無比な殺人兵器と化したその魂のない物体が、防壁を突き破り、荒波に揺られて、こちらの舷《げん》からあちらの舷へと暴れまわっている。

第六章
逃げるのも勇気！

　数日のあいだ田舎で事の行方を静観することになった。ポラン・ミシェルのアイデアだった。しぶしぶ我々の法的アドバイザーとなったマルクもそれに賛成した。逃げるのも勇気！　がそのへっぽこ編集者のモットーらしい。記者会見はかならず二十四時間以内に開くから、とポランはなんとか私を宥めた。私はほんの少し落ち着きを取り戻し、トヨタ・プリウスのアクセルを踏んだ。ピストンとクランク軸が複雑に働きあって、もの柔らかな声を上げる。私はきわめて冷静によどみない操作でガレージから車を出し、公道に入った。子供がふたり、サッカーの試合を中断して私を見ていた。私は窓を開けた。驚くほど快調だ。この調子で飛ばしていけば、すぐにパレ＝ル＝モニアルが見えてくるだろう。そうすれば、もうブリヨネ地方だ。

　マルクはしぶしぶ私にサン＝ジュリアン＝ド＝ジョンジーの別荘を貸してくれた。彼がこの一件にあまり深入りしたくないのは、よくわかった。私はヴィッサンの鍵《かぎ》を借りられるものだと思っていたが、マルクとポラン・ミシェルのあいだにちょっとした密談があったのだと思う。私がそのふたりから全然信用されてないのは明らかだった。きっとヴィッサンに〈バリエール〉系カジノや数多くの酒場が存在することが問題視されたのだろう。最終的にそう納得したが、いまはそれも違うかなと思う。

たぶんマルクには、ふたりの友情が少し減退したことを示すつもりもあったのだ。あるいは彼の妻の入れ知恵かもしれない。私に人目に付かないところに隠れていてほしくもあったのだろう。マルクは私がむら気を起こすのを危惧《きぐ》していた。ジャーナリストが浜辺で、そこそこに酔っぱらった私を発見し、質問攻めにして問題が自分に飛び火するのを危惧していた。酒のことになると、いかなる仮定も排除できない。私は軽口を叩《たた》いた。

「偉大な進歩主義者にはかならず、腐れ縁の悪魔的な友人がいるんだよ、マルク。おれはおまえのルネ・ブスケ［第二次世界大戦中、警察長官としてユダヤ人一斉検挙を指揮し、多くのユダヤ人を強制収容所送りにした。一時は政界への出馬も目指したが、一九七八年に過去が暴露され失脚。九一年に起訴されている。のちに暗殺された。ミッテランは彼との交友関係から批判と疑念に晒された］になりそうだ」

マルクはぎこちなく微笑んだ。それで私は実際彼に、あまり深くつきあってはいけない厄介な友人と見做《みな》されているのだと気がついた。マルクも最後には鍵を貸してくれ、私はそれを彼の事務所まで取りにいった。マルクにひと言礼を言って帰りたいので手すきなら呼んでくれと秘書に頼んだが、「打ち合わせのため外出中」だと言われた。外に出ると、彼のBMWのスクーターが、障がい者用駐車スペースに停まっていることに気がついた。

私はハンドルをしっかりと握り、いったん全部忘れようと自分に命じた。ただ逃げる、というポラン・ミシェルのメソッドには長所がある。私は心を静め、車を走らせる。無駄のない熟練したハンドル捌《さば》きで、気持ちを走りに乗せる。そうだ。私はこのトヨタ・プリウスの持ち主であり運転手だ。他人の思惑なんて知ったことか。なるほどジャンヌは正しいのかもしれない。私は愚かな白人異性愛者であり、モーリス・バレスの小説に出てくるみたいな縦社会とか勢力関係だとかが大好物のオス、不公平な暴力的社会が残していった大昔のクズなのかもしれない。だからどうした？　私はA77号線に入った。すぐにボース平野に入る。左右どちらの麦畑にも、風力タービンが果てしなく連なっている。ボースの風景は、シャルル・ペギーがその詩に詠んだ頃からたしかに様変わりしている。

　海の星よ、ここには重厚な広がりがある
　深い波と麦の海がある
　　揺れ動く泡があり、たっぷりと満たされた倉がある
　　この広がるマントの上に注がれたあなたのまなざしがある。

　ペギーは「我らが青春」を書いた当時、そこに将来、風力タービンの荘厳な森が繁茂するなんて予想しなかったに違いない。もし予想していたら、こうした巨大発電機、洗練されたデザインの現代の華を、その詩に読み込まなかったはずがない。それにペギーならいかにも、そこにサタンの所業を見《み》出《いだ》しそうだ。どう考えてもペギーなら、愛するボースの地が風力タービンのプランテーションによって凌辱《りようじよく》されるのを見て、いにしえの剣を持ち、狩猟ホルンの音に乗って、風車に突進していきそうだ。私はアクセルを踏み込む。ムクドリの大群が、巨大なモンスターの停止中のプロペラのあいだをすり抜けて飛ぶ。灰色の空が綿毛の生えたちりちりした雲に覆われる。

　ロバート・ウィローならどう描くだろう？　私は自分の本で少しだけシャルル・ペギーを取り上げた。おそらくウィローはペギーを読んでいる。ドレフュス支持者であり敬虔《けいけん》なキリスト教徒だったその作家の詩を読まずに、「エタンプとパロール」のような田園詩が書けたはずがない。あるいはオセールの小さな婦人マリー＝ノエルから着想を得た可能性もある。彼女もまた、なぜか鉄と鋼の時代に間違って生まれた天才だった。ウィローとノエル、ふたりの世界のあいだには確固たる共通項がいくつもあるだけに、彼女からの影響がないとも言いきれなかった。

　しかし依然としてウィローは謎であり、特異な存在だった。

「エタンプとパロール」の作者は、自分にまったく縁のないよその国の中世の伝統を、我がものにした。こう考えると、ぞくぞくした。自分は究極のオチを手に入れた、と思う。ある意味で、ウィロー自身が、文化の盗用の罪を犯しているのだ。ジャンヌや、アミナタ・ディヤオにどうだ、と言ってやりたかった。連中は自分たちの苦しみの周りに障壁を張り巡らせることばかりに腐心し、自分たちのアイデンティティを他者に認めさせることばかりに必死になっている。ロバート・ウィローは田舎の家やブドウ畑の静寂の中に広がる古びた詩情を盗んだ。というか、それを不可解な形で、奇跡のように自分のものにした。

ふたたびサルトルの『ユダヤ人問題の考察』のことを思い出した。あの中で、サルトルは反ユダヤ主義者とそのトンデモ思想、つまりその地に土着する人間と、彼を取りまく事物とは、謎の、他者に譲渡することのできない絆《きずな》で結ばれているという危険な思想を批判した。当然ながらサルトルは正しい。古株だからということで得られる権利というのは、恐るべき詐欺のようなものであり、フランス的な精神を否定するものだ。ロバート・ウィローはアメリカ黒人であり、ジャズマンであり、ハーレムのプリンスだったが、それでも彼が晩年エタンプで、煙草や食料の買い出しの際に町ですれ違った名士たちより、余程ヴィヨンの詩の美しさを理解していた。

しかしながらウィローは幼い頃、よなよな昔話を聞かされて育ったりしていない。マリー＝ノエルのようにロマネスク教会のタンパンの傍らで育ったわけでもない。ペギーのように子供の頃から、オルレアンの小さな教会に取り憑《つ》かれていたわけでもない。ペギーは椅子のわらの詰め替え職人だった母親から、パリ司教の座椅子の話を聞かされて以来、ずっとその夢を見ていた。ロバート・ウィローが慣れ親しんでいたのは、ナイトクラブや、百貨店〈メイシーズ〉の巨大エスカレーターから吐き出される群衆や、騒々しいアメリカの明滅するたくさんの看板だ。彼は機械文明の脈打つ心臓部で生まれ育った。それがペテンになるのか？　人の縄張りを荒らすことになるのか？　自分の立場でものを語らなかった彼は責められるべきなのか？　アメリカ黒人としてアメリカ黒人の立場から語らなかったから？　彼は自分の心のありかを語った。そしてその心のありかが彼を、オルレアンで百代続く食堂の亭主よりも、フランス人らしくしたのだった。

私はアクセルを踏み、大型トレーラーの列を抜いた。溜息《ためいき》が出る。実のところ、逃げるのは、そんなに楽じゃない。二、三時間、運転しっぱなしだが、その間ずっと頭の中で自分の本を書き直している。『エタンプの預言者』に付録や脚注、序文、あとがき、はしがきをつけていく。車中を怒号で満たし、隠れ家まで追ってこようとする何百人という見知らぬ他人にむかって、私は弁明をする。私は、ポランに言われたとおりケータイの電源を落とす前に、留守電だけ聞いておこうと思った。ボイスレコーダーには容量いっぱいにメッセージが入っていた。一番最近の録音は、いつぞやの不動産屋からだった。

「ロフロックさま、こんにちは。リュック・コンパニョンです。前回伺ったお話が気になりましてね、私なりに調査を続けていたのです。なかなか苦労いたしましたが、気になると、放置できないたちなのです、私。で、調査の結果、おっしゃるとおり、たしかにあの家には、ウィルボーとかいう人物が住んでいました。私の情報元の話ではアフリカ出身の詩人だったようです。情報元なんていっても、そういつもいつも、こんなふうに有益な情報が出るわけではありませんよ。どうです、一杯おごっていただかなければいけませんね。いや、冗談です、おふざけがすぎました。なんとしてももう一度内見の機会を設けなければいけませんね。そこでそちらさまさえよろしければ、ご都合の良い日に、家主の方がバーベキューでお迎えすると申しております」

私はがっかりして、ケータイを切った。私はグローブボックスの中を探ってCDを一枚引っ張り出した。それは昔、アニエスが選曲したCDで、ふたりの恋愛初期のオリジナルサウンドトラックのようなものだった。私はそれをプレイヤーに差し込んだ。モダン・トーキングのシンセサイザーの音だとすぐにわかった。私はふたたび一九八五年の希望に溢《あふ》れた時代に運ばれていくのを感じた。

*

アニエスと出会ったのは、プランセス通りの流行《はや》りのディスコだった。カナルプリュス主催のパーティーだった。私は例によってマルクといっしょだった。マルクは知らない世界の扉を開くのが本当に得意だった。その方法によく通じていた。誰かにおそわったわけではなかった。彼の父親はエルブレの銀行員で、母親は市場のアクセサリー商だった。実人生のスタート地点に立ったとき、彼が持っていたのは、かなり質素な文化資本だけで、まだいかなる処世術も、上流世界の中心にちゃっかり身を置く秘密のノウハウも持っていなかった。彼はそうしたものを現場で、驚くべきスピードで学んだ。私はマルクのパイロットフィッシュのような巧妙なナビゲーションについていった。彼のあとをついていけば、たいてい、なにかおいしいものにありつけた。

当時、SOS人種差別は大統領官邸への登竜門のようなものだった。同時に、左翼のモラルの底に渦巻く目に見えない潮流のあいだを巧みに操舵《そうだ》できる人間にとっては、カナルプリュスへの直通路でもあった。

その若いテレビ局が生まれたのは、一九八四年、SOS創設と同年だった。それは、ロラン・ファビウス［一九四六年生まれの社会党所属の政治家。富裕層出身で、高等師範学校、パリ政治学院、国立行政学院を卒業した政治界のエリート。ミッテランの秘蔵っ子と呼ばれる］がその貴族的傲慢《ごうまん》さでもって、前時代の左翼のロマンチックな時代の最後の灯を完全に消し去った年、ピエール・モロワに代表されるようなジョレスを信奉し、インフレ政策を挙げる昔気質な連中を政界から一掃した年でもあった——ダブルのスーツ姿の指の細い三十代のファビウスによって、かの「北の巨人」、元職業教育教師で、凍えるような寒い朝にその分厚い手を一度ならず路上での焚火《たきび》の上に広げたことのある貧乏運動家モロワがお払い箱にされる現場を番組として放送したテレビこそ、カナルプリュスだった。

これが理性の支配（理性のサークル、と某評論家は書いている）の始まりであり、「さくらんぼの実る頃」に象徴される時代、いくつかの大改革の終わりだった。それは同時にメディアティックなものの支配の始まりでもあった。つまり契約視聴するテレビ（フランソワ・ミッテランが望んだ形態）の支配、そしてその通ぶった皮肉と、凝りまくった番組の支配の始まりでもあった。カナルプリュスによって、何百万人というフランス人視聴者が、死ぬまで足を踏み入れるはずのなかった大統領官邸エリゼ宮の退廃的雰囲気を味わえるようになった。

カナルプリュスは才能さえあれば誰にでも門戸を開く知的で猥褻《わいせつ》でシックなテレビ局だった。当時、番組の脚本はヴォランスキとジャン＝ミシェル・リーブが書いていた。パリ魂が、大衆スポーツとポルノと仲良く手を繋《つな》いで前進していく、それがカナルプリュスだった。このテレビ局を動かしているのは感じよい外見をした一部の特権階級だった。彼らはD通りのスタジオで、大司祭のように、そのウルトラシックで奇想天外なカナル精神をふるった。彼らは同時代で一番輝いていた男女だった。彼らは財力と、象徴的な覇権と、なにより他者を愚弄《ぐろう》する精神、自分のまわりを笑顔の人たちで固めるという最終兵器を持っていた。ようするにおふざけが好きなプロデューサーだの、どこかの誰かの二番煎《せん》じみたいな司会者だの、〈キャステル〉のVIPルームに定期的に現れる一流どころの夜の鳥たちだのを引き連れていた。そしてコカインのラインをひっきりなしに吸いながら、ご馳走《ちそう》の上で恥じることなく交尾していた。ダンスフロアでは、モデルのように手足の長い娘たちが蛍光色のドレスに肩パッドの入ったジャケットを羽織り、熱心に腰をくねらせていた。アニエスはそうした娘たちのひとりだった。

　マルクがフロア袖《そで》で挨拶《あいさつ》のキスを振りまいているあいだ、私は物思いにふけるように黙って酒を飲んでいた。その年は、だしぬけにやってきた夏が長く続いていた。熱を帯びた靄《もや》がパリの街に降りてきたかと思うと、あっという間に通行人を飲み込む。私はまるで寄港地に降り立った船乗りのように、ほとんどつねに発情していた。ストロボスコープのライトがフロアに降り注ぎ、断続的に尻《しり》や尖《とが》った胸、真っ赤な唇を光に晒《さら》していた。アニエスが照らし出された。まだ宵は浅く、フロアの盛り上がりはいまひとつだった。ひとり彼女だけが、本当に楽しんでいるように見えた。自分が周囲の欲望に火を点けていることに自覚はなさそうだった。ぐるりとホールを見回す彼女の灰色まじりの緑の目に、私はショックを受けた。「まるでレーザー光線」と当時、フランス・ギャルが歌っていたが、まさにそれだった。ほかにも流線形のシルエットや、ロシア系の頬骨、ジャンヌ・モロー風の少し重たい感じのする顎《あご》に、打撃を食らったのだと思う。ただ、嘘を完全に排除するなら、私を本当に打ちのめしたのは夏だった——紫の光線がスパンコールのあしらわれたいかり肩のドレスをきらきら輝かせ、熱気がアニエスの乳房を斬新《ざんしん》なくらい際立たせていた。私は夏の気分にあてられて、恋に落ちたのだった。

　セーヌ左岸のその場所において、一九八五年六月がどういうものであったのかは説明しておく必要がある。文明が熟しきり、これ以上は繁栄できないところ、快感が一瞬のちに不快なものに転じる、あのきわどい地点に到達したという印象はみなが持っていた。それにまったく気づいてない人間はいなかったと思う。エイズはすでに出現していた。視界にぽとりと落ちた一点の影のようだった。しかしまだ一部の人間だけの話題だった。まだそれを見ないようにすることはできた。最もおくての男ですら、なんとかしてパーティーで女の子をナンパしたいと焦っていた。急いでなにかを成さなければならない、でなければ一生後悔することになる、というムードがあった。

ほどなく背の高い白い鉄柵の向こうにマルクの家が見えた。トヨタ・プリウスは、砂利道に立つプラタナスの並木を一本いっぽん舐《な》めるように低速で進んだ。ソーヌ＝エ＝ロワール県のブリヨネあたりは牧畜が盛んだ。ほどほどに起伏のある田園地帯であり、イギリス人もおらず、贅沢《ぜいたく》なワイナリーもなく、メジャーな観光スポットもない。例外はロマネスク教会を目指してやってくるオランダ人とかスイス人のマニアックな小グループだ――ゴアテックスのケープを着てノルウェーの辺境なんかで何十キロも泥道を歩いたのちに、ロマネスク彫刻の施された教会玄関を見上げて恍惚《こうこつ》状態になれるあの強者どもである。ほかにもリヨンの大実業家や、パリ人の別荘もちらほらある。TGVモンソー＝レ＝ミーヌ駅ができたこと、いまのところ地価がまだ手の届く範囲にあること、草原が色づいてトスカーナっぽくなる一番いい季節が夏のオフピークに来ることなどの理由から、彼らはこの地に流れ着いた。マルクは十五年前、傾斜した庭と、一八〇度谷が見渡せるこの十九世紀の古い建物に目をつけた。

私は鉄門を押した。それからマルクからおそわった手順を正確になぞり、複雑な警備システムを解除した。マルクは図書室に、あのクラウゼヴィッツの『戦争論』の作者注釈入りの稀少本《きしようぼん》や、マーラーが所有していたマラカイト石製のチェスを所蔵していた。数分後、私はスーツケースを玄関ホールに置いた。

「デジタル断ち療法だ」とポラン・ミシェルは言った。「電話もｅメールも禁止。だめだ」。バセ＝デユトネールが出版する小説なんかだと、自分をよく知るためにロビンソン・クルーソー生活をやったりするが、私の場合はそこまでする必要はない。その件は、もうずっと前から十分に承知している。私は、教養高めの、鬱《うつ》傾向のある、退職間もない、アルコール依存症の、生殖機能が衰えた六十代の男だ。悲しいがこの年齢層の、とりわけハムやソーセージ好きの男性の御多分にもれず、コレステロール値も少し高めだ。

私はジェントルマン・ファーマーに憧《あこが》れたことがない。ミレーの描く田園風景だとか、使い込まれた鋤《すき》の刃だとか、フランスの農村生活を撮ったレイモン・ドゥパルドンの記録映画を前にして、美的な側面で感動は覚える。でもよく考えれば、いいなと思っているのは、ほとんどそのイメージだけだ。そして年取るにつれ気がついたが、イメージが世界を支配している。私の田舎人としての素養は、羊飼いの娘に扮《ふん》するマリー・アントワネットと同程度だ。私の世代は豊穣《ほうじょう》の世代だ。消費者運動にある程度無頓着《むとんちゃく》で、冷蔵庫をものでいっぱいにし、週末旅行で飛行機に乗る世代。地球をすっかり生気のない臭いゴミ捨て場に変えてしまった世代だ。これはこれで別の罪だ。たぶんあのままやりとりを続けていれば、ジャンヌはこの罪をも私に背負わせようとしただろう。そして例によって彼女が正しいということになっただろう。

「あなたたちの世代のことはよく知ってます」ジャンヌは威嚇するようにわめいた。しかし彼女は本当に知っているのだろうか？　私たち（私やマルクやニコルやそのほかの人々）が何者かなんて、彼女は本当に知りたいだろうか？　そもそもそんなことに興味があるのだろうか？

私は自分を語ることしかできない。しかし自分を語ることで、その他大勢を語ることになると思う。私の世代は七〇年代の過激な反逆をぎりぎり垣間《かいま》見た世代といえる。七〇年代はパンクや状況主義が狂ったようにあだ花を咲かせた時代だった。たとえばアフガニスタンの羊飼いみたいなファッション、ワッペンを縫い付けた皮革が流行った。それは拝金主義以前の実験的な時代で、プロレタリアの左派がいて、どこか浮世離れしたところで漂う人々がいて、背景にはラモーンズの音楽と、気が滅入《めい》る叫び（Go, let's go!）が流れていた。聴いていると、ヘロインを吸いながら壁に頭を打ち付けたくなる。そういうものに能動的に参加するには私たちはまだ子供すぎたが、思春期の混沌《こんとん》の出口から、それを垣間見て、もうすぐ仲間入りできるとわくわくしたものだった。

私たちが年頃になったときはもう遅かった。世界は様変わりしていた。経済危機が深刻化し、金儲《もう》け主義が優勢になった。下降していく革新運動の推移と交差するように、石油の価格は上昇していった。ごろつき的革命家のピエール・ゴールドマン［極左の活動家。一九七九年に暗殺された］がファシストに撃たれて死に、革命家的ごろつきだったジャック・マリーヌが凶悪犯罪捜査官に撃たれて死んだ。そしてセックス・ピストルズのベーシストも死んだ。彼らの死とともに破壊者のイコンも死んだ。

からし色のベルボトムが流行り、小さな政治集団が流行り、五月革命の精神が流行って、全部時代遅れになり、安全ピンは本来あるべき棚に仕舞われた。世界はマネーの時代に入ったが、そこに本物のカウンターカルチャーは生まれなかった。そこにあったのはマーケットが甦《よみがえ》らせた、というかマーケットによって骨抜きにされたまがいものだった。Punk was really dead. そして一九八六年のある日、批評家のアラン・パカディスが屋根裏部屋で首を吊って死んでいるところが発見され、パンクの死は確定的になった。

「これはこれは、我々のために、とても厳格な裁判官のみなさんがお揃いだ」私はすっかり葉が落ちた荘厳な木立に挨拶した。

私は屋敷を探索した。ここには自分しかいないと実感するのは悪い気分ではなかった。家の内部は田舎らしさを追求したデザインで統一されている。むき出しの梁《はり》、昔風の六角煉瓦《れんが》。ただし、リビングの床だけは、重厚なオーク材を使って時代ものの寄木張りに修繕してある。私のマルクに対する評価はちょっと厳しすぎた。たしかに彼は嵐に見舞われた友人のところに飛んでいって友情を示すようなタイプではない。でも友情というものが、具体的な行動で評価されるものであるなら、彼が私に実際にしてくれたことは認めるべきだ。

私は蜂蜜《はちみつ》とニスの匂いのする来客用の寝室に身を落ち着けた。マルクの女房の差配で、バスルームにはラベンダーのポプリが置かれていた。これは本当に素晴らしい配慮だ。特に私のために準備されたものではないが、なんだか個人的なプレゼントをもらったみたいな気分になった。私はリラックスする必要があった。シャブリのボトルが台所のテーブルの上に置かれていた。マルクから、多少緊張した声でこう言われていた。「カーヴにブルゴーニュの高級ワインと、息子がストックしているワインが何本かある。万一、どれか開けたくなったら、そりゃあそういうこともあるだろうさ、でも栓を開ける前に、かならず電話をしてくれ。間違って息子の大事にしてるボトル、あいつが特別な機会のためにとっている貴重なワインを開けちまわないように」私は親友の顔を立て、その意志を尊重することにした（本心としては躊躇《ちゅうちょ》なく、あのバカ息子が後生大事にしているワインを開けて、がぶがぶ飲んでやりたかった。あのろくでなし、ラファルジュの顧問弁護士に就任していい気になり、肩にセーターを巻きつけ、工場長にでもなったみたいにいばっているが、あれは、マルクが昔からのクライアントで、現在フランスのセメント会社の相談役をやっている知り合いに頼みこんで、ようやく見つけてもらったポストじゃないか）。

私は台所に放置されたシャブリを開けるだけで我慢した。それから冷凍庫を開けた。すばらしいよ、マルク。ブラウン社の巨大冷凍庫にはたっぷりとものが入っていた。アラスカ産サーモンも手長海老《えび》も入っている。そうだ、こういう人生もある。まるで完璧《かんぺき》に採寸して仕立てられた上着のように、持ち主にぴったりあつらえられた環境じゃないか。快適といっても、クッキーの上のサクランボのようなものとはちがう。とにかく、この家の人間がなるべく少ない動作で欲求を満たせるように、あらゆる家電製品や設備が考えられて配置されている。大自然が、現代人の横っ腹に直接タックルすることがあってはならないのだ。アラスカ産サーモンの引き締まった切り身なんてものは、野生環境でこそ味わいたかったが、いたしかたない。私は八〇年代育ちの役立たず、がらくたなのだ。

マルクの頼みで、一階に風を通した。外で一羽の鳥がばさばさと枝葉を鳴らして飛び立った。私は夕食に手長海老をニンニクで炒《いた》め、それを赤ワインで飲み下した。主人がヴァカンスに出かけた隙に、主人の寝床に寝そべる召使になったような気がした。ここにいれば誰からも嫌な目に遭わされずにすむだろう。ほっとする発見もあった。考えてみれば、私のパリの家にだって冷凍庫もテーブルワインもある。退職手当ももらっているし、まあ信じられないような大金ではないが、かといってスズメの涙でもないから、その気になれば、世間と完全に縁を切ることだってできるのだ。扉を半開きにしているかぎり、私は人間社会から傷つけられる恐れがある。言い換えるなら、相対化するべきなのだ。私はぐっすり眠った。

ロバート・ウィローの夢を見た。運命のあの道路を走っていた。私は自分のトヨタ・プリウスで彼の車を追う。クラクションを鳴らし、ヘッドライトで合図を送る。彼に危険を知らせ、スピードを落とさせるか、脇に避《よ》けさせたい。彼はもうすぐ死ぬ。どこで死ぬかも正確にわかっている。もうあと数秒しか猶予がないことも。クラクションが鳴らない。ハンドルが巧く握れない。彼は百メートル前方にいるのに、バックミラーを見つめる彼のまなざしがはっきりと見える。挑戦的な目で私を見ている。まるで自分がこれから死ぬのを知っていて、でも誰にもそれを止められないのだと、私に言っているみたいだった。私は叫ぶ。そして彼はアクセルを踏む。

私は飛び起きた。

目の前に女性が立っていた。

固まっている。

私は慌てて起き上がり、ワインのボトルを蹴《け》りとばした。残っていた黒ずんだ液体がハンガリー張りの床の上に飛び散った。年恰好は私と同じくらい、黒人で、トニ・モリソン似の、ずんぐりとした美人だ。

「動くと警察を呼ぶから」

なにか言おうとしたが、言葉が出てこなかった。私は酒をしこたま飲んだ。そのままソファーで寝てしまった。足元に日差しが差し込んで長方形の陽だまりをつくっている。怖がらせてはいけない。

女性の表情が少し緩み、冷ややかな笑みが浮かぶ。

「出ていけ」

「僕はマルクの友人だ」なんとか声をひねり出す。

彼女は高笑いをした。その手は食わないぞ、という態度。私は状況を説明し、そのうち彼女もそうかもしれないと思い始めた。

「マルクさんに電話します」彼女は言った。

私は顔をしかめた。

「床にワインをぶちまけたことは黙っていてほしい」

彼女はウインクを寄越した。私は早くも彼女が気に入っていた。向こうも私を見直し始めていたと思う。彼女はマリーという名で、月に二度この家を訪れ、屋内の埃を払い、プールや庭の世話もちょっとしている。電話越しにマルクの声が聴こえた。私のことを前もって伝えていなかったのを詫《わ》びている。彼女が金曜日に来るのをすっかり忘れていたのだという。マルクはわざとマリーが来るのを黙っていたのだと思った。私がすっかり羽を伸ばして、屋敷じゅうを煙草の灰だらけにしたり、ワインのカーヴを荒らしたりしてないか報告を受けたかったのだ。マリーは電話を切り、私にちょっと文句を言った。

「わたしに殴り殺される可能性だってあったんですからね」

私はこぼしたワインの後始末をすると申し出たが、彼女は「ちっちっち！」と舌を鳴らしてきっぱりと拒絶した。

「触らないでください。わたしがやりますから」

＊

私は来客用寝室に引き揚げ、部屋の隅にある小さなライティングテーブルの前に坐った。頭に浮かんでくるアニエスの像（真っ裸で、ペイン＆カンパニーのオフィスの仕事机に向かっている）を追い払った。そして私は仕事に取り掛かった。序文を作成するんだ。すでに八百部が書店に出てしまっているが、増刷することだってあるだろう。その時はポラン・ミシェルも序文を挿入することを了承してくれるはずだ。ほんの数段落だ。それで勘違いを正し、曖昧《あいまい》さを取り除き、文脈を明らかにする。少し距離を置いて考えてみよう。私はいくつかミスを犯した。私の本には、部分的な盲点があった。

そしてそれは大学で培った教養が影響している。私は長年、冷戦史をおしえてきた。だから私はウィローの採った選択を政治参加という観点から解釈した——というのも彼の政治参加が、少なくとも一九五〇年代のアメリカでは型破りだったからだ。彼は共産主義者だった。それは当時、大多数のアメリカ人にとって、理解できない犯罪的な選択だった。共産主義者。この言葉は、あとの要素を覆い隠すくらい大きかった。

それから写真に写っていたミュージシャン、シーメンスの指摘は重要だ。シーメンスに会ったのは二カ月前だ。彼はウィローについてこう言ったのだ。「変わったやつだったから、どこにいても目立った」シーメンスはこう話したのち、再びコールタールのごとき混濁の中に沈んでいった。

私は方針を決めた（先祖返り的に、安直に）。そして、その方針は議論を呼びかねない、というか必ずや議論を呼ぶにちがいなかった。しかしそれはウィロー本人の採った方針と同じじゃないか？あらためて当事者のもとに立ち返る必要がある。パズルのピースを並べ返してみなければならない。あらためて組み合わせを考え直してみなければならない。私にはアメリカの歴史について確かな知識がある。アメリカ黒人の社会的境遇は私の専門ではないが、成り行き上、かなり真剣に関心を持つにいたった。というのもアメリカ共産党が公民権運動に深く関わっていたからだ。そもそも人種隔離政策は冷戦のひとつの争点でもあった。ふたつの問題は絡み合っている。おまえたちはよその国にむかって、えらそうに人権を語るくせに、自国の民を肌の色で虐待しているじゃないか、とソ連は「自由な世界のリーダー」の矛盾を躊躇なく突いた。

私には分析したり理解したりするための材料がいくつかある。そもそもウィローに関する情報は非常に少ないから、誰だって仮説でしかものが言えない。なかに他よりもっともらしい仮定があるだけなのだ。

ロバート・ウィローはワシントンDCのショー地区というアメリカで最もきらびやかな黒人街のブルジョワ家庭で育った。私は二〇〇〇年代初めに、アニエスとアメリカ旅行をした際、その街を歩いた。ショー地区はすっかり落ちぶれていた。ヴィクトリア調の家屋は空き家となり、ガラスの割れた窓は段ボールで覆われ、薬物依存者が玄関のステップで注射を打っていた。ウィローのいたころのショーの街並みを思い浮かべるには想像力が必要だった。豪奢《ごうしゃ》な家々、非の打ちどころのない商店、キャデラックが走り回るUストリート、映画館、銀行。それはワシントンDCの奇跡の黒人街、まっさきに人種隔離政策を廃止した連邦政府の要所だった。奇跡？　きっとテクニカラー映画みたいな世界で生きたい人間にとっては奇跡だったにちがいない。ただの煙幕だと、非難する明敏な観察者も何人かはいた。エドワード・フランクリン・フレイジャーもそのひとりだった。

かの社会学の巨人、アメリカ社会学学会の初の黒人会長は、ワシントンDCの黒人大学ハワード大学の教授だった。その大学は、ハーレム地区でのジャズ三昧《ざんまい》の日々に逃避する以前のボブ・ウィローが三年を過ごした大学でもある。一九五五年に出版されベストセラーとなった『ブラック・ブルジョワジー』の中で、フレイジャーはアメリカの黒人中産階級というものを容赦なく描き出した。マスクを被《かぶ》り、うわべだけを取り繕った、こけおどしの世界、A world of make-believe（見せかけの、偽りの世界）に生きる特権階級を描写した。「黒人中産階級は、黒人がアメリカで生きるからには物質面と社会面でぶつからざるをえない厳しい現実から避難できる、見せかけの、偽りの世界をつくった」とフレイジャーは書く。「その世界は、黒人たちの成功や富を紹介する黒人向け新聞雑誌がつくりあげたビジネス神話や伝記から生まれた」

三世紀に亘《わた》る隷属状態によって、アメリカ以前のルーツを断ち切られていた黒人中産階級は、アンビバレンツな状況に苦しめられていた。一方では容赦なく差別を行う白人社会によって社会の周辺に追いやられ、排斥されているのに（南部では遠慮なくおおっぴらに、北部ではより洗練された形で）、それでいて彼らにはアメリカ以外の社会を想像することができなかった。白人への憎しみが彼らの心を蝕《むしば》んだ。その憎しみが大小の抑圧を経て、やがて自身への憎しみに変化した。

彼らは自分たちを締め出した白人社会からの承認を虚《むな》しく求めつづけるうちに、自分たちの先祖の血を食いものにしたアメリカンドリームへと接近していく。彼らは自分たちに向かって自分たちの物語を語りだす。たとえば黒人の境遇から見事に抜け出した誰かの成功譚が、極端に誇張された逸話とともに、雑誌で何ページにも亘って紹介される。『エボニー』誌や『タン・コンフェッションズ』誌のつるりとしたページの上で、成功が大げさに賞賛される。

黒人中産階級は、アメリカ白人のミドルクラスと同じ価値観を持ち、同じ物質をありがたがり、同じ保守的立場を取る。彼らはおのれの分を遥《はる》かに越えた浅はかで金のかかる社交界で生き、そこで日常的に受ける侮辱を忘れようと努める。彼らは学歴から解放されたたたき上げの力を、熱烈に信じる。彼らはブッカー・T・ワシントンとその仲間たちの説教を聴くためにNational Negro Business League（全国黒人実業連盟）の大会に詰めかける。そこでは、北米の白人慈善家の融資を受け、支援という名のさるぐつわを嚙《か》まされた黒人中産階級のリーダーたちが、お行儀のよい楽観論を披露する。我々はいずれ窮状を脱することができる。現状をひっくり返しても意味がない。過激な運動の誘いに乗ってはいけない。ガーヴェイ運動の分離主義的な声や、共産主義者の声なんかに耳を傾けてはいけない。誠実な企業家になろう。善良なアメリカ人になろう。そうすれば、誰にも我々の邪魔はできなくなる。

しかし歯車の陰で、自尊心が負う傷は深い。黒人中産階級は、他者、つまり自分よりももっと黒い者たち、つまり自分たちが軽んじている黒人霊歌を歌う、気の毒な兄弟たちを侮辱することで、ぱっくり開いた傷口を癒《いや》した。黒人中産階級はそこまで黒人ではなかったことも言っておく必要がある。彼らは広い意味で、ムラートの子孫から形成されていた。

「彼らは仲間内で、〝ニグロども〟にはうんざりさせられる、と吐き捨てる」とフレイジャーは書く。「その言葉に傷つくと訴えてきた彼ら自身が、その語を使用するところに、黒人集団との連帯を絶ちたがっている彼らの本音がよく表れている」これがフレイジャーの見立てだ。フレイジャーはNational Association for the Advancement of Colored People（全米黒人地位向上協会）の法的キャンペーンだとか、W・E・B・デュボイスのような指導者の勇気に水を差すわけではない。例外がたくさんあることも十分承知している。フレイジャーは、マーティン・ルーサー・キングとマルコムXのあいだの対立、平静さを武器に闘う牧師の非暴力と、ネーション・オブ・イスラムの扇動家の激しさのあいだの対立を、ある程度予見していた。つまり同化主義と分離主義の対立を予見していた。

ロバート・ウィローはこういう環境から出てきた。卒業式の写真では、ウィローの母親は涙を浮かべ、父親は震える手で息子の肩に手を添えている。この子の学費を払うために、自分たちは血の出るような犠牲を払った。うちのひとり息子は世界を征服するぞ。そのうち『タン・コンフェッションズ』誌のグラビアページで、仕立ての上等なスーツを着て、ぴかぴかの新車のキャデラックといっしょにポーズを取るのはうちのせがれになるぞ。

父ジョージ・ウィローは、アメリカ南東部ノースキャロライナ、ダーハムの小さな葬儀屋の経営者だった。二〇世紀初頭に起こった黒人の大移動で成功した口だ。黒人たちはジム・クロウ法とクー・クラックス・クラン（ＫＫＫ）の襲撃から逃げるために、集団で南部を離れた。彼らが北部の都市へ移住したことで、黒人ビジネスが飛躍的に発展した。とりわけ白人社会が有色人種の市民に提供することを拒んだ分野の発展に貢献した。まず小売業界が華やぐ。食料品店、美容院、仕立て屋、家具屋が繁盛する。ジョージ・ウィローもドルを稼ぐ好機が来ているのを悟った。そこで彼は黒人の埋葬を仕事にした。民主党員になった。昔は共和党員だったが、三〇年代半ばに脱党した。ジョージ・ウィローは、ニューディール時代に共和党を見限った黒人アメリカ人の第一世代だった。民主党は奴隷制度を継承している党だったがそんなことはかまわなかった。

ひとつ確かなことは、ジョージ・ウィローが自分の葬儀店を売り、一か八かの勝負に出て、ワシントンＤＣに居を構えたのは、そこにあるハワード大学で将来の黒人エリートが育成されているという噂を聞いたからだ。うちのロバートはその大学でよい友人をつくり、やがて役人になるのだ。そして連邦局の中に自分専用の執務室を持つ。せがれは工場で指を真っ黒にして働いたりしない。それとも貫禄《かんろく》のある医者になるかもしれない。そしてＵストリートの豪奢なビルの中に診療所を構えるんだ。

ウィロー家のロバートはアイビーリーグと呼ばれる名門大学にも入学できるくらいずば抜けて成績が良かったし、実際、アイビーリーグでも数人の黒人を受け入れていた。しかしミセス・ウィローは自分の息子が白人に笑われたり、ひどい目に遭わされるのを想像して震えた。ハワード大学で優等生になるほうがいい。その大学には、きわめて優秀な教授、白人と対等に話をする教授、仰々しい肩書をたくさん持った教授がいると聞いている。たとえばエドワード・フランクリン・フレイジャーとか。

しかし、ロバート・ウィローはロバート・ウィローだった。まだ「エタンプとパロール」の作者ではなかったが、すでに瞳《ひとみ》に野性の光を宿すアウトローだった。少年は自分のいる世界から逃げ出したがっていた。息が詰まりそうな静かな食卓から、パイプをふかしながら先日のドジャースの試合を延々と解説する父親から、会衆派教会に足繁く通う母親から、自分の理想とは違う、みんなの理想から。おそらくロバート・ウィローは、白人に認めてもらおうと躍起になる、黒人社会に嫌悪感を覚えたのだろう。朝帰りした自分をむちゃくちゃに殴り倒した父親の怒りの中に、微《かす》かな恐怖が混じっているのを感知したのかもしれない。父のその恐怖は、黒人ビジネスについての熱いスピーチや、光り輝く未来を称える美辞麗句なんかの下に、しっかりと仕舞いこまれていた。

この恐怖についてはジェームズ・ボールドウィンものちに語っている——ボールドウィンは満たされざる精神を持ったエレガントなアメリカ人作家で、ウィローと同じく祖国を捨て、エタンプではなく、サン＝ポール＝ド＝ヴァンスでその生涯を終えた。ボールドウィンが語ったのは、自分のせがれが「白人の若造となんでも同じことをやれると本気で信じている」と知った際の父の声に滲《にじ》んだ恐怖についてである。ボールドウィンはこの恐怖を、残酷で、恥ずべき、三百年に亘る殺人の歴史によってアメリカ黒人の深層心理に毒のように植え付けられた恐怖と描写した。その恐怖は、ゆっくりと相手の機能を停止させるどろりとした液体だった。だからもしかしたらウィローは手遅れになる前に、自身が汚染される前に、その恐怖から自由になろうとしたのかもしれない。

ウィローは逃げ出したかった。よその風景が見たかった。よそとは、もちろん熱に浮かされ眠らぬ街ハーレムだ、と考えた。そこでは白人に認めてもらうより、黒人として誇りを持つことが求められるのだと噂で聞いた。そもそも彼には黒人の誇りを持とうという発想がなかった。彼はただ自由な人々のあいだで自由な人間でいたかった。格闘すらしないで、呪いからすっかり自由になりたかった。ウィローは共産党に近づいていった。父親はそれを知り、血の滲むような二十年の努力を踏みにじった放蕩《ほうとう》息子を呪った。息子はアメリカという国全体に唾《つば》を吐き、名誉を挽回《ばんかい》する夢、ブッカー・T・ワシントンが謳《うた》うほどほどに解放された理想社会に唾を吐く。

そしてロバート・ウィローも父を呪った。このとき、彼ははっきりと、もはやこの野蛮の地に、自分を引き留めるものは、母親のすすり泣きだけだと理解した。おそらく、それすら自由を求めて荒ぶる人間を引き留めるには不十分だったにちがいない。黒人かつ共産主義者、ふたつの不名誉なしるしを持つ人間にとって、アメリカの地に未来はなかった。黒人でありホモセクシュアルであったジェームズ・ボールドウィンに未来がなかったのと同様に。噂によれば、フランスの共産主義者は身を隠すどころか、カフェでふんぞり返っているらしい。パリには、ハーレムと同じ音楽を演奏している街区があるらしい。彼はある朝、三等チケットを手に、大西洋横断定期船に乗りこんだ。

私は自著で、この場面を描写している。少し客観的に見直してみて、自分はここでひとつ間違いを犯していると感じる。これでは勘違いされかねない。これではウィローがその朝、泣いたみたいに読めてしまう。

*

私はその三ページの序文を、老いさらばえ干からびきった心にわずかに残ったやる気を総動員して書いた。あまり弁解しすぎないように気をつけながら、それでも私なりの、アメリカ黒人としてのロバート・ウィロー像を提案してみた。私は改訂版の冒頭を飾るこの新しい章のタイトルを考えた。「アメリカ黒人としてのロバート・ウィローの横顔」。ただし、こういう皮肉は、「新しい勢力」に対する私の立場を悪くするだけだろう。私はもっと信用を失うはめになるだろう。この手のぴりっとした皮肉の利いたタイトルはなかなか恰好いいので、炎上の薪になってしまうのはもったいなかった。

窓の外に目をやった。マリーがバラの樹の世話をしている。剪定鋏《せんていばさみ》を持って、体を二つ折りにしながら、せっせと働いている。私はこの状況の不条理について考える。黒人女性に庭仕事をさせている傍らで、黒人の境遇について執筆する老いた白人進歩主義者。でも、それはマルクの抱える矛盾であって私の矛盾ではないと、自分に言い訳することは可能だ。もっといえば、これは不条理でもなんでもない、だってマリーは優しい植物に囲まれてするその孤独な仕事にやり甲斐《がい》を感じているかもしれないのだから、と自分を納得させることも可能だ。なによりこの問題について彼女の意見を聞くことも可能だ。彼女の立場になりかわって考えたりする前に、まずこうしたすべてについて、ロバート・ウィローについてどう思うか、彼女本人に話を聞いてみればいい。明らかに、このブリヨネ地方において黒人であることは、特別な経験にちがいない。聞けるものなら、ロバート・ウィローが黒人であるより前に、共産主義者であれるものかどうか、この謎を解く方法があるのかどうか、彼女の意見を聞いてみたい。しかしその場合、私は、自分の仕事机にかじりついた老いた憐《あわ》れな白人進歩主義者より、もっとたちの悪いものになる。自分の仕事をきちんとやり遂げようとしている黒人女性に、しつこくつきまとうボスの友人になってしまうのだ。つまりきわめつきの阿呆《あほう》になるということだ。

私はマリーが仕事を終えるのを待って、コーヒーを飲んでいきませんかと提案した。彼女は承諾してくれたが、コーヒーは自分が淹《い》れると主張した。私も私で自分が淹れるとがんばった。社交辞令的な綱引きがあり、床の染み取りのときと同じように、私が負けた。というか、私もそこまでは我を張らなかった。本当を言えば、私は愚痴っぽい怠惰な老猫のように、ちやほやされたかったのだ。私たちは屋外に腰を下ろした。私は籐《とう》の椅子を二脚、だだっ広いテラスの真ん中に用意した。国家首相の会談の席みたいになった。「あなたって、ほんとにどっかイカレてるのよね」日常生活に伴うありふれた動作をがんばってやり遂げようとする私を見て、「そんなことする人見たことない」とアニエスはよく腹を抱えて笑っていた。実際、これはなんだか妙だった。あとはチーク材のローテーブルの上に花を置き、耳に同時通訳のイヤフォンを差せば、すっかり場面が完成しそうだった。マリーがテーブルの上に小さな盆を置いた瞬間、完全に日が陰った。すでに私は、自分がどうしてこのおしゃべりにこだわったのか、わからなくなっていた。なにか話さないといけなかった。

「マルクはいいやつなんですよ、僕なんぞに家を貸してくれて。ここは立派な屋敷ですよね」

「ですねえ、本当に」

不器用ながらも、なるべく厨房《ちゆうぼう》に雇われた使用人みたいな恭順な態度を取ろうと努力した。この人はマルクとは違うと感じてほしかった。私は彼女が考えている以上に、彼女寄りの人間なのだ。私は自分を追い出さないでくれた彼女に熱烈に感謝の意を示したかった。ある意味で、マルクはふたりの共通のボスだった。私は彼に頭が上がらない立場だ。だからマリーとのおしゃべりは、ある意味で被雇用者どうしのそれだった。私は自分と彼女を隔てているガラスの壁を壊したかった。たぶん普段の私ならもっと自然に振る舞っていたはずだ。しかし目下の悩み、本のこと、ジャンヌのこと、そして「新しい勢力」のことが脳裏を過《よぎ》った。もはや私には彼女の肌の色しか見えてなかった。彼女は黒人だ、そうだ黒人だ。マリーは黒人だぞ。彼女は黒人だ。

「ここへは前に来たことがあるんですよ。随分、昔に。ヴィッサンの別荘にはよくお邪魔するんだけど、こっちはほとんど来ないから。実際、その一回だけかな」

「ええ、憶《おぼ》えてます。今朝は、頭ん中、真っ白で、全然、思い出せなかったんですけど。さっきバラの剪定をしてて、ふっと思い出しました。奥さんとご一緒に夕飯に来られましたよね。あの晩は、マダムに手伝いを頼まれていたので。お嬢さんもご一緒でしたよね。もうきっと大人になられたでしょうね」

「ああ、そうだそうだ、思い出したよ、あの日、きみもいたよね。うん。よく憶えてるよ」

私は嘘をついた。

＊

私たちは笑顔で見つめあっていた。おたがい他人の家で、なんとなく落ち着かなかった。まるで盗みに入った家でままごとをしている空き巣だ。私たちは二、三、世間話を交わした。ふたたび沈黙が訪れそうになる。「危ないぞ」と思った。「まただらだら自分語りを始めてしまいそうだ。目下の問題とか、離婚とか、くそったれな出来事の数々を」そこで私は彼女に、少し唐突なんですが、あなたの半生を聴かせてくれませんか、と頼んでみた。彼女は驚いたふうだった。たぶん、そういう質問はあまり受けたことがないのだろう。彼女は短く笑って、語り始めた。

＊

マリーはコートジボワールのアビジャンで育った。両親はブルキナファソ出身（当時でいうとオートボルタ共和国人）で、彼女が生まれる二年前、一九六〇年代初頭に、エルドラドのように見えたその国に、チャンスを求めて移住した。当時、ウフェ・ボワニ大統領のてこ入れで、カカオやコーヒーの輸出を通して猛烈な勢いで発展していたコートジボワールは、その奇跡の一役を担いたいという心意気のある人間すべてに、国境を開いていた。

一九六九年頃、物事が少し複雑になりはじめた。そのうち完全に素人の手には負えない事態になった。成長速度は落ち、失業者が増えた。そしてコートジボワール人とオートボルタやマリから来た移民のあいだに、ちらほら衝突が起こるようになった。移民は地方の人間の食い扶持《ぶち》を盗んでいると非難された。暴力的な示威運動も起こり、車は石をぶつけられた。外国人はチャーター機で強制退去させられた。コートジボワール政府は、物乞《ご》いやハンディキャップのある人間から先に退去させた。マリーの父親は難を逃れた。ヘアーサロンの経営で成功していた父親は、その店に守られた。政情不安は収まった。マリーはその国で成長し、コートジボワールは彼女の母国となった。マリーはすぐに父親の右腕になった。父親のヘアーサロンは、ショーウィンドーのカットモデルのイラストや合成皮革を張ったシートで、ブルキナファソ系住民の心を摑《つか》んだ。マリーは結婚し、三人の子供を産んだ。

一九九九年、コートジボワールの奇跡は悪夢に変わった。クーデター未遂を契機に国は混乱に陥った。外国人は嘲《あざけ》りの対象となり、ブルキナファソ移民は暴行を受けた。マリーのヘアーサロンのショーウィンドーに重さ十キロの石が投げ込まれた。出発のシグナルだった。旅立つべきだ。マリーの夫にはフランスに親類がいた。彼は家族をつれて船に乗った。数カ月後、ディジョン郊外のじめじめした通りで、マリーは髪切りの仕事を見つけた。二年後、彼女の夫は、アスベストを除去する現場で作業中、倒れてきたファサードに潰《つぶ》されて死んだ。子供たちが成人し、マリーは、他人の髪をいじるのに、うんざりしている自分に気がついた。タイルの上に落ちた髪の毛を拾い集めることに、ほとほと嫌気が差してしまった。自分は五十歳だ。ふたつの国で、何トンもの髪の毛を拾い集め、果てることなく繰り広げられる客の愚痴を聞き、またその客相手に何百時間にも亘っておしゃべりを続けてきた。彼女は黙って、もう少し安らかに生きたかった。バラの世話をしたり、蘭の鉢替えをしたりする生活に憧れていた。そうして彼女はこれを最後にとシャッターを下ろし、社長に辞意を伝えるメールを書き、そしてブリヨネ地方にやってきた。

冴《さ》えない空模様だった。そして寒すぎた。屋内に入るべきだ。マリーは私と気持ちのよい握手をして、トゥインゴに乗り込んだ。私は彼女の車が小さくなって、サン＝ジュリアン＝ド＝ジョンジーの小さな教会の陰に消えるまで眺めていた。すっかり脱力していた。いっさい愚痴めいたところなく、淡々と語られたその物語の余韻が消えなかった。彼女は二度も自分を打ちのめした運命を黙って引き受けたのだ。

これっきりパリに帰らなかったらどうなるかな？　自分を庭師に雇わないかとマルクに提案してみようか。もちろん、無期限に居座るなんてありえないが、ちょっと厄介になるくらいいいだろう。たしか、隣の小さな家が売りに出されていた。マリーの仕事を横取りするなんて問題外だ。だから彼女と結婚できたらなと考えている。それって、まずまずの解決策じゃないだろうか。私たちは、熟年の物静かな庭師の夫婦になる。そのうちブリヨネ地方の人々も、このでこぼこカップルに慣れるだろう。アミナタ・ディヤオや「新しい勢力」の懸念に反して、ブリヨネ地方の人々は、ヴァージニア州の凶暴な農民とも、ヴァール県のタクシー運転手ともタイプが違う。彼らはどちらかといえば嘲笑的《ちょうしょうてき》で、用心深く、漠然とよそ者を嫌ってはいるが、それでもいくつかの試験に合格したよそ者のことは例外的に受け入れる度量がある。つまりなにかの機会で彼らに協力したり、あるいはスポーツ中継をしているバーに通ってときどきパスティスを飲んだり（この解決策がいちばん私向きだ）して、彼らの信頼が獲得できたなら、受け入れてもらえないこともないのだ。

そうだ、マリーにプロポーズしよう。彼女と結婚しよう。彼女は私といるとき楽しそうにしていた。独りが好きでたまらないというわけではなさそうだ。困っている人の世話を焼くのが根っから好きなタイプに思える。人を癒す仕事に向いている。さっき彼女が、冬に備えてハイビスカスに覆いを被せるところを見たが、まるで子供に服を着せているみたいだった。私と恋に落ちることはなさそうだが、一緒に暮らすのは面白そうだと思うかもしれない。私たちは、暖炉のそばで、長たらしい宵をスクラブルをして過ごす。ときには彼女のスカートをまくりあげ、ブリヨネ地方の逞《たくま》しい農夫のように前戯抜きでセックスする。とはいえ、私たちの関係の本領はそこではない。まずはスクラブルの勝負。私たちは何時間ものあいだ行儀よく勝負をする。そして大半の時間、大樹の陰で、隣り合って、剪定ばさみをぱちぱちと鳴らす。

＊

小さなトゥインゴが姿を消して随分経ったが、私はまだ玄関のポーチの前にいた。いまどきのセクシュアリティや、田園暮らし、人種的偏見を見事に織り交ぜた気の利いた恋愛ドラマ（私の役はジャン＝ピエール・バクリ、マリー役はクローディア・タグボが演じるんじゃないかな）なら、ここでクラクションの音がする。ふたたびエンジンの音が近づいてきて、庭に停まる。マリーだ。ミシェル・デルペッシュの懐メロが背景に流れる。マリーが車から降りてくる。私の取り乱した瞳に応えるように、彼女が憎まれ口をたたく。「どうせあなた、卵焼きひとつ作れないんでしょ」しかし人生には、この手のサプライズはめったに準備されない。

私はちくりと胸が痛むのを感じた。どうってことない。大丈夫。こんなの慣れっこだ。離婚からこっち、私は死にそうなくらい孤独になった。アニエスは我が家の快適な暮らしを支える大黒柱というだけではなく、友達を家に連れてくる人間でもあった。彼女は屈託なく家に客を招《よ》んだ。若い頃から頭が良くて、行動的で、ユーモアがあって、都市での生活に苦もなく溶け込め、ちょっとしたパーティーだろうが、玄人筋のいかがわしい娯楽場だろうがどこへ行っても思いきり楽しめる人間だった。五十になっても昔と変わらずがつがつ生きているイカレた幼馴染《おさななじみ》たちに取り巻かれている。彼女たちは、あちこちのガレージセールやフリーマーケットを駆け回り、常に田舎の別荘に飾るもののことで頭を悩まし、威厳のあるミステリアスなオブジェを漁《あさ》りながらどうしてやろうかと考えている。いつも大型犬とやってきて、人の家のソファーに平気で犬を上げる。

　彼女たちは私のことをあまり好いてなかった。私に拒絶されている、いまひとつ心を開かれていないと漠然と感じていた。それは間違ってなかった。私はいつも考えていた。この連中はアニエスほど面白くない、アニエスほど奥行きや幅がない――こんな連中を友達だと思っているなんて、アニエスは自分を「安売り」している。孤独を怖がるからそうなるんだ。

　とはいえ、友人たちに選択肢はなかった。いやでも私を仲間に入れなければならなかった。私には愛想のかけらもなかったが、それでも連中はソファーのでかい犬を奥に押して、私の坐るスペースをつくった。私はアニエスの彼氏になり、夫になり、元夫になった。私は、連中の夫になり、元夫になる男たちと親交を結んだ。ときどきアニエスから、誰それの家で食事会があると告げられる。土産に持っていくワインを買う。私はおとなしく彼女についていく。世話を焼いてくれる人間がいると感じるのは気分がいいことだった。人間関係という観点からみても快適だった。でも私は今日理解した。いまさらわかったところでもう遅いが、アニエスはそうでなかったのだ。彼女はひとりで気を遣う役を演じるのに疲れていた。友人の連れてくるワイマラナー犬がソファーによだれを垂らすとぶつくさ文句を言ったり、友人たちの物質への執着をけなして傷つけたりする私を、いちいちフォローするのに疲れていた。私はいっさい努力をしようとしなかった。結婚生活の終盤、アニエスはよく、そのことで私を責めた。あなたはもっとイニシアティブがとれるタイプだと思っていた、少なくともみんなの中心になるような人だと思っていた、本当はこう言いたかったのだろう。

離婚後、物事は至極あたりまえに展開した。大型犬を連れた五十代のおばさん連合は無条件にアニエスの味方をした。大型犬を連れた夫たちは男の友情を証明しようと、私にときどきメールを寄越した。しかし人間関係のこうした小さな足場は、私たちの結婚に、というか、アニエスの太陽のような人物像にあまりに密接に関わりすぎていた。私はただその周りを不気味な星のようにめぐっていたにすぎなかった。だから、そんな男の友情は、家庭裁判所の判事が、互いの合意のもとで提出された離婚協定書に共和国印の判子を押した瞬間に消滅した。それで私はふたたびビールを飲むようになり、マルクに頻繁に会うようになった。

マリーが引き揚げようと腰を上げたとき、このへんでできる面白いことはあるかと訊《き》いてみた。答えが知りたいというより、会話を長引かせたかった。あと少し彼女を引き留めたかった。マリーは視線を上げて、考えを巡らせる。サン＝ジュリアンまで行ってもなにもないしなあ。

「まあ、羊のお散歩にご興味あれば、話は別ですけど」マリーが笑顔で付け足した。

マリーは私にとある農園、というか、動物を使ったアクティビティを提供する団体をおしえてくれた。「あそこならサン＝ジュリアン＝ド＝ジョンジーを突っ切ればすぐですけど、あなたのお気に召すとは思えませんね」マリーは念を押した。

マリーが行ってしまったいま、ただちにウィローについての執筆を再開しようという気分にはなれなかった。読書をする気分にもなれなかった。そしてなによりこのがらんとした家を出たかった。そこらじゅうにマルクとその妻の存在を感じた。壁紙一平方センチメートルに至るまで、いっさいをおざなりにしないこだわりを感じた。天気は申し分なかった。私はガレージに行って、マリンブルーのゴム長靴を履き、戸口のフックに掛かっている服をちょっと漁って、ひどくカッコ悪いダウンのベストを拝借した。私はソーセージみたいにぱんぱんに膨れ上がった。でも誰がどんな服装で歩こうが、誰も気にしない。田舎には私のイメージするとおりの長所がある。仕上げにマルクの妻がプールサイドで被っているに違いない、つばの広い麦わら帽子を被った。「野郎ども、出発だ！」私は誰もいない玄関ホールで叫んだ。

＊

十五分後、私は村外れの道路脇に建つ小さな家の呼び鈴を押した。録音したヤギの鳴き声が、家の中に鳴り響いた。郵便ボックスに「ベティ&カンパニー——ロイックとエミリーの動物セラピー——農園探検——地元特産品」と書かれた表札が貼ってある。誰も出てこない。窓に顔をくっつけて中を覗《のぞ》いた。テレビがついている。私はもう一度呼び鈴を押した。ぱたぱた足音がする。若い女性が扉を開けた。明るい笑顔。サルエリパンツにだっぽりとした毛糸のカーディガンを羽織り、ビルケンシュトックのサンダルを履いている。首すじに文字のタトゥーがある。そしてとてもリラックスした様子だ。大麻でも吸っていたのかもしれない。

「ベティさんですか？」

「いいえ、わたしはエミリーです。ベティは羊です。というか、だったんですけど。かわいそうに旅立っちゃいました。でもほかにも動物はいますよ。お孫さんのお相手ですか？」彼女が訊いてきた。

「いいえ、私なんですけど。ここで動物の散歩をさせてもらえると聞いたものですから」

「それはつまり、いまからってことですか？」

ほんの少し面食らった様子だった。ブリヨネ地方で半自給生活をしながら、動物セラピーを営んでいる若い女性らしい面食らい方だった。たぶん普通は予約が必要なのだろう。

「ロイック！」

ふたたびタイルの上でスリッパを引きずる音がした。ロイックは四十くらいの男だった。四角い顔がゴマ塩の顎髭《あごひげ》に覆われている。ふたりともよく日に焼けていて、筋肉質で、不潔だった。ロイックはレッド・ホット・チリ・ペッパーズの肖像がプリントされたTシャツを着ている。〈熱血トカゲ〉

で催したあのトークショーの場にもしっくりはまるようなタイプだった。

「こちらのお客さんが、動物に会いにきたって」

「散歩をさせてもらえるって伺って。というか友達に聞いて。ちょうどヴァカンスでこっちにいるので」

「じゃあ行きましょう」

私たちは小さな家を突っ切った。庭の奥に小さな家畜小屋があった。波打つ屋根は太陽光発電パネルに覆われている。ロイックは木の箱と針金でつくった扉のようなものを開けた。家畜が二頭いるようだが、静かだった。

「黒い羊が一頭います。ブルターニュのウエッサン島原産種で、名前はロバン。もう一頭はヤギです。こっちはちょっとおてんばですが、気のいいやつです――去勢はしてありますから」

「ヤギはなんて名前ですか？」

「トトロです。日本のアニメから取ったんです。エミリーが好きなんで。こいつは三歳です。ちっこい頃は家ん中で飼ってました。哺乳瓶《ほにゆうびん》でミルクをやったりして」

羊はとてもおとなしそうだった。私には理解してくれる存在が必要だった。とにかくこれ以上面倒を抱えたくなかった。羊がいい。逃げたり、車に角で突進したりする恐れが少ない。ロイックが地図を広げて私に散歩の道筋をおしえてくれた。彼はリードを取ってきて、バネ式の留め具でロバンの首輪に引っかけた。

「こいつはコースの最初、道路脇を歩くとき用です。森に入ったら、放しちゃってかまいません」それから、彼はスチール製の水筒と、餌の入った袋を私に渡した。

「やつのおやつです。もし動かなくなったら、これをちょっとやって、先を歩いてください。ついてきますから」

＊

ロバンは憎たらしいやつだった。立往生すると、もうがんとして動かなかった。リードを引っ張っても無駄だった。それで私は指示されたとおり、穀物の粒をやった。手のひらにたっぷりそれを載せて、ロイックにおしえられたとおり、手のひらを平らに伸ばして差し出す（「指に気をつけて！」）。ロバンがそれを平らげると、私は先を歩く。それからは数メートル歩くたび、やつは私が餌袋を持った人間であることを、というか、餌袋であることを思い出す。これは比喩《ひゆ》ではない。小説家が部分の描写によって全体を指し示そうとして使うレトリックではない。ロバンが実際、私をそう見ているという話だ。ロバンの目に映る私は二本足のついた餌袋以外のなにものでもなかった。これは私が求めていた慰めのたぐいとは、どうも違う。動物セラピーは失敗だった。

森に入ると少し楽になった。ロバンを放しても問題はない。私は前を歩く。ロバンはすぐにはついてこない。そのうち、ひとりぼっちになるかもしれないと不安になると、小走りで追いついてくる。群れの本能というのは面白い。私は、毛の縮れた頭を撫《な》でてやる。ロバンは、はなから殺されることが決まっている、そのために生まれてきた子羊だった。世界では暴力が行使され、彼は絶対的に弱いにもかかわらず、たぶん食肉に反対する動物セラピスト夫婦に引き取られたのが望外の幸運だった。

散策用の小道に私たちだけだった。巨大な樹木の根元にはシダが大きな葉を広げている。意外と厄介なのは、シダのあいだに隠れて伸びている茨《いばら》で、丸々太ったロバンが通り抜けようとするたびに、ぱしっぱしっと彼をいたぶったが、ロバンは不平を訴えなかった。「気になんない」レオニーなら言いそうだが、まさに彼は痛いのなんて「気になんない」のだった。彼を不安にさせるものは、食事と、孤独への恐怖、密接に結びあうこのふたつのことだけだった。彼の主人は、ショファイユ村のスーパー以外にほとんど家から出ず、汲《く》み取り式トイレと雨水タンクを設置して、半自給自足の生活を送っている。飼い主が飼い主なら羊も羊、ロバンは完全に他者まかせのダイエットを選んだ。あっぱれだよロバン、きみは弱いが賢い。あっぱれなやつだ。私は羊がシダの匂いを嗅《か》ぐのを放っておいた。ブリヨネ地方の丘陵を彷徨《さまよ》うブルターニュ原産の黒羊、なんだか美しくて悲しい物語だ。

所属している群れを離れ、よそ者になったジャン・コやロバート・ウィローのことを思った。エタンプのアメリカ人は生涯、どこにも居場所を持たなかった。彼の同郷人ジェームズ・ボールドウィンもまたどこにも安住の地を得られなかった。彼は白人にとってはあまりにも黒人であり、黒人にとってはあまりにも同性愛者だった。また南部の白人や、サン＝ポール＝ド＝ヴァンスの田舎名士たちににとっては、あまりにも黒人かつ同性愛者であり、ネーション・オブ・イスラム教団の黒人たちにとっては、あまりにも白人であり、進歩主義的白人にとっては、あまりにも皮肉屋で恩知らずだった。ジェームズ・ボールドウィンは、まず信仰に、その後マルコムXの師であるイライジャ・ムハンマドの演説の中に自分の道を求めた。

ロバート・ウィローも同じだ。ロバート・ウィローは、他の人間と同じ人間になるために、その身をマルクス・レーニン主義の鋼の炉に投げ入れた。おかげで彼は船に乗り込みフランスに向かうことになった。ウィローは大西洋横断中、自分にかかっている呪いなんて、船の上から海に投げ捨てられると思っていた。しかし呪いは彼についてきた。ロバート・ウィローは、ル・アーヴル港で最初にすれ違った労働者の目に映る自分を見て、自分はやはり黒人なのだと再認識した。彼は、サン＝ジェルマンでもやはり黒人だった。スケールの大きい視点で人類を支援する人々のまなざしの中でも、サルトルのまなざしの中でも、黒人のままだった。サルトルが自身の哲学に矛盾している自分に気づいたわけがない。そう、それに気づくには彼はあまりに抜け目がなかった。とにかくサルトルは、人間は自分の境遇から自分の態度を決めなければならないと信じていたし、そう書いた。自分の境遇から逃げるユダヤ人は、非本来的なユダヤ人であると、かなり明確に書いた。そしてこのテーマになると明らかに多弁になった。もったいぶった言い回しなどせず、ユダヤ人は自分にかけられた呪いを受け入れるべきだと訴えた。

そして非本来的なユダヤ人がいるのなら、非本来的な黒人もいるのである。ウィローはそうした非本来的黒人のひとりだった。そして、たぶんサルトルがそれに気づいたのは、一九五三年の、あの夜、ヴェル・ディヴ競技場でのローゼンバーグ夫妻救済集会でだった。その席でウィローは、アメリカ黒人としてマイクを取って発言することを拒んだ。そしてサルトルを中心とした小さな社会は、ウィローが非本来的な黒人であることを赦《ゆる》さなかった。それは工場労働者のせがれ、つまり正真正銘プロレタリア出身でありながら、その境遇に背を向けたジャン・コを、サルトルが絶対赦さなかったのと同じ構図だった。その結果、ジャン・コはおぞましい裏切り行為に及ぶことになるのだが……

カラスの鳴き声で、私は突然、我に返った。自分がどこにいるかを思い出し、目で羊を探した。ロバンの姿はどこにも見えなかった。

*

私は来た道を引き返して羊を見つけた。ロバンは狂ったように鳴きわめいていた。手のひらいっぱいの餌を食べ終わるまで落ち着かなかった。私は夢中で考えごとをしていたために、早く歩きすぎたのだった。ロバンもロバンで、スガンさんのヤギみたいに、棘《とげ》スモモの樹と戯れるのに夢中になっていた。

ロバンを返した際、ロイックに芳名録になにか書いていきますかと訊《たず》ねられた。それはクレールフォンテーヌの大きなノートで、私はロバンにというより、若い夫婦に向けて心からの感謝の言葉を書いた。ロイックはノートを小脇に抱えて玄関まで送ってくれた。暇《いとま》を告げる前、ノートを広げて、私の書いた豆粒みたいな文字に目をやった。彼はくすっと笑って言った。

「ロスコフってフィニステール県にある町と同じ名前ですね。あなたはロバンの親戚ってことですね。言ったでしょう。あいつはウエッサン島出身ですから」

私は私の名字が、ロシアの平原で生まれた遠い祖先に由来し、役人の書き間違えで、フランス的な末尾になったことは言わないでおいた。とにかく彼がその名を面白がってくれたことは事実なのだ。そしてある意味で彼の言うとおりだった。私はロバンの善良なまなざしを見つめるうちに、本当に彼の親戚になったような、ブルターニュ流の親戚になったような気がした。私は自分がロバンと同じくらい弱く、狼の群れの中にいるあどけない坊やのように丸腰であるのを感じた。私は屋敷に帰った。

「ケータイにはロックをかけておけ。触るんじゃないぞ。ゆっくり静養するんだ。そうすりゃ、首のない鶏みたいに右往左往しなくてすむ」ポラン・ミシェルが言った。「おまえはもう十分やったよ」マルクが付け足した。

私は従順に従った。しかしいま、私は引き出しの中に仕舞ってあるその横暴な物体のことを考えている。現実を否定しても、なにも得られない。現実は、私から遠く離れた、インターネットの上で、そしておそらくはマスメディアの上で荒れ狂っている。私がパリを離れるときにはすでに、炎上が起こり始めていた。なにかリアクションを起こさなくてはいけないのだ。私は一刻も早くポラン・ミシェルに、私の考えを示したい、恐怖に飲み込まれるのを拒み、ショー地区の黒人中産階級のはったりに騙《だま》されることを拒み、物質主義的な熱意を拒んだウィロー論を読ませたいと思った。そしてそれを一刻も早く、誹謗《ひぼう》する連中に見せ、その判断を仰ぎたかった。

私は二階の寝室に上がり、ケータイが仕舞ってあるナイトテーブルの引き出しを開けた。電源を入れた。壁紙にレオニーの顔が現れた。六歳の時分だ。本当に天使としか思えない。頬はふっくらとみずみずしく張りがあり、まだあどけない。世界に問いかけるような厳かなまなざしをしている。

「二十二件のメッセージがあります」とそっけないが冷たすぎもしない声が告げた。最初のメッセージは、例の不動産屋の青年だった。

「ロルコフさま、ごきげんいかがでしょうか、ステファン・プラザ不動産のリュック・コンパニョンです。何度かメッセージを残させていただきましたが、お元気でいらっしゃることと思っております。その後、ご検討いただけましたでしょうか？　そろそろ次の内見の日取りを決めてはいかがと。いくつか候補日がございますので、また連絡いたしますね」

このバカは、ひっきりなしに私に電話をかけていた。ひとつ前のメッセージも聞いたが、またこの男のものだった。死にたくなった。それなのに私は留守番電話のメッセージを最後まで聞いてしまう世代の人間だった。バカは容赦なかった。

「ロストフさま、リュック・コンパニョンです。抱えておられる問題でそれどころじゃないだろうことお察ししますが、やはり例のマナーハウスの件でお電話しました。こちらで家主と値下げについて交渉を行いまして。こういう話は本来、お客さまにすべきではないのですが、でも、私の見立てでは三十六万、なんと三十六万まで値引きができそうなのです。あの物件にはほかにも興味を持たれているお客様がいらっしゃいますが、でもまっさきに、ロルトフさまに電話させていただきました。わかっていただけますでしょうか？　私は、私だけは、あなたを見捨てたりいたしませんからね」

私は息を飲んだ。

彼は「抱えておられる問題でそれどころじゃないだろうことお察しします」と言った。

「あなたを見捨てたりいたしません」とも言った。

エソンヌの不動産屋の口調は、追い詰められた獲物に話しかけるみたいな口調だった。私は、〈顔長〉のブログやツイートを発見したときに襲われた眩暈《めまい》に、ふたたび襲われた。いきなり巨大な投光器で狩り出され、ふたたび鎖に繋がれた奴隷の群衆に見つめられている自分が目に浮かんだ。チュニックを着た女たちが詩編を詠唱している。私は大粒の汗をかいた。不動産屋は残忍な娼婦《しょうふ》みたいに、うわべだけ同情を寄せるような声でしゃべり続けている。「それにしても、あなたもお人が悪い。インターネットでお顔を拝見しましたよ。あなたは、ウィグロー、でしたっけ、あのカナダ人の本を書いた作家さんだったのですね。まあいいのです、たぶん私とあなたとは政治信条が違いますが、たとえ、その点で分かり合えない間柄でも、ボロクソに言われていいはずがないと私は考えます。まあ所《しょ》詮《せん》、インターネットの中の話ですから。そこでどれだけボロクソに言われていようと、ク・デュ・ルー通り四番地はあなたのお越しをお待ちしております、とお伝えしたかったのです。ではまた」

＊

私はベッドの端に坐って、ポラン・ミシェルに電話をかけた。

「どうなってるんだ、ポラン。いま不動産屋からの留守電を聴いたが、まるで僕が指名手配犯みたいな口ぶりだったぞ。説明してくれ。知らない人間からこんな話を聞かされて、心穏やかに過ごせるわけがない」

「インターネットを見てないのかい？」

「そうだ、インターネットなんて見てない。ケータイを井戸に投げ捨てろ、パスワードも捨ててしまえと言ったのは、きみとマルクじゃないか、忘れたのか！」

「わかった、それでいい。でもいま、インターネットにアクセスできるか？」

「いいや、ポラン、おれはブリヨネ地方にいるんだぜ。いくらきみの頼みでも不可能だ。ブリヨネ地方は、最近、電気が通ったばかりだからね。そんなもの繋がるわけがない。だろう？」

「ほんとに？　ケータイがオフラインになってない？」

雑音が大きくなり、編集者の声が聴きとれなくなった。なんとか「ローミング」と「接続」という言葉が聴きとれた。それから電話が切れた。私はパラメータ設定をあれこれといじった。ポラン・ミシェルの言う通りだった。ブリヨネ地方の光ファイバー導入の遅れのせいではなかった。私が勝手にローミングオフにしていただけだった。私はグーグルに飛んだ。

第七章
押し寄せる群衆

「ジャン・ロスコフ——荒海に飲まれた文学」『リール』誌、「エタンプの預言者——論争が暴いたもの」『レクスプレス』誌、「ジャン・ロスコフ——SOS人種差別から記憶の剽窃《ひょうせつ》まで、とある迷子の軌跡」『ソサエティ』誌、「マッカーシズム専門家、魔女狩りの餌食《えじき》になる」『マリアンヌ』誌、「ジャン・ロスコフ——炎上に直面」『現代の価値観』誌、「ロスコフ氏のゆきすぎた自由——バッシングの一部始終」『座談の名手』誌、「無理やりなこじつけと胸糞《むなくそ》悪くなる主題——ロスコフの作り方」『テレラマ』誌、「ジャン・ロスコフ——座礁したミッテラン・チルドレン」『ユマニテ』紙、「エタンプの預言者、人種差別反対運動の内ゲバを暴露」『ル・モンド』紙、「出版する必要はあったのか？」『リベラシオン』紙、「ロスコフ論争——私に見えないように、その黒を隠してくれ」『スレート』誌、「論争から学ぶ、文化の盗用、人種の不可視性、フランス的普遍主義に潜む人種差別」『トリアングル』誌、「普遍主義者？　それとも否定論者？　ジャン・ロスコフをめぐる論争」ラジオ・フランス・キュルチュール局、「ジャン・ロスコフには気の毒だが、ロバート・ウィローは〝ニグロ〟だった」『若きアフリカ』紙、「エタンプの預言者——悪質な文学信仰について」『トランスフュージュ』誌、「強《ごう》姦《かん》された伝記」テレビ番組『本の虫』、「『ありがとう、プゼさん』で剝《は》がれ落ちたジャン・ロスコフの仮面」『ル・タン』誌、「ジャン・ロスコフにファシズム界隈《かいわい》から助け船」ニュースチャンネルLCI。

『ル・モンド』書評版と、とあるＷｅｂ同人誌だけが、ひと味違う切り口で本を取り上げていた。

「論争の陰にいる詩人――ミスター・ウィローの驚くべき運命」

「エタンプの預言者――ところで、みんなほんとにそれ読んだ？」

私はポーチに腰を下ろした。なだれ落ちるコンテンツや巨大な見出しを思い浮かべてみた。「おれは思い上がりという罪で罰せられたのだ」と思った。本を出す前、私は密かにスキャンダルや論争を望んだ――いずれにせよ無視されるよりはいいだろうと思っていた。私の望みは、望んだ以上に叶《かな》ってしまった。私の邪《よこしま》な考えは見えない手によって罰せられた。結果、自分が身ぐるみ剝がされ、虫けらみたいに群衆の前に晒《さら》されているのがわかる。下水清掃員のような連中が、私の人生を無造作に隅々まで詮索《せんさく》している。「ロスコフの交友関係は？」とどこかのジャーナリストが問えば、「親友は弁護士のマルク・Ｗ」と別のジャーナリストが答える。彼らはいったい誰のことを話しているのだろう？　分身というのは私であって私ではない。それは悪意によってゆがめられた私の鏡像だった。その見覚えのない、もうひとりのジャン・ロスコフは、「歴史捏造家《ねつぞうか》」「恥ずべきネオ植民地主義者」「引き籠《こ》もりのペタン信奉者」だった。

それから「著名な学者」でもある。

中身のないおべんちゃらにも地雷は仕掛けられている。そのおべんちゃらには罪を増幅する以外の意図はない。たとえば「もてはやされる大学教授」とある。もてはやされる大学教授って！　これなんか、かなりわかりやすい。つまりスキャンダルがある程度の価値を持つためには、私がフランスの大学界を牽引《けんいん》する大物でないと困るのだ。そうでなければ、私の犯した過ちは許しがたいものにならない。私が大物なら、知らなかったでは許されない。私は言葉を完全に掌握し、言葉の威力を知っているはずだ。なにしろ、もてはやされる大学教授なのだから！　ジャーナリストというのは、理屈のために真実をほんのちょっと歪《ゆが》めることさえ厭《いと》わない悲しい人種なのだ。

私の「信奉者」（この表現！）、私を検閲の殉教者に祭り上げようとする人々の称賛ですら、どうも嘘くさい。私を「自由な精神を持った勇気ある知識人」と称え、「フランスの大学の一匹狼」と書くこの記者が、私の行っていた研究についてひとかけらのイメージも持っていないのは明らかだ。彼は私が書いた論文ひとつ読んでないし、かつての教え子や、同僚への聞き取りひとつ行っていない。このジャン・ロスコフは「独立心の強い、真実に飢えた魂」を持っている、ある種、気難しい苦行者であり、鷹《たか》のような目で明晰《めいせき》にものを見る観察者である。私は全然そんなタイプではない。

私は悪の組織の首領のブロフェルドのごとき腹黒い人種差別者でも、失墜した天使でも、メフィストフェレス的インテリでもないし、勇敢で頑固一徹な自由思想家でもない。誰かが書いた馬鹿げた内容の記事を、次の記事が、そのままをなぞる。記事で知ったが、私はブルターニュ出身の大学教授で、「激烈な文体」の持ち主であるらしい。現在、私は海外に逃亡中で、自殺の可能性を憂慮されているらしい。私は「仕事の鬼」であり、かつては「社会党を支える柱」だったらしい（一度たりとも党費を払ったこともないのに）。ラジオ局フランス・アンフォからインタビューを受けたマルクは、私と連絡が取れなくなっていて心配していると答えている。なぜそんな嘘をつくのだろう？　たぶんジャーナリストがブルゴーニュの隠れ家にいる私を突撃取材するのを回避するためだろう。

奇妙なことに、揺るぎない真実すら、嘘に思えてくる。とある記者は、私が「マルク・Wの親友」だと明言している。私はマルクがこのくだりを読んでいるところを思い浮かべた。おそらくすでに彼はこの記事を読んでいる。たしかに、私はマルク・Wの「親友」だ。それなのに、その表現に違和感を覚えずにはいられなかった。「親友」という言葉は、激しさを増す論争においては、ある種の含みを持つ。そこはかとなく焦げ臭い。こうした友情には秘密の契約の匂いがする。ミッテランとルネ・ブスケのそれ、ひと目を避けたところで結ばれた、秘密の扉の向こうで結ばれた友情である。ただの友情じゃない。密儀のたぐいだ。マルクならそう読むだろうと想像した。

　私は上唇を噛《か》んだ。私はラベンダーの香りのする寝室の中で麦藁帽を被《かぶ》ったままでいた。そのままiPhone を便器に投げ捨ててもよかった。すべてをなかったことにできたかもしれない。「賢人はミツバチに刺されても動じない。下手に動けば、群れに襲われることになるからだ」でも私は少林寺の僧でも、賢人でもなかった。私は運転しながらハイネケンを飲むようなダメ人間だった。

　私はテラスに出た。怒りにまかせて松ぼっくりを蹴《け》り飛ばした。私にだって、私のために体を張ってくれる人物がいてもいいのに。自分の編集者のことを考えた。まだやつの頼りない声が耳に残っている。ポラン・ミシェルのやつがおれを助けるためにいったいなにをしてくれた？　やつは体を張って、批判からおれを守る障壁になるべきだったのに。やつは校正刷りが出るたび、「僕らの本」とそう言ってたのに。そうだあれは、ふたりでつくった本だし、私は成果を分け合うつもりでいた。これほど親身になってくれる人間に出会えたことが嬉《うれ》しかった。やつは恋女房のような気遣いで表紙のデザインを選んでくれた。卵を孵《かえ》すみたいにこの本を大事に温めてくれた。その本がいまけなされているというのに、やつはそれを迷惑なお荷物であるかのように私に押し付ける。

　たしかに、やつは私に記者会見かなにかを開くと約束した。私が一時的に姿を消し、沈黙する交換条件として、かならずそれを開くと強く約束した。あの約束はどこにいったんだ？　ポランは電話の向こうでもぐもぐと口ごもった。こんなんで事態に対処できるわけがない。可哀想なポラン。彼はきっと完全に無名だった時代、本の虫が喜ぶアクセサリーを作っていた時代に戻りたいと思っている。

この職人が気分よく仕事ができるのは、自分の工房の中だけ、自分の世界の中に隠れているときだけなのだ。私は彼ともう一度話そうと電話を掛け直したが、出たのは留守番電話だった。

私はテラスに立ちすくみ、目の前に広がる谷を見ていた。嵐が近づいている。大気が電気を帯びている。遠くで雷がとどろいた。谷を見下ろすと、生垣のあいだをトラクターが蛇行しているのが見えた。雷鳴が近づいてくる。いきなり森を穿《うが》つような土砂降りになった。誰にも頼れない。押し寄せる群衆に立ち向かうのは、もう自分しかいない。群衆に飛び込もう。全速力で攻めてくる時代遅れの愚者の群れを蹴散らしにいこう。まるで下院非米活動委員会に立ち向かう、サルトルの審判に立ち向かうロバート・ウィローだ。私はロバート・ウィローであり、ジャン・コであり、ジャンヌ・ダルクなのだ。私はひとりぼっちで、ブリヨネ地方の谷間を望んでいた。そして人々に立ち向かっていた。私は、ひどい侮辱を受けた自由そのものになっていた。

十分後、家じゅうの鎧戸《よろいど》が閉められた。私は厳重に戸締りをし、軍馬に飛び乗るように、トヨタに飛び乗った。気分はフン族のアッティラ王だ。

時速一三〇キロメートルで高速道路を飛ばしていると、物事が手中に戻ってくるような偽りの感覚を覚える。私は戦闘態勢にあるスズメバチの巣に向かって直進している。私はのんびり走っている車や、週末旅行から帰る車を抜き去る。私は一台、また一台と前を行く車を追い越していく。心は乱れていない、とても落ち着いていると感じていた。田舎で休養しているうちに、ずいぶん出遅れてしまった。私を誹謗《ひぼう》する人間たちに毒矢を何本も打たせてしまった。しかし、おかげで元気を取り戻せた。私はこの三日で、自分のテーマをじっくり検討した。自分の研究を批判的な視点から眺めることができた。アニエスは私のことを思い込みの激しい人間だと思っているがそれは間違いだ。自分をあらためて疑ってみる心の準備はすっかりできている。私は疑うインテリなのだ。人生を通して自分の信念を疑ってきた。そして自惚《うぬぼ》れで分別を失わないように努めてきた。おそらく、おのれの間違いを公けに認めることは、いつだってただ認めるより難しい。他人から求められ、強制されると、なおさら難しくなる。

ウィローについて、私にはかたくななところがあったことを認めるつもりだ。私は彼の人間性を構築しているものの中で黒人というアイデンティティの果たす役割を低く見積もった。しかしながら、ここ数日の熟考を通して（出版する前にやるべきだったと、いまは思う）、よりはっきりわかったが、ウィローの記憶に忠実であろうとしているのは私の本だけだと思う。私は、黒人作家として読まれたくないというウィローの意志を尊重した。それで、私は真実を裏切ることになった（だからその点については悔い改めなければならないと思っている)。というのも、ウィローは、自身が思っていた以上に黒人だったからだ。

詩作の初期、サン＝ジェルマン時代のウィローの作品に見られる痛々しいまでの皮肉は、青春時代、黒人社会のブロードウェイ、Uストリートを闊歩《かっぽ》していた頃の名残りだった。ウィローは、理髪店の亭主や大学の教授たちが、人の好い陽気な顔を見せながら、その裏に不安や、恐ろしい苦悶《くもん》、恥辱、内に籠もる怒りを隠しているのを見た。彼は人の仮面の裏を眺めるすべを身に付けた。彼は生涯、なにかに映る自分の像から逃げ続けたが、どこへいっても、他者の目の中にそれを見ることになった。他者の目とは、たとえば白人進歩主義者の目、つまり一九五三年、二月、ホワイトハウス前に集まった共産党員とデモ行進をした際に、彼に正面から罵声《ばせい》を浴びせかけたデモ反対勢の憎しみの籠もった目だ。それからサン＝ジェルマン街の娼婦たちの魅了されつつも怯《おび》えのまじった目。娘たちは街角でウィローと目が合うと、「黒人の色気」にそそられ、ぷっと笑って目を伏せたものだった。そして彼になにかしら強い発言――アメリカ黒人としての発言――を期待するフランスのインテリたちの押しつけがましい目。ほかにエタンプの椅子職人たちの、まるで別の惑星からの来訪者を見るような目もある。

私は、ウィローが望むとおりにウィローを捉《とら》えた。少なくとも、私が描き出したウィロー、私がカード占い師よろしく写真や詩を並べながら、そこに浮かび上がらせたウィローはそうだ。私の書いたことは間違いでもあり、正しくもあった。私の言うロバート・ウィローはちゃんと存在した。私が勝手に創り出したわけではない。私は彼を内面で理解したのだ。そして私の本を開くまでロバート・ウィローという人間が存在していたことすら知らなかった連中が、私に一から説教を垂れようとするのである。

雨はもうずいぶん前に上がっていた。雲がピンク色に染まっている。私はラジオを点《つ》けた。この手の問題に最も敏感そうな局に合わせた。どんぴしゃ。フランス・キュルチュールで、ルー・バセ＝デュトネールがいかにもすまなそうにタバコ焼けした声で話していた。

「たしかに、うちの出版社にもロスコフの原稿は送られてきました。でも断りました。私はそれを注意深く読みました。どんな原稿だろうが私はそうするんです。で、すぐにこれはまずいだろう、と思いました。この原稿にはロバート・ウィローの肌の色について、なにか由々しき点があると感じたわけです。なにかしらの不備がある、とね。実際に、かなり不健康なものがあったわけです」

私はガードレールの白い帯に意識を集中した。なんという恥知らずな女だろう。私はアクセルを踏んだ。

前時代人と現代人の論争、ロスコフ派とアンチロスコフ派の論争。フランス・アンテルにチャンネルを変えると、ロジェ・ダビウーが自分の立ち位置を表明していた。

「ロスコフの歴史の見方は二元的なんです。一九五六年を例にみましょう。ロスコフにとっては、この年は共産主義者の犯罪が明るみに出た年です。ウィローはこの年、決定的に共産党と袂《たもと》を分かっています。すべてはしっかり辻褄《つじつま》が合っている。

しかし一九五六年というのは、ソルボンヌで黒人作家の最初の学会が催された年でもあるのです。その学会で黒人作家たちは、本当に平等社会の実現を目指して闘争するのなら、いま自分たちが表明しているような政治的対立を越えていく必要があると理解しました。西側の政治に、その闘争の進展は期待できません。共産主義はというと、成り行き上、反植民地闘争の吹き溜《だ》まりだった時期もありましたが、それもいまは昔、共産主義がその問題を永久に解決することがないのは、誰もが知るところになっていました。

ところで、黒人は、特殊な、スペシャルな弾圧の犠牲者でした。だから彼らのあいだにはひとつの声が特別に響き渡ったわけです。つまりエメ・セゼールの共産党離党は、彼らにとって特別な意味があったのです。

ロスコフはこの側面を隠蔽《いんぺい》します。彼はセゼールの離党を、たんなる失望に単純化してしまう。ソヴィエトの約束が嘘であることに気づいた一個人の失望に単純化してしまうんです。

しかしセゼールはモーリス・トレーズへの手紙で多くのことを語っています。それは単に失望した共産主義者の手紙ではありませんでした。黒人共産主義者の手紙でもあったのです。この手紙は、全文じっくりと読み直す必要があります。その中で、セゼールは黒人市民が、共産主義の道具にされるばかりで、その逆がないことを嘆いています。とりわけ普遍主義が骨と皮だけになってしまう危険性を語っています。『消滅の形はふたつある。特殊な枠に隔離される形と、〝普遍〟の中に希釈される形だ』そしてモスクワの出した提案は、黒人を普遍の中に希釈するというものだったのです。セゼールが共産党を離党する真の理由は、そこにありました。そしておそらく、ウィローの歩みもここにあるのではないでしょうか」。

やってくれたな、くそダビウー。私はサービスエリアに停まり、小便を済まし、ガソリンを入れた。ガソリンを入れながら、ラジオをひと言も聴き洩《も》らさぬよう窓を開け放しておいた。腹が立ってしかたがない。まったく反論できないまま、ウィローの仕事をゆがめられるのを聴いているのは我慢ならなかった。言いたいことが山ほどあるぞ。第一に、ウィローは五六年の黒人作家学会の写真には写っていない（これは確認済みだ）。第二に、ウィローはセゼールではない。もう少しで番組に抗議の電話をかけるところだった。

幸い、スタジオにいたひとりが反論した。反論者は黒人学会の中心で行われた論争に触れた。物事はもっと複雑だったと彼は言う。彼は、黒人性《ネグリチユード》に懐疑的だったファノンの言葉を引用する（さあ一発顔に入ったぞ、ダビウーめ、この裏切者め）。反論者は重々しい口調でゆっくりと話す。「ファノンは植民者に対する激烈な反抗と解放を信じていました。しかしファノンは人種差別と闘うために、黒人としての誇りを掻《か》き立てる必要があるとは考えませんでした。彼は『反人種差別的人種差別』を警戒していたんです」

私の緊張は少し和らいだ。一方ダビウーは不機嫌になった。「まあ、そういうこともあるでしょう。ところであなたは、ロスコフが博士論文の指導教官としてアレッサンドロ・バザロヴに師事していたことをご存じですか。一九九五年に歴史否定論者として学界を追われた人物です。つまり、カエルの子はカエルというわけです」

私はチャンネルを変えた。うしろからクラクションを鳴らされた。「とろとろすんなよ、おっさん！」うしろ髪を伸ばした強面《こわもて》の男が、窓から顔を出して凄んできた。私は、そいつをきっと睨みつけ、それから握っていたハイオクガソリンが滴るポンプをフォルダーに収めた。

「レイシスト」黄色いスプレーで、太い汚い文字が書きつけられていた。雑な犯行だった。その後、犯人はドアの外側の取っ手を引っこ抜き、シリンダーを半分破壊した。残念ながら鍵《かぎ》をこじ開けるまでに、あとほんの数秒足りなかった。おそらく隣人が戻ってきたかなにかで中断されたのだろう。

私は自分でちょっとした聞き込みを開始した。かなり超然とした態度で、管理人に質問する。麻痺《まひ》していた。うんざりすることが短時間に重なりすぎ、怒りのキャパシティを超えていた。いいえ、なにも見ていないと管理人は言った。四六時中、玄関にいるわけじゃないし、そこまでの分の給料は貰《もら》ってないし。彼女は心にロックを掛け、表情を堅く閉ざした。私が近づくとみんなの表情が固くなった。誰もが私とちらっと目が合っただけで、心の扉をロックする。考えすぎだろうか？ 管理人が文芸界のスキャンダル記事を読むとは考えにくい。彼女はどちらかといえばバイオメディカルだとか、オカルト系の雑誌なんかを読んでいるタイプだから。

それにしても落書き犯はどうやって私の住所を知ったのだろう？ 最後にうちの家に入った悪意のある人物は誰だろう？ ジャンヌの顔が思い浮かんだ。五日前、彼女はうちで食事をした。いっしょにオッソブッコを食べた。ジャンヌ、悔いることも、赦《ゆる》すことも知らない強情なジャンヌ。罪と罰しか認めないジャンヌ。本人のしわざとは考えにくい。でも彼女が私の住所を、アフロ＝フェミニズム国際インターセクショナルサークルだとか、白人男狩り会だとかのお仲間におしえたに違いない。きっとジャンヌがあとはどうとでもなれと、住所と下の入り口のコードをおしえたのだ。彼女のことだ、そうに決まっている。

　被害届けを出そう。頼りになる人物としてふたたびマルクの顔が思い浮かんだ。すでにここまで、とてつもなくマルクに世話になっていた。「事件」以前から（これまでの展開含め、事件という言葉がふさわしい。ワインシュタイン事件とか、スタヴィスキー事件とか、ジョージ・トロン事件とはタイプが違うが、誤用にはならないと思う）、マルクにとっては、私とただ会って酒を飲むことがすでに妻の小言の対象だった。彼女は私が自己破壊的な負のスパイラルに入っていると思っていた。そして私の心痛が夫に伝染し、夫の輝くような健康とひいてはその晴れやかな仕事ぶりに害を及ぼすことを恐れていた。マルクは女房の言うことを聞かなかった。彼は私の味方だった。私が自分自身にとってすら害のある存在になったときには、私に別荘を貸してくれた。私からの戦略に関わる法律がらみの質問に、時間を割いて根気強く答えてくれた。通常、マルクの相談料が一時間あたり六百五十ユーロであることも言及すべきだろうか？　そんな貴重な時間をたっぷりと、無料で、私に割いてくれたのだ。彼は忙しい人間だ。彼はもう十分によくしてくれた。これは自分で片付けなければ。

＊

　もう夜も遅かった。電話をかけた錠前屋の説明では、夜間出張の場合、最低でも二千七百ユーロかかるらしい。現金払いなら消費税分はサービスするという話だった。

「家宅侵入なら、住宅保険で戻ってきますけど。まあ、いずれにせよお客さん次第ですがね」

　私は保険証券を探そうと、事務書類を入れたケースの中をかきまわした。ようやくＭＡＩＦ保険会社から届いた証券番号入りの封書を見つけた。二千七百なんて大金はとても払えない。クレディ・リヨネ銀行の私の口座を管理している陰気な担当員に、年金生活者の決済には上限があると言われたことがある。私は保険会社に還付金が下りるかの確認をしたかったが、電話をかけても誰もでない。辛抱だ。この種の人間たちは、日没後はめったに電話に出ない。警察にも電話をしなければならない。やらなければならないことは山ほどあるが、私はくたびれて死にそうだった。とことん疲弊し、床から立ち上がれなかった。

車に飛び乗る直前に電源を入れて以降、その横暴な小さな機械は十五分刻みでバイブし続けている。ジャーナリストたちは電話だけでは飽き足らず、しまいにはSMSまで送ってくるようになった。『ヌーヴェル・オプセルヴァトゥール』誌の記者は私に「何時になってもかまいません、電話ください」とまで書いてきた。なんのために？　なにをどう説明すればいい？　私はついに隠れ家の扉まで押し破られた。これまでは、どんな攻撃であれ、純粋に言葉の域を越えなかった。暴力が直接私に向かって振るわれることはなかった。攻撃の対象は、もうひとりの私、つまり大見出しの上のロスコフ、シニックだったりヒロイックだったりするロスコフ、確信犯的にショッキングな言葉をわざと選ぶロスコフ、胡散《うさん》臭い連中とつきあっているロスコフ、グルー、炎上屋、私でないもうひとりの私だった。たしかにそのアバターは、私の目の前で痛めつけられていた。しかしそれはあくまでも私ではなかった。

ところが突然、その泥沼が、物理的な人生に流れ込んできた。落書き、玄関破壊。それがパリ十九区のアルシュロー通りで起こった。おそらくは夜間に。男は自分が場所を間違えていないか確認するために、郵便受けに私の名札を探した。彼は私が何階に住んでいるかを見つけ、この仕事を完遂した。私が在宅していることだって十分にありえたはずだ。私が包丁を片手に出てくることだってありえたはずだ。そしてそうなっていたら……

私は玄関で、扉をふさぐようにして、縮こまって夜を過ごした——ストリートアーティストがやりかけた仕事を終えに戻ってきたときに備えてだ。目が覚めるとすぐ、私はレオニーにメールを送った。音信不通にしていたことを詫《わ》び、できればうちの近所で会いたい旨を伝えた。玄関の鍵が壊れた状態で、あまり長時間自宅から離れたくなかった。レオニーなら、私が警察に行っているあいだ、錠前屋が来るのを待っていてくれるだろう。一時間後、カフェでレオニーと落ち合った。目が落ちくぼみ、まぶたが腫《は》れている。電話すらしないでこんなに長く彼女の顔を見ないでいたのは初めてだった。マルクが記者に向かって、私の自殺をほのめかすようなことを言ったせいで、ひどく心配したのではないかと想像し、すぐにマルクが目端の利く人間、危機管理のスペシャリストであることを思い出した。なによりマルクはレオニーの名づけ親でもある。そのマルクがアニエスやレオニーになにも告げずに、いきなり記者にそんなことを言うはずがない。私が頭を冷やすためにブルゴーニュ地方に身を隠したことはすぐにふたりに知らせたはずだ。マルクはメディアに対する話し方をよく心得ている。なんなら孫子のおしえをベースにしたこういう事態向け対策セミナーすら開いていそうだ。

レオニーは大サイズのコーヒーを頼んだ。私も同じものにした。最初メニューにあるワインの欄に目が行ったが、まだ朝九時だった。誠実にならなければ。

「レオニー」

「まずは会えてうれしいよパパ、言いたいことはいろいろあるけど」

「いろいろって、なんで？　怒ってるの？」

違う、レオニーは怒らない。この子は私の娘だ。レオニーが怒っているとすれば、それはジャンヌにけしかけられたに違いない。レオニーはこのところずっと、あのアイオワのピューリタン女の皮肉を聞かされ続けた。ジャンヌはレオニーにどちらに付くのか決めろと迫った。血縁を取るか、自分で選んだパートナーを取るかは、トランスジェンダーの永遠のジレンマだ。革新的な信頼か、血の繋《つな》がりか。ユゴーの『九十三年』の中でも、シムルダンが共和主義者ゴーヴァンに、時代遅れの王党派である父親を犠牲にしてくれと頼んでいる。レオニーはコーヒースプーンを回す手を止めた。

「わからない。なにを考えたらいいのかもう。疲れた。パパとは三日も連絡つかないし。なんの説明もなしにいなくなるなんて。こっちがどれほどショック受けるか、わかるよね」

「うん。マルクのアドバイスに従ったんだ。バカだった。すまないレオニー。でもやっぱり、いっしょにいてもらいたいんだ、いまは」

私はいきなりレオニーの手を握った。この種のシチュエーションに馴染《なじ》めたためしがなかった。私は他者の苦しみを気遣うのがあまりうまくない。たとえば対象がジャン・コやロバート・ウィローで、遠くからこの人物はまさに自分そのものだと感じられる場合は別だ。彼らになら同情することができる。なにしろ、それは自分の境遇を嘆くことでもあるからだ。

ところが目の前で、生きた人間が苦しんでいる場合はそうはいかない。私は老いた元大学教師であり、書物に潤いを吸い上げられた男だ。自分の命よりも娘のほうが大事だと思っているが、こちらになにを要求するでもなく、無言で悲しんでいる娘を前に、困惑してしまう。まだ文句を言われるほうが――たとえばアニエスみたいに文句を言ってくれるほうが気が楽だ。だいたい私は日頃からして恐ろしいくらい自分勝手なのだ。こんな事態になったからって急に変わったりしない。

「聴いてくれ、レオニー。玄関のドアを壊された。うちに入ろうとしたやつがいる。理屈から考えて、パパはきみの恋人のジャンヌが裏で糸を引いてると思っている。いまから訊くことに嘘はつかないでくれ」

レオニーは理解できないという目で私を見た。それからヒステリックにまったく楽しさの欠片《かけら》もない感じで笑い始めた。

「待ってよ、パパ、落ち着こう、どおどお！」

「おい、レオニー、その『どおどお』ってのは、どうゆう意味だ？　ちょっと熱くなるくらいなんだ、当然だろう！　自分の家の玄関の扉が壊されたんだぞ。パパが一番最近、住所をおしえた人間で、パパをファシスト扱いして、夕食の途中で出て行っちゃった人がいたろう。アフロなんとかっていう活動をやってる人がさ。その五日後に、パパは玄関の扉に『レイシスト』って落書きを発見したんだぞ。それでなくても陰謀に巻き込まれて、黒人嫌いだのレイシストだの、好き勝手に言われてボロボロなのに。おまえまでそれか、質問すらさせてくれないのか？　憶測すら述べさせてもらえないのか？　もうパパは爆発しそうなんだよ、わかるか？」

レオニーは悲しい目で私を見た。

「ねえパパ、パパに理解してもらえるかどうか自信ないけど。パパの住所を調べるのは簡単だよ。だってインターネットに出回ってるもん」

まさに大拡散というやつだ。それが起こっていた。私がソーヌ＝エ＝ロワール県で人生を楽しんでいたあいだも、レンタル羊と羊飼いごっこをしていたあいだも、マリーを引き留めておしゃべりしていたあいだも、インターネットは休まなかった。攻撃は繰り返され、スレッドの応酬は続いた。「#私はロスコフ」が十一万二千回ツイートされる一方で、「#黒人は黒人」「#善いロスコフなんていない」がともに十五万回ツイートされた。「ブラックピープルのための正義」という匿名集団が、「国家レベルの黒人差別」に対する闘争を開始し、私の個人情報、つまり私のメールアドレス、保険証の番号をインターネット上にばらまいた。

「eメールを見てごらんよ、パパ」言われた通りにした。頭がほぼ正常に働いている人間にはおとなしく従うのが得策だ。私は受信トレイを開いた。尋常でない数のメールを受信していた。「おめでとうございます！」というメールがあった。私はフィストファック専門サイトの有料会員になっていた。クレディ・リヨネ銀行の私の口座からは自動引き落としの手続きが行われ、すでにリボ払いが始まっていた。

昨夜、ツイッター上に出現した私を騙《かた》る偽アカウントは、有色人種の娘を襲う集団レイプ写真や、何十という卑猥《ひわい》なツイートを掲げていた。ツイートの終わりにはいちいち「ジャン・ロスコフ、職業fdp」と記されていた。fdpはクズの意味だとレオニーにおそわった。プロフィール写真は、ひどいモンタージュだった。この偽アカウント作成者は、サファリジャケットにヘルメット姿の悪名高きベルギー人植民者の肖像をどこかからコピーし、そこに私の顔を張り付けていた。その顔は、離婚する二年前にペリゴール地方を訪ねた際アニエスが撮ってくれた写真から切り抜かれたものだった。画像の上に透かし文字で「ジャン・ロスコフ、現実否定主義者？　それとも奴隷商人？　その両方であります、隊長殿！」と書かれている。

レオニーは私相手にどこまでも根気強く、いまでは個人データへのハッキングがめずらしくないことを説明してくれた。私を敵視している活動家連中は、相手を精神的に揺さぶるこの種の技術に精通しているのだという。レオニーの話を聴きながら私は自問する。自分はレオニーのことを本当にわかっているだろうか？　まさか彼女自身がそういう卑怯《ひきよう》なキャンペーンに加担していたりしないだろうか？

＊

「被害届けを出さないとだめだよ、パパ」

もちろんだとも。被害届けを出さないといけない。錠前屋を見つけないといけない。七面倒くさい書類を作らないといけない。私についてあることないこと拡散しているクソどもに対応しないといけない。ポラン・ミシェルと反撃ののろしを上げないといけない。言われるがままにしてどうなったかを反省しないといけない。ポランが増刷に取り掛かる前に、序文を差し込んでくれと頼まないといけない。マルクに別荘の鍵を返さないといけない。不正な会員登録を削除して、自動引き落としを止めないといけない。その前に、まずはシャワーを浴びて、服を着替えないといけない。まずなにをおいても風呂に入る必要があるという意見にレオニーは大賛成という顔をした。「できたら歯も磨いたほうがいいね、ポニーが息切れしてるみたいだから、いまパパ」とレオニーは言った。

私たちはぷっと吹き出した。抑えきれず、バカ笑いになった。この世の終わりの空にひとときのぞいた晴れ間のような笑いだった。私はその空の下でずっと足のない蟻のようにじたばたしていたのだ。隣のテーブルの客が奇妙な二人連れである私たちを振り返った。それからレオニーの笑いがいきなり止んだ。そして大粒の涙が、小さな女の子の目からあふれ出すみたいに、とめどなく流れ落ちた。

我々はいったい何者だったのだろう？　我々、すなわち、ダビウー、私、ニコル、マルクに代表される連中は？　前に私はこう言ったことがある。「我々は裏切り者の世代だ」我々の世代は国境のフエルネ＝ヴォルテールの電話ボックスから、ジュネーヴの銀行にこれから洗浄に行くからと電話をかけた。我々の世代は労働者と工場を見捨てた。我々の世代は通貨の自律性を手放した。我々の世代は安定の原則、ＥＵの信条を共有した。そして一九六〇年代生まれの人間たちは、金の力に魅せられ、それに接近し、太鼓腹になっていくにつれ、それと呼応するように社会問題にのめり込んでいった。まだマイノリティの権利、同性愛者の結婚という問題が残っている。

いま、私にははっきりわかる。ＳＯＳ人種差別の全員とはいわないが、「ファミリー」の一部が脱植民地化という考えのもとに集結したのは、自然界への適応という変化の一プロセスだったのだ。「ファミリー」の男女は、ただ単に生き延びたかった。ようするに幸福も追求したいし、かといって自分たちを支える土台、自分たちの人格の骨格も手放したくなかった。つまり自分はモラルの面で非難されるところがないという感覚だとか、ただ知的自己満足をもたらすためだけのぬるま湯状態だとかを保ったまま幸福になろうとした。

もはや自分たちは社会運動の前線にいないのではないかと案ずるそうした世代の男女に新たな教義を与えてくれたのがニューエイジの反人種差別運動だった。ＳＯＳの上層部は次の闘いに勝つために、生き残るために、同時に、罪悪感や恥辱や嘘をついているという苦悩にあまり激しく苛《さいな》まれないために、自分たちのアイデンティティを危険に晒す戦場に乗り込んだ。私や多くの仲間は、この便に乗り損ねた。そしていまだに未練がましく線路の上をうろうろしているのである。

「あなたはなによりも自分の家族を守らないといけないのよ、ジャン」

アニエスは貴重な話し相手だ。とりわけ厳しい局面において、掛け替えのない話し相手だ。アニエスは敵が勝鬨《かちどき》を上げているときですら、私を見捨てたりしないだろう。そのあたりがポラン・ミシェルや、学部長や、ダビウーと違う。アニエスが私に背を向けるのは、私が彼女の目から見て恥ずかしい人間になったときだけだ。昔からずっとこんなふうだったわけではないと思う。私は若い頃の彼女を、知識人としてのオーラだとか、ガジェット（長いタバコ、アフガンコート、気難しそうな態度）で落としている。かつて彼女は感化されやすかった。現在のアニエスはもうそんなものでは満たされない。彼女は人生の岐路に立つたび、おのれの信念や責任感と向き合って、まっすぐに歩いてきた。サッカー選手が言いそうだが、彼女は自分の責任を果たしてきた。私は十九区の中央警察署の待合室からアニエスに電話をかけた。被害届けを受け付けてもらうのをもう一時間も待っていた。家族を守らないといけない、とアニエスは言った。

「なにが言いたいわけ？」

自分の体が震えているのに気がついた。いつもより瞬きの回数も多かった。

「私が心配してるのは、レオニーのことよ。連中が本気であなたを苦しめるつもりなら、次にばらまくのはレオニーの住所でしょうから」

アニエスは私を責めるようなことはいっさい言わなかった。彼女はただそこにいて、自分のことはそっちのけで、娘のことだけを心配していた。そんなシナリオは思いつきもしなかった。ジャンヌとの絆《きずな》がレオニーを守ってくれるような気がしていた。もちろんアニエスの言う通りだった。ジャンヌはそのへんの活動家とはわけがちがう。ジャンヌは親指を下に向けかねないやつだ（このご時世、誰でも、それをやりかねないが）。逆に恩赦を与えられるようなタイプじゃない。沈黙があり、アニエスがため息をついた。

「私はあなたという人のことをよく知ってる、ジャン」

「もちろん、そうだろう。僕は自分勝手な大バカ野郎で、アルコール依存症だ。でもレイシストじゃない。アラブ人の権利のためにデモ行進だってしたんだぞ。きみとつきあってた頃、毎週土曜の午前、きみをデモ集会に連れてったろ」

「もうそれやめてよ。同じ話をくどくど。いま、あなたのアラブ人のためのデモ行進なんてどうでもいいの。いま私はあなたの話をしてるの。あなたという人について、私が知っていることを話してるの。私には、ただ、どうなのかなって思うことがあったから……」

「なんだよ！　言えよ、アニエス。どうなのかなってなんだよ？」

電話を切られたくなかった。彼女の声は信じられないくらい優しかった。彼女が質問を言い淀《よど》むのは珍しいことだった。アニエスはなんでもストレートだった。離婚の要求ですら、いきなりずばりと切り出してきたくらいだ。

「あなたはどういう経緯でそのテーマを思いついたのかなって。というか、どういう経緯でその、ロバート・ウィローという人物に興味を持ったのかなって」

それは執筆中、すでに何度もアニエスに話したことだった。私は今日、初めてそれに気づいたのだが、離婚して以来、アニエスは私の話をところどころしか聴いていなかったのだ。つまるところ、彼女が興味あったのは、ある事柄についてのみ、つまり私が元気かどうかだけだった。それを判断するのは、話す様子を見る、あるいは声を聴くだけで十分であり、内容まで聴く必要がなかったのだ。今日になって、アニエスはひとつの疑念を持った。質問が「なぜ」ではなく「どういう経緯で」になったのは、彼女の知りたいことが、私がそのアメリカ詩人に行きついた具体的ないきさつだからだ。アニエスは私の動機が邪なものでないかどうかを確認したい。私が密かな歪んだ考えから、ウィローを掘り出してきたのではないと確認したいのだ。アニエスですら、私を疑っているのだ。

＊

いい質問だった。

つまるところ、どういう経緯で？

話をもう一度八〇年代初頭に戻さざるをえない。この時期は、私にとって性方面の成熟期であり、また自分の秘めたる可能性を強烈に実感していた時期でもあった。私は二十二か三だった。まだアニエスには出会ってなかった。私はプランセス通りで夜な夜な催されるパーティーや、書物や、セックスの匂いのする寝室のあいだを飛び回っていた。若さを謳歌《おうか》していた。自分が無敵のような気がしていた。寝ないでも生きていけそうだった。学問においても非常な知的興奮を覚えた時期でもあった。私はまわりから才能があると認められていた学問に貪欲《どんよく》に取り組んだ。まるで集中トレーニングによって新しい筋肉がついていくのを実感するボディビルダーのように、私は日々、自分の分析能力や概念の習熟度、記憶能力が少しずつ高まっていくのを感じた。

私はアメリカ共産主義の歴史にわくわくしながら、のめりこんでいった。でもたぶん、それがカトリック、カスティーリャ女王イザベル一世の歴史だったとしても、同じように大喜びでのめりこんでいったと思う。とにかくわたしはボリュームがあって、腹持ちのいいものを欲していた。W・E・

Ｂ・デュボイスの集会、下院非米活動委員会の調査官、ローゼンバーグ事件、これらの内容には重量があった。私はこうした出来事ひとつひとつを微細な点に至るまで徹底的に研究した。共産主義に対するアメリカ世論の強靭《きょうじん》な抵抗ぶりが、私には不思議でしかたなかった。なぜ、共産主義はアメリカでここまで受け入れられなかったのか？　これが大きな疑問、本質的な疑問だった。この失敗の歴史について本を書こう。おれは次代のトックヴィルになるんだ。アメリカはおのれをよく理解するために、外からの視点を待っているはずだ。おれの本はきっとベストセラーになるだろう。当時、出版界では、歴史学者がときどきヒット作を出していた。私は完全に頭がイカレており、あり得ないほど厚かましかった。

この熱狂の日々にあって、ウィローは、調査資料の端々で何度となくすれ違う人物だった。名前だけで、顔はちらりとしか見えない。たいていうしろの方でおぼろげな姿を晒している。現代史においてマッカーシズムと呼ばれるその一時期の新しい資料を開くたび、たまたま居合わせたという体でそこに佇《たたず》む、そのひょろりとしたシルエットを見つけた。その男は私に微笑みかけたかと思うと、謎の人物のまま姿を消す。Ｗ・Ｅ・Ｂ・デュボイスがシカゴでプルマン電車のポーターの労働組合員とストライキを起こしたとき、彼はそこにいた。ワシントンで朝鮮半島への軍事侵攻を告発するデモ行進が催されたときにも、そこにいた。ジャン＝ポール・サルトルが一九五三年六月、ローゼンバーグ夫妻助命のためのヴェル・ディヴ集会で演説したときにも、そこにいた。彼は、同時代を代表する数々の映画の中で、たまにひと言ふた言セリフがあるだけの、すぐに忘れられてしまう永遠の脇役のように、そこにいた。そのうちに不思議になってきた。気に障ってきた。こちらの調査につきまとわれているような気がした。マッカーシズムの一大絵巻の隅々で、その男はあざ笑いながら私を待っていた。

「ようやく来たな、ジャン。遅かったじゃないか」

やがて私は、その本当らしからぬ運命、ジャズ、ミイーとバルビゾンを結ぶ道路上での幕切れ、そしてなにより、最も徹底した史料館にも、最も詳しい文学マニュアルの中にも収められていないそうした詩の数々を発見した。当時はまだ、フィラデルフィア・ブッカー・プレス刊のその小さな本は、フランス語に翻訳されていなかった。心をくすぐられた。たぶん大発見ではないだろうが、なにかを見つけたのは確かだと思った。実際、それは歴史学者なら誰もが夢みるようなもの、たとえばまだ誰も手をつけていない鉱脈のようなものだった。しかもアメリカ合衆国での翻訳本ときている。この種の発見はレアだった。いずれにせよW・E・B・デュボイスとジャン＝ポール・サルトルの交際にある程度重要な役を担った人物でもある。

それに実際、大発見だったら？　私は馬鹿げた想像をした。ロバート・ウィローはソ連のシークレットサービスのスパイ、モスクワの目から見ると、いまひとつ正統的でない実存主義者たちを見張るため、パリに派遣されたKGBの殺し屋なのかもしれない。そう考えるとすべて辻褄が合った。モスクワはサルトルを警戒していた。サルトルは、ソヴィエト政府から、信用ならないブルジョワと見做《みな》されていた。左派の世界での彼の影響力は大きすぎた。サルトルは知識人をモスクワから遠ざけていると非難されていた。ウィローにはフランスの首都にいくつかの人脈があった。彼は当時パリのユネスコ支局にいたフレイジャーと知り合いだった。サルトルと知己のあるライトとも知り合いだった。彼は、実存主義者が多く所属しているフランスのローゼンバーグ夫妻の支援会に潜入した。

私は我を忘れて、妄想の世界に浸った。歴史的研究のあらゆる原則に反していたが、自分の直感を信じていた。ならば詩はなんだったのか？　それは暗号化されたメッセージだったのだ。ウィローはそれを同人誌に発表し、上層部がその暗号を解読した。五六年か五七年に、彼の正体がフランス情報部によって暴かれたため、モスクワ上層部はウィローに身を隠すよう命じた。彼はエソンヌに引っ越し、そこで密かな危機をやり過ごした。あるいはペギーに影響を受けた詩も、モスクワへの暗号メッセージだったのかもしれない。一九六〇年、フランスの秘密警察は運転中の彼を殺し、交通事故に偽装した。葬儀の日、ロシアに雇われたナンシー・ハロウェイはエタンプに赴き、彼の住居を「掃除」した。

ある時期、私は本気でその考えにのめりこんでいた。完全に取り憑《つ》かれていた。高まる熱狂が私を調査に向かわせた。私はエソンヌ県の膨大な抵当物件資料をしらみつぶしに当たったり、ナンシー・ハロウェイに取材を申し込んだり、実存主義、ジャズシーン、あるいはパリのアメリカ人についての膨大な資料の中に、ウィローの秘かな痕跡《こんせき》を追ったりすることに時間を費やした。私も若かったから、なおさら、そんなふうに唐突に打ち切られる人生に興味が湧いた。

私のイメージするウィローは自身の可能性に鋭い嗅覚《きゅうかく》を持っている。トランペットでカーネギーホールの舞台にその名を残す夢を見ていたが、憧《あこが》れのスターたちの演奏を聴き、残酷なまでに自分の限界を思い知った。若く人目を引く容姿だったから、異性にもてた。彼はきわめて間隔の狭いふたつの年月日のあいだに生まれて死んだ。どんな人間であったにしろ、それを露呈するだけの暇もなかった。三十二年は短い。彼もさぞや無念だっただろう。彼は猛烈な喜びを数度、味わい、それから死んだ。ただそれでも、その人生はきわめて濃厚だった。あとから眺めると、まるで自分が早死にすることを知っていたように見える、そういうタイプの人生だった。

私はウィローに対して、好奇心というより友情を覚えた。私が生まれる数カ月前に死んだその男は、私にとっていつも心安らぐ仲間だった。私は彼の初期のある種の作品にみられる辛辣《しんらつ》な皮肉が好きだった。彼には悪人になろうとしても、結局自分を傷つけることしかできない人間のシニシズムがあった。彼はけっして勝ち誇らない。「マサチューセッツ・アヴェニュー」で浮かび上がるウィロー像は眉間《みけん》に皺《しわ》を寄せ、強面を気取っている。

おれはテンポよく目をしばたく
金持ち娘と三十六人のギャングスターに踏みにじられ
ホールの床が悲鳴を上げる

しかし冷淡な口調は、すぐに最も激しいロマンチシズムに場を譲る。

月影ポトマックに満ち満ち
おれは乞《こ》う、きみの愛を、その熾火《おきび》を

ずいぶん長いあいだ、私は夢中になって、その詩人のおぼろげなシルエットを追い求めた。その後、私はそのテーマを放棄した。材料が少なすぎるし、未知の部分が多すぎた。推測だけで本は書けない。私はマッカーシズムの歴史の研究者であって、古生物学者ではない。これはいったん横に置こうと思った。そして四十年、横に置き続けた。年が明けるたび、今年こそは、それを再開しようと思うのに、授業やら、レオニーの誕生やら、ローゼンバーグ事件本やら、生活やらに飲み込まれてしまった。まず大前提としてリアリティの問題もあった。ロバート・ウィローはKGBのスパイではない。彼の役回りはポジションに恵まれた時代の証人のそれ、それだけだ。私はそのアメリカ人の本を書かなかった。私は憂鬱《ゆううつ》にぶち当たって砕け散る大恋愛を体験した。私は娘をひとりつくった。私は現在六十五歳だ。

「ジャン・ロスコフさん！」

私は飛び上がった。受付の女性が私を呼んだ。番号の付いたボックスに入れと指示された。まるで税務署だ。その刑事は憂鬱が高じて石みたいになっていた。どう見ても彼は、フランス国内の犯罪すべてに刑事罰を適用しなくてはならないという前提を疑わしいと考えている。別に彼を責めようというわけではない。十九区はすでにかなり犯罪件数の高い地区だ。おそらくは首都で最悪の地区だろう。その警察署は定期的に膨大な数の麻薬の取引や、暴力抗争に、人員を駆り出されている。この刑事もすでにハンマーで割られた頭をいくつも見ているにちがいない。重要性の低い事件なんかは、各人でなんとかしてもらいたいとこの刑事が考えるのも無理はない。しかしすでにひとりの人間がひどい嫌がらせに遭っている。インターネットの下水道に徹底的に追い詰められている。これは重要性の低い犯罪ではない、と私は思う。

「どうぞお話しください」

「サイバーハラスメントで困っています。誰かに玄関のドアを壊されました。ドアに落書きをされました。金を騙《だま》し取られました。人生を破壊されかかっています。そしてなにより名誉を傷つけられています。思いもよらない規模で、私の名誉が棄損されています」

私は道中ずっと頭の中で反芻《はんすう》してきたキーワードを繰り返した。なにひとつ洩《も》らしたくなかった。犯罪は償われなければならない。刑事は悪夢から覚めようとするみたいに目を擦った。彼は長い溜息《ためいき》をついた。見るからに、クリスマスに貰いたくないプレゼントを前にしている顔だ。

「待った、待った、待った。ひとつずつ順番にいきましょう。まずはあなたの氏名、生年月日からお願いします」

「ジャン・ロスコフ。一九六〇年三月十三日生まれ。リヨン出身」

　彼は三本指でタイプした。

「職業、元大学教師。パリ十九区、アルシュロー通り十二番地、地下鉄のクリメ駅近くに三間のアパルトマン所有。離婚歴あり、子供ひとり。私がここに来たのは、家宅侵入されそうになったのと、玄関のドアに落書きされたからです。犯人はわかりませんが、心当たりがあります。事件の背景を理解してもらう必要があります。とても入り組んだ話です。一月初旬まで遡《さかのぼ》る必要があります。本当のことを言えば、もっともっと昔、一九八〇年代の初頭にまで遡る必要があります。当時、私は作家のロバート・ウィローについての論文を書こうとしていました。あ、ウィローのLはふたつです。えっ、脱線してる？　だから、私は数カ月前に、アメリカの作家ウィローについての本を出したんですよ。ああ、だからウィローのLはふたつですって。別にベルナール・ピヴォ〔テレビ番組『アポストロフ』の司会者。番組で行われる書き取り大会は長くフランスで人気を博した〕の書き取りテストじゃないんだから、硬いこと言うなって？　わかります。でもすごく大事なところなんで、申し訳ないですが、あなたにどうしても背景をわかっていただく必要があるので。その本が論争になったんです。インターネットで私への誹謗中傷が始まりました。なぜかって？　いいでしょう、ご説明しましょう。私が本で取り上げた作家が黒人だったと仮定しましょう。人々は私がその作家のその側面をないがしろにしたといって糾弾します。ああ、そのとおり、わかってます。バカげてる、あなたの言うとおりです。そんなことは百も承知です。世の中、頭のおかしい連中ばっかりなんです。ただ私が言いたいのは、それが興味深い問題を浮き彫りにしていることなんです。つまりサルトルが『ユダヤ人問題の考察』の中で提示した問題をです。

　え、なんですって？　ああごめんなさい。おっしゃるとおり、ここは文学講義室じゃない。私の前にここへ来た女性は三つになる我が子の眼前で三人の男に肋骨《ろっこつ》をへし折られた。そんなときにサルトルって、死ぬほどどうでもいいですよね。百パーセント理解できます。私の考えをもう少し整理する必要があります。あなたにとって大事なことは、犯罪、法典によって予防され、罰せられるべき犯罪ですよね。当然です。だからこれから私はできるかぎり一般的な話をします。直接的な話だけしますから。さあ書いてください。誰かがうちの玄関のドアを壊しました。誰かが私のメールアドレスを悪用しました。誰かが私の名前で有料サイトに会員登録しました。ちなみに、フィストファック専門サイトです。そのとおりです、全然笑うところじゃありませんよ。それから私はレイシスト扱いされて私の名誉を傷つけられました。そうそのとおりです。新聞や雑誌で中傷されました。インターネットで探せばすぐに出てきますよ。なんですって、あとで探しておく。なるほど。もし必要ならネット画像のコピーを送ることもできます。あとで見ておく、了解です。きっと教科書に出てくるような、純粋な誹謗中傷のケースだってわかりますよ。なんでもかんでも『文化の盗用』という名で咎《とが》めるんですから。ああまた私は脱線してますね。すみませんね。五年ここで勤務してきたけど、名誉棄損を訴えに来た人間は初めてだとおっしゃる。でしょうね。結局、それでもそれが私の人生をズタボロにしたんですからしょうがない」

「訴える相手は、不特定Xにしますか？　それとも具体的に誰かの名前を書きますか？」

「訴える相手は、私を泥沼に引きずり込んだ人間全員ですよ。つまり下劣きわまりない記事を書いた人間ひとりひとりです。それからインターネットで私を中傷する匿名の人間全員。リンク先をまとめてあなたに送りますから。スプレー缶の落書きと、家宅侵入については、アフリカ系フェミニスト運動家たちのしわざだと思ってます。娘の恋人がうしろで手引きしているかもしれない。でも私の個人情報はインターネットに晒されているので、断言はできません。もう私はなにごとに関しても百パーセントこうだとは言えません」

刑事は椅子の上でのけぞり、それからこめかみをかいた。なんて一日は長いんだろう。彼はちらっと時計を見た。

「そう言われても、こちらの書類に、書きようがないんですよね。訴える相手は未知のXでも、具体的な誰かでも、あるいはその両方でもかまいません。とにかく私に訴えたい犯罪と相手をひとつひとつ正確に示してもらわないと」

「とりあえずXを訴えます。なにか新しいことがわかったら変更することもできるのでしょう？　私の方でも調査してみますから。特に娘の恋人の方は（ああ、彼女はジャンヌっていうんです。名字は思い出せないですね。でもインターネット・ソリューションの世界で活躍してるらしいんで、グーグルで彼女の個人情報は調べられるんじゃないかな）。私は私で調べてみて、彼女が関わっていることがわかったら、訴える相手を変えるかもしれません」

薄い間仕切りを挟んだ隣のボックスで、若者が誰かにケータイiPhone5Sをひったくられたと説明している。自分の人生のすべてがそこに入っているのだと、激昂《げっこう》している。誰にもわかりっこない、と彼は嘆く。盗んだやつにも、警察にも、誰にも。おれが訴えたい被害は、半導体だのなんだのの詰まった小型機械の盗難じゃない。おれの全人生の盗難なんだ。

私は調書にサインをした。そして周囲を警戒しながら家に帰った。ローザ＝パークスの駅前で、例の学生活動家の坊や、ル・グエンを見かけたように思った。兵士みたいな目でじっとこちらを睨《にら》んでいた――たぶん疲れているせいでそんなふうに思えたのだろう。〈フランプリ〉に寄って買い物した。エレベーターが満員だったので、自宅のある六階まで階段を上った。ずっと誰かにあとをつけられている気がしていた。

錠前屋が帰り、私は椅子にへたりこんだ。夕べ、大慌てで出発したまま、一秒も気が抜けなかった。台所で、棚の奥からボンベイ・サファイアの瓶を取り出して、グラスの三分の二まで注ぎ、そこにシュウェップス・オレンジを加え、それから大人っぽく――背中を調理台に預けて、目を閉じて――ふた口で飲み干した。シュウェップスは気が抜けていた。栓を開けて冷蔵庫にしまってあったので、驚くほどまずかった。二杯目を注いだ。私はダイニングキッチンに佇み、私の本に関する大量の記事を読み始めた。なるべく偶然それに目を留めたまったく無関係の人間の目で読んでみよう。できれば記事を分類してみようと思った。私を叩《たた》く大量の記事の中でも、最も掘り下げが深かったのは『トリアングル』誌だった。原典へのこだわりが強く、ウィローが黒人として書いたと訴えるだけでなく、それを証明することにこだわっていた。記者は、詩「スプリット・リップス」にたっぷり誌面を割いている。

唇の裂けたアームストロング
おまえの唇からほとばしる血で
疲れきった心が
安らぐ
その真っ赤な血が

一音一音の代価だ
吹けアームストロング
死ねアームストロング
守護神が歓喜を強いる
おまえの息吹も真鍮《しんちゅう》のマウスも
おれたちのものだ

『トリアングル』誌の記者に言わせれば、トランペッターの裂けた唇に、黒人が自分たちのために書いた黒人霊歌を見ないのはどう考えても無理がある。責めさいなまれた唇から流れる血は南部の黒人の血だ。その血は白人の娯楽のために流れる――北部の大きなホールに集まった聴衆たちが、自分たちの「疲れきった心」を癒《いや》すため、トランペッターにくたくたになるまで、死ぬまで演奏を続けろと命じる。記者は理屈を捏《こ》ねる。「『スプリット・リップス』は捕食の詩だ。ウィローは、アームストロングの音楽を輸血と表現する。憎しみで干上がった心が、憎しみの対象だった黒人のもとで潤いを取り戻すのである」。この記事を補足するように『テレラマ』誌の記者が書く。「ウィローは『スプリット・リップス』において、一九三〇年代、偉大なジャズマンのコンサートに殺到した、見識豊かな北部白人たちの欺瞞《ぎまん》を暴く。彼らはアームストロングのスウィングに心奪われながらも、そこに貫かれた苦しみ――逆境の苦しみ、霊歌や綿畑の苦しみに無頓着《むとんちゃく》だった」そして彼はこう締めくくる。「裂けた唇とは、黒人が叫ぶことで表現しようとしている痛みそのものだ。同時にアフリカ性とアメリカ性、反抗と忍従、仮面と真実、ふたつに引き裂かれた魂でもある」

なぜこれほど明白な点を捉え損なうのかとこれらの記者たちは手厳しい。どうもロスコフはウィロー作品の政治的な側面を減じているらしいサプチャックの翻訳にミスリードされたのではないかと、『テレラマ』の記者は私を部分的にかばう。「プロの翻訳家としての能力を検討する以前に、差別を受けたことのないジョエル・サプチャックが、多様性の作家の詩を復元するのに、十分な資質を持ち合わせていないことは、誰もが認めるところだろう」これには慄《おのの》いた。「多様性の作家」ときた。ウィローの詩情が入国査証の手続きのような審査にかけられている。事務的な空疎な言葉によってその両羽根を切断された詩人は、給料明細やらタイムテーブルやらスポンサー表やら経費明細書やらといっしょに当該の部局に送られる。

そして、この役人的なこせこせした人間の筆にかかると、驚嘆すべき翻訳者であるサプチャックもまた、豆粒のような凡人と化すのである。そこにはもはや、自分と同様に無名の詩人の作品を翻訳するために、麻薬を打ちながら精力的に働いた修道僧のごときサプチャックの姿はない。彼を粗野と評した周囲の証言とは裏腹に、謙虚に、細心の注意を払って、病的なまでに完璧《かんぺき》な仕事を目指したサプチャック。刑務所を慰問していたサプチャック、窃盗癖のあったサプチャック、鉄道の音を集めた図書館をつくりたくて、十五年ものあいだ、駅に入ってくる電車の音を録音したサプチャック、そうなんだ、そうしたサプチャックのすべてが、『テレラマ』の記者にかかると、なかったことにされてしまう。記者にとってどうでもいいことだからだ。彼に興味があるのは、サプチャックが人種差別されていない人間、ひょっとすると（はっきりとは書いてないが、この記者がそう言いたいのはすぐにわかる）差別されていないアシュケナージかもしれないことだ。たしかに、それは本当だ。疑いようのない事実だ。

でも同じくらいたしかで、おそらくもっと大事なことは、サプチャックが、極端に人付き合いの悪い、怒りっぽい性格の、死を異常に怖がる人間だったことであり、いつも無気力で、うしろめたさに苛《さいな》まれているのに、ときに大量の仕事をこなす働き者にもなり得る人間だったことだ。そして、もしどうしても彼をなにかのカテゴリーに分類しなければならないのだとしたら、どこかに位置づけしなくてはいけないとしたら（とにかく、この『テレラマ』の税関みたいな批評家は分類に取り憑かれてるみたいだから）、ときに日没にすら剣で貫かれるほどの恐ろしい痛みを覚える鬱病患者のカテゴリーに分類するのが最も公平で適切だ。そしてそうした理由からサプチャックは、ロバート・ウィローの翻訳に完全に適している。まさに打ってつけの人材なのだ。そもそも翻訳者に咎を負わせようとすること自体が無能で、怠惰な行為だ。この『テレラマ』の記者は、自分の論を補強するために英語の原典から引用ひとつ挙げるでもないし、もともとフランス語で書かれた詩集についてはなるべく触れないようにしている。

私はいきり立った。いったいこの連中は「スプリット・リップス」のどこをどう理解しているのか？　なにかのメタファーである以前に、「裂けた唇」は実際あった出来事に基づいている。あるコンサートの夜、トランペットで鋭い音を出そうとして、アームストロングの唇は文字どおりぱっくりと裂けた。このエピソードはいくつかの伝記にも収められている。たとえばパナシエのそれだ。「ある夜、ボルチモアで、超人間的な力で『ゼム・ゼヤ・アイズ』を吹いているルイの唇が裂けた。そこから絞り出されるひとつひとつの音は断末魔となった。舞台袖《そで》からルイを食い入るように見ていたミュージシャンやコーラスガールは涙を抑えることができなかった（中略）ルイは最後の音にきわめて出しにくいオクターブの鋭いファを鳴らした。ドラムのチック・ウェブは涙を流しながら、比類なきテクニックを駆使してそれを引き立てた。ルイは顔じゅう汗と血にまみれながら、オクターブのファの音を絞り出した。それは音楽というより、巨大な絶望の叫びのようだった。ホールに割れるような喝采《かっさい》が沸き起こり、ほとんどの聴衆が気づかぬあいだに、ルイは運びだされた」

あちこちのジャズクラブに入り浸っていたウィローは間違いなくこのエピソードを知っていた。『エタンプの預言者』の中で、私は解説を入れている。「ウィローにとってアームストロングは、もはや自由気ままに生きていいアーティストではない。おのれの芸術にすべてを投げうつ偉大な人物にウィローは賛辞を送っている。ダーハムの世間知らずの優柔不断な青年は、自分には〝徒刑囚〟になる勇気がないのを感じる。ウィロー自身、トランペッターとして偉大なジャズマンになる夢を見た日もあったのかもしれない。詩人になったウィローは、ひとつのスタイルにこだわらず、ときに迷ったり、リズムに囚われない詩を書いたり（パリ時代）、サン＝ジェルマンの熱にのぼせたりする」いずれにせよ、私の解説はまずまず読めるものになっている。少なくとも、彼らの解説には負けてない。

腰を据えてジンを飲み始めたあたりで、台所の戸口に、ジャンヌの幻が現れた。テンプル騎士団みたいなチュニックを巻きつけている。彼女はせせら笑い、私を罵倒し、「西洋中心主義のクズ野郎」扱いした。ジャンヌのうしろには、ケープを巻いたアミナタ・ディヤオがいて、かすかに微笑んでいる。私が一歩踏み出すと、ジャンヌが私の行く手を阻んで叫ぶ。「ダチに触るな！」するとディヤオが目を真っ赤にして、ジャンヌにむかって叫ぶ。「おまえなんかダチじゃない！」ジャンヌは怒りのあまり泣き始めた。肌を掻きむしりながら泣きわめく。ジャンヌを取り巻くように床から炎が吹きあがり、カバラを形作る。やがてジャンヌは煙に飲み込まれ完全に姿を消し、私ひとりがディヤオの前に取り残される。ディヤオは私を数秒間じっと見つめ、それから笑顔のまま小さくなっていき、流し台の上に開いた裂け目に消えていく。そして目が覚めた。私はべろべろに酔っていた。温いシャワーを浴び、半リットル水を飲み、それから「スプリット・リップス」の世界にふたたび入っていった。

おまえの息吹も真鍮のマウスも

おれたちのものだ

たしかに、黒人の抱える問題は避けては通れない。その点については、敵の言い分は正しい。だとしても、この詩には別の解釈も可能だ。「疲れきった心」の主が、アームストロングの音楽に慰めを得る同じ黒人たちであるという解釈だ。「真鍮のマウス」を自分たちのものだと主張しているのは彼らなのだ。ウィローはアームストロングの姿を描写することで、持てる力すべてを賭けて闘いに身を投じた不屈の闘士たち、アメリカの黒人作家たちを語る。そこにはフランツ・ファノンの姿もあったかもしれない。精神科医であり反植民地運動家であったファノンは一九六一年にワシントンにおいて白血病で亡くなることになる。ウィローとファノンの運命は交差した。ふたりは生まれたのも死んだのも数カ月しか違わない。ファノンはマルチニックで生まれ、ワシントンDCの、ウィローが生まれ育った街区の近くで没する。ファノンは余命数カ月という時期に『地に呪われたる者』を書き上げる。序文はサルトルが書いている――またしてもサルトルだ。

闘争に命を削り、燃やし尽くすフランツ・ファノン。命を落とさないまでも、やはり自分を燃やし尽くすことになるボールドウィン。彼らの闘争には、いっさい見返りがない――その恩恵を受けるのは後世の人間だ。しかも彼らは復讐心《ふくしゅうしん》にも身を委《ゆだ》ねない。誘惑は大きいはずだ。実際犯罪も多い。なのに彼らが白人を憎むという快感に与《くみ》することはない。彼らの求めるものは正義であり、彼らが苦しむのは、それが存在しないからなのだ。ウィローは彼らの本を読んでいる。彼らを称えてもいる。でも自分は燃え尽きたくないと思った。生きたかった。周囲からは、おまえには黒人詩人としての責任があるとプレッシャーをかけられていた。このままでは罪悪感すら覚えるようになりそうだ。自分には殉教者としての、あるいは預言者としての資質はない――そして闘士としての資質もない。彼はいつも同じ戦略を選ぶ。つまり回避である。
こんなことをつらつら考えながら、私は横になり、眠った。

あくる日、ポラン・ミシェルの妻オルガからの電話で目が覚めた。私は彼女にここ数日の進展と、被害届けを提出した話をした。オルガはポランもいっしょに話せるように、スピーカー機能を立ち上げた。編集者ポランはきわめて不愉快という様子ではあったが、声に熱はなかった。面倒を持ち込んだ私に腹を立てているみたいだった。「ここまでくるとは想定外だ。どこかのインタビューに答えるべきだろうな。きみを守る必要がある。穏やかに話せる場があるといいんだけど」私は猛烈に頭にきた。ポランといっしょにいるかぎり、すぐさま行動を起こすなんて不可能だ。大きな決断はかならずや先延ばしになる。この小さな男にとって、なにかを決断するというのは、ひどく骨の折れるプロセスなのだ。はずみをつける必要がある。私は彼が「きみを守る」と言ったことに気がついた。我々はまだ同じ陣営にはいる。でもそれはあとどのくらいの時間だろう？　そうだな、自分の身を守るべきときが来たってことかもな、と私は意地悪く返した。私は電話を切った。手が少し震えていた。私はリビングに戻り、ソファーに崩れ落ちた。私はいつか訪ねたラ・ガレンヌ＝コロンブのホスピスに電話をかけた。シーメンスさんは快復されましたか？　私はもう一度彼と話がしたかった。受付の女性は彼の名前の綴りを確認した。それから彼女は私に、シーメンスさんは亡くなりました、自分のベッドで穏やかな最期を迎えられました、と言った。

第八章
足が届かないほど深い

「ジャン・ロスコフ、その名が意味するものはなにか？」

『ル・モンド』紙

「在りし日の闘士を悼む。著書を読んだが、こんなに正気を失った彼を見ることになろうとは残念だ。彼が排外主義の政治家にこびへつらう姿は見るに堪えない。#ロスコフ#ダチに手を出すな#ＳＯＳ人種差別#文化の盗用」

ＳＯＳ人種差別によるツイート

「きらびやかな電飾をまとったインディへニスモ作家やキャンセルカルチャーの使徒たちが、新たな火刑台に火を点けた。今度の生贄《いけにえ》は『エタンプの預言者』の著者だ。ある黒人アメリカ人が、人種差別に対する共闘の外に己が道を求めたというその本の発想が、現代の大審問官たちを苛立《いらだ》たせる。我々は別段、かつて自分もまた移民だと歌ったミッテラン・チルドレンである著者に、共鳴しているわけではない。そういうのは二十年前、同作家がローゼンバーグ事件についての思想的な本を出したときに思いきりやった。いま我々はロバート・ウィローが心酔したマルクス・レーニン主義を大目に見ることはできない。それでもマルクス・レーニン主義には、少なくとも民族に関わる問題を（否認という形で）解決する長所がある。ウィローが共産主義者であるのは事実だ。ウィローは黒人の人権問題についての著作で知られる作家ではない。よってロスコフの分析はどこまでも理に適っている」

『現代の価値観』誌

「ロスコフは青年時代、反人種差別運動の活動家だった。その後、かなりの時間が流れたらしい。彼がもう一度それになるつもりなら、なんとしてもソフトウェアの更新が必要だ。人種差別を受けたことのない、特権的インテリ階級出身の、大学教授である彼が、我々に向かってひとりの黒人になにが許容できるかを語るのはおかしい」

黒人団体代表者評議会の公式発表

夏になると、父は家族が安心して食事ができるよう、スズメバチの罠《わな》を作った。私が五歳か六歳の時だ。父はプラスチック製のボトルを切断して、そこにオリーブオイルを注いだ。それからボトルの口の付いた側を、逆さにして漏斗にし、ボトルの底に向けて突き立てた。スズメバチは父が付けた蜂《はち》蜜《みつ》に誘導され、罠から出られなくなる。私は夢中になって、その殺虫装置を眺めた。スズメバチは慌てふためき、必死で出口を探すが、最後はみな疲れ果てて、オイルにくっついた。狭いボトルの口を見つけて脱出できたスズメバチは一匹もいなかった。

私は階下のガラス用ごみ箱に空き瓶を捨てにいった。管理人が横目で、空き瓶でいっぱいのボロ籠《かご》を見ていた。私は心の中で言った。「ええ、そうです。全部、おれひとりで飲んだんですよ」彼女は軽く咳払《せきばら》いをした。

「人が来ましたよ。あなたを探してね。あなたが何階に住んでるのか訊《き》かれたけど」

彼女はまわりを見回しながら私に話した。

「スキンヘッドの若い連中ですよ、いるでしょ。あれを着てる連中、こんなふうな、ほら、あの上着、なんていったかしらね、あれ……そうそれ、ボンバージャケット！　でね、言ってましたよ、自分たちはロスコフさんの助けになれるんだって。どんなことだろうが、とにかく力になれるからって。たぶん、あなた、しばらく、どこか、ここじゃないところで過ごしたほうがいいんじゃないかしらね。ああそうそう、連中からあなたに手紙を預かってたんだった」

彼女は私に封筒を寄越した。四つ折りにされた小さな紙が入っていた。

「イカレ黒人どもに虐待され
金持ち左派とクソメディアとハゲ鷹《たか》ライターに食いものにされている
ジャン・ロスコフを支援するレコンキスタ連合」

悪夢を泳いでいるみたいだった。私はアラブ人の権利のためにデモ行進したんだぞ、くそ。私は十年ものあいだ、フレッドペリーのポロシャツに編み上げ靴を履いたアホどもと対峙《たいじ》しながら街を練り歩いたのに。レピュブリック広場からナシオンまでの数キロを歩くあいだ、鉤《かぎ》十字のタトゥーさえ入れておけば、カマを掘られずに済むと信じているオツムの弱い連中と対峙しては、拳《こぶし》を振り上げたりしていたのに。いま、その連中が私に優しい言葉をかけてくる。どこか、高みにいる誰かに、もてあそばれているみたいだ。

*

二日後、私はラジオ・フランス局本社ビルの足元に、約束の時間よりもかなり早くに到着した。正面に見えるカフェが私に手招きしているようだった。ビールサーバーのすぐそばのお気に入りの場所に陣取ってだらだらするのも悪くないと思った。生ビールを一杯飲めば、下腹をひっかきまわしている不安を鎮められるかもしれない。なにより、アルミニウムとガラスで出来たモンスターに丸呑《の》みされる時間を先延ばしにできるだろう。でもレオニーとアニエスに、酒は一滴も飲まないと約束してある。

番組の本番中、取るべき態度についてのアドバイスは、みんなばらばらだった。「禅の精神だよ、パパ。きっとうまくいくから」とはレオニーの言。「攻撃を待っちゃだめだ。こっちから突いてやる、ああゆうバカどもは」と言ったのはタオ。私はついにカフェ〈ル・リ・バトー〉の大将を手懐《てなず》けたのだった。「リラックス、愛想よく、穏やかに。暖炉の前でおしゃべりしてるイメージだ」と言ったのはマルク。アニエスは「そこにはあなたの命が懸かってる。同時に娘の安全も懸かっている。とにかく最大限に集中すること。生放送には、命綱がないから」と言った。

ところが飲酒に関しては、全員が口をそろえて言った。「一滴も酒を飲むな」私の一部は（そういうところがアニエスを魅了し、その後呆《あき》れさせたのだが）、ゲンズブールよろしく、十杯ほど一気に飲んで、挑発的なだらしない状態でスタジオに到着し、百万の聴衆には腹に溜《た》まっているものを全部、現場にはいきのいい臓物料理を提供してやりたくなっている。とにかく、本当のことを言うだけだ。私という人間についてをシンプルに語るだけだ。「私はウィローの友人であり、肌の色が黒だろうが、黄色だろうが、緑だろうが、本物だろうが、偽物だろうが、この地上のすべてのシュミュルツ［ボリス・ヴィアンの戯曲『帝国の建国者』に登場する理不尽な迫害を受け続ける人物］の友人です。新たな反動主義者ロスコフ、親愛なるカミュ信奉者ロスコフ、好きに呼んでいただいてけっこうです」それを言うのに、準備なんか必要ない。逆に準備は真実の敵だ。準備は、熱のこもったフレーズの代わりに、部品と化した言葉を生む。

たぶんアニエスは私がラジオの生放送でキレかねないと思っている。彼女はとても穏やかに、驚くほど優しく、もし放送前に一滴でも酒を飲んだら、今生のお別れになると思ってね、きっちり目玉もくりぬくからね、と言った。彼女は正しい。当然だ。だから私はカフェにくるりと背を向け、寒さの中で足踏みした。街が朝日に照らされていく。七時ぴったり。私は最後に煙草を一本吸った。それから、心を奮い立たせ命懸けでモンスターの腹の中に飛び込んだ。

＊

ポラン・ミシェルは私に、インタビューを受けるなら内容をコントロールできる雑誌がいいと勧めてきた。自分の知り合いに、出版前に原稿を一言一句確認させてくれるライターがいる。真面目な男だ。そういう形でなら、我々は制御を失うことは絶対にない。とにかく生放送でぶっつけ本番なんて恐ろしいことは絶対に避けるべきだ、云々《うんぬん》。敢えて口にはしなかったが、ポランの懸念が、取材者の予測できない質問にというより、むしろ私の内面、つまり私の変わりやすい機嫌や、潜在的な攻撃性、そして敢《あ》えて、冗長で難解で、朝のラジオ番組のフォーマットに合わない話をしたがる性格にあるのは明らかだった。しかし今度ばかりは譲れなかった。私は直接、人々に語りかけたい。その話し方や言いよどみ、真実を探求する人間らしい訥々《とつとつ》とした弁明を通して、ジャン・ロスコフというひとりの人間の声を聴いてほしい。それに、懸かっているのは私の人生であって、ディアログ出版の評判ではないのだ。みんなそれを頭に叩《たた》き込む必要がある。

番組スタッフの若い女性が受付に私を迎えにきた。私は彼女のあとについて、エレベーターと曲がりくねる廊下が錯綜《さくそう》する迷路に入っていった。職員が保温ボトルを持ってうろうろしている。若い連中は耳にワイヤレスのイヤフォンをつけている。スタッフの娘は物腰柔らかで、感じがよかった。彼女に案内されて小さな部屋に入った。テーブルの上に小ぶりな菓子パンとエスプレッソマシーンが用意されている。今日ここに同行するというポラン・ミシェルを私は断った。彼の不安が自分に伝染するのが嫌だった。スタジオに入る直前に冷や汗で光る彼の額を見るはめになるのを避けたかった。控室は快適だった。そしてスタッフが笑顔でちやほやしてくれる。月に向かってきゃんきゃん吠《ほ》える子犬みたいな鼻をしたかわいい赤毛娘だった。「きっとうまくいきますよ」彼女は私の腕に軽く触れて言った。

彼女から好奇の目で見られている気がした。たぶん自分の父親かなにかを思い出すのだろう。私がナチの親衛隊中佐よろしくサディスティックな笑みを浮かべていないから驚いてもいるのかもしれない。彼女が部屋から出ていくとき、私は去っていく尻《しり》を悲しげに見送った。カーペットが靴音を吸い込む。ネスカフェのメキシコ大カップ用カプセルをエスプレッソマシーンに挿入すると、機械が嬉《うれ》しそうに唸《うな》り声を上げた。私は大丈夫だ。

　スタジオは、消音パネルで覆われた小さな部屋だった。四分の三のスペースを五角形のテーブルが占め、その上に、マイクを搭載した、タコみたいな形状の最新型の音声会議システムが置かれている。床はブルーのカーペット敷きで、おろしたての皮革製品みたいな匂いがする。至近距離で、くつろいでおしゃべりできそうな雰囲気だった。とにかく油断禁物。私はアニエスに忠告されたことを思い出した。とりわけポラン・ミシェルからおしえられた数字を思い出した。番組には平均八十万人のリスナーがいる。満杯の国立競技場十個分だ。それを常に頭に置いておかなければ。しかしくだんのジャーナリストが早くも近づいてきて、こちらに手を差し伸べる。ジャン＝ルイ・ヴィシャンスキー、朝七時から九時までのこの帯番組を担当するスターだ。

　だいたい私と同年代だろう。これまでは顔を思い浮かべるほどその声に興味を持ったことがなかった。しかし彼には当然顔があった。かなり特徴的ですらあった。ボリュームたっぷりのもじゃもじゃ頭が、引っ越し屋のようながっしりした肩に、木槌で打ち込まれたみたいにめり込んでいる。目は鉄灰色だ。

「そろそろです！　行きましょう」ヴィシャンスキーは、顎《あご》を振って、スタジオの柱に掛かったデジタル時計を示した。

　彼は私の反応は待たずに着席し、テーブルの周りで作業をしている技術スタッフになにか文句を言いながら、手元の書類に目を落とした。ラジオ界のヒッチハイカーの顔になる。知的な眼鏡を鼻先に引っかけている。長い人生経験から、人の行動を広い範囲で検討することのできるタイプという印象を受ける。人に対して鼻が利き、時流に流されず、きちんと証拠に基づいて判断しようとする好人物のようだ。論争好きだが、公明正大でもあるという評判だ。一時期ジャン＝ピエール・ラファランが政界で演じていたような役を、ラジオの世界で演じているらしい。

スタッフが私のところにプラスチックのコップに入った水を運んできた。デジタル時計の上にピンクのライトが点灯した。

「おはようございます、ジャン・ロスコフさん」

「おはようございます、ジャン＝ルイ・ヴィシャンスキーさん」

ここは深くて足が届かない。命綱なし、とアニエスが言っていた。私は渋い大人の男、傷だらけだが、まだ現役の老海賊といった風情を纏《まと》う。自分の思いを歌うように表現したかった。陰影に富む、カミュ的ヒューマニズムに則《のっと》った、感じのいい演説をしたかった。ヴィシャンスキーのクルーナーヴォイスがスタジオに響き渡る。

「ジャン・ロスコフさんは、マッカーシズムおよびアメリカ史を専門とされる歴史家でもいらっしゃいますが、なにより随筆家でもいらっしゃいますよね。あなたが執筆された『エタンプの預言者』という本は、このところ、各所で大きな論争を巻き起こしています。スキャンダラスだと評する勢もいれば、勇気を称《たた》える勢もいる。まず、〝エタンプの預言者〟とは誰のことですか?」

「〝エタンプの預言者〟とはロバート・ウィローのことです。世間ではあまり知られていませんが、実在の人物です。黒人アメリカ人です。この点については、あとでまた触れることになると思いますが、とりあえず先に言っておきます。曖昧《あいまい》なままにしないためにです。この点が私の中で曖昧だったことはありません。彼はノースキャロライナ州ダーハムの黒人街で生まれた黒人アメリカ人です。父親は企業家で、どちらかといえば、成功した人でした……」

「すぐにワシントンへ移住しますよね」

「そうです。一家はワシントンDCに移住します。当時、その町は黒人アメリカ人にとって特別な場所だったからです。ハワード大学があり、それから連邦政府の機関があり、黒人の雇用があり、つまりほかの町に比べ、人種差別がそこまでひどくありませんでした」

「その後、共産党に入り、フランスに移る」

「そのとおり。ウィローは一九五〇年に共産党員になります。そしてその後、故国を捨て、フランスに旅立ちます。一九五三年のことです。彼は実存主義グループに合流します。友人たちとも再会します。たとえば作家のリチャード・ライトやハワード大学での恩師フレイジャーに……」

「エドワード・フランクリン・フレイジャー、著名な社会学者であり、パリ、ユネスコで一九五一年から一九五三年まで働きました」

「そのとおりです」

私はいい意味で驚いた。ヴィシャンスキーには余裕があった。このテーマを熟知している。もしかしたら本当に私の本の読者なのかもしれない。

＊

会話は自然に展開した。質問も難なく答えられるものばかりだった。完全にふたりの世界だった。ブースの中にヴィシャンスキーのビロードのように滑らかな声が漂っていた。そのまま彼がタバコに火を点《つ》けて吸い始めても私は驚かなかったろう。

「ウィローが合衆国を捨てた理由については、あとで検討しましょう。それはメディアで巻き起こった論争に無関係ではないので」

「もちろん。いろいろお話しできるでしょう。とにかく確かなことは、ウィローが一九五三年三月、反共産主義の嵐が吹き荒れていた中、合衆国を離れたということです」

「その後、ウィローはジャン＝ポール・サルトルをはじめとする実存主義者たちに接近し、それから共産党と袂《たもと》を分かつんですね」

「まあ、それは私の立てた仮説ですがね。一九五五年頃、彼はとある雑誌で『次の通知があるまで』という詩を発表していますが、その中でソヴィエトの五カ年計画を茶化しています」

「そしてその後、追放される」

「追放はちょっと大げさですね。彼はタスマニアに旅立ったわけじゃなく、パリから六十キロのエソンヌ県に移っただけです。パリの知り合いと縁を切って、フランス語で、それまでとは毛色の違う、さほど棘《とげ》のない、より穏やかなリズムの詩を書き始めます。中世からインスパイアされた――というより、近世の中世趣味にインスパイアされた詩と言っていいかもしれないなあ。シャルル・ペギーのそれに近いんですよ。私はこのペギーがウィローという詩人にかなり影響を与えたんじゃないかと考えています」

おい、気をつけろ。話がちょっと専門的、マニアックになりすぎているぞ。目の前にいるのはヴィシャンスキーだが、その向こうに満杯のフランス国立競技場十個分のリスナーがいるのだ。こんな考察を続けていたら、三、四個分のリスナーを失ってしまうぞ。そもそもこんな話、必要ですらない。なんの解決にも繋《つな》がらない。ただ脱線するならともかく、ロバート・ウィロー作品へのシャルル・ペギーの影響なんて、朝の七時半から我慢して聴く話じゃない、と三十万だか四十万だかのリスナーが判断しても仕方がないぞ。シャルル・ペギーなんて、この際まったく関係ないじゃないか、ジャン、しっかりしろ。

「まあ、ようするに、マイルス・デイヴィスからグレゴリオ聖歌に乗り換えたってことですね」

私は短く笑った。自分の言葉に満足した。ヴィシャンスキーがいい感じで話を元の位置に戻す。

「そしてその後、一九六〇年に、悲劇が起こる」

「そうです。その年、ウィローは車の事故で亡くなるのです」

「いくつかの年月日は出てきましたが、なにより大事なのは、作品というわけですね。それらの作品が世に知られていないのはもったいない。あなたの一番言いたいことは、そこでしょう」

「そうです。彼は英語でも、フランス語でも詩を書いていますが、四つの詩集を合わせても、六十かそこらしかありません。奇妙な作品群です。作者が二人も三人もいるような印象を持つ読者も出てくるでしょう」

「まずはジャズについての詩ですね」

まさしく、ヴィシャンスキーの声は、「ニューオリンズ・ストンプ」のアームストロングのトランペットと同じくらいまろやかだった。実に楽勝。私は説明を開始した。

「まずはジャズについての詩を書く、そのとおりです。その後、皮肉や棘をたっぷり含む詩を書くようになります。共産党やサルトル一派からは距離を感じる作品群です。そしてその後、彼は時代を越えます。ほとんど神秘主義的といっていい世界に入っていきます。カトリックに改宗した可能性も完全には排除できません」

会話を始めて十分近く経っていた。ヴィシャンスキーは、手元の書類に目を落とし、水を飲んだ。それから局面が変わった。

ヴィシャンスキーは、まるで仮面を外すみたいに、眼鏡を外した。瞳孔《どうこう》が収縮し、黒くて硬いビー玉になった。いきなり声が冷たくなった。なにを勘違いしてるんだ、爺さん？　ティールームにおしゃべりでもしにきたつもりだったのかい？

攻撃が始まった。

「読者の中には、あなたがウィローからアメリカ黒人作家という要素を削除してしまったという印象を受けた者がけっこういます。あたかもウィローが黒人アメリカ人としてのアイデンティティから逃れたがっていたかのように、あなたが事実を歪曲《わいきょく》したという印象を受けた者もいます。あなたはなぜいま『文化の盗用』という言葉で、ご自分が非難されていると思いますか？　こうしたことについてご自分でよく検討されたのでしょうか？」

私はメモを取った。キーワードが出るたびポストイットに殴り書きしていたが、いきなり、それが読めなくなり、処理できなくなった。文字をなぞってみるが、解読できなかった。首筋が緊張してくる。腋《わき》の下に汗が噴き出すのを感じた。暑くなってきた。咳払いをして、できるかぎり穏やかに話そう。私はおずおずと話しはじめた。

「私はひとつの提案をしたのです。まずウィロー個人をめぐる乏しい情報、作品群、断片的エピソード、ナンシー・ハロウェイの証言などを材料にし、同時にそこに自分がわりと詳しい、というか、かなり詳しい歴史的文脈を盛り込みました。たしかに、それらの要素はばらばらの点の集まりであり、私がウィローの名でウィローに代わって語ってもいい十分な根拠にはなってないかもしれません。それは自分でも承知しています。ただ、それでも、私には深い確信があったのです。もちろんその確信は個人的なものであり、これは私から読者への提案にすぎない、という自覚はあります。つまり私はこう考えているのです。ロバート・ウィローは黒人であるという〝自身の境遇〟から逃げ出した。そして最終的にはおのれの本来性からも逃げ出すこととなったのだと」

「つまりどういうことですか？」

難しい話はしないこと、とアニエスに釘《くぎ》を刺されていた。サルトルの用語を使うなんて、もってのほかだ。これはシンプルな言葉で情報を伝える朝のラジオ番組なのだ。シンプルな言葉でだって十分に話はできるのに。また大学教師の悪い癖が出てしまった。難しい学術用語を振り回すイカレたジジイになっていた。ただヴィシャンスキーは攻撃的ではあれ、意地悪な感じではなかった。彼はただ仕事をしているだけで、私を撃沈することに喜びを感じているわけではないのだ。もしかしたら私を助けてやりたいとすら思っているかもしれない。ただ、いくらヴィシャンスキーでも、私を私自身から救済することは不可能だった。彼には、私の代わりに質問に答えることはできない。言うべきことは明確にわかるだろうが、私が言いたいことはわからない。そもそも彼なら端からこんなくだらないことは考えない。

私にはすでに悲惨な結果が見えている。ロスコフとアミナタ・ディヤオが、ロバート・ウィローの亡骸《なきがら》を奪い合って、死者の名誉をめぐって揉《も》め、双方声を荒らげている。傍らには破損したウィローの本が散らばり、私が参加しているゼロサムゲームの得点板が見える。もう手遅れだ。引き際を逸している。そのときトレンチコート姿の、知的で朗らかなまなざしをしたインテリが後光を背負って現れた。アルベール・カミュだ。やはりヴィシャンスキーに俎上《そじょう》に上げられ、尋問を受けている。カミュは、かつて、ヨーロッパ文明を定義するよう迫られて、こんな風変わりな発言をしている。「まず話しておきたいのは、そのテーマについて断定的に語ることに、私は抵抗を覚えるということです」私はヴィシャンスキーの目を見て、答えた。

「すごくシンプルな話をしたいのですが。私はウィローに心を打たれました。その詩に圧倒されました。なぜならその人物の中に、さまざまな声があったからです。ウィローはただ一本の樹ではありません。私たちだって、ただ一本の樹ではありません。ロバート・ウィローがたくさんの人間の心を打つのは、彼の書いたものが美しいからだと思います。彼は自由な人間でした。次々に自分の信仰を捨てていきました。抗議を許さない論壇に圧し潰《つぶ》され窒息しかけていました。彼はそれがなんであれ、なにかのスポークスマンになることを拒みました。それはアメリカにどっぷり首まで浸かって身動き取れなくなっているひとりの黒人アメリカ人でした。そしてアメリカはウィローを愛しませんでした。アメリカは黒人を求めていませんでした。

私はロバート・ウィローの詩が好きです。だけどたぶん、説明の仕方がまずかったのです。もしかしたらそのせいで人を傷つけてもしまった。こんなことがありました。家に帰ったら、玄関に大きな文字でレイシストと書かれていました。私は心の底からショックを受けました。私には娘がいます。すごく愛しています。私には別れた妻がいます。なぜ今こんな話をしているのか、わかりませんが。私には別れた妻がいるんです。そしてやはり彼女のことをすごく愛しています。いまだかつてないくらいに愛しています。私はレイシストではありません。どこからそういう発想が出るのか、まったく不可解です。私は大酒飲みです。これは間違いない。酒癖が悪くて困っています。でも私はレイシストではありません。だって所詮《しょせん》、人間しかいないんですから。でもスプレーで落書きした犯人のことは怒っていません。私は誰のことも怒っていません。所詮はみんな人間なんですから」

ラジオ局の出口にアニエスとレオニーが待っていて驚いた。ふたりは一緒に来て、ココアを飲みながら、イヤフォンをシェアして番組を聴いたのだった。レオニーが私の腕に飛び込んできた。無言で抱き締めあった。アニエスは少し離れたところに立っていた。目が合った。そんなまなざしを見るのは久しぶりだった。私を誇らしく思っているのがわかった。

「かっこよかったよ、パパ」

私はラジオを通して心を込めて語り、思いきってウィローの詩を朗読さえした。私はそれを締めの言葉とした。そして八十万人のリスナーがウィローのくつろいだバラードを聴いた。それは世界を見つめる子供を歌ったバラードだ。

　その子はすっかり心を奪われている
　強く深く惹《ひ》き込まれている

詩の最後のくだりで、私の声はしわがれた。ほんのわずかな誠実な言葉ですら、口にした途端、間違った音のように鳴り響く、隅々まで悪巧みが行き渡った世界、そういう堕落した世界で、なにかが、起こったようだった。ヴィシャンスキーは、「まったく心地よいラジオのひとときでした」と私に礼を言った。彼は私の手を熱を込めて握った。私は彼に言う。「礼ならウィローに言ってください。つたない表現でも、なんとかして人類の条件を解読しようとしているひとりの人間の歌を聴くと、勇気が出ますからね」半世紀ものあいだ忘れ去られていたその歌が、突如、明るい日の下に姿を現し、何千何万の、いまだかつて焚《た》かれたことない数多くの人の心の炉に、ほんの数分間、炎を灯《とも》したのだった。これまでのすべてが赦《ゆる》せると思った。これが可能になったのは例のブログの主〈顔長〉のおかげだとすら思えた。

ポラン・ミシェルは電話の向こうで、口をもつれさせながら祝辞を述べる。アマゾンの注文が爆発的に伸びているらしい。予想外の快挙だ。ラジオを聴いたジャン＝ミシェル・アファティが私を自分の番組に招《よ》びたがっている。彼は番組を聴きながら涙したらしい。ジャン＝ミシェル・アファティの冷酷な心だけでなく、何千何万という人々の心がウィローの詩にほだされた。詩を買う人が出てくる。詩なんてものに金を払う人が出てくる。長たらしい説教や、広告や、芝居がかったスピーチや、ピクセル化された画像や、陳情が溢《あふ》れるオンラインの5Gテクノロジーの世界で、今にも消えそうなその小さな炎を、愛《いと》おしむ人々が出てくる。彼らはその小さな炎を守ろうとする。人気歌手がこんなツイートをした。「これは気持ちいいね。これこそみんなの心の叫びだ。ヒステリーにヒステリーで応酬しない、非暴力的な人間の声に耳を傾けるのって気持ちいいよね」私はマーティン・ルーサー・キングの「非暴力的な力」という言葉と、右の頰を打たれて左の頰を差し出すのは無意味と考えていたマルコムXの皮肉を思い出した。

「えらいことになってるよ、ジャン、予約注文が殺到してる」

ポラン・ミシェルは怯《ひる》んでいる。ショック状態にある。彼のもとには、うちの高校に講演に来てほしいというメールが十通以上届いている。本の在庫はもうすぐ底をつく。第三版を刷らなければならない。独立系出版社の小さな心臓には刺激が強すぎる。ディアログ出版には大きすぎる負荷だ。セックスの途中で心臓発作に襲われる年寄りみたいに、うちも腹上死しかねないぞ、とあたふたしている。私は彼に言った。「それ、おもしろいよ、ポラン」そして私は笑った。一週間の張り詰めていた緊張が解け、バカ笑いが止まらなくなった。酔っぱらったみたいな大笑いだ。それは誰だろうが警戒せずに食卓に招んでしまう友愛に満ちた人々のおおらかな笑いだ。だって、人生はあまりにも短いんだから、警戒していたらすぐに終わってしまう。警戒と冷笑は癌のようなもので、する側だけでなくされる側の人の心の寛大さも蝕《むしば》んでしまう。それはどんなものをも見下し、干からびさせる伝染病なのだ。だから、たぶん人々はずっと、朝、七時半のラジオで、こんなものが聴きたかったのだ。

第九章
僕の頭はお花畑だ

「自分の出くわした不愉快な出来事にカミュを巻き込む、これはロスコフ氏の行った中でも最低の行為だ。この否定主義者（これはもう否定主義の所業と言わざるを得ない）には、頼むから、『異邦人』の作者、生涯かけて抑圧と闘い続けた作家のことはそっとしておいてくれと言いたい。しかもカミュ一筋というわけでもないロスコフは、偉大な黒人アメリカ人作家ジェームズ・ボールドウィンをも巻き込むのである。平等を求め闘ったかの不屈のファイターの後継者である諸君ならば気づけるだろう。ロスコフはいかにもその広い視野で感心したというように『私はブルーも、ブラックも、イエローも好きですよ』と弁解する。実際、ロスコフは彼らを愛《いと》おしいと思っている。ただし、それは彼らが従順な抑圧される者の顔をしているあいだ、自分の意のままに語らせることができているあいだ、正当な賃金をあまりうるさく要求してこないあいだはである。そこを踏み越えた途端、相手は、ファシストとなり、反共主義者となる。躊躇《ちゅうちょ》なくヘイトを吐き散らす最も反動的な右翼の輩がなにかというと『このご時世、もうなにも書けやしない』と口を揃えて言ったりするが、まさしくそれはこちらのセリフだ」

『マガジンM』誌

「ロスコフにはいくつもの顔があるにちがいない。ただし彼は、ある種の左派のダメなところをよく体現している。人種差別を受けない側に属し、人種差別との闘争を、一定の期間に限定したがる。権利の要求のしかたが無礼だといってマイノリティを非難する。苦悩と屈辱を訴えようと大声をあげすぎて酸欠状態になる。ロスコフはその著書の中で、サルトルへの嫌悪を述べている。ここでもう一度「黒いオルフェ」の冒頭を読み直してみるのもいいかもしれない（ロスコフは「黒いオルフェ」の数節をあっさり削除している）。『黒人から猿ぐつわを外してやった時、あなたがたはなにを望んでいたのか？　その口があなたがたの讃歌をうたい始めるとでも思ったのか？』少なくともサルトルにはこうした明晰《めいせき》さがあった。実際サルトルは時代に先駆けて、トーンポリシング［議論の場で、相手の話し方や言葉遣い、態度、感情を否定し、論点をずらしていく行為］というかの有名なテクニックを定義している。はしたなく怒りを叫ぶフェミニストはヒステリーだといって糾弾される。露骨におのれの怒りを口にする被差別者は、反共主義者だといって糾弾されるのである」

『ヌーヴェル・オプセルヴァトゥール』誌

当然ながら、物事はそんなふうには展開しなかった。それが世の常というものだ。

私はまんまと狡猾《こうかつ》なヴィシャンスキーの掛けた罠《わな》にはまった。彼はまずメゾ・ピアノで前奏曲を奏で（肉をしっとり柔らかくするためだけに）たのち、一気に畳みかけてきた。彼はローゼンバーグ事件本の話を持ち出した。自信たっぷりに出した本の中身が出版とほとんど同時に誤りだと証明される大失敗を過去に経験しながら、どうしてもう少し謙虚な態度を取れなかったのかと言うためだ。ほとんど恥部という感じで、さりげなく私の学問上の系譜にも触れた。私がどういう人物か、当然みんな知る必要があるというわけだ。壁伝いに歩くほどでないにしろ、私はもう少し警戒すべきだった。

それからヴィシャンスキーは私の顔にランプの光を当てるみたいに嬉々《きき》としてフレイジャーの話を始めた。まるでシャツの袖《そで》も靴下も砂まみれになって殺人事件の捜査をする捜査官だ。

「結局あなたの狙いはなんだったのですか？　あなたはフレイジャーのアメリカの黒人中産階級についての前時代的な論文を引用して、なにを言わんとしたのですか？　つまり、彼らはそれほど賢くなかった、彼らにだって責任があったのではないか、とそう言いたかったのではないですか？　あなたはそこにある嘲《あざけ》りに気づいていますか？　その意味を理解していますか？　それってつまり、死んでいったユダヤ人にむかって、おまえらは抵抗しなかったじゃないかと非難する連中と同じくらい恥ずかしいことですよ。つまりそんなやつだったのですか？　かつての反人種差別運動の闘士ジャン・ロスコフという人間は？　そんな言葉の暴力を使うやつなのですか？」

　私は口ごもりながら弁解するが、すでに次の攻撃に移っているヴィシャンスキーは私の応答にもう興味を示さない。目下、彼はプゼを俎上《そじよう》にあげている。私と彼がどういう関係なのかを知りたがっている。そして寸前まで厳しい口調だった彼の声が、いきなり優しくなる。それは死にゆく者に終油を与える司祭の声だ。

「私はただ理解したいだけなんです」ヴィシャンスキーが私に優しく語りかける。「ここであなたを罠に掛けようというつもりじゃないんです。私はただ、ずいぶん昔からの付き合いのようにお見受けするプゼ氏との関係について、理解したいだけなんです」だから私は断言する。「私はプゼとはたった一度、学会で顔を合わせただけです」

「正確には、その学会にはほかにも参加者がいましたよね」とヴィシャンスキーが言う。「彼のお仲間が働いていましたよね」

　どうやら、おまえを打ち負かす切り札はあるが、自白する猶予を与えてやろうと言いたいらしい。きっとそのほうが双方ダメージが少なかろうというのだ。しかし私には彼がなんの話をしているのか見当がつかなかった。自分の犯した過ちを認める、責任を取る心の準備はできていた。ただ正直、どこが悪いのかわからなかった。私は三十三トントラックのヘッドライトに照らされて動けなくなったウサギだった。怒濤《どとう》のごとき質問の前ですくみ上がり、目が見えなくなっていた。ヴィシャンスキーは地元の推理小説家の名を挙げた。「この男はのちに、プゼの地元応援団に入っています。したがって同じ席にナチ信奉者が二人、あなたを入れれば三人いたわけですが」つまりヴィシャンスキーはそのパーティーを子供を生贄《いけにえ》にするようなネオペイガニズム的なものと考えている。壮大な絵巻物が眼前で展開される。もはやそれはモンペリエの学会などではなく、ニュルンベルクのナチス党大会だった。そしてそれは私が出席したこともないものだった。「私はただタコ料理にがっつく町長と鶏料理のソースの話をして、たらふく飲んで食べただけですよ。そういう話なら、いくらでも喜んで認めます。それにその席には少なくとも十五人の歴史学者がいましたよ。中にはひとり、黒人の学者だっていたんですから」私が愚かなことを言ったので、ヴィシャンスキーは眉を吊り上げた。それで私はキレてしまった。私は彼に言った。「まるでシュタージ［東ドイツの秘密警察］の取り調べだ。こんなのインタビューなんかであるものか、ただのリンチだ」

外に出ると、いつからか雨が降っていた。アニエスが来ているわけがなかった。レオニーひとりだけが、傘を持って私を待っていた。

一九四八年十二月十三日、満場の〈サル・プレイエル〉［フランス、パリ、八区に現存するコンサートホール］でカミュは立ち上がった。彼はほかの傑出した人物たちとともに壇上に登った。そこにはリチャード・ライト、ジャン＝ポール・サルトルの姿もあった。終戦から数年が経ち、世界はふたたび深淵を臨んでいた。チャーチルの言い回しを借りるなら「鉄のカーテンがヨーロッパに降りた」のだった。ベルリンではふたりの巨人がその後四十年続く大勝負を始めた。

ウィローはまだフランスにいない。ハーレムにすらいない。目下ハワード大学のベンチの上で、死ぬほど退屈している。

〈サル・プレイエル〉では、インテリ左翼たちがスター演説家たちの発言に耳を傾けているところだった。彼らは疑問の答えを求め、シャーマン数人を召喚したのだった。東側ブロックと大西洋ブロックのあいだに三つめのブロックを見つける必要があるのではないか？　どうしてもスターリンとトルーマンのどちらかでなければならないのか？　興奮した若いインテリたちはモスクワに傾きつつある。それでカミュが立ち上がる。四千人の聴衆が耳をそばだてる。彼はまくしたてるようなしゃべり方はしない。彼は頭と心に同時に語りかけようとする。彼はその壊れやすい場所、心と知性が交わるポイントに触れようとする。カミュは「憎しみで憔悴《しょうすい》した世界に」毛色の違う声を響かせようとする。節度のある勇気の話をする。カミュは芸術家への要請を拒絶する。「政治的社会のいたるところから、芸術家は存在理由を証明しろという声が沸きあがっている」カミュはイデオロギーへの警戒を呼び掛ける。カミュは用心深い。彼には「自分たちの愚かな理屈や、狭い視界の中の真実」に対する遺伝的な、あるいは本能的な警戒心が備わっている。カミュ曰《いわ》く「対話のない人生はない」のである。対話は現代、論争に取って代わられているのだと彼は言う。つまり「二十世紀は論争と侮辱の世紀なのである」。

彼は自問する。大声を出して考える。彼の思想は傷みの中で生み出された。素材は混ぜものだらけだが頑丈だった。つまり繰り返しの熟考と、綿密な観察の成果だった。

「では論争のメカニズムとはいったいどんなものなのだろう？ それはすなわち、相手を敵と見做《みな》すこと、敵と単純化することで、相手をちゃんと見るのを拒むことだ。たとえば誰かを罵《ののし》っていると、相手が何色の目をしているか、そいつも笑ったりすることがあるのか、あるとすればどんなふうに笑うのか、なんてことがもうわからなくなってしまう。我々は論争のせいで四分の三ほど視界を失ってしまう。そんな我々が生きるのは、もはや人の社会ではない。人影だけの世界だ」

バランスをうまく取ってこその知性と心。追放だの排斥だのが日常茶飯事だったこの時期に、こういう話をするのは、本当にカミュだけだ。彼は〈サル・プレイエル〉に集まった若者たちに、微妙に異なる趣きというのは、妥協ではないし、ごまかしでもない。究極の勇気なのだと理解を仰ごうとする。

集団的な憤激を法則から予測するのは、ほとんど不可能に等しい。たしかに予測可能な反応もある。いくつかのサインも読み取れる。しかしかならずや不意を突かれ、思いもしなかった箇所にピンポイントで打撃を食らうことになる。この観点から、ツイッターは、言語の創造性がその本領を発揮する場だ。私のケースで言えば、消えかかっていた熾火《おきび》にガソリンを注いだのは、うっかり私が口にした学会にガボン人の学者が出席していたという発言でも、フレイジャーについてのごちゃごちゃした説明でもなかった。そう、それは最後の最後に私がヴィシャンスキーに向かって吐いた「リンチ」という言葉だった。「こんなのはただのリンチだ」と私は言った。その言葉が、設置の仕方を間違えた人間の頭を吹っ飛ばす対人用地雷のように、私の頭を吹っ飛ばした。

〈ブラックピープルの正義〉がすぐにタックルをくらわしてきた。「呆《あき》れてものが言えない！　ロスコフがヴィシャンスキーの番組に出演したのは、他者の苦しみを盗んだ上に否定したことを、死者の名誉を冒したことを、弁明するためだろ。なのにやつはリンチを引き合いに出した。しかしながらやつはその言葉がなにを意味するか知らない。専門がアメリカ史だというのにそんなことあるか？　これは深刻な事態だ。先週、マリ系の若いフランス人女性が数人の警察官に警棒で殴られるという事件が、新聞の見出しを賑《にぎ》わした。女性を殴りながらレイシストたちは罵詈雑言《ばりぞうごん》を吐いたという。リンチというのは実質的な事象を指すのであって、絶対にそれ以外でない。なのにロスコフは、よりにもよってその言葉を……インタビューを表現するために使った。この言葉は時限爆弾だ。ロスコフに言っておこう、おまえはすぐに比喩《ひゆ》と、文字通りの意味が区別できるようになると」

問題の核心はもはやロバート・ウィローではなかった。舞台は別の次元に移った。それはフランス国内の人種差別をめぐる論争以外のなにものでもなくなった。私はソファーの上で、このクライマックスの行方を追った。私はボンベイ・サファイア数本（きちんと管理して飲めば、一週間、そして二週間持たせるだけのストックはあった）とともに自宅に閉じこもった。老いぼれ右翼だとか、政教分離支持者だとか、万人救済系のフェミニストだとかが先頭に立って私への支持を表明した。パスカル・ブリュクネールはかんかんになって電話をかけてきて、絶対にきみをサポートするから、と息巻いた。六十人の知識人が「言葉は誰のものでもない」という記事に署名を寄せた。別の百人が「むやみに操ってはいけない言葉がある」という反論に署名を寄せた。リストの中には、パリ第八大学のかつての同僚の名前もいくつか見つけられた。アカデミー・フランセーズの長老たちは怒りにがちがちと入れ歯を鳴らした。そのうち数人はこの機会を利用してメディアという表舞台に復帰した。かつて表現の自由の闘士として鳴らした元大臣が論戦の舞台に飛び込んできた。「そんなことでは我々はもうなにも言えなくなってしまう」と灯台みたいに目をぎょろぎょろさせて元大臣は憤慨した。体調不良の俳優は、震える声で、自宅ソファーから落ち着こうと呼びかけた。化粧品会社の社長はいつもの決まり文句をまた繰り返し、多様性についてのキャンペーンに十億ユーロを注ぎ込んだ。名を売るにはいい機会だった。私は〈デリヴェロー〉に配達してもらった料理にかぶりつきながら、いろんな画像を見た。午前四時か五時頃眠りに落ち、不穏な夢（住居ビルから屋根伝いに助け出され、ヘリコプターで脱出する夢）に数時間うなされる。BFMテレビで、トロカデロ宮殿の人権広場に集まった群衆の映像が流れていた。例のカリスマ編集者の娘でモデルのマルゴ・バセ＝デュトネールが、目を血走らせメガフォンでわめいている。アミナタ・ディヤオもいる。彼女が頭の上で振っているプラカードには「私の記憶に触れるな」の文字が見える。ディヤオはインタビューを受け、きわめてプロフェッショナルらしい意見を述べる。「マイノリティを見えないもののように無視する動きとの闘争は、まだまだ終わることはありません。マイノリティ無視は、社会において政治においても起こり得ます。それは当然、文学においても起こり得るのです」そう言ってディヤオは狡猾な笑みを浮かべた。それがまだまだ終わらないことにほっとしているようだ。彼女の鉱脈は無尽蔵だ。

アニエスは電話で私に無駄な抵抗をやめるように言ってきた。

「むこうの望むものを与えてやればいいのよ」

私はかんかんになって怒った。かつて離婚の話になる直前の口論では、アニエスは私が戦おうとしないことを非難したくせに、今度は、私に武器を置けと言う。

「なにを言えって？　ウィローは多様性を求める運動に参加した詩人だったとでも言えってか？　しかしそんな馬鹿なことあるかよ！　きみが僕に求めてることってのは、偽証と呼ばれるものだぞ」

「いいかげんにしてよ、もう、そのピュアなインテリ節にはうんざり。私は反省しました、自分の本には不用意なところがありました、黒人社会を傷つけたことを後悔しています、って言いなさい。自分のプライドを飲み込みなさい。私なんて毎日飲み込んでるわよ、そんなクソみたいなプライド。たとえばこういうこと。先月、私はチームビルディングの一環でパリ事業所あげての社員旅行に行った。そこで私はちょっとしたスピーチをして、なぜ自分がベイン&カンパニーの価値観に惹《ひ》かれるのかを真剣に話した。どうせあなたに言わせれば、そんなの偽りの宣誓になるんでしょ？　でも私にすれば、それが『ゲームのルールを守ること』なのよ。いいかげん、傷ついた乙女ぶるの、やめて」

ラジオ出演から二日後、私はパンを買いに外に出た。目出し帽をしっかりと被った。通りの売店で、雑誌に自分の顔が載っているのを見つけた。まるで指名手配犯だ。

＊

私を見捨てる人々が増え始めた。自分の身を守るためだ。現代の炎上はいつなんどき自分に飛び火するか予測できないため、どうしてもそういうことが起こる。みんな不安なのだ。不安のあまり、密告者に変わる人間すらいる。自分におはちが回ってくる前に、先手を取るのである。もう自分にやましいところが全くないことを訴えるだけでは足りない。狼といっしょになって吠《ほ》えて、それを証明しなくてはならない。ひときわ苦しみながら離脱する者もいた。たとえばたいして意外でもなかったが、ポラン・ミシェルが私を見捨てた。ディアログ出版のメールボックスが嫌がらせのメールでいっぱいになり、彼は外科的手術で私を切り離した。レオニーからメールで、『リール』誌に載ったポランのインタビューが転送されてきた。リードの文句はこうだ「ポラン・ミシェル：私は分別を欠いていた」

リール記者：あなたは人々がショックを受けていることを理解されていますか？

ポラン・ミシェル：はい。いくつかの記憶はまだ傷口が開いたままなんですよね。そもそも私が自分の会社を作ったのは、さまざまなアイデンティティをめぐる対話を扱う本を作るためでした。フランスでは黒人文学は長らく軽視されてきました。黒人文学は試練を迎えています――黒人ならではの声、本物の声を、かつて恥辱を媒介していたその言語を使って、どうやって表現するべきなのか？　こういった論争が、ネグリチュードの本流をつくっていきました。うちの会社は、（控えめにではありますが）たとえば、エメ・セゼールやフランツ・ファノンの著作を再版することで、論争に貢献してきました。ですから、私はこうした問題意識には非常に敏感なのです。

ポラン・ミシェルは、公けの場で自分の後悔を述べている。まず注意深くその原稿を読み返すべきだったのに、作家を完全に信頼するという選択をしてしまった。ある意味、作家の考えに頼りきっていた。自分はロバート・ウィローという、いわば忽然《こつぜん》と姿を消した人物についての情報を持たず、ロスコフの原稿を厳しく精査する目を持てなかった。「私が悪いのです」彼は認めた。「作家には責任がありますが、編集者にも責任があるのです。私たちは今日、それが生まれた社会文化的背景と切り離して、テキストを説明することはできません。さらに背景を否定することはもっとできません。ウィローという人物がアメリカ黒人としてのアイデンティティによって形成されているわけではない、とジャン・ロスコフが言ったとき、その考えは間違いで、歴史的に非常識だと、私はそう彼に言いました」

インタビューの終わりに、臆面《おくめん》のなさと欺瞞《ぎまん》はクライマックスを迎えた。

リール記者：『エタンプの預言者』は在庫ぎれになっています。巷《ちまた》ではあなたがたが当該の本を売り場から回収しなかったことを非難する声もありますが。増し刷りは行うおつもりですか？
ポラン・ミシェル：刷るつもりです。検閲に引っかかることはないでしょうから。各人が現物を読んで判断できる状況が大事ですからね。

こいつはまいった！　ユダもびっくりだ、裏切者め！　私は、その、ぷくぷく太った感じのよいデブに、背中から至近距離で撃たれた。この目で読むまでは信じられなかった。足下から地面が崩れる。実際、椅子からずり落ちた。しかし心のどこかでは、なにも驚くことはないと思っていた。この騒動の最初から、ポラン・ミシェルは気づまりに身をよじり、苦しんでいた。腹黒く、抜け目のないポラン。やつが売り場から本を引き揚げるものか。そんなやわじゃない。断罪はするが、否定的なバズで生まれた儲《もう》けは諦《あきら》めない。小賢《こざか》しい悪党なんだ。ほとんど感動すら覚える。つまり彼の言っていた私を支援するための公式発表とはこれだったのだ。私は彼に電話をかけ、罵声を浴びせかけた。

「おまえは、クソを吸い上げるポンプだ、ポラン」

電話の向こうで、ポラン・ミシェルは冷静だった。私に罵られて、ほっとしているみたいだった。おそらく、情に訴えかけられるほうが気まずかったのだろう。

「暴言はパニックのせいだと考えることにするよ、ジャン。僕は対処しなくちゃいけなかったんだ。あのインタビューで答えたことはどれも僕の本心だよ。僕に態度を改めろと言うなら、きみこそ、それをやったほうがいいと思うね。まあ、きみにその能力があるかどうかは疑わしいが」

叩《たた》きつけるように電話を切った。ポランに対して完全に無防備だった自分に腹が立っていた。裏切りの前兆を目の当たりにしてなお、最後までその太った鸚鵡《おうむ》みたいな男への信頼を捨てきれなかった。ここまで来たかと悲しくなった。ポランに対してより、オルガに対して悲しかった。彼女はそれでもやっぱり感じがよかったから。

ニコルに「距離」を置かれたのはもっときつかった。私はその日の午後、保険会社から提出するよう言われている告訴状をコピーするために大学に寄った。学部に着き、オフィスに顔を出すなり、ニコルに腕を摑《つか》まれ、脇に引っ張っていかれた。

「ごめんね、ジャン。でもすぐに出ていってもらわないといけないわ。あなたはもう教師じゃない。だからこんなふうにここへ来たり、ここの機材を使ったりしてはいけないの」

私は絶句した。この三十年、ニコルはいつも私のためにあれこれ便宜を図ってくれた。一見《いちげん》さんお断りみたいにあしらわれるのは初めてだった。

「ふざけないでくれよ、ニコル。この半年、それが問題になったことなんてなかったじゃないか。せめて本当の理由を言ってくれ」

「本当の理由はよくわかってるでしょ。これ以上、問題を抱えたくないのよ。ここには、すでに山ほど問題があるんだから」

　彼女は目を伏せた。

「最後にひとつ。何人かの教授から、あなたが教授用の駐車場を使っていると苦情が出ています。先生方との約束なんで。一応、伝えたからね」

　私は踵《きびす》を返した。なんであれ物乞《ご》いのような真似はしたくなかった。バザロヴの凋落《ちょうらく》を思い出した。彼はしまいには肩にフケを積もらせ、コーデュロイのズボンを穿《は》いた凡庸な教授たちの集うシンポジウムに出没するようになった。それはさまざまな理由から現実に背を向けた連中で、ホロコーストで六百万人が死んだというのは、数ある仮説のひとつにすぎず、オルタナティブな仮説をひとつたりとも排除しないことが歴史家の義務なのだ、と淡々と語る連中だった。当時、私は彼に説明を求めて言った。「あなたがこんなになっちゃうなんて信じられません。あなたはヴァンセンヌの伝説を作った人ですよ。フーコーやその仲間たちといっしょにいた人じゃないですか」バザロヴはそれまで私が見たこともないような傲慢《ごうまん》な顔になった。「きみはまだ若いからこうしたことが理解できないのだ」と彼は言った。大学は彼の講義を次第に削除していき、しまいに彼を異動させた。学部長は波風を立てたくなかった。そしてバザロヴは新しい友達のいるリヨン第三大学に流れ着いた。彼はそこで名誉教授のポストまで貰《もら》い、おかげで退官後も、論文指導を続けることができた。彼は二〇〇〇年代の初頭に階段から落ちて死んだ。その老いたイカレ教授が彼岸から私をあざ笑う。「かつてきみは私を捨てたな、ブルータス。今度はきみが追放と降格の味を思い知るのだ」いまや私が、愚かな、フケまみれの爺《じい》さんになっている。人生は悪趣味な冗談のようだ。

ポラン、ニコルときて、次は誰だろう？　私はどうでもいいことで、マルクの留守電にメッセージを残した。彼の誠実さを信じたかった。私は自宅に帰ると、闘争モードを維持するためにモーターヘッドのCDをプレイヤーに挿入した。いつもならメタルバンドの唸《うな》るギターを聴くだけで、私の中の西ゴートの戦士の本能が目を覚ます（シド・ヴィシャスのイカレた背徳的な薄笑い、AC／DCのいくつかの曲、たとえばハイウェイ・トゥ・ヘルなんかでも同じ効果が狙える）。今日は代わりに吐き気を覚えた。私の怒りはスフレみたいに一気にしぼんだ。

ポラン・ミシェルは自分と女房の身を守ろうとしている。すでに自分の名前に悪いイメージがつくのを恐れた作家がふたり、ディアログ社との出版契約を破棄していた。ニコルは組織を守りたい。大学のためなら自分を犠牲にする覚悟もある。でも私のためにはない。だからといって彼女を非難することはできない。だって私はこれまで彼女のためになることをなにひとつしてこなかった。

私もかつてバザロヴを見捨てた。しかし待ってくれ。それとこれとは話が違う、全然違うと思う。バザロヴは頭のイカレたファシストになったのだ。大量虐殺を否定することと、たとえば、よその国の一部の人民にとってつらい意味を持つ言葉を字義通りに使わないことを、同列に語ることはできないと思う。それはまったく比較できるようなしろものではない。でなければ、人々の感受性のレベルが、社会生活を諦めざるをえないところまで衰えてしまった、つまり自宅に閉じこもり、出かけるとしても、せいぜいが限られた人間、同じ言葉を完全に同じ意味あいで使う相手とちょっとの間会って話をするぐらいしかできないところまで衰えてしまったのだ。彼らは絶対に傷つけられることがないと安心できないかぎり、外には出られない。なにしろ我々現代人は愚痴っぽく、病弱なちっぽけな人間であり、「感情のセキュリティ」が保障されることを望み、自分の心を傷つけかねない言葉にはひと言であろうと、絶対に、絶対に出くわしたくないからだ。それがこの時代のオブセッションになっているのである。

　ただ明らかに私のような天邪鬼《あまのじゃく》の酒浸りの老いぼれは、その種の圧をかけられると、逆のことがしたくなるのである。言ってはいけないと禁じられたことをそっくりそのまま言ってやりたくなる。相手が嫌悪感から顔をしかめ、怒って文句を言うところを見たり、権威のある人々や、おしゃれな人々が恐怖で卒倒したり、小便をもらしたりするところを見たくてしかたなくなる。たぶんあまり褒められたことではないが、そうした欲望は、ときとしてとても強力になる。とりわけ我が家のスピーカーがブラザーフッド・オブ・マンぐらいぶっとんだ音を吐き出しているとき、とりわけレミー・キルミスターの四十年間、砂利を食わされ、同時に強力洗浄剤を掛け続けられてきたような声が響いているときはそうだ。偉大なレミーから悪魔のような挑発を受けながら、私は独特のトランスに入っていく。こん棒を持った原始人に扮して、アニエスが参加している「女性の権利」フォーラムに乗り込み、思いきり不平をぶちまけてやりたくなってくる。とにかく連中がどんな顔をするのか見てやりたい。アミナタ・ディヤオと喧嘩《けんか》するのもいいかもしれない。あいつに怒鳴り散らしてやろう。もうおれたちをうんざりさせるのをやめろ、前進するのをやめろ。このくそったれめ、大袈裟《おおげさ》に転げまわっても無駄だ。拗《す》ねたり、同情を集めたり、ビビらせたりするために、深刻ぶって、ちっちゃな傷を見せびらかしたりしても、無駄だからな。こんな人生があってたまるか、くそくそくそ、くそったれのおたんこなすのこんこんちきのアミナタめ。みんなにちやほやされて、いい気になるなよ、おまえなんかくそだ。態度を改めろ、あばずれが。

マルクは私と会うのに、職場の近くの公園を指定してきた。まったくもってグロテスクだ。どうせならゴッドファーザーのワンシーンみたいに、教会で、それぞれ祭壇に向かって、相手を見ずに話せばよかったのに。マガモが一羽、水面で羽繕いをしている。マルクは周りを見まわした。彼は緊張しながら、腕時計を見た。私は迷惑な昔馴染《なじ》みであるらしい。「マルク・Wの親友」とジャーナリストは書いていた。私はマルクに質問した。「おれのことをバザロヴの弟子だと書きたてるゴシップ誌相手になにかすべきじゃないだろうか？　だってバザロヴを博士論文の指導教授に選んだときは、まだあんな人間じゃなかったんだぜ」相談に乗ってもらえなくても、五百ユーロを貸してもらおうと思っていた。クレディ・リヨネ銀行の担当者が限度額を間違って復元したまま、週末旅行に出てしまったため、私のクレジットカードはどこにいっても使えなかった。ところで私はホテルに数日泊まるために金が必要だった。夕べまた玄関のドアが壊されたからだ。私は睡眠薬でぐっすり眠っていて気がつかなかった。今朝、玄関の鍵が半分壊されているのを見つけた。私は警察に被害届けを出した。前回に比べ保険会社の担当者がやたら疑い深く、だんだんうんざりしてきた。具体的にその言葉が出たわけではないが、沈黙するたびに、保険詐欺を咎める空気が漂う。専門の調査員を派遣しなくてはいけないらしく、すべてに時間がかかるという。

「悪いな、ジャン、これからはもうそういうのは無理だと思う。理解してくれ。おれにもいろいろ計画があるんだ」

マルクにはいつだって計画があった。思い出せるかぎり昔から、マルクは常にいくつかの計画を掲げ、がむしゃらにものにしてきた。もちろん下品なやつではないので、無頓着《むとんちゃく》な姿勢は崩さないが、マルクをよく知る人間なら、彼が舞台の端役で満足するような人間でないことを承知している。そしてマルクはマルクで目下、嵐の中にいる。社会党の本部は瀕死《ひんし》の状態にある。昔話を大げさに語る彼の多くのお仲間たちは、革新の嵐に吹き飛ばされた。嵐はフランスの政界の風景を一変した。二、三年前のことだ。アルレム・デジール、ジュリアン・ドレ、多くの政治家が戦いに負けていった。彼らに取って代わったのは、薄っぺらいネクタイをした若者たちだ。パネル調査だの三角測量だのが大好きで、ワイヤレスイヤフォンを装着し、ジョギングしているあいだアプリでカロリー消費を計測しているような連中だ。マルクは嵐に持ちこたえている。そつのない器用なマルクは風を待つことを知っている――慎重にオールを扱う賢い船乗りよろしく、一気に舳先《へさき》を切り返せるよう、日差しのある、よい天候の日にだけ姿を現せるよう、出来事の輪郭が明確になるのを待つ。

マルクは当初、友好的な態度を見せた。彼は素直に新世界に与《くみ》してみせた。党に吹く「新風」や「組織の若返り」に敬意を表しながら、最初のうちは自分のような経験豊富な人間が数人は必要だろう、自分たちと一緒にいれば、学校では学べないレアな能力、スペイン流に言えば闘争心《グリンタ》、フランス流なら嗅覚《フレール》、イタリア流なら展望《ヴィスタ》といった、政治的センスってやつを体得できるだろうとほのめかした。マルクはもしもの場合にすぐ使える即戦力だった。そしてそれはその後もそこまで衰えることがなかった。とはいえ、彼は党本部のメンバーというより、その弁護士だった。彼はあくまでも民間の人間だった。つまり彼の次の計画はそれだ。新世界の連中に自分の経験の貴重さを強調しながら、同時に自分が民事に強い人間だと、つまり「実社会を知っている人間」だと説得してみせることだ。彼はそこに現実的な説得力を持たせようとした。ソーヌ＝エ＝ロワール第七選挙区の補欠選挙はもうすぐだ。つまりマルクには計画があった。これから露出が多くなる。人の心配をしている場合ではなかった。

「理解できるよ、マルク。こっちは自分でなんとかする」

並んで歩く私たちは、付き合いの長い不倫カップルのようだった。公園にひと気はほとんどなかった。地味なスーツを着た若者がベンチに坐り、買ってきたサラダを食べている。年配の婦人が雑誌を読んでいる。斑の浮き出た脚のあいだにチャウチャウ犬がうずくまって寝息を立てている。

マルクが沈黙を破って孫子の格言を口にした。人はふたつの戦争を同時に始めることはできない、とか、だいたいそういう内容だった。私は小声で囁《ささや》いた。

「尾行されている気がする」

「なんだって？」

「学生だ。地方分立主義の、パレスチナ問題にかぶれた学生だ」

「おまえは休養するべきだと思う」

「もう、わからないことだらけなんだ、マルク。もうなにも理解できない。ローゼンバーグ本のときは、こんなに簡単に火は燃え広がらなかった。まあ大学では笑い者になった、ていうか、腫《は》れものにはなったけど。だからって、まるっきり知らないやつから罵りのメールをもらったりするようなことはなかった」

「論争で木っ端みじんにされる人間ってのは、昔からいる。おまえだってその話をしてたじゃないか。カミュの言う『人影だけの世界』だ」

「ちょっと違う。カミュの頃の悪口ってのは、ジャーナリストや社会運動家の小さな世界での話だった。その後、歴史的背景がそれに薪をくべた。ヨーロッパは崩壊し、世界はまっぷたつに割れた。脅威が高まった。やれ元対独協力者だ、共産主義者だ、その他もろもろだって。五年のあいだ、人々は罵り合いを続けた」

「おれを相手に歴史の講義をするつもりか。ここは教室じゃないぜ」

「いやでも、そこは外せない点なんだ。アイゼンハワー対フルシチョフ、核弾頭対核弾頭。そういうものが、知的テロリズムだとか、威嚇、罵倒の空気の背景にあった。カミュはまだ楽観できたんだ。ひとたび空気が冷えれば、悪口なんて討論の場で言い負かせるってね」

「楽観できるだけの言い分があったってことだろ」

マルクが無気力に言い返してきた。ポーカーで試しに賭金を吊り上げるみたいな感じだ。彼はどこか上の空だ。

「そのとおりだ。ただし、空気は冷えたが、罵倒はある種の風俗になったんだ。罵倒は表現の一形態になった。そいつが社会全体を毒した」

「しかし、それには共通の場が要るぜ、人々を結びつけるなにかがさ」

マルクはつきあいで反論しているにすぎない。実のところ、彼は私の分析なんてまったく興味がない。必要から場に適応している、それだけだ。現実世界があり、目に見えない変化がある。マルクにノスタルジーは無縁だ。彼は若者だったこともないし、きっと年寄りになることもない。若者にしろ、年寄りにしろ、彼にとっては適応することを拒む連中だ。私はしゃべり続けていた。続けても、馬鹿をみるだけだが、それでも自分がしがみついている不確かな絆《きずな》を失うのが怖かった。

「そもそもの問題は、自尊心の傷つきやすさにあるんだ」と私は説明する。「人はおのれのアイデンティティを支えになんとか立っている。みんなそれにこだわりを持っている。だから傷つきやすくなる。だから彼らに話しかけるときは、とにかく慎重を期して、そっと話しかけないといけない。ご機嫌を取ってやらないといけない。そして人類学的大革命も起こった。匿名で逐次あげられるコメントの革命、矮小化《わいしょうか》された思想の革命だ。百四十四文字縛り。各人の偏見に一致するコンテンツをユーザーに与えるアルゴリズム。人々を、もはやほかのグループとは関係を持たない小さな集団に再編成するアルゴリズムだ」

私は息切れして、中断した。

「やっぱりバカだよ、おまえは」

マルクは笑った。私は嫌みを無視した。いくつか話すべきことがあった。

「完全にヒエラルキーから逸脱した場所に吐き出された夥《おびただ》しい数の情報の錯綜《さくそう》。通行人を襲撃するアラブ人清掃員の動画。機動隊に殴られるデモ参加者の動画。アラブ人清掃員の動画閲覧者のコメント。機動隊に殴られるデモ参加者の動画閲覧者のリアクション。そのコメントに対するコメント。そのリアクションに対するコメント。そのコメントに対するリアクション」

マルクはちらりとこちらを見た。危なっかしい様子だったのだろう。彼は上唇を嚙《か》んだ。

「ルールが変わったんだ。そんなふうに」

マルクは急に不安げになった。会話は奇妙な方向に展開した。まるで逃亡中の囚人のそれだった。ひどく気まずいのに、それでも私に話してしまいたそうだった。彼にも、困ったことがあるのだろうか？　マルクには弱みがあった。彼の法律事務所は物理的基準で見るとちょっとハーレムのような環境だった。スタッフがハスキー犬のような目をした金髪の若い女性ばかりで、みんな活動的で大胆で魅力的だった。彼はその中のひとりと寝た。同僚の弁護士への不信にでもつけこんだのだろうか？　マルクは道を踏み外した？　マルクは急に落ち着かなくなった。私は一番の親友の負の側面を過小評価していた。マルクは絶対に愚痴を吐かないし、自分の悩みについて語ることも少なかった。私はマルクを励まそうとした。この私がだ。バーやカフェでぶらぶらしている、不運と怠惰と優柔不断の塊であるジャン・ロスコフがだ。私はマルク・Wを励ました。

「おまえは無敵だ、マルク。びくともしない。おまえには孫子とクラウゼヴィッツがついている」

「それだけじゃもう不十分なんだよ、ジャン。全力で注意しないと」

　マルクのことは本当に友達だと思っているにもかかわらず、よこしまな悦《よろこ》びが湧いた。「新しい勢力」はすべてを無差別にぶち壊すのだ。その絶対的な掟《おきて》は非人間的だが、少なくとも民主的ではある。誰もその掟には勝てない。シェイミングキャンペーンの餌食《えじき》にされるという考えは、マルクのような人間からすら自信を奪うのだ。それは我々の世代の人間が想定していなかったものだ。マルクのような人間は、ハラスメント被害の訴えだとか、懲戒処分を検討する委員会だとかにどう立ち向かえばいいかよく承知している。たしかに見通しは厳しいが、絶対に流れが変えられないわけではない。優秀な弁護士がいれば、事態を一八〇度好転させる努力はできるだろう。

　しかし獲物を血祭りにあげたい群衆となると話は別だ。世論は抑制を失い、あらゆる方向からあふれ出す。マルクのような人間は、世の人々がトランジスタラジオにかじりつき、そこから流れてくる数人の偉い先生がたの意見に、おのれの判断を委《ゆだ》ねていた時代、ラジオから流れてくる声が権威あるお告げだった時代を懐かしむ。せいぜい十五ほどしかなかった声が、何百万の声に取って代わられたのだ。それはそれですごいことだ。私がジャンヌを嫌いになりきれない理由はそのあたりにあるのだろうか？　ただ彼女を嫌いになれない理由はほかにもある。ジャンヌが誠実だからだ。彼女には並外れて誠実、可哀想なくらい誠実なところがある。

マルクが恐れているのも、それだ。決して揺るがない信念の力というやつだ。たしかにそうした信念は、最もせせこましい縄張り根性や、被害者ヅラへの不健康な憧《あこが》れを糧に大きくなる（とにかくこの被害者ヅラは無敵だった。なぜなら「新しい勢力」は、感情というものを価値の最高位に、苦しみを普遍的な単位に格上げしたからだ）。しかし大本にあるのは、盲目的で、敬虔《けいけん》な、どこまでも純粋な信念なのだ。これには、欺瞞たっぷりの老享楽家の薄笑いもまるで歯が立たない。横柄な冷笑も、共謀も、傲慢さも、まるで効果がない。相手は、いまどきの人民委員会議のメンバーだ。いっさいシャレのない堅物、正義の名の下に世界を地ならしするローラーのような連中だ。そんな連中を相手に、なにで対抗すればいいのだろう？　プランセス通りのディスコで味わった紐《ひも》パンティの思い出、SOS人種差別のごろつき連中、その世代ならではの妥協の精神、カナルプリュス精神を体現するにやにや笑い。軽さになんの価値がある？　敬虔な信仰に突き動かされる連中を相手に、ミッテラン主義者と金融界の大物が集まってどんちゃん騒ぎをして、どんな効果があるだろう？「新しい勢力」とは、注文の多い厳格主義の信者たちだ。彼らは敵対する要素を躊躇なく木っ端みじんにする。敵の犯した行為のみをやり玉に挙げ、そこにある意図には目もくれない。というか、行為から意図を差し引いて考えるので、個々人の苦悩にほとんど目もくれない。誰かの生きてきた人生の厚みになんて彼らは興味を持たない。悪の勢力があり、善の勢力がある。ただそれだけだ。

私は初めて、自分がマルクのひと足先を行っている気がした。この数週間で私は多くのことを学んだ。私は親愛の情を込めマルクの肩に手を置いた。彼はぶるっと震え、瞬間的にその手を振り払った。そのうちロスコフに水底に引きずりこまれる、という女房の言葉を、ついには信じてしまったのだろう。彼は暇《いとま》を告げた。

「そろそろ行かなきゃ。ジャン、おまえはきっと正しい選択をする。あまり意固地になるなよ。ラ・フォンテーヌの寓話《ぐうわ》に出てくる葦《あし》を思い出せ。葦は折れるが腐らないんだ」

いかにもおめでたいマルク・Wらしい言葉だった。腐ったら、切り落とせばいい、などとまで言いだしそうだった。マルクが去ったあと、五百ユーロを借りそびれたことに気がついた。

その晩、マリーのことを思い出した。

彼女に電話を掛けるのは恥ずかしかった。それは自分がとことん孤独であることを認めることだった。私たちはこれまで小一時間も話したことがなかった。それでも不思議と、本当にどうしようもなくなったとき、彼女なら泣き言を聴いてくれるだろうという印象があった。「積極的傾聴《アクティブリスニング》」という観点から、私はまだ自分の持ち分を使いきっていない。それから私は、根気よく仕事を片付けていくマリーを思い出した。マリーはバラの樹と格闘し、病気になった枝を切り落とし、庭の農薬噴霧器を操作していた。そうした動作を何度も繰り返す姿から、私はマリーの内に眠る広大な忍耐の鉱脈を見てとった。彼女にはきっと「白人男性の泣き言」を茶化さずに聴いてやるだけの度量がある。

私はマルクにマリーの連絡先を訊《き》いた。サン゠ジュリアンの家に電気カミソリを忘れたので、週一で通うマリーにそれを見たか確認させてほしいと言い訳した。用件がそれだけと知って、電話の向こうでマルクはほっとしているみたいだった。おそらく、私からもっと親身になってくれ、徳のあるところを見せてくれ、あるいはヴィッサンの別荘の鍵を、あるいはピストルを貸してくれと頼まれるのではないかと心配していたのだろう。マルクはほっとして、ケータイ番号をおしえてくれた。

「マリー、きみの声が聴きたかったんだ」

「私はあなたの声を聴きましたよ。三日前に。作家先生。フランス・アンテルの番組で」

「え、ほんとに？」

「ご存じですか、ソーヌ＝エ＝ロワール県でもラジオは聴けるんですよ。コートジボワールでも聴けるんですから」

またもや、どん底からのスタートだ。でも彼女の指摘には非難の色はいっさいなかった。予審判事のような疑い深さもなかった。マリーは私をからかったが、ただそれだけだった。彼女が私をからかったのは、私が滑稽《こっけい》で、たまに笑ってやる必要があったからだ。

「十五分ひどい目に遭いましたね」

「笑ってもらえたみたいだね」

私は彼女が最悪の事態に陥った国から逃げてきたこと、夫が五百キロの鉄骨に圧し潰《つぶ》されて死んだことを思い出した。彼女は二度シュミュルツみたいな目に遭い、二度亡命し、自分の分の不幸はもう十分味わった。彼女には笑う権利がある、そうだ、彼女には当然その資格がある。

「いいえ全然」彼女は嘘をついた。

沈黙が流れた。私は彼女に自分が見舞われている不幸のあれこれ、金銭問題や、壊された鍵の話をした。

「ストラスブール通りに行ってください。伯父がヘアーサロンをやってます。マフェ［西アフリカの家庭料理。鶏肉とピーナッツバターを使ったシチュー］をご馳走《ちそう》してくれますよ。伯父には話しておきます」

＊

エルヴェ・アブドゥレマヌ・サガノゴは気楽に、実際、こちらに一瞥《いちべつ》もくれずに、私を迎えた。ちょうど散髪の仕上げをしているところで、ちょっと待っていてくれと言った。私は椅子に腰を下ろし、彼が、シャキール・オニールの名前入りのビブスを着た身長百九十五センチの若者の襟足《えりあし》にバリカンでドラゴンの絵を描き終わるのを待った。エルヴェ・アブドゥレマヌ・サガノゴの耳は真横にぴょこんと張り出し、尖《とが》っていて、いたずらなエルフみたいだった。幅広でよく張った腹は、叩けば、ルイ・アームストロング&ヒズホットファイヴのバスドラムみたいに響きそうだ。この人物の肖像を描くなら、ならではの人物描写を得意とするゴーゴリの筆を借りるのがよいかもしれない。「太鼓腹をした人々というのは、ふらふら彷徨《さまよ》うことがない。彼らはひとたびどこかに腰を据えると、そこにどっしりと構えて、希望をたたえたまま定住する。彼らの足元は頑丈で、ぐらつくことはあっても、崩れ落ちることはない」彼全体からどっしりとした威厳が感じられた。

いま髪を切ってもらっている若者の妹らしい小さな女の子が、ちらっとこちらを盗み見た。私が見返すと、女の子はぷっと吹き出して逃げていった。明らかに、この店で白人に会ったことがなかったのだ。あの笑い方からして、私がアフロヘアーのウィッグをつけてもらうために順番を待っているとでも想像したのだろう。たぶん憐《あわ》れなピエロのようになったところも思い浮かべたのだろう。ここは居心地がいい。バリカンが粛々と仕事をする。縮れ毛の房がぱさっぱさっとタイル張りの床に落ちる。

閉店後、太鼓腹の亭主はレジを閉め、客引きと思《おぼ》しき男と数分しゃべっていた。よくメトロの出口なんかで何時間も突っ立って客を捕まえているような輩《やから》だ。ふたりは手数料をめぐってちょっと口論になった。エルヴェ・アブドゥレマヌ・サガノゴは一杯食わされるつもりはなかった。あるいは、それはそのふたりの役者が毎晩別れ際に仲良く繰り返している茶番か、ジョークの応酬なのかもしれない。本当のところはわからない。

私は近所の食堂に連れていかれ、鶏肉のヤッサをご馳走になった。私は彼に自分の抱えている問題を説明した。もうロバート・ウィローの話はしたくなかったので、前置き抜きで、目下の問題、つまり玄関を壊され、寝るところがなくなり、いまに至っている話をした。「普段ならホテル代くらい払えるんですが、カードを盗用され、不正支払いが確認されたため、口座がブロックされてしまっているんです」エルヴェ・アブドゥレマヌ・サガノゴ氏は地に足のついた人間だった。そして回りくどい物言いはしなかった。「おれの従弟《いとこ》がドゥドーヴィル通りでホテルをやってる。流行《はや》ってないから、ひと部屋くらい都合はつくだろう。それは問題ない。それからもし、あんたんちの玄関を壊した犯人が分かってるなら、ツテはあるぜ。ちなみにおれは堅気だ、なんならおれの確定申告を見せてやってもいい」彼は大真面目に繰り返した。「ただ、ツテはある。ムショ帰りの人間も二、三人いる。その手の仕事をしてくれる。でも報酬は必要だ」私は丁重に断った。「もう警察にも届けを出したんで」と説明した。するとエルヴェ・アブドゥレマヌ・サガノゴは溜息《ためいき》をついて、私に言った。「おれは警察ってのをよく知ってる。連中とは仲良しだ。でもフランスの警察ってのは、基本的に『画家』とか『木偶《でく》の坊』の集まりだ。おれはコートジボワールにいた頃、自転車を盗もうとしたやつが町の人間に取っ捕まって、生きたまま燃やされそうになるのを何度も見た。むこうじゃ警官が、犯罪者をリンチから守ってやってるんだ。みんなが現実の意味をよくわかっている国だからさ。フランスのみなさんは詩人さんだな」彼の使う「詩人」という言葉が、目隠し鬼ごっこだのブランコだのを発明した白粉を塗った宦官《かんがん》を示しているのはわかった。彼は爆笑した。私は弱々しく微笑んだ。こんな大笑いの陰に身を潜めるのは悪くない気分だった。

その後の数週間を理路整然と語るのはなかなか難しい。なにもかもが不健康で、不愉快で、胡散《うさん》臭かった。エルヴェ・アブドゥレマヌ・サガノゴと過ごしたあの晩の純粋に良い思い出、彼の家の台所で女房が怯《おび》えた目で見守るなか、とことんまで飲んだあの晩の思い出すら、色褪《あ》せてしまった。現在、私は目が覚めている。湯気の昇るマグカップを手にしたアメリカのお婆ちゃん学者たち風に、つまり「新しい勢力」風に言うなら woke 状態にある。力ずくで新しい信仰に目を開かされた。私は拷問具で、自分がいかに無知であったかを思い知らされた。私は良心に目覚めた。かつて私のやっていたことで、罪のない行為はひとつもなかった。万策尽きて誰かの助けにすがるしかなくなったとき、ひとりの黒人のもとを訪ね夕食をご馳走になった。そしてかつてボールドウィンが「白人進歩主義者の緊張感のない言行」について語った痛烈な皮肉を思い出した。私はルー・バセ＝デュトネールほど歪《ゆが》んではいないものの、愚かである点については似たり寄ったりだった。私は幼少期に見たスズメバチみたいに罠にかかっていた。

「新しい勢力」を鎮める唯一の方法は、態度を改めることでも、これからはちゃんとすると約束することでもなく、告白することだった。つまり私はレイシストですと自分の口で言わなければならない。そうでないかぎり「新しい勢力」は満足しない。連中は私に改心しろとすら言わない。連中は私になにも要求しない。それどころか私は、自分に割り与えられた、白人レイシストという本性に忠実であることを望まれてすらいる。とことんまでレイシストでいてほしいと思われている。それはもう自明の理だ。

いかなる会話も成り立たない。とにかく私は自分に言い訳するのをやめなくてはならない。自分の本性を、安っぽいアイデンティティ、大学教授、バツイチ、高学歴持ち、もと社会党シンパ、アルコール依存症、アパルトマン所持者、禿《は》げオヤジ、一家の父、アルコール依存症、パリっ子、役所嫌い、アルコール依存症、ペギー信奉者、といったアイデンティティのうしろに隠すのをやめなくてはならない。とりわけ最も周囲を欺《あざむ》き、自分自身をもだましていたのは、共和主義者の仮面、人種差別反対運動家の仮面だが、そんなものはすべて実態のない絵空事だ。現実の私は、いわゆる白人西欧人、ホワイトとも、ブランコとも呼ばれる人種であり、技術力の高い、横柄な文明、押しつけがましい老いた文明の子供なのだ。それは偽善的な文明であり、人殺しの遺伝子を持ちながら、自分の捕食者としての欲望を、その都度キリスト教や、民主主義、マルクス主義、自由主義的資本主義といった見目のよい肩書で隠し続けてきた文明だ。こちらに向けて振り上げられた何千という拳《こぶし》を前に、崖《がけ》っぷちぎりぎりまで追い詰められながら、そこでくるりと身をかわして、自分の身を救えると信じている白人たちの旧世界だ。ジョン・レノンの歌が乾いたギターの旋律に乗って、さっと過去の勘定を消そうとする。僕たちはみな兄弟じゃないか。がつがつしなくていいじゃないか。でも手遅れだ。君の言うとおりだ。マジで僕の頭はお花畑だ。

私はひとり自宅に閉じこもり、いまや六カ所を施錠するぴかぴかの鍵に守られている。ＭＡＩＦ保険が寄越した業者は、落書きを消すためにできる限りのことをしてくれたが、それでも近くでよく見ると、ドアには薄《う》っすらレイシストの文字が残っていた。例のル・グエン青年の姿はあれきり見かけないが、相変わらず、つけられている気がする。スーパーに買い出しにいく道で、うしろをぴったりついてくる足音を聞いた。私はおもむろに振り返り、兵役で習ったキックボクシングの構えを取った。

おっとりとした母親が、抱っこ紐の中で眠る赤ちゃんを両手で守るようにして、立ちすくんでいた。私は慌てて詫《わ》びを言った。死ぬほど恥ずかしかった。それでも穏やかな気分には戻れなかった。エルヴェ・アブドゥレマヌ・サガノゴに頼んで手に入れてもらった護身用スプレーをポーチに入れて持ち歩いていた。

離婚したての熟年カップルのように、ポラン・ミシェルと私はメールで潤いのない事務的なやりとりしかしなくなった。怨恨《えんこん》から契約不履行だと言いがかりをつけられたり、訴訟になったりするのを恐れているらしく、ポラン・ミシェルは定期的に私の本の売り上げを知らせてきた。隙をつくりたくないのだ。「売り上げ三万部」詩を扱った本としては、単純に快挙だった。これほどの記録は、プレヴェールにまで遡《さかのぼ》らなければお目に掛かれない。売り上げ三万部、すなわち著作権料六万ユーロ。これは相当な額だが、現在の財政危機にはいっさい助けにならない。金は来年にならないと振り込まれないからだ。まるで百年先のことみたいだ。そしてポラン・ミシェルに前貸しは頼めない。彼は契約を厳守することに固執するだろうし、私に対していかなる便宜も図ってくれないだろう。

やけくそな気分だった。私はきまじめに自堕落を極めた。〈ル・リ・バトー〉では店主のタオから、次は自分がいかにこの炎上を生き残ったかを語る本を出せと勧められた。タオ曰く、それが一番賢い難局の切り抜け方なのだそうだ。ヒップホップグループのスナイパーが、二〇〇〇年代初頭に『ラ・フランス』というショッキングなタイトルで、それをやった。母国フランスをこき下ろす歌詞でできたその曲は物議を醸し、大論争を巻き起こした。その後グループはそれに応じる形で『ラ・フランス、論争の行方』という新曲を発表した。それが空前の大ヒットとなった。

「おれにラップをやれってか？　おれにラップなんて書けると思うか？」

「ちがう、ちがう、バカだなあ。あんたは作家なんだから、本でやり返せばいいのさ」

たしかにラップ（飾りのないハードコアラップ）には類稀《たぐいまれ》なパンチ力があるに違いない。ただあまり私向きではない。私は、どちらかといえば、キュアーとか、デペッシュモードのシンセサイザーとか、あとはもちろんモーターヘッドなんかに慰められた世代だ。でもレオニーは、どっぷりラップに嵌《はま》っていた時代がある。クリスティーヌ＆ザ・クイーンズのそこはかとない魅力の虜《とりこ》になる前、私たちが一緒に暮らしていた頃の話だ。だからそれを嫌でも聴くはめになり、そのうちにその「浮浪者向《さいいん》きの野蛮な音」をいいなと思えるようになった。ラップの表現者たちは、言葉の力を、その催淫的な人を堕落させるパワーを熱烈に信奉している。ケリー・ジェームズのライムひとつには、バセ＝デュトネール好みのちまちました小説、筋を取った野菜みたいな連中の自己陶酔に満ちたつぶやきが延々連なる小説を束にしても敵《かな》わないほどの心の叫びが秘められている。

「白人の爺さんの哀歌」というラップが頭に浮かんだ。そうだ、書こうと思えばウィロー風の哀愁をたっぷり含んだ「白人の爺さんの哀歌」を書けたかもしれない。最も頑《かたく》なな人間の心さえもかき乱すような。「野蛮な音」をベースにトラックがつくられ、そこに私の軽快でパワフルなフローが滑り込む。歴戦のラップグループ、キング牧師よりマルコムXに近い厳格な分離主義を掲げるラップグループなんかに、技術的なサポートを依頼する手もある。きっと連中なら、思いきり白い顔を晒《さら》す白人男を喜んで助けてくれるだろう。こちらも差別される側になるのを受け入れる。私は連中から、私という事実上の味方に向かって「石つぶてのように投げつけられた白人めという言葉を拾い集める〔サルトルが「黒いオルフェ」で、レオポルド・セダール・サンゴールを描写した一節「彼は石つぶてのように投げつけられたニグロという言葉を拾い集める」のもじり〕」——とにかく、「新しい勢力」の論理は、思いがけない協調すら可能にする。それは別に今に始まったことではない。マルコムXだってその時代には、自分の会合にアメリカのナチ党のメンバーを招いたりしていたのだ。ならばジャン・ロスコフとラップグループが仲良くしたっていいではないか。レオニーが高校時代にループで聴いていた三人組、ブロンデイ・システム・オブ・サウンドに協力を打診する手もある。きっと暑苦しいヒット曲が生まれるだろう。場合によっては、ウィロー的哀愁を捨てざるをえない局面も来るかもしれない。そのときは反撃の土台を築き、こんなふうに始める。

おれは白いチビ、首都パリに住まう
一〇〇パーセントヘテロ、肌の色はまっ白
おれは白いチビ、持ってるのは汚したい衝動
チーム組んで、飲むは、白いペルノー

手直しが必要なのは明らかだった。タオに見せたところ、文化の盗用糾弾に対する反論になっていないと指摘され納得した。私にはストリートクレディビリティがいっさいない。前科はないが、十年程前に無銭飲食をして、眠そうな判事によって罰金を課されたことはある。ハードコアラップは、正直な怒りや、実体験をネタにするものだ。ホワイト・フラジリティの煮え切らなさは、湿った腐葉土なみに爆発力がない。タオに言わせれば、せいぜいが、パリ祭の夜にはじける爆竹程度の威力しかないらしい。

私の頭はイカレてしまったのだろうか？　本当に悲惨だった時期のことはなにひとつ思い出せない。独り言が増えたのは本当だ。何度か、道の真ん中で、小さな子供たちに遠慮のない残酷な目を向けられ、我に返った。電話のアニエスの声も心配げだった。「マルクから公園であなたに会ったって聞いたわ。あまり具合が良くなさそうだったって。あなた、彼に清掃員の動画の話をしたでしょう。マルクが心配してたわ。一度、検査を受けたほうがいいって。私にそんなことさせないでよねジャン。安心させてよ」私はせせら笑った。精神科病院は、洞察力のある人間、みんなが見たくないものを見てしまう人間を黙らせる最終手段だ。ソヴィエトでよく使われた古い手だ。お気の毒だな、マルク！　見たくないかもしれんが、奈落はそこらじゅうで口を広げてるんだ！

私は頭の中で攻撃文書の作成を始める。カミュが私の背中を心配そうに眺めている。私は驚くほどすらすらと論拠を並べる。指がキーボードの上を高速で走る。そして私は筏《いかだ》に乗って岸を離れる。同じ筏の上には有名人もいれば、さほど有名でない人々もいる。ボールドウィン、マハトマ・ガンジー、シャルル・ペギー、ハーレム・ヘル・ファイターズのオーケストラ、マーティン・ルーサー・キング。彼らはまさに友愛（フランス人からすっかり忘れ去られたモットー、いにしえの美徳）を語り、肌の色にまつわる事象に対しては、上品かつ貴族的に無関心であり続ける。私はフランスの話をする。そして私たちの頭上には普遍主義者の古びた旗がはためいている。

私はインターネットからプリントアウトした画像を壁に貼り、ポストイットを使いながら、「新しい勢力」の支配する宇宙の輪郭をなぞる。私は彼らを結びつける秘密の系図を作成する。まず、父祖はサルトルだ。彼の肖像を壁の真ん中に貼った。その写真の上に、「黒いオルフェ」から、のちのアメリカ先住民擁護運動の逸脱を予感させる文章を抜粋して書き込んだ。「植民地において、すべての抑圧された人々を同じ闘争の中で究極の形で団結させたいなら、まず私が〝分離あるいは否定の契機〟と呼ぶつもりでいる過程を踏むべきだ。この反人種差別的人種差別だけが、人種の違いを廃止に導く唯一の道なのだ」私は「反人種差別的人種差別」と言う文字を太字で書き、三重に下線を引いた。

グーグル画像から拾ってきたペギー・マッキントッシュの写真も貼った。二枚の写真を結ぶように、壁に青いフェルトペンで線を引いた。父祖とアメリカの姪《めい》っ子。続けてエリック・ファッサン、アミナタ・ディヤオ、マルコムX、その他諸々《もろもろ》の写真を貼っていった。夢中になりすぎて、すぐさま壁は、ゴッドファーザーとその懐刀、道中にできた仲間、市井の指導者たちの写真で混沌《こんとん》としてきた。私は一歩うしろに退《さ》がって、自分の作品を見つめながら、FBIの捜査官になったような気がした。ヴェネチアンブラインドを下ろし、薄暗い部屋で過ごした。

私はもう一度、大学に侵入しようと試みたが、守衛に退去を命じられた。私への対応について通達が出ているのは明らかだった。大学は開かれた場だと私は怒鳴ったが、守衛は、まず期限の切れていない教員証か、あるいは学生証をつくってくれと返し、小馬鹿にするような笑みを浮かべた。人が集まってくると、守衛は私の腕を摑み、出口まで連れていった。「どうぞお帰りください、先生」

たしかに、私はだいぶおかしくなっていたのかもしれない。ふいに誰かにあとをつけられている気がすることがあった。そんなときは背中を丸め、縮こまる。恥ずかしくていたたまれない気分だった。かと思うと、無性に腹が立つときがあった。私は断固とした調子で首を振りながら、煙草の灰にまみれた机をばんばん叩きながら、目に見えないスパイ相手に演説をした。そんなときは、寡黙な殺し屋たちに包囲され、屋敷に籠もるトニー・モンタナ［映画『スカーフェイス』の暗黒街でのしあがっていく主人公］になりきる。最後の襲撃を待つロスコフ＝モンタナ。死ぬまで勇敢に戦い抜くつもりだ。「Say Hello to my friends」私はあざ笑いながら、残りの弾倉を使い果たす——私の場合は、赤ん坊が乳を吸うみたいに酒瓶の残りを飲み干す。

私はドナルド・トランプよろしく憑《つ》かれたようにツイートした。執拗《しつよう》に嚙みついてくる連中に大急ぎで反撃し、砲撃する。なりふり構うのも、言葉遣いに留意するのもやめ、節度のないツイートをする。この頃、私は太く目立つ書体で、「新しい人種差別主義のアホ使徒」「思想警察」「短足ロベスピエール軍団」「ウェブのクズ」「救いようのないバカ」「人種熱心党員」「故人の名誉商店街の偽善的管理人」「脱植民地主義のファシスト」「日和見主義のろくでなし」「故人の名誉にたかるヒモ」どもを激しく攻撃する長文ツイートをした。私はバザロヴ化した。自己破壊の最終局面だった。

その後、現実は私に、アニエスからのショートメッセージという形で、強烈なカウンターパンチを食らわせてきた。

「レオニーが住居ビルの入り口で暴漢に襲われました」

レオニーが小さかった頃、八歳か九歳くらいまで、私は彼女によくお話をつくってやった。主役候補を三つ挙げ（たとえば魔法使いと、恐竜と、月に行くのを夢見ている猫）、レオニーにそこからひとつ選ばせる。同じ要領で舞台、目的、脇役も決めていく。レオニーの好みに合わせてつくった物語は、たいてい、ぎくしゃくした。レオニーは真剣に聴く。ときどき辻褄《つじつま》が合ってないと怒りだす。「さっきはお姫様には弟がいるって言ったのに！」「ドラゴンの色は青だったよ！」私は彼女を笑わせようと、わざと大げさに否定する。レオニーが私のこめかみに、ひんやりとしたほっぺを押し付けてくる。私はなにも言えなくなる。まだお話の途中なのに、愛《いと》おしさがこみあげてきて、責任の重さに打ちひしがれる。私はあまりにも非力だ。レオニーは動物が本能的に安全な場所に逃げ込むように、必死で私に抱きついてくる。赤ん坊の頃なんて、アニエスと私がそれぞれ個別の生き物だとすら、わかっていなかった。私たちはレオニーの安全な場所、それだけだった。私は憤慨した。どうしてこんな小さい子が人生の厳しさを知る必要があるだろう？　この子から幼年期の居心地のよい毛布を引き剝《は》がすようなことはしたくない、と思った。

「あなたはレオニーに甘すぎる」アニエスは私によく言った。

レオニーは脇腹に肘鉄《ひじてつ》を食らい、カバンのベルトを半分引きちぎられ、罵声を浴びせられた。ふたりの暴漢のうちのひとりが走り去る前に叫んだ「次はリンチだからな」という言葉に疑いの余地はなかった。「どうだ、これでお前の父親にも、この言葉の意味がわかるだろう」という明白なメッセージだ。

私がアニエスの家に着いたとき、彼女はレオニーにお茶を入れていた。レオニーはカウンターキッチンに肘をつき、ぼんやり宙を眺めていた。ひどくくたびれているみたいだった。怒りに鼻息が荒くなった。クソが、クソガキどもが！　私はつぶやいた。それからアニエスと目が合った。グレーがかった緑色の目が、私を厳しく見つめている。「あなたは家族を守らなければならない」落書きの一件のあと、彼女にそう釘《くぎ》を刺されていた。まず、責めるべきは自分だ。すべては自分が引き起こしたことだ。しかも私は二度も雲隠れしている。後始末を家族に押し付けて。二十五年も人生をともにすれば、眉の上げ下げだけで相手の言いたいことがわかるようになる。アニエスに話す必要はなかった。彼女の言いたいことはこうだ。「そうやって癇癪《かんしゃく》を起こして、自分の責任を人に押し付けるのをやめなさい」そのとおり、私のことなんてどうでもいい。なんとかしなくてはいけない。事態を収拾しなくてはいけない。おのれの傲慢を飲み込まなくてはいけない。私のせいでレオニーがこんな目に遭ってはいけない。

「オッケー。いいだろう。無駄な骨折りはもうやめだ。記者会見を開こう」

第十章
エピローグ

この時期の印象はとても奇妙だ。私は細かく刻まれ、かみ砕かれ、水気を絞り取られ、路上に吐き出され、狼狽《ろうばい》した。それから、とてつもない静寂が訪れた。コメントを書いていた連中は次の誰か、次の事案を発見した。彼らは、息も絶え絶えでぼろきれのようになった私には目もくれず、そちらへと去っていった。中途半端に私を残していった。狩猟者言うところの「とどめ」を刺さなかった。私の痛々しい悔悟ツイートが炎上を鎮めたのだろうか？　私はマルクの助けを借りてそれを書いた。人々が私に求めているとおりのことを書いた。そこで私は、自分には分別が欠けており、黒人社会のいまだに癒《い》えぬ傷を軽んじるようなことをしたと述べた。そこに「鎮静」「感受性」「損なう」「人種差別される」といった言葉を用いた。その効果もあるにはあったのだろう。ただ、別の要因もあったと思う。

「荒らし」や「炎上屋」と呼ばれるシェイミングのエキスパートたちは、派手な見世物のあるところに派生する騒がしいおまけのようなものだ。彼らは首を落とされた鶏のように、次々に獲物を追いかけまわす。たまたま見つけたカモを、本当にすさまじい勢いでぼろくそに批判するが、気晴らしができればそれで満足し、次の餌食《えじき》を求めて解散する。絶え間なく流れてくるデジタル通知が、彼らの集中力を著しく削《そ》ぐ。まさに、彼らはこの時代が産み落とした、軽はずみで、一貫性のない、残酷な申し子なのだ。

そもそも彼らは何者だったのだろう？

私は彼らのことをよく知らない。「人影だけの世界」とカミュは一九四八年に言った。ならば私を執拗《しつよう》に追いまわした人々も影なのだろう。であるならば、彼らの目に私はどう映っていたのだろうか？　私もただの影だったのではないのか？　私は憎しみにまつわる話をたくさんしてきた。しかしよく考えてみれば、この出来事の中で、私自身に対する憎しみを表明した人間はいなかった。ジャンヌですら、本当に私を憎んでいたわけではない。彼女が嫌っていたのは、都合のいい引き立て役、憎まれ役の、こけ脅し、仮面だ。インターネットで狩猟をする連中は、誰かの名前をストレス解消の対象にする。彼らは誰かの名前に腹を立てているのであって、その人物に腹を立てているわけではない。私だってそうだ。攻撃が最も壮絶だったときですら、ほとんど人の顔を見かけなかった。ジャンヌの冷たいしかめっ面《つら》か、腑抜《ふぬ》けなりに逆上するポラン・ミシェルのそれ。そしてなにを考えているか読めないマルクのそれ。レオニーとマリーとアニエスは、三人の親切な妖精《ようせい》だった。それ以外の人間はみな、たけり狂う怒濤《どとう》だった。

少なくとも、裁判まではそうだった。去年、私は裁判所から公判の日取りを知らせる書状を受け取った。十九区の警官は、強姦《ごうかん》事件や車上荒らしの捜査の合間に、その小さな事件の捜査もした。彼らはその事件をほったらかしにはしなかった。それどころかインターネット上で私を殺すと脅した連中のひとりを見つけ出しさえした。七月のある午後、私はポルト・ド・クリシーにある裁判所に赴いた。マルクは私の弁護を引き受けてはくれたが、用心深く、公判には同僚の女性弁護士を派遣してきた。前回、議員選挙で惜敗して五年、マルクはふたたび出馬していたため、あまり目立つ形で私の味方をしたくなかった。

私はその若い弁護士のうしろについて、エスカレーターとガラス張りのエレベーターが錯綜《さくそう》する迷路を進み、書見台と木製のベンチと被告席からなる小さな法廷にたどり着いた。法廷の前には、興奮した男たちがいて、伏し目がちにこちらを見たり、ケータイで動画を撮影したりしていた。私は弁護士から「インスタグラムのストーリーに挙げられたくなければ」さっさと中に入るようにと助言を受けていた。私は言われたとおりにした。とにかく早く終わらせてしまいたかった。傍聴席に人影はまばらだった。裁判専門雑誌の記者がひとりいて、おずおずと私からコメントを取ろうとした。

すべては五年も前のことだ。もう遠い昔のことのようだ。いつかのトークショーでカートを押していたジネット夫人が最前列にいた。彼女が来てくれたことに感動した。私は遠くから、自分のトレードマークにしている日本風の感謝のジェスチャー、両手のひらを合わせ、上半身を傾ける動作をした。会話はなるべく交わさぬようにした。いまは彼女のT・S・エリオットやオーソン・ウェルズへの熱い思いを聴いている気分ではなかった。夫人が自家製ポエムの朗唱を始めるんじゃないか、なにかその手の腐った果実をご馳走《ちそう》してくれるんじゃないかと思った。そして、そこにその男が現れた。

「あなたを攻撃していた犯人です」弁護士がささやいた。

こみあげてくる怒りを抑えられないという顔をしている。（裁判官が大声で読み上げた）告訴文によると、その男は「おまえの祖母さんの遺骸《いがい》を犯してやる」と私を脅迫し、かならずや私に煮え湯を飲ませ、最終的に私を殺す、実際、そのための拳銃も準備できていると予告したらしい。私はそんな脅迫文を受け取ったことすら忘れていた。嫌なことがありすぎた。当時、私はその犯人をどんなやつだと想像していたのだろう？　よくわからない。なんであれ危険な人間だろうと想像していた。それなのに実際そこにいたのは、鼻の低い、目ヤニだらけの小男だった。四十代だと思う。きちんとしたスーツを着ている。古着を買ったのかもしれない。棒みたいに直立している。そして証人として喚問されると、男は両手を震わせた。男は落書き犯でも、私の個人情報を暴露した犯人でもなかった。とはいえ少なくとも警察は、その男のことは見つけたのだ。男はぶつぶつ弁解をした。自分でも気づかぬうちに、エスカレートしてしまったのだという。この男と、私が遭った虐《いじ》めにどんな因果関係を立証できるだろう？　私はその男に対してなんとなく気づまりを覚えた。私たちはふたりとも場違いなところにいて、身動きとれなくなっている。裁判長の話を聞きながら、裁判というのは被害者にとって形だけの埋め合わせの時間なのだとあらためて思った。裁判長の言葉は仰々しかった。きっと慣用的なものだろう。それはつまり正義を重んじているということだ。

法廷を出ると、男がひとり、私のあとをついてきた。男は距離を保ちながら私がエレベーターに乗るまでカメラを回していた。外に出ると、裁判所前の広場は強烈な日差しに照らされていた。工事現場から煙があがっている。弁護士が私に話しかけてくる。胸元にファイルをぎゅっと抱きしめ、まるでそれを誰かにもぎ取られるのを恐れているみたいだ。公判には満足されましたか？　彼女のふっくらとした唇がはきはきと言葉を述べる。私は少し日陰に行きたいと思っていた。日差しが強烈で、高層マンションの角度がなんだか変に見えた。やけに斜めに傾いている。常識外れなくらい傾いている。広場も傾いている。広場がぐるぐる回転する。私は弁護士にそう言おうとした。血の気の失せた唇は開いたが、言葉は音にならなかった。私はその場に崩れ落ちた。

私は六十九歳になった。

私の人生は全壊を免れた。たしかにゴマ塩だった頭はあの闘いですっかり白くなった。アニエスは絶対にストレスのせいだと言う。実際のところはわからないが、アニエスの言うことは否定しないようにしている。彼女に少しでも気にかけてもらえるのは嬉《うれ》しい。

私は裁判所から出たところで、脳血管障害を起こした。病院で精密検査を受け、ガンマGTの値が正常値の三倍であることがわかった。ガンマGTは肝臓を攻撃する酵素で、それが上昇する原因としては慢性的なアルコール依存が考えられると医者から説明を受けた。私は訴訟を言い訳にした。公判が近づいてきて、不安が強くなり、飲み過ぎの傾向にあったと説明した。あえて二十五年来の依存の周期には触れなかった。医者によれば、私の肝臓は爆発寸前だという。完全な断酒を命じられた。

私は酒をやめた。

毎週土曜にルーヴル美術館主催の公開サンスクリット語講座に通っている。レオニーが私のために申し込んでくれた。三つ子の魂百まで。私はかつて人文科学部の紫煙の立ち込める講義室で、女子学生をナンパしたりしながら、実人生への一歩を踏み出した。だから第二の人生を、博識だがノリの軽いホモセクシャルが講師を務めるパリの美術館の公開講座で、自分と同類である文化レベルの高い都会の新米高齢者と仲良く肩を並べて始めるのは、きわめて自然で、理に適っている。

学友はみなとても元気だが、かといって人生の恐ろしいカウントダウンを忘れるために奮起しているようには見えない。彼らは学問と健やかにつきあっている。知ることに純粋な喜びを覚えている。なにしろ、どう考えても、この先、彼らがサンスクリット語の教師になることは絶対にないし、孫たちとサンスクリットについて語りあうことだってあるはずがない。私は彼らの隣で、柔和で博識な初老になることを学ぶ。

ときどき講義の帰りにみんなで一杯飲みにいくこともある。冗談を交わしたり、健康上の問題や、子供のこと、人によっては孫のことを話す。お互いを親しくファーストネームで呼び合う。それも私に都合がよかった。なかには私の名前になんとなく聞き覚えがある者もいたかもしれないが、誰だか思い出す人間はいなかった。五年経っていた。インターネット上に「ジャン・ロスコフ」と打ちこめば、あの出来事の痕跡《こんせき》くらいは出てくるだろう。レオニーによると、ネット上の自分の情報をすべて削除することは可能らしいが、私の場合はもう、そこまで骨を折る年齢でもない。

そんなに難しいことではないのだ。自分の定めを進んで受け入れなければならない。プラスチック製ボトルの罠《わな》にはまったスズメバチのように抵抗するのをやめなければならない。私はついにパリのアパルトマンを売り、サン＝ジュリアンの近くに小さな家を買った。毎週金曜にパリに赴く。Airbnb で部屋を借り、パリで二日過ごす。サンスクリットの講座に出席し、レオニーかアニエスと一杯やり、旅行者のように過ごす。ときどき、〈ル・リ・バトー〉のタオとポーカーをやる。ウィローは普通に読まれる作家になった。ミニュイ出版からフランス語版全集が再版されているので、興味がある向きはどうぞ手に取ってみるといい。いつぞや、TGVで、彼の詩を読んでいる少女を見た。すごくうれしかった。ウィローはフナックで、本来あるべきファミリーの棚に、アラゴンやペギー、セゼールやロートレアモンといっしょに収まっている。今度こそうまくやってほしい。彼の望んだとおりに。彼の本にはまだ、売り場で小さな炎が燃やせるくらいの元気はある。

昨日、知らないアメリカ人から電話がかかってきた。礼儀正しいアメリカ人で、くどいくらい抑揚をつけた、完璧《かんぺき》なフランス語を話した。私に会いたいのだという。

「ヴェノナ計画の件です」

ヴェノナ計画。それはアメリカで大規模に展開された対スパイ事業であり、一九九五年に、私から大学での権威を奪ったものだ。失敗というのは失敗で上書きされるらしく、ウィロー本で大失敗した私は、ローゼンバーグ本の失敗をほとんど忘れかけていた。

「あなたにとって面白いお話ができると思います。短期間ですがパリに来ています。明日は、エクセルマン通りの、〈ブルトゥイユ〉におりますので」

どうやってこの番号を知ったのだろう？　きっとポラン・ミシェルがこの面倒なアメリカ人におしえたに違いない。断る暇もなく電話は切れてしまった。先方は番号非通知で電話をかけてきた。名前すらわからない。通常、私にローゼンバーグ本について話を聴きたいと連絡してくる人間は陰謀論者か、ちょっと心を病んでる人間か、アマチュアの歴史家か、あるいはそのすべてに当てはまるやつだった。そのアメリカ人のしゃべる声は、物静かで、感じが良く、ちょっと威厳があった。召喚した相手が来ないなんて考えてもみない人間の話し方だった。

まあ遠出のきっかけだと思えばいい。いい機会だから、引っ越しして新しい恋人と暮らし始めたアニエスの新居を訪ねてみよう。私はトヨタ・プリウスに飛び乗り、モンソー＝レ＝ミーヌ駅まで走った。車をパーキングに停め、電車に乗った。脳梗塞《のうこうそく》を起こして以後、医者から長距離の運転を禁じられていた。〈ブルトゥイユ〉は、しっとり落ち着いたおしゃれな界隈《かいわい》にあった。私はわけなく、約束の相手のアメリカ人らしき人物を見つけた。長身で痩《や》せたミックスの青年だ。ボーダー柄のポロシャツの裾《すそ》をベージュのズボンの中に入れている。ロレックスの腕時計をはめ、テニス用の靴下にがっしりしたトレッキングシューズを履いている。彼は怪力で容赦なく私の手を握りしめた。彼の国で流行《はや》っている慣例に従い、私を名字でなく名前で呼んだ。

「Please to meet you, ジャンさん、ウォーレンです」

「どうも、ウォーレンさん」

私にはまだ笑顔を分析する力が残っていた。屈託ない率直な笑顔だ。この笑顔から推理するに、彼はきっと遠隔操作で開け閉めできるガレージとか、地下にトレーニング施設のついた贅沢《ぜいたく》な住居に住み、少し難解な地政学本、たとえばキッシンジャー報告書なんかに並々ならぬ情熱を持っている——広く浅くではなく、数冊に限って確かな教養を持ち、そこから四つ五つ骨太な格言を抜き出して座右の銘にしている。おかげで女性陣はサロンで歓談、男性陣は良く知らない者同士、テラスに出てリンカーン・センターを眺めながら議論を交わしたりするディナーパーティーで、おろおろしないでいられる。彼はアメリカ人だが、フランス語を話す。このあたりから窺《うかが》い知れることもある。彼の政治的立場は、バーニー・サンダースとジョー・バイデンの中間に位置する（どちらかというとジョー・バイデン寄りだろう、とロレックスのサイズを見ながら判断する）。フランスに対して上から目線の友情を持っている。文無しの風変わりな年取った叔母さんを愛するみたいに、フランスを愛している。メイン州沖で巨大魚釣りをやっている可能性もなきにしもあらずだ。割れ顎《あご》だ。目が切れ長のせいもあって、どことなくコリン・パウウェルに似ている。

私は長椅子に腰を下ろした。ウォーレンはこちらの意見も聞かずにコーヒーを二杯頼んだ。私はどちらかといえばほっとしていた。頭のイカレた様子はない。私を呼び出したことをきちんと憶《おぼ》えている。髭《ひげ》は剃《そ》りたてだった。私たちの席の真上にプラズマ画面があった。電源が点いており、音は聞こえないがハンドボールの試合を流している。ウォーレンはもの珍しげに私を眺めている。これではまるで私が会見を願い出たみたいではないか。私は腹立ちまぎれに言った。

「私に会いたいというお話でしたが」

「ええ、そうですよ。私はパリに来るたびに、〈ブルトゥイユ〉に来ます。ここの牛ひれ肉のロッシーニ風が絶品なのです。Truly amazing.」

私は返事をしなかった。やっこさんは自分のペースで話すつもりらしい。こっちも自分のペースを見失わずにいこう。彼は咳払《せきばら》いをした。

「あなたは当然、ヴェノナ計画をご存じだ」

「ええ。あの計画の機密解除のおかげで、私は大学での信用を失いましたからね。一九九五年のことです。まあローゼンバーグ夫妻が払った代償に比べれば、大したことないと、おっしゃるかもしれませんが」

「たしかに。エテル・ローゼンバーグは死に至るまでに五回感電させられたらしいですよ。根性のある女性でした」

ウォーレンは冗談が言えるくらいくつろいでいる。私はここでなにをしているんだろう、実際？　私はもうローゼンバーグ夫妻の話なんか聞きたくない。というか、もうどういう形であれ、大学時代の話なんか聞きたくない。サンスクリットの講義と、レオニーと、アニエスと、ブリヨネの夕空の話以外、なんの話も聞きたくないのだ。とはいえウォーレンは礼儀正しい。そして私になにか言うことがある。私はできるかぎり感じよく相手の話を先回りした。

「たぶん、あなたは私がローゼンバーグについて書いた本を読まれたのでしょう。それだけで、かなり珍しい人ということになります。あなたはなにかの団体に所属していて、そのメンバー全員はいつでも結集できるのかもしれません。でもいいですか、さっさと言ってしまったほうがいいと思うから言いますが、私はもうローゼンバーグ夫妻が無実だと思っていません。私の頭はボケていません。不運だった。それに尽きます。なにしろ本の出版三日後ですよ、わかりますか？　ローゼンバーグ夫妻は、平凡な市民だったなんて話が聴きたくて私を呼び出したのなら、お門違いです。彼らはソ連のために課報《ちょうほう》活動を行っていました。原子爆弾についての機密情報ではなかったかもしれないが、なんにせよ米軍施設についての数多くの情報を流していました。もちろん、処刑はやりすぎです。言語道断です。でも、彼らはソ連のスパイではあったのです」

「私はあなたの書かれたローゼンバーグ事件の本は読んでいません。もっといえばローゼンバーグ夫妻のことなんてどうだっていい――may they rest in peace、私は今日あなたに、私の伯父ロバート・ウィローの話をしに来たのです」

私は目を見開いた。いま目の前にいるのは、以前私が電話でインタビューしたフロリダに住むウィローの姪《めい》ドリーの弟ウォーレン・ウィローなのだ。顎が割れている。ウィロー家の顎だ。奇跡のしるしだ。私はあの時ドリーを説得して、なんとか彼に渡りをつけようとしたことを思い出した。しかしドリーの答えはすげなかった。話を聞くだけ無駄ですよ、弟は伯父のことを全然知らないし、どうせ面白い話は聞けません。あの時の彼女はやけに頑《かたく》なだった。頑なすぎるくらいだったかもしれない。

ウォーレンは手でこめかみをさすった。

「私はアメリカで、そっと成り行きを見守っていたんです。フランスのネット上で起こっていた、あれを――ええと、なんていったかな？――そう、論争を。あれはほんとに嘆かわしいですね。アメリカもフランスも、私たちの国は馬鹿になりつつあるんだな。言っときますが、私は元来、保守的な人間なのです。三十年、国の機関に勤めています。そして私はアフリカ系アメリカ人です。ブラック・ライヴズ・マター運動を支持しました。生まれてこのかた平等のために奮闘してきました。しかしながら、レイシズムにレイシズムで応じるのは無理筋だと思いますね。キャンセルカルチャーだとか、ああいうものは典型的なニューヨーク産のたわごとです」

なんの話がしたいのか、なかなか本題に入れない人間のようだ。私はそういうのに詳しい。私は彼を観察した。割れ顎はかの詩人譲りだが、名誉欲やアメリカンドリーム信仰は、詩人の父親譲りだ。

「ようするに私は、ボブ伯父さんについて書かれたあなたの本をめぐる騒動をある程度知っているということです。伯父の詩が話題になるのは、嬉しかったです。アメリカでは、誰ひとり、伯父を知りませんから。私はあなたに連絡を取ろうと試みましたが、編集者さんから、let's say 、シカトされました」

じれったい話し方だ。すっかりほとぼりもさめた今頃になってやってくるなんて、よっぽど特別な話があるのか？　私は穏やかな年寄り、とても静かな年寄りなんだぞ。この四年、すべてを忘れようと努力してきたのに。彼は続けた。

「あなたに浴びせられた非難はいわれなきものでした。あなたのおっしゃる通り、伯父がアメリカを離れたのは、彼が黒人だったからではありません。アメリカを離れたとき、伯父はなによりまず、熱烈な共産主義者でした。狂信的ですらありました。ただそのうえで……あなたは間違っています」

「なんですって？」

「ウィローがアメリカを離れたのは、マッカーシズムを嫌ってではありません」

「話がよく見えないんですが」

「派遣されたのです。彼は、任務で、フランスに、派遣されたのです」

「エホバの証人に？」私は毒づいた。

もう爆発寸前だった。せっかく早起きして電車に乗ってきたってのに。

「He was a spy 、ジャンさん。彼はソ連のエージェントでした。ロバート・ウィローはＫＧＢの諜報員だったのです」

私たちのまわりに客はいなかった。ウォーレンはロレックスの文字盤をさすった。私はちょっと上ずった声で、ボンベイ・サファイアを注文した。

ウォーレンは続きを英語で話した。

「ご存じのとおり（もうあなたは暗唱できるくらいご存じでしょうね、つらい経験を通して嫌ってくらいに）アメリカで、ヴェノナ計画は一九九五年に機密が解除され、内容が公開されました。当時、私はすでに要職についていました。つまり文部省でそこそこに重要なポストについていました。私はアメリカの善良なシチズンなんです、いいですか。国を愛するひとりの市民なのです。私はワシントンDCで働いています。そこらじゅうに、省庁にも議会にもたくさん知り合いがいます。ヴェノナ報告書の機密解除については、その数日前に、ラングレーの、もとい、CIAの職員から知らされていました。彼の話では、その書類の中に私の親族の名が載っているということでした。ロバート・ウィロー、私の伯父です。彼は一九五三年から一九五六年までパリでKGBのために働きました。たぶん渡仏以前、アメリカでもKGBの仕事をしていたのでしょう。私のショックを想像できますか？　私にとって、ボブ伯父さんというのはどこまでいってもボブ伯父さんでした。少しばかりロマンチックで、骨の髄まで共産主義者の詩人。安心してつきあえるタイプの人間ではないのは間違いない。それにしたって、スパイとは！　私は自分にこれを知らせてくれた連絡員に言いました。もしこういうことが公けになれば、つまり自分が共産主義のスパイの末裔《まつえい》であることが明るみにでれば、自分の評判は、もう永久に地に落ちることになる。黒人であり、かつ、共産主義者の末裔、わかるだろう？ It's too heavy of a burden. 抱えるには重すぎる負担だ。自分は国家機関で働いている。これまでだって常に、あまり目立ちすぎないように気を配ってきたんだ。くだんの連絡員は私に、この情報が公表されることはないと言ってくれました。きみの家族がアメリカという国のために努力してきたことに敬意を払おう、きみにしろ、ボブの父親にしろ、ワシントンＤＣの黒人社会を支える大事な柱の一本なのだから、と」

私の頭は破裂寸前だった。ロバート・ウィローとジュリアス・ローゼンバーグが仲良くアイルランドダンスを踊っている。マッカーシー議員が懲罰を与えようと彼らを指さしている。陰でヴィシャンスキーが静かにあざ笑っている。やつは私に目配せを送ってくる。滑稽《こっけい》だ。私の書いた二冊の本は、上下巻の喜劇だったのだ。私はジャン・ロスコフ、二度間違えた男。とはいえ、三十年前の私はなかなかいい勘をしていたのだ。ウィロー＝スパイ説。当時、私はその説を馬鹿げていると遠ざけた。私は万馬券を握っていたのに、捨ててしまったのだ。ロバート・ウィローの秘密は、私の愚かな手をすり抜けた。ボナパルト通りで撮られた写真の上のロバート・ウィローの虚《うつ》ろな微笑が甦《よみがえ》る。まわりが放心するなか、ひとり素面《しらふ》だった。恐ろしく自由と、私は本のどこかに書いたっけ。ウォーレンは私が話を飲み込むまで数秒間待ち、それから話の続きを始めた。

「ヴェノナ計画は長らく秘密にされていましたが、一九五〇年代に、いくつかの成果が出ました。怒濤の逮捕ラッシュです。私が話しているのは、芸術界を粛清するためにマッカーシー議員が念入りに準備したリストのことではありません。私が話しているのは、ＮＫＶＤやＫＧＢの本物のスパイ逮捕のことです。ほかのスパイたちと同様に、ローゼンバーグ夫妻も逮捕されました。of course、ソ連の諜報局は、これに対処しました。彼らはアメリカにおけるスパイのネットワークを解体しました。渡りに船と店を閉めたんです。諜報部員たちは壊滅状態にあるアメリカという活動の場を離れました。渡りに船ということもあるかもしれませんね。ヨーロッパでは黒人はスパイと疑われることが少ないと考えたのかもしれない。ウィローは、パリへ亡命したライトやフレイジャーと親しかった。当時、ユネスコ本部には、スパイがうようよしていました。サルトルは嫌われ者でした。ソ連は彼をなんて呼んだんだっけな、ええと……」

「『タイプを打つハイエナ』。四八年、ヴロツワフ和平会議における、ファジェーエフの発言です」

「まさしくそれです！　ご存じのとおりサルトルはあれ、ええとフランスのあれ、実存主義グループにいました（ウォーレンはついでしゃばってしまうヨーロッパ人の子供っぽい気質を、思いきり軽蔑するようににやりとした）。こういうことはあなたの方が私よりお詳しいですよね。で、ソ連は恐れたわけです。サルトルがその実存主義でもって、フランスのインテリたちの心をマルクス・レーニン主義から離れさせてしまうのではないかと。スターリン主義の古くさい党から離れさせてしまうのではないかと。イメージ湧きますよね！　それで彼らはボブ伯父さんのことを思い出したわけです。ウィローならライトを介して簡単にサルトルの仲間に入れそうだ、とね。ウィローはローゼンバーグ夫妻を救済する会に入りました。推薦もあった。ことはさくさく進みました。ウィローは、サルトルやその取り巻きが作成していたソ連を批判する記事をすべてモスクワに送りました」

私は手のひらに汗をかいた。ならば詩は？　詩はなんだったんだ？　私はＣＩＡの暗号解読者が「エタンプとパロール」をのぞき込みながら、超洗練されたその方法論でウィローの詩に隠された暗号を解いていくところを想像した。ＣＩＡのエージェントが詩を掘削し、そこから真意、つまり、サルトル、その周辺にいる者、日頃から親しくしている者について簡略化したモスクワ宛てのメッセージを探り当てる。ウォーレンがぷっと吹き出した。

「私も同じことを考えました。ヴェノナ文書に出てくる暗号には、ランダムな文字配列も何組かあります。でもウィローの詩とは違ってました――彼の詩は支離滅裂だから暗号っぽいと思ったんですがね。我々にわかっていることは、ウィローが上官に当たる諜報士官から、実存主義者を見張るためにパリに派遣されたということだけです。その後、彼はモスクワに直接報告を行いました。そのあいまに詩を書いた――趣味として、まあ隠れ蓑《みの》としての意味もありそうですよね。隠れ蓑だったものが、そのうちに生き甲斐《がい》にかわった。そしておそらくはそのせいで彼は死ぬことになった」

「どうぞ、続けてください」

もう最後まで聴くしかない。

「多少なりとも批判精神を持っていた多くの共産主義シンパにとって、一九五六年から五七年は、大きな転換期となりました」

「わかります。フルシチョフ報告書、ブダペスト」

「そうです。もはや共産党は無謬《むびゅう》の存在ではなくなった。国際世論を前に、数々の犯罪や個人崇拝が暴かれました。もちろん、すでに知られていることもありました。しかしそれまでは暴露元が保守系の新聞だったため、反共産主義のでっちあげだと一蹴《いっしゅう》できていた。ところが今度の暴露元はフルシチョフ本人でした。ウィローはきっと椅子からずり落ちたと思いますよ。そうして彼はあの「次の通知があるまで」を書いた。想像つきますか？　ＫＧＢのスパイが、反共産主義的詩を書いて発表したのです！　ウィローはソ連のために諜報活動をしていました。彼は陰で、ほかのスパイとも会っていました。おそらく、彼の上官は怯《おび》えたことでしょう。当局は疑惑を抱いた。文脈をもう一度おさらいしてみましょう。巷《ちまた》では核戦争が話題になっていました。一触即発の状態でした。当局はウィローに田舎で休養するよう指示しました。彼らはウィローに田舎の家を見つけてやり、そこで静かに待機するように命じました。もしかしたら彼に頭を冷やすチャンスを与えようとしたのかもしれない。でも個人的には、それはないだろうと思います。そういうのってソヴィエトの諜報機関ぽくないでしょう」

「なにが言いたいんですか？」

「あなたは非常にもの分かりがよい。それにしても、パリを思いきり満喫するのは難しいですね」

私はもう彼の話を聴いてなかった。

プジョー四〇四が深い闇の中を走っている。ウィローはクランクを回し、少し風を入れた。そよ風が当たって気持ちいい。ひんやりとした夜気を胸いっぱいに吸い込み、それから思いっきり笑い始めた。笑い声は大きく響き渡る。脇腹が痛くなる。麻のシャツ一枚の薄着だった。これでは風邪を引いてしまう。馬鹿だが、やっぱりこれでいい。饐《す》えた樹皮の匂いを嗅《か》ぎながら体が冷えていくのを感じる、これこそが生きているってことじゃないか。頭上には大熊座が輝いている。物音に反応して、犬が吠《ほ》えだす。眠れないでいる犬を想像するとおかしい。あいつ、ああしてモスクワに暗号を送っているのかな？　ウィローはその犬に、アメリカ共産党からの賛辞と、一同胞からの愛を送る。ウィローはまさにこんな言葉をあとに残している。

きみらの五カ年計画は讃《たた》えない。

はっはっは！　ウィローはためらいなく言ってのけたが、完全に無自覚でもあった。眉間《みけん》に九ミリの弾丸を撃ち込まれて溝で死ぬことになるかもしれなかったのに。

あと数カ月もすれば、当局から解放される。そうしたらパリに戻って、ナンシー・ハロウェイにプロポーズしよう。当局には沈黙を守ると約束した。いかなる秘密も暴露するつもりはない。ナンシーとふたり、ロンドンかリオに行って暮らすんだ。もうフランスのインテリにはうんざりだ、もったいぶった嫌な連中だ。ナンシーに新作の詩を読ませたいなあ。ペギー風に反復の技を模して、なかなかいいものができたから。自分なりの音楽も見つけた。いまこそ、新たなキャンバスの上に、このいにしえの言語を展開してやろう。ジャズに帰るんだ。田園詩の素朴な重みをそっくり持って。また英語で書くってのもいいかもしれない。あとしばらくは、ニンニク臭い田舎家で精神を正常に保たなければいけないぞ。

当局からは毎夜一時間、車から降りない条件での外出を許されていた。あと数キロ走ったら、おとなしく家に帰ろう。彼はアクセルを思いきり踏む。車体がはねる。いまや窓は全開だ。ウィローは大喜びでカーブの続く道に滑り込む。肘《ひじ》は窓枠にかけたままだ。誰もいない。彼は自由を謳歌《おうか》する。おれはワシントンの小役人になって黒人社会で一目置かれる人物になる運命をはねのけた。そしていま、おれは一個人としてフルシチョフに拳を見せてやった。「くたばれ、役人め！」彼は大声で叫んだ。政治は人生を台無しにする。いまは、女の子と寝たい、列車に飛び乗りたい、そしてがむしゃらに詩を書きたい。マルクス主義の作家たちには、永久に理解できないだろう。連中は空想の地平を追い続けてばかりで、道端にある美を見ようとしない。人生をあるがままに愛することが、卑怯者《ひきょう》になることなのか？　ならば、おそらくおれは卑怯者なのだ。闘争は山ほどあるが、人生は一回きりだ。おれはひとりの人間であるために、それだけのために、人生をかけて闘ってきた。みんななんの権利があっておれに、もっと闘え、ほかの人間のために闘え、って言うのだろう？　フランツ・ファノンや、友人のライトは、その目に、抵抗する者ならではの暗い閃《ひらめ》きを宿している。ファノンは白血病で苦しんでいるという話だ。彼はもうすぐ死ぬだろうが、それでも彼は不正を暴くために書く。ファノンは、自分の血でだって書くだろう。彼らは殉教者なのだ。ほかの殉教者のように非業の死を遂げることがなくとも、とてつもなく大きな荷を抱えている。勝利を味わう前に死ぬ預言者、英雄なのだ。生涯通して安らぐことがなく、いつも怒りに拳を握っている。彼らは当然、自分より偉大だ。「おれはロバート・ウィローでしかない。おのれの命ずる声に従い、星空の下で自由を得て、我が道を行く」ヘッドライトが暗闇を穿《うが》つ。彼は軽く、あくまでも軽く速度を落とした。夢見心地だった。ほらもうすぐFの森、樹林帯に入るぞ。小さな丘があり、それからカーブがある。何十回と曲がったカーブだ。

この道は隅から隅まで頭に入っている。

ユダヤ教の過越《すぎこし》の祭ペサハでは、会食の席で最も年若い者が、決められた質問をする。「どうして今夜はいつもの夜と違うの？」

車が反応しない。

「ファック！」ウィローがハンドルにしがみつき叫ぶ。

その夜、誰かが彼の車のブレーキホースを切断した。

（了）

謝辞

クレール・ブレスト、シプリアン・アンドレ、シモン・ベルタン、ジャン・ド・サン＝シェロン、ダナ・ビュルラック、リズ・ヴェイラールに感謝申し上げる。

同じく、タンギー・ムニエ、ガブリエル・マルティネーズ＝グロ、レリア・ピカビアにも感謝申し上げる。

訳者あとがき

ジャン・ロスコフは間違ってばかりいる。

高等師範学校まで行きながら教授資格を取らなかった。師の変節に気づかなかった。五年かけた研究を学位論文にせず、ベストセラーを狙った。ローゼンバーグ事件の真相を決定的に見誤った。元妻との復縁の望みを捨てきれない。ローゼンバーグの甥《おい》を本気で探さなかった。ジャンヌに貰《もら》った本を読まなかった。手遅れになるまで炎上を放置した。酔っ払ってツイートした。プゼ氏へのリプライにサムズアップの絵文字をつけた。好き好んで生放送のラジオに出演した。なにより、ロバート・ウィローが黒人であり、自らが白人であることを過小評価した。

いつなんどき、いかなる局面においても、あとから顧みて一番まずい道を行く、それがジャン・ロスコフなのだ。普通に形容すれば、迂闊《うかつ》、ジャンヌやレオニーに言わせれば、woke でない、ということになるだろう。

Woke というのは、動詞 wake の過去分詞だが、ジャンヌやレオニーは「社会で起こっていることへの認識がある」という現代的な意味あいで使っている。アフリカ系アメリカ人のあいだで「人種的偏見、差別に対する警告」を想起する語として使われてきた社会方言に由来する語で、時代とともに性差別のような社会的不平等、社会的不正義への留意を示したい文脈でも用いられるようになった。

ロスコフが woke でないなんてことがあるだろうか？　アメリカ現代史の専門家なのに？　若き日には、ＳＯＳ人種差別の闘士として、熱心に反人種差別を訴える活動をしていたのに？

残念ながら、結果から見れば、ロスコフは woke ではなかった。

実際、彼は原稿を送った編集者からは「あなたは、この世界にパラダイムシフトが起こったことを理解していない」とけなされ、娘の woke な恋人からは「一から勉強する必要がある」と一刀両断にされ、黒人団体代表者評議会からは「ソフトウェアの更新が必要」と、厳しく評価されるのである。なにより彼を執拗《しつよう》に追い詰めていったのはインターネットだった。ロスコフはウィローが黒人であったことに留意しなかった廉《かど》で糾弾され、事実を「隠蔽した」廉で「否定論者」のレッテルを貼られ、詩人の肌の色を「漂白した」廉で「レイシスト」の嫌疑をかけられ、白人の分際で、詩人のアイデンティティを奪い取り、死者の名誉を傷つけ、「文化の盗用」をしていると断罪されたのである。

物語はフィクションだ。主人公ジャン・ロスコフは、現代社会で荒れ狂うキャンセルカルチャーという正体不明の怪物と格闘するためだけに生まれてきたヒーローである。それから、いかにも歴史の隙間にひっそり実在していそうな詩人ロバート・ウィローも、ヒーローをより苛烈《かれつ》な局面に誘うためだけに、作者が用意した人物だ。冷戦のエキスパートと、シャルル・ペギーを愛する詩人という、これ以上ないほどアナクロなふたり組が、ソーシャルネットワーク上で、きわめて時事的《アクチュエル》なスペクタクルを繰り広げるというプロットを思いついた作者に脱帽する。

本書は Éditions de L'Observatoire 刊、Le Voyant d'Étampes を訳出したものである。作者アベル・カンタン Abel Quentin は一九八五年生まれのフランス人で、主人公ロスコフと同じリヨンの出身だ。世代はちょうどロスコフとその娘レオニーのあいだに当たる。パリ政治学院、通称シアンス・ポの出身で、弁護士としての顔も持つ。小説家としては二〇一九年に、政治スリラー『姉妹（仮題）』Sœur（Éditions de L'Observatoire 刊）でデビュー。二〇二一年に発表された本作は二作目にあたる。

本書を読みながら、数年前、テニスプレイヤー大坂なおみをフィーチャーした日本企業のアニメ広告が国内外から批判を受けたことを思い出した。このとき人種差別的であると問題視されたのは、アニメが彼女の肌を実際より白く描いていることだった。

もうひとつ、ブラック・ライヴズ・マターが盛り上がった時期に、ＮＨＫが運動を説明するために作成し放送したアニメーションが大きな論争を呼んだことも思い出した。こちらで問題視されたのは「醜悪な固定観念」だった。運動の主体者である黒人の姿を、固定観念でことさら筋肉を強調した怒りにみちた姿で描くことは、すでに人種差別であると批判された。

どちらがニュースになったときにも、私が問題点を理解するのには、少し時間がかかった。また日本の報道それ自体も、海外に比べて、焦点がぼやけていると感じた。なるほど、あれが「woke でない」ということか、といま膝《ひざ》を叩《たた》く。本作を訳しながら、全方位から叩かれまくるロスコフがどうしても他人に思えなかったのは、そのせいだったのだ。がんばろう！　いっしょに勉強しよう！　といつも声をかけながら訳していた。

いい機会なので本作における差別表現の扱いについて少しお話しさせていただく。このたびは作品の性格上、対応に迷うケースも多かった。機械的に別の語に置き換えるのではなく、なるべく文脈から、より、ましな解決策を探したつもりだ。

とりわけ対応に迷ったもののひとつが「ニグロ」という語だ。ニグロ négro/ nègre は、ラテン語で「黒い」を表す形容詞 niger に由来する。奴隷制時代より長らく白人によって黒人に対して侮蔑の意図をもって使用された負の歴史を持つため、現代では差別用語として、日常的場面において使用すべきでない語となっている。ただし、本書でもたびたび名前が登場するセネガル出身のサンゴールやマルチニク出身のセゼールが、蔑みの語として自分たちに投げつけられてきたその語を、敢えて、自分たちのアイデンティティの核に据え、「ネグリチュード」という標語をかかげ、黒人固有の文化を高揚する思想運動を展開した歴史もある。

本書では、団体名、サルトル、フレイジャーの著作からの引用部分など、ほかの語への置き換えは適当ではないと判断した箇所はそのまま残している。

引用以外では、P256の『若きアフリカ』紙の見出し内のそれがある。まず手順として「ニグロ」を「黒人」に置き換えられるかと検討してみた。文章的にも文脈的にも支障はなさそうだった。しかし、これはアフリカの歴史ある週刊ジャーナルの記事の見出し（という設定）なのだ。書いたのは、この語の抱える歴史的背景を十分すぎるほどに知っているアフリカ系の記者だろう。であれば、彼がこの語を敢えて選んだ（〝〟で読者の注意を惹こうとしている）のには、ロスコフがなにを無視し、踏みにじったかを、読者にはっきりと示し、問題の重さを即座に実感させる意図がある（という設定の）はずだ。「ロスコフがなんと言おうと、その詩人は、れっきとした黒人です。白人に〝ニグロ〟と蔑まれてきた我々の仲間のひとりなのです。いま、みなさんはこの言葉にぎくりとしたはずです。その言葉が抱える歴史を、我々のアイデンティティを思い出し、あらためてロスコフの罪を考えてみましょう」というふうに読ませたいはずだ。意訳も検討してみたが、どうしても説明っぽく、冗長になってしまう。ここはありとあらゆるメディアの見出しが雪崩のようにロスコフに襲い掛かる場面であり、その勢いもできれば削ぎたくない。それで現状の訳文となったが、もっといい解決策もあったかもしれない。

最後に、訳出にあたっては助力いただいた山木裕子さん、ギヨームさん、同時にKADOKAWAの郡司珠子さんにお礼申し上げる。

二〇二三年二月

装画　山本直輝
作品名「貼り付けられた」
装丁　須田杏菜

本書は訳し下ろしです。

アベル・カンタン（Abel Quentin）
弁護士、作家。2019年に小説デビュー。デビュー作『Sœur』でゴンクール賞のロングリスト入りを果たしたほか、ゴンクール賞処女小説賞ではショートリスト入り。２作目の本作で、ゴンクール賞、フェミナ賞、ルノードー賞、フロール賞、アカデミー・フランセーズ賞、ジャン・ジオノ賞の６賞で候補、21年にフロール賞を受賞し、注目を浴びている。

中村佳子（なかむら　よしこ）
1967年広島県生まれ。文芸翻訳者。おもな訳出作品に『黄色い笑い／悪意』（P・マッコルラン）（永田千奈氏との共訳）、『ベラミ』（モーパッサン）、『ゴリオ爺さん』（バルザック）、『世界不死計画』（F・ベグベデ）、『闘争領域の拡大』（M・ウエルベック）などがある。

エタンプの預言者《よげんしゃ》

2023年４月24日　初版発行

著者／アベル・カンタン

訳者／中村佳子《なかむらよしこ》

発行者／山下直久

発行／株式会社KADOKAWA
〒102-8177　東京都千代田区富士見2-13-3
電話　0570-002-301（ナビダイヤル）

印刷・製本／大日本印刷株式会社

●お問い合わせ
https://www.kadokawa.co.jp/（「お問い合わせ」へお進みください）
※内容によっては、お答えできない場合があります。
※サポートは日本国内のみとさせていただきます。
※Japanese text only

定価はカバーに表示してあります。

ISBN 978-4-04-112496-3　C0097